U0899624

中国翻译家译丛
冰心 译
吉檀迦利
Gitanjali
先知
The Prophet
[印　度] 泰戈尔◎著
[黎巴嫩] 纪伯伦◎著
冰　心◎译

人民文学出版社

Rabindranath Tagore
GITANJALI
Kahlil Gibran
THE PROPHET

图书在版编目(CIP)数据

冰心译吉檀迦利 先知/(印)泰戈尔,(黎巴嫩)纪伯伦著;冰心译. — 北京:人民文学出版社,2013(2021.11 重印)
(中国翻译家译丛)
ISBN 978-7-02-009949-8

Ⅰ. ①冰… Ⅱ. ①泰…②纪…③冰… Ⅲ. ①文学—作品综合集—印度—现代②诗集—黎巴嫩—现代 Ⅳ. ①I351.15②I378.25

中国版本图书馆 CIP 数据核字(2013)第 148860 号

选题策划 欧阳韬
责任编辑 翟 灿
责任印制 任 祎

出版发行 人民文学出版社
社 址 北京市朝内大街 166 号
邮政编码 100705

印 刷 北京盛通印刷股份有限公司
经 销 全国新华书店等

字 数 354 千字
开 本 710 毫米×1000 毫米 1/16
印 张 22.25 插页 3
印 数 6501—10500
版 次 2015 年 4 月北京第 1 版
印 次 2021 年 11 月第 3 次印刷

书 号 978-7-02-009949-8
定 价 45.00 元

如有印装质量问题,请与本社图书销售中心调换。电话:010-65233595

出 版 说 明

人民文学出版社自一九五一年建社以来，出版了很多著名翻译家的优秀译作。这些翻译家学贯中西，才气纵横。他们苦心孤诣，以不倦的译笔为几代读者提供了丰厚的精神食粮，堪当后学楷模。然时下，译界译者、译作之多虽前所未有，却难觅精品、大家。为缅怀名家们对中华文化所做出的巨大贡献，展示他们的严谨学风和卓越成就，更为激浊扬清，在文学翻译领域树一面正色之旗，人民文学出版社决定携手中国翻译协会出版"中国翻译家译丛"，精选杰出文学翻译家的代表译作，每人一种，分辑出版。

人民文学出版社编辑部

二〇一四年十月

“中国翻译家译丛”顾问委员会

目　　录

前　言

冰心是我国新文学的第一代开拓者，她既是一位诗人、作家，也是一位翻译家。说她是一位作家那绝对是家喻户晓，要说她是一位翻译家，也许还鲜为人知，但从她的翻译作品看，她的成就绝不逊色。不论是从翻译时间的跨度和翻译题材的广度、数量之大都是远远超过我们的预料。她和鲁迅、茅盾、巴金一些作家一样，在创作的同时，也对外国文学和历史的译介倾注了大量的心血，取得了令人瞩目的成就。

冰心最早开始翻译还是她在美国威尔斯利女子大学念研究生的时候。一九二六年她要写硕士论文，她论文的选题是《李清照词的翻译和编辑》，“易安（清照）的词在中国享有盛名，但在欧洲翻译她的词的人只有两人。朱迪恩·高迪尔夫人在她的《漱玉词》中用法语翻译了她的几首词，七首由乔治·苏里·戴英杭译成法语。这些最终译成法语的词，在很多方面文字隽永和谐。但它们未取得中国人所理解的原著的精确程度。”“在这篇论文里所选用的二十五首词代表了李易安的最佳作品，”这二十五首词的翻译也就成了她最早的中译英习作。冰心说：

> 对于外国语文，我只懂得一门英文，还不精通（我在大学时期，曾读过一年法文。在美国留学时期，因要取得硕士学位，要求在本国语文之外，必须会两种外语。我就在暑期补习了两个月的法文，应付过硕士的答辩之后，便又丢开了）。但是每逢我读到优美的、用英文写的诗文时，就口译或笔译出来，让不懂英文的人，如我的母亲，让她分享一些美的享受。这些零星的译稿都一直没有收集起来。一九三〇年母亲逝世后，我病中无聊，把黎巴嫩诗人纪伯伦的《先知》译了出来……

冰心从英文译成中文的第一本著作，是纪伯伦的《先知》（The Prophet，

1923)，那是一九二七年冬在她的一位朋友那里读到的，那满含着东方气息的超妙的哲理和流利的文词，给了她深刻的印象。后来她又把它重读了一遍，觉得实在有翻译价值，于是她就着手翻译了。这本译著从一九三〇年四月十八日起，陆续在天津《益世报》文学副刊上连载，后来因副刊半途停办而中断。该书于一九三一年九月由上海《新月社》出版。她翻译的纪伯伦的另一部诗集是《沙与沫》(Sand and Foam，1926)，部分译文先刊载在一九六一年一月号《世界文学》上，一九八二年七月由湖南人民出版社将她以前译的《先知》和《沙与沫》合集出版。一九五〇年应人民文学出版社之约，她翻译了印度诗人泰戈尔的诗集《吉檀迦利：献歌》(Gitanjali：Song Offerings，1912)和《园丁集》(The Gardener，1913)。她翻译的其他作品有尼泊尔国王马亨德拉的《马亨德拉诗抄》，马耳他总统布蒂吉格的诗集《燃灯者》(The Lamplighter，1977)，国际友人埃德加·斯诺夫人海伦·斯诺，署名尼姆·威尔士的诗《古老的北京》等欧美、亚非国家的作品。晚年，她和老伴吴文藻教授还参加了《世界史》与《世界史纲》的翻译。

综观冰心的翻译作品，我们可以看到，无论从题材和体裁，其涵盖面都是极其广泛的：诗歌、戏剧、小说、散文诗、散文、民间故事、童话、书信、论文、历史等。从翻译选材上，她比较喜爱文学哲理性的作品。当她翻译《先知》时，她说，“那满含着东方气息的超妙的哲理和流利的文词，给了我深刻的印象，”她觉得：“实在有翻译价值。”她最喜欢泰戈尔的散文诗集《吉檀迦利》，她觉得“这本诗和《先知》有异曲同工之妙，充满了诗情画意。不过泰戈尔的情调是更天真，更欢畅，更富于神秘色彩；而纪伯伦的作品却更严肃，更富于哲理，还带些淡淡的悲凉。”她很早就读到泰戈尔的作品，泰戈尔的《飞鸟集》对她早期的诗歌创作就产生过影响。我们甚至可以从她的《繁星》《春水》诗集中找到泰戈尔的影子。如果说她前期在翻译的选材上追求艺术审美的意识比较浓，那么她后期的译作就更看重诗作的现实思想意义。冰心在一九五七年翻译《泰戈尔诗选》的“译者附记”中说：

这本诗集最突出的一点，是编入了许多泰戈尔的国际主义和爱国主义的诗，这些诗显示了泰戈尔的最伟大最受人民喜爱的一面。……泰戈尔感激奋发，拿起他的“力透纸背”的神笔，写出了热情澎湃的歌颂祖国鼓舞人民的诗篇。……诗人的祖国曾长期地被践踏于英帝国殖民主义者的铁蹄之下，因此他对于被压迫剥削的亚非人民，有着最深厚的同情，对于西方帝国主义集团，有着最切齿的痛恨；在这类的诗篇的字里行间，充满了他的目光如炬，须眉戟张的义怒,真使读者"如闻其声,如见其人"! 这是泰戈尔人格中严霜烈日之一面,与《吉檀迦利》集中所表现的霁月光风,是有其不同的情调的。

这段话表明,冰心既喜欢泰戈尔"霁月光风"的一面,又喜欢他"严霜烈日"的一面。另一方面也表明冰心随着她国际活动的频繁,她的眼界也更开阔了,对各国人民的进步事业也更为关切了。她翻译了许多为国际斗争服务和增进各国人民友谊的作品,如她翻译的加纳作家的作品和美国杜波依斯博士献给加纳民族领袖恩克鲁玛的诗歌。她在八十岁高龄,在百忙之中还翻译了马耳他总统布蒂吉格的诗集《燃灯者》。这部诗集原是马耳他文,英译者是马耳他著名小说家和剧作家佛朗西斯·埃贝赫尔。一九七八年七月耿飚同志率我国政府代表团访问了马耳他,布蒂吉格总统以这本诗集《燃灯者》的英译本赠给耿飚同志留念。这一本有史以来第一次在中国出版的马耳他作品,为中国马耳他两国人民的友谊和文化交流,架起了一座美丽的诗的桥梁。

关于翻译,冰心处处表现出对读者负责的严谨作风。在谈到泰戈尔的《吉檀迦利》和《园丁集》、纪伯伦的《先知》和《沙与沫》的翻译时,她在《冰心著译选集》序中说,"这两位诗人的作品,都是他们自己用英文写的,而不是经过别人从孟加拉文和阿拉伯文译成英文的,我译起来在'信',字上,就可以自己负责。我从来不敢重译!"在《吉檀迦利》的"译者前记"中,冰心还说,"这本诗集,是从英文的译本转译的,既不能模拟出孟加拉原文的富有音乐性的有韵律的民歌形式,也没有能够传达出英译文的热烈美妙的诗情,在此我要感谢在百忙中替我根据孟加拉原作校阅的石素真女士,没有她,我是没有胆量来翻译的。"

翻译本身包含两方面的因素:译者和读者,而作为译者,她(他)首先要考虑的是要忠于原文,其次就是读者,译出来的东西,是"为供给那些不认得外国文字的人,可以阅看诵读;所以既然翻译出来了,最好能使它通俗。"(《译书之我见》)她指出当时翻译有三种毛病:译不出来的"索性不译",在译文里"参以己意","有时译笔太直",这些都是她在杂志和报纸上所见到翻译的文字中的缺点,因此她在翻译中就十分注意这个问题。她认为"译书的宗旨,决不是为自己读阅,也决不是为已经懂得这书的人读阅"。如果译者"处处为阅者着想",那么就可以免去这些缺点了。这自然对译者的要求是很高的,但冰心就是这样身体力行的。她在《印度童话集》前言中说,"这本民间故事集的原文,是很美丽的,为便于中国儿童的阅读,我把较长的名字,略加删节;有关于印度的典故，也加上简短的注释；在文字方面，根据中国的口语的形式，也略为上下挪动。”她还认为直译和意译都是翻译的必要手段，但是应该有度，她不赞成“译笔太直截”，因为两种语言的语法不同，直译出来，“往往语气颠倒，意思也不明了。”她曾在她的小说《遗书》中借宛英的信谈到：“太直译了，就太生拗；太意译了，又不能传出原文的神趣。”

冰心翻译散文诗歌的成就最为突出，只要我们去读一下她译的纪伯伦的《先知》或泰戈尔的《吉檀迦利》就不难看出她中文的功底，由于她学贯中西，特别是掌握了非常丰富的本国文学词汇，所以她的译文准确、优美、传神，这是一般人难以企及的。她在遣词造句上都是颇费匠心的。翻译也是创作，好的诗文译得不好，就无法传达出诗的神韵，而经过冰心的神笔，这些作品就会诗意盎然，熠熠生辉。黎巴嫩的布舍里纪伯伦博物馆馆长瓦希布·库鲁兹写道：“在您的手迹前，我看着它，感到岁月的流逝，生命的深邃和您眼中闪烁的中国文化的智慧。我热爱中国古老文化，读它，并尽可能的从中汲取营养。您对纪伯伦《先知》的重视，在他逝世不久的同一年里，将它译出，正是中国古老文化的价值和您的深邃的智慧的证明。”

在冰心一生的文学活动中，她在翻译领域的贡献和巨大影响是决不应该忽视的。一九九五年黎巴嫩总统埃利亚斯·赫拉维授予她黎巴嫩最高奖赏“雪松骑士勋章”，就是对她在翻译领域成就的最好评价。在这里，我只想引黎巴嫩驻华大使在授勋仪式上的一段话：

……我们今天颁发勋章，是为中华民族的优秀品质加冕。如此象征性地在谢冰心女士身上得到体现的这些品质是由兼收并蓄、坚韧不拔、顽强拼搏和诗一般的温馨融汇在一起的一种民族精神。从年轻时起，她便已敏锐地感受到另一位思想家、伟大的黎巴嫩作家纪伯伦的深奥哲理和诗一般的呼唤。多亏了这位伟大的女士，纪伯伦的声音和他的人文思想才能得以不仅在黎巴嫩和美国而且在中国传播。……正是在她翻译的纪伯伦的《先知》一书中，有这样一段话：“当爱向你们召唤的时候，跟随着他，虽然他的路程艰险而陡峻……当他对你说话的时候，信从他，虽然他的声音也许会把你的梦魂击碎，如同北风吹荒了林园。”

陈恕

二〇一三年三月三日

于北京外国语大学

吉檀迦利

泰戈尔 著

（1912）

译者前记

这本《吉檀迦利》是印度大诗人泰戈尔的诗集。“吉檀迦利”就是印度语“献诗”的意思。

泰戈尔(1861—1941)是印度人民最崇拜最热爱的诗人。他参加领导了印度的文艺复兴运动,他排除了他周围的纷乱窒塞的,多少含有殖民地奴化的,从英国传来的西方文化,而深入研究印度自己的悠久优秀的文化。他进到乡村,从农夫,村妇,瓦匠,石工那里,听取神话,歌谣和民间故事,然后用孟加拉文字写出最素朴最美丽的散文和诗歌。

这本献诗集里的一百零三首诗,是他在五十岁那年(1911)从他的三本诗集——《奈维德雅》(奉献)、《克雅》(渡河)和《吉檀迦利》(献诗)——里面,以及从一九〇八年起散见于印度各报章杂志上的诗歌,自己选译成英文的。

从这一百零三首诗中,我们可以深深地体会到这位伟大的印度诗人是怎样地热爱自己的有着悠久优秀文化的国家,热爱这国家里爱和平爱民主的劳动人民,热爱这国家的雄伟美丽的山川。从这些首诗的字里行间,我们看见了提灯顶罐,巾帔飘扬的印度妇女;田间路上流汗辛苦的印度工人和农民;园中渡口弹琴吹笛的印度音乐家;海边岸上和波涛一同跳跃喧笑的印度孩子,以及热带地方的郁雷急雨,丛树繁花……我们似乎听得到那繁密的雨点,闻得到那浓郁的花香。

在我到过印度之后,我更深深地觉得泰戈尔是属于印度人民的,印度人民的生活是他创作的源泉。他如鱼得水地生活在热爱韵律和诗歌的人民中间,他用人民自己生动素朴的语言,精炼成最清新最流利的诗歌,来唱出印度广大人民的悲哀与快乐,失意与希望,怀疑与信仰。因此他的诗在印度是“家弦户诵”,他永远生活在广大人民的心中。

这本诗集,是从英文的译本转译的,既不能摹拟出孟加拉原文的富有音乐性的，有韵律的民歌形式，也没有能够传达出英译文的热烈美妙的诗情，在此我要感谢在百忙中替我根据孟加拉文原作校阅的石素真女士，没有她，我是没有胆量来翻译的。

谢冰心

一九五五年三月十三日

1

你已经使我永生，这样做是你的欢乐。这脆薄的杯儿，你不断地把它倒空，又不断地以新生命来充满。

这小小的苇笛，你携带着它逾山越谷，从笛管里吹出永新的音乐。

在你双手的不朽的按抚下，我的小小的心，消融在无边快乐之中，发出不可言说的词调。

你的无穷的赐予只倾入我小小的手里。时代过去了，你还在倾注，而我的手里还有余量待充满。

2

当你命令我歌唱的时候，我的心似乎要因着骄傲而炸裂；我仰望着你的脸，眼泪涌上我的眶里。

我生命中一切的凝涩与矛盾融化成一片甜柔的谐音——我的赞颂像一只欢乐的鸟，振翼飞越海洋。

我知道你欢喜我的歌唱。我知道只因为我是个歌者，才能走到你的面前。

我用我的歌曲的远伸的翅梢，触到了你的双脚，那是我从来不敢想望触到的。

在歌唱中陶醉，我忘了自己，你本是我的主人，我却称你为朋友。

3

我不知道你怎样地唱，我的主人！我总在惊奇地静听。

你的音乐的光辉照亮了世界。你的音乐的气息透彻诸天。你的音乐的圣泉冲过一切阻挡的岩石，向前奔涌。

我的心渴望和你合唱,而挣扎不出一点声音。我想说话,但是言语不成歌曲,我叫不出来。呵,你使我的心变成了你的音乐的漫天大网中的俘虏,我的主人!

4

我生命的生命,我要保持我的躯体永远纯洁,因为我知道你的生命的摩抚,接触着我的四肢。

我要永远从我的思想中屏除虚伪,因为我知道你就是那在我心中燃起理智之火的真理。

我要从我心中驱走一切的丑恶,使我的爱开花,因为我知道你在我的心宫深处安设了坐位。

我要努力在我的行为上表现你,因为我知道是你的威力,给我力量来行动。

5

请容我懈怠一会儿,来坐在你的身旁。我手边的工作等一下子再去完成。

不在你的面前,我的心就不知道什么是安逸和休息,我的工作变成了无边的劳役海中的无尽的劳役。

今天,炎暑来到我的窗前,轻嘘微语;群蜂在花树的宫廷中尽情弹唱。

这正是应该静坐的时光,和你相对,在这静寂和无边的闲暇里唱出生命的献歌。

6

摘下这朵花来,拿了去罢,不要迟延!我怕它会萎谢了,掉在尘土里。

它也许配不上你的花冠,但请你采折它,以你手采折的痛苦来给它光宠。我怕在我警觉之先,日光已逝,供献的时间过了。

虽然它颜色不深,香气很淡,请仍用这花来礼拜,趁着还有时间,就采折罢。

7

我的歌曲把她的妆饰卸掉。她没有了衣饰的骄奢。妆饰会成为我们合一之玷;它们会横阻在我们之间,它们丁当的声音会掩没了你的细语。

我的诗人的虚荣心,在你的容光中羞死。呵,诗圣,我已经拜倒在你的脚前。只让我的生命简单正直像一支苇笛,让你来吹出音乐。

8

那穿起王子的衣袍和挂起珠宝项链的孩子,在游戏中他失去了一切的快乐;他的衣服绊着他的步履。

为怕衣饰的破裂和污损,他不敢走进世界,甚至于不敢挪动。

母亲,这是毫无好处的,如你的华美的约束,使人和大地健康的尘土隔断,把人进入日常生活的盛大集会的权利剥夺去了。

9

呵,傻子,想把自己背在肩上! 呵,乞人,来到你自己门口求乞!

把你的负担卸在那双能担当一切的手中罢,永远不要惋惜地回顾。

你的欲望的气息,会立刻把它接触到的灯火吹灭。它是不圣洁的——不要从它不洁的手中接受礼物。只领受神圣的爱所付予的东西。

10

这是你的脚凳,你在最贫最贱最失所的人群中歇足。

我想向你鞠躬,我的敬礼不能达到你歇足地方的深处——那最贫最贱最失所的人群中。

你穿着破敝的衣服,在最贫最贱最失所的人群中行走,骄傲永远不能走近这个地方。

你和那最没有朋友的最贫最贱最失所的人们做伴,我的心永远找不到那个地方。

11

把礼赞和数珠撇在一边罢！你在门窗紧闭幽暗孤寂的殿角里，向谁礼拜呢？睁开眼你看，上帝不在你的面前！

他是在锄着枯地的农夫那里，在敲石的造路工人那里。太阳下，阴雨里，他和他们同在，衣袍上蒙着尘土。脱掉你的圣袍，甚至像他一样的下到泥土里去罢！

超脱吗？从哪里找超脱呢？我们的主已经高高兴兴地把创造的锁链戴起；他和我们大家永远联系在一起。

从静坐里走出来罢，丢开供养的香花！你的衣服污损了又何妨呢？去迎接他，在劳动里，流汗里，和他站在一起罢。

12

我旅行的时间很长，旅途也是很长的。

天刚破晓，我就驱车起行，穿遍广漠的世界，在许多星球之上，留下辙痕。

离你最近的地方，路途最远，最简单的音调，需要最艰苦的练习。

旅客要在每一个生人门口敲叩，才能敲到自己的家门，人要在外面到处漂流，最后才能走到最深的内殿。

我的眼睛向空阔处四望，最后才合上眼说："你原来在这里！"

这句问话和呼唤"呵，在哪儿呢？"融化在千股的泪泉里，和你保证的回答"我在这里！"的洪流，一同泛滥了全世界。

13

我要唱的歌，直到今天还没有唱出。

每天我总在乐器上调理弦索。

时间还没有到来，歌词也未曾填好；只有愿望的痛苦在我心中。

花蕊还未开放；只有风从旁叹息走过。

我没有看见过他的脸，也没有听见过他的声音；我只听见他轻蹑的足音，从我房前路上走过。

悠长的一天消磨在为他在地上铺设坐位；但是灯火还未点上，我不能请他进来。

我生活在和他相会的希望中，但这相会的日子还没有来到。

14

我的欲望很多，我的哭泣也很可怜，但你永远用坚决的拒绝来拯救我；这刚强的慈悲已经紧密地交织在我的生命里。

你使我一天一天地更配领受你自动的简单伟大的赐予——这天空和光明，这躯体和生命与心灵——把我从极欲的危险中拯救了出来。

有时候我懈怠地捱延，有时候我急忙警觉寻找我的路向；但是你却忍心地躲藏起来。

你不断地拒绝我，从软弱动摇的欲望的危险中拯救了我，使我一天一天地更配得你完全的接纳。

15

我来为你唱歌。在你的厅堂中，我坐在屋角。

在你的世界中我无事可做；我无用的生命只能放出无目的的歌声。

在你黑暗的殿中，夜半敲起默祷的钟声的时候，命令我罢，我的主人，来站在你面前歌唱。

当金琴在晨光中调好的时候，宠赐我罢，命令我来到你的面前。

16

我接到这世界节日的请柬，我的生命受了祝福。我的眼睛看见了美丽的景象，我的耳朵也听见了醉人的音乐。

在这宴会中，我的任务是奏乐，我也尽力演奏了。

现在，我问，那时间终于来到了吗，我可以进去瞻仰你的容颜，并献上我静默的敬礼吗?

17

我只在等候着爱,要最终把我交在他手里。这是我迟误的原因,我对这延误负疚。

他们要用法律和规章,来紧紧地约束我;但是我总是躲着他们,因为我只等候着爱,要最终把我交在他手里。

人们责备我,说我不理会人;我也知道他们的责备是有道理的。

市集已过,忙人的工作都已完毕。叫我不应的人都已含怒回去。我只等候着爱,要最终把我交在他手里。

18

云霾堆积,黑暗渐深。呵,爱,你为什么让我独在门外等候?

在中午工作最忙的时候,我和大家在一起,但在这黑暗寂寞的日子,我只企望着你。

若是你不容我见面,若是你完全把我抛弃,我真不知将如何度过这悠长的雨天。

我不住地凝望遥远的阴空,我的心和不宁的风一同彷徨悲叹。

19

若是你不说话,我就含忍着,以你的沉默来填满我的心。我要沉静地等候,像黑夜在星光中无眠,忍耐地低首。

清晨一定会来,黑暗也要消隐,你的声音将划破天空从金泉中下注。

那时你的话语,要在我的每一鸟巢中生翼发声,你的音乐,要在我林丛繁花中盛开怒放。

20

莲花开放的那天，唉，我不自觉地在心魂飘荡。我的花篮空着，花儿我也没有去理睬。

不时的有一段忧愁来袭击我，我从梦中惊起，觉得南风里有一阵奇香的芳踪。

这迷茫的温馨，使我想望得心痛，我觉得这仿佛是夏天渴望的气息，寻求圆满。

我那时不晓得它离我是那么近，而且是我的，这完美的温馨，还是在我自己心灵的深处开放。

21

我必须撑出我的船去。时光都在岸边捱延消磨了——不堪的我呵！

春天把花开过就告别了。如今落红遍地，我却等待而又流连。

潮声渐喧，河岸的荫滩上黄叶飘落。

你凝望着的是何等的空虚！你不觉得有一阵惊喜和对岸遥远的歌声从天空中一同飘来吗？

22

在七月淫雨的浓阴中，你用秘密的脚步行走，夜一般的轻悄，躲过一切的守望的人。

今天，清晨闭上眼，不理连连呼喊的狂啸的东风，一张厚厚的纱幕遮住永远清醒的碧空。

林野住了歌声，家家闭户。在这冷寂的街上，你是孤独的行人。呵，我惟一的朋友，我最爱的人，我的家门是开着的——不要梦一般地走过罢。

23

在这暴风雨的夜晚你还在外面作爱的旅行吗,我的朋友? 天空像失望者在哀号。

我今夜无眠。我不断地开门向黑暗中瞭望,我的朋友!

我什么都看不见。我不知道你要走哪一条路!

是从墨黑的河岸上,是从远远的愁惨的树林边,是穿过昏暗迂回的曲径,你摸索着来到我这里吗,我的朋友?

24

假如一天已经过去了,鸟儿也不歌唱,假如风也吹倦了,那就用黑暗的厚幕把我盖上罢,如同你在黄昏时节用睡眠的衾被裹上大地,又轻柔地将睡莲的花瓣合上。

旅客的行程未达,粮袋已空,衣裳破裂污损,而又精疲力尽,你解除了他的羞涩与困穷,使他的生命像花朵一样在仁慈的夜幕下苏醒。

25

在这困倦的夜里,让我帖服地把自己交给睡眠,把信赖托付给你。

让我不去勉强我的萎靡的精神,来准备一个对你敷衍的礼拜。

是你拉上夜幕盖上白日的倦眼,使这眼神在醒觉的清新喜悦中,更新了起来。

26

他来坐在我的身边,而我没有醒起。多么可恨的睡眠,唉,不幸的我呵!

他在静夜中来到;手里拿着琴,我的梦魂和他的音乐起了共鸣。

唉,为什么每夜就这样的虚度了? 呵,他的气息接触了我的睡眠,为什么我总看不见他的面?

27

灯火，灯火在哪里呢？用熊熊的渴望之火把它点上罢！

灯在这里，却没有一丝火焰，——这是你的命运吗，我的心呵！你还不如死了好！

悲哀在你门上敲着，她传话说你的主醒着呢，他叫你在夜的黑暗中奔赴爱的约会。

云雾遮满天空，雨也不停地下。我不知道我心里有什么在动荡，——我不懂得它的意义。

一霎的电光，在我的视线上抛下一道更深的黑暗，我的心摸索着寻找那夜的音乐对我呼唤的径路。

灯火，灯火在哪里呢？用熊熊的渴望之火把它点上罢！雷声在响，狂风怒吼着穿过天空。夜像黑岩一般的黑。不要让时间在黑暗中度过罢。用你的生命把爱的灯点上罢。

28

罗网是坚韧的，但是要撕破它的时候我又心痛。

我只要自由，为希望自由我却觉得羞愧。

我确知那无价之宝是在你那里，而且你是我最好的朋友，但我却舍不得清除我满屋的俗物。

我身上披的是尘灰与死亡之衣；我恨它，却又热爱地把它抱紧。

我的债负很多，我的失败很大，我的耻辱秘密而又深重；但当我来求福的时候，我又战栗，惟恐我的祈求得了允诺。

29

被我用我的名字囚禁起来的那个人，在监牢中哭泣。我每天不停地筑着围墙；当这道围墙高起接天的时候，我的真我便被高墙的黑影遮断不见了。

我以这道高墙自豪，我用沙土把它抹严，惟恐在这名字上还留着一丝罅隙;我煞费了苦心,我也看不见了真我。

30

我独自去赴幽会。是谁在暗寂中跟着我呢?

我走开躲他,但是我逃不掉。

他昂首阔步,使地上尘土飞扬;我说出的每一个字里,都掺杂着他的喊叫。

他就是我的小我,我的主,他恬不知耻;但和他一同到你门前,我却感到羞愧。

31

"囚人,告诉我,谁把你捆起来的?"

"是我的主人,"囚人说,"我以为我的财富与权力胜过世界上一切的人,我把我的国王的钱财聚敛在自己的宝库里。我昏困不过,睡在我主的床上,一觉醒来,我发现我在自己的宝库里做了囚人。"

"囚人,告诉我,是谁铸的这条坚牢的锁链?"

"是我,"囚人说,"是我自己用心铸造的。我以为我的无敌的权力会征服世界,使我有无碍的自由。我日夜用烈火重锤打造了这条铁链。等到工作完成,铁链坚牢完善,我发现这铁链把我捆住了。"

32

尘世上那些爱我的人,用尽方法拉住我。你的爱就不是那样,你的爱比他们的伟大得多,你让我自由。

他们从不敢离开我,恐怕我把他们忘掉。但是你,日子一天一天地过去,你还没有露面。

若是我不在祈祷中呼唤你,若是我不把你放在心上,你爱我的爱情仍在等待着我的爱。

33

白天的时候，他们来到我的房子里说，“我们只占用最小的一间屋子。”

他们说，“我们要帮忙你礼拜你的上帝，而且只谦恭地领受我们应得的一份恩典”；他们就在屋角安静谦柔地坐下。

但是在黑夜里，我发现他们强暴地冲进我的圣堂，贪婪地攫取了神坛上的祭品。

34

只要我一息尚存，我就称你为我的一切。

只要我真诚不灭，我就感觉到你在我的四围，任何事情，我都来请教你，任何时候都把我的爱献上给你。

只要我一息尚存，我就永不把你藏匿起来。

只要把我和你的意旨锁在一起的脚镣，还留着一小段，你的意旨就在我的生命中实现——这脚镣就是你的爱。

35

在那里，心是无畏的，头也抬得高昂；

在那里，知识是自由的；

在那里，世界还没有被狭小的家国的墙隔成片段；

在那里，话是从真理的深处说出；

在那里，不懈的努力向着“完美”伸臂；

在那里，理智的清泉没有沉没在积习的荒漠之中；

在那里，心灵是受你的指引，走向那不断放宽的思想与行为——

进入那自由的天国，我的父呵，让我的国家觉醒起来罢。

36

这是我对你的祈求，我的主——请你铲除，铲除我心里贫乏的根源。

赐给我力量使我能清闲地承受欢乐与忧伤。

赐给我力量使我的爱在服务中得到果实。

赐给我力量使我永不抛弃穷人也永不向淫威屈膝。

赐给我力量使我的心灵超越于日常琐事之上。

再赐给我力量使我满怀爱意地把我的力量服从你意志的指挥。

37

我以为我的精力已竭，旅程已终——前路已绝，储粮已尽，退隐在静默鸿蒙中的时间已经到来。

但是我发现你的意志在我身上不知有终点。旧的言语刚在舌尖上死去，新的音乐又从心上进来；旧辙方迷，新的田野又在面前奇妙地展开。

38

我需要你，只需要你——让我的心不停地重述这句话。日夜引诱我的种种欲念，都是透顶的诈伪与空虚。

就像黑夜隐藏在祈求光明的朦胧里，在我潜意识的深处也响出呼声——我需要你，只需要你。

正如风暴用全力来冲击平静，却寻求终止于平静，我的反抗冲击着你的爱，而它的呼声也还是——我需要你，只需要你。

39

在我的心坚硬焦躁的时候，请洒我以慈霖。

当生命失去恩宠的时候，请赐我以欢歌。

当烦杂的工作在四围喧闹，使我和外界隔绝的时候，我的宁静的主，请带着你的和平与安息来临。

当我乞丐似的心，蹲闭在屋角的时候，我的国王，请你以王者的威仪破户而入。

当欲念以诱惑与尘埃来迷蒙我的心眼的时候，呵，圣者，你是清醒的，请你和你的雷电一同降临。

40

在我干枯的心上，好多天没有受到雨水的滋润了，我的上帝。天边是可怕的赤裸——没有一片轻云的遮盖，没有一丝远雨的凉意。

如果你愿意，请降下你的死黑的盛怒的风雨，以闪电震慑诸天罢。

但是请你召回，我的主，召回这弥漫沉默的炎热罢，它是沉重尖锐而又残忍，用可怕的绝望焚灼人心。

让慈云低垂下降，像在父亲发怒的时候，母亲的含泪的眼光。

41

我的情人，你站在大家背后，藏在何处的阴影中呢？在尘土飞扬的道上，他们把你推开走过，没有理睬你。在乏倦的时间，我摆开礼品来等候你，过路的人把我的香花一朵一朵地拿去，我的花篮几乎空了。

清晨，中午都过去了。暮色中，我倦眼蒙眬。回家的人们瞟着我微笑，使我满心羞惭。我像女丐一般地坐着，拉起裙儿盖上脸，当他们问我要什么的时候，我垂目没有答应。

呵，真的，我怎能告诉他们说我是在等候你，而且你也应许说你一定会来。我又怎能抱愧地说我的妆奁就是贫穷。呵，我在我心的微隐处紧抱着这一段骄荣。

我坐在草地上凝望天空，梦想着你来临时候那忽然炫耀的豪华——万彩交辉，车辇上金旗飞扬，在道旁众目睽睽之下，你从车座下降，把我从尘埃中扶起坐在你的旁边，这褴褛的丐女，含羞带喜，像蔓藤在暑风中颤摇。

但是时间流过了，还听不见你的车辇的轮声。许多仪仗队伍都在光彩喧阗中走过了。你只要静默地站在他们背后吗？我只能哭泣着等待，把我的心折磨在空虚的伫望之中吗?

42

在清晓的密语中,我们约定了同去泛舟,世界上没有一个人知道我们这无目的无终止的遨游。

在无边的海洋上,在你静听的微笑中,我的歌唱抑扬成调,像海波一般的自由,不受字句的束缚。

时间还没有到吗?你还有工作要做吗?看罢,暮色已经笼罩海岸,苍茫里海鸟已群飞归巢。

谁知道什么时候可以解开链索,这只船会像落日的余光,消融在黑夜之中呢?

43

那天我没有准备好来等候你,我的国王,你就像一个素不相识的平凡的人,自动地进到我的心里,在我生命的许多流逝的时光中,盖上了永生的印记。

今天我偶然照见了你的签印,我发现它们和我遗忘了的日常哀乐的回忆,杂乱地散掷在尘埃里。

你不曾鄙夷地避开我童年时代在尘土中的游戏,我在游戏室里所听见的足音,和在群星中的回响是相同的。

44

阴晴无定,夏至雨来的时节,在路旁等候瞭望,是我的快乐。

从不可知的天空带信来的使者们,向我致意又向前赶路。我衷心欢畅,吹过的风带着清香。

从早到晚我在门前坐地,我知道我一看见你,那快乐的时光便要突然来到。

这时我自歌自笑。这时空气里也充满着应许的芬芳。

45

你没有听见他静悄的脚步吗？他正在走来，走来，一直不停地走来。

每一个时间，每一个年代，每日每夜，他总在走来，走来，一直不停地走来。

在许多不同的心情里，我唱过许多歌曲，但在这些歌调里，我总在宣告说，“他正在走来，走来，一直不停地走来。”

四月芬芳的晴天里，他从林径中走来，走来，一直不停地走来。

七月阴暗的雨夜中，他坐着隆隆的云辇，前来，前来，一直不停在前来。

愁闷相继之中，是他的脚步踏在我的心上，是他的双脚的黄金般的接触，使我的快乐发出光辉。

46

我不知道从久远的什么时候，你就一直走近来迎接我。

你的太阳和星辰永不能把你藏起使我看不见你。

在许多清晨和傍晚，我曾听见你的足音，你的使者曾秘密地到我心里来召唤。

我不知道为什么今天我的生活完全激动了，一种狂欢的感觉穿过了我的心。

这就像结束工作的时间已到，我感觉到在空气中有你光降的微馨。

47

夜已将尽，等他又落了空。我怕在清晨我正在倦睡的时候，他忽然来到我的门前。呵，朋友们，给他开着门罢——不要拦阻他。

若是他的脚声没有把我惊醒，请不要叫醒我。我不愿意小鸟嘈杂的合唱，和庆祝晨光的狂欢的风声，把我从睡梦中吵醒。即使我的主突然来到我的门前，也让我无扰地睡着。

呵，我的睡眠，宝贵的睡眠，只等着他的摩触来消散。呵，我的合着的眼，只在他微笑的光中才开睫，当他像从洞黑的睡眠里浮现的梦一般地站立在我面前。

让他作为最初的光明和形象，来呈现在我的眼前。让他的眼光成为我觉醒的灵魂最初的欢跃。

让我自我的返回成为向他立地的皈依。

48

清晨的静海，漾起鸟语的微波；路旁的繁华，争妍斗艳；在我们匆忙赶路无心理睬的时候，云隙中散射出灿烂的金光。

我们不唱欢歌，也不嬉游；我们也不到村集上去交易；我们一语不发，也不微笑；我们不在路上流连。时间流逝，我们也加速了脚步。

太阳升到中天，鸽子在凉阴中叫唤。枯叶在正午的炎风中飞舞。牧童在榕树下做他的倦梦，我在水边卧下，在草地上展布我困乏的四肢。

我的同伴们嘲笑我；他们抬头疾走；他们不回顾也不休息；他们消失在远远的碧霭之中。他们穿过许多山林，经过生疏遥远的地方。长途上的英雄队伍呵，光荣是属于你们的！讥笑和责备要促我起立，但我却没有反应。我甘心没落在乐于接受的耻辱的深处——在模糊的快乐阴影之中。

阳光织成的绿阴的幽静，慢慢在笼罩着我的心。我忘记了旅行的目的，我无抵抗地把我的心灵交给阴影与歌曲的迷宫。

最后，我从沉睡中睁开眼，我看见你站在我身旁，我的睡眠沐浴在你的微笑之中。我从前是如何地惧怕，怕这道路的遥远困难，到你面前的努力是多么艰苦呵！

49

你从宝座上下来，站在我草舍门前。

我正在屋角独唱，歌声被你听到了。你下来站在我草舍门前。

在你的广厅里有许多名家，一天到晚都有歌曲在唱。但是这初学的简单的音乐，却得到了你的赏识。一支忧郁的小调，和世界的伟大音乐融合了，你还带了花朵作为奖赏，下了宝座停留在我的草舍门前。

50

我在村路上沿门求乞的时候,你的金辇像一个华丽的梦从远处出现,我在猜想这位万王之王是谁!

我的希望高升,我觉得我苦难的日子将要告终,我站着等候你自动的施与,等待那散掷在尘埃里的财宝。

车辇在我站立的地方停住了。你看到我,微笑着下车。我觉得我的运气到底来了。忽然你伸出右手来说:"你有什么给我呢?"

呵,这开的是什么样的帝王的玩笑,向一个乞丐伸手求乞!我糊涂了,犹疑地站着,然后从我的口袋里慢慢地拿出一粒最小的玉米献上给你。

但是我一惊不小,当我在晚上把口袋倒在地上的时候,在我乞讨来的粗劣东西之中,我发现了一粒金子,我痛哭了,恨我没有慷慨地将我所有都献给你。

51

夜深了。我们一天的工作都已做完。我们以为投宿的客人都已来到。村里家家都已闭户了。只有几个人说,国王是要来的。我们笑了说:"不会的,这是不可能的事!"

仿佛门上有敲叩的声音,我们说那不过是风。我们熄灯就寝。只有几个人说:"这是使者!"我们笑了说:"不是,这一定是风!"

在死沉沉的夜里传来一个声音。朦胧中我们以为是远远的雷响。墙摇地动,我们在睡眠里受了惊扰。只有几个人说"这是车轮的声音"。我们昏困地嘟哝着说:"不是,这一定是雷响!"

鼓声响起的时候天还没亮。有声音喊着说:"醒来罢!别耽误了!"我们拿手按住心口,吓得发抖。只有几个人说:"看哪,这是国王的旗子!"我们爬起来站着叫:"没有时间再耽误了!"

国王已经来了——但是灯火在哪里呢,花环在哪里呢?给他预备的宝座在哪里呢?呵,丢脸,呵,太丢脸了!客厅在哪里,陈设又在哪里呢?有几个人说了,"叫也无用了!用空手来迎接他罢,带他到你的空房里去罢!"

开起门来,吹起法螺罢!在深夜中国王降临到我黑暗凄凉的房子里了。

空中雷声怒吼。黑暗和闪电一同颤抖。拿出你的破席铺在院子里罢。我们的国王在可怖之夜与暴风雨一同突然来到了。

52

我想我应当向你请求——可是我又不敢——你那挂在颈上的玫瑰花环。这样我等到早上,想在你离开的时候,从你床上找到些碎片。我像乞丐一样破晓就来寻找,只为着一两片散落的花瓣。

呵,我呵,我找到了什么呢?你留下了什么爱的表记呢?那不是花朵,不是香料,也不是一瓶香水。那是你的一把巨剑,火焰般放光,雷霆般沉重。清晨的微光从窗外射到床上。晨鸟嘁嘁喳喳着问:“女人,你得到了什么呢?”不,这不是花朵,不是香料,也不是一瓶香水——这是你的可畏的宝剑。

我坐着猜想,你这是什么礼物呢。我没有地方去藏放它。我不好意思佩带它,我是这样的柔弱,当我抱它在怀里的时候,它就把我压痛了。但是我要把这光宠铭记在心,你的礼物,这痛苦的负担。

从今起在这世界上我将没有畏惧,在我的一切奋斗中你将得到胜利。你留下死亡和我做伴,我将以我的生命给他加冕。我带着你的宝剑来斩断我的羁勒,在世界上我将没有畏惧。

从今起我要抛弃一切琐碎的装饰。我心灵的主,我不再在一隅等待哭泣,也不再畏怯娇羞。你已把你的宝剑给我佩带。我不再要玩偶的装饰品了!

53

你的手镯真是美丽,镶着星辰,精巧地嵌着五光十色的珠宝。但是依我看来你的宝剑是更美的,那弯弯的闪光像毗湿奴的神鸟展开的翅翼,完美地平悬在落日怒发的红光里。

它颤抖着像生命受死亡的最后一击时,在痛苦的昏迷中的最后反应;它炫耀着像将尽的世情的纯焰,最后猛烈的一闪。

你的手镯真是美丽,镶着星辰般的珠宝;但是你的宝剑,呵,雷霆的主,是铸得绝顶美丽,看到想到都是可畏的。

54

我不向你求什么;我不向你耳中陈述我的名字。当你离开的时候我静默地站着。我独立在树影横斜的井旁,女人们已顶着褐色的瓦罐盛满了水回家了。她们叫我说“和我们一块来罢,都快到了中午了”。但我仍在慵倦地留连,沉入恍惚的默想之中。

你走来时我没有听到你的足音。你含愁的眼望着我,你低语的时候声音是倦乏的——“呵,我是一个干渴的旅客。”我从幻梦中惊起把我罐里的水倒在你掬着的手掌里。树叶在头上萧萧地响着;杜鹃在幽暗处歌唱,曲径里传来胶树的花香。

当你问到我的名字的时候,我羞得悄立无言。真的,我替你做了什么,值得你的忆念?但是我幸能给你饮水止渴的这段回忆,将温馨地贴抱在我的心上。天已不早,鸟儿唱着倦歌,楝树叶子在头上沙沙作响,我坐着反复地想了又想。

55

乏倦压在你的心上,你眼中尚有睡意。

你没有得到消息说荆棘丛中花朵正在盛开吗?醒来罢,呵,醒来!不要让光阴虚度了!

在石径的尽头,在幽静无人的田野里,我的朋友在独坐着。不要欺骗他罢。醒来,呵,醒来罢!

即使正午的骄阳使天空喘息摇颤——即使灼热的沙地展布开它干渴的巾衣——

在你心的深处难道没有快乐吗?你的每一个足音,不会使道路的琴弦迸出痛苦的柔音吗?

56

只因你的快乐是这样地充满了我的心。只因你曾这样地俯就我。呵,你这诸天之主,假如没有我,你还爱谁呢?

你使我做了你这一切财富的共享者。在我心里你的欢乐不住地遨游。在我生命中你的意志永远实现。

因此,你这万王之王曾把自己修饰了来赢取我的心。因此你的爱也消融在你情人的爱里,在那里,你又以我俩完全合一的形象显现。

57

光明,我的光明,充满世界的光明,吻着眼目的光明,甜沁心腑的光明!

呵,我的宝贝,光明在我生命的一角跳舞;我的宝贝,光明在勾拨我爱的心弦;天开了,大风狂奔,笑声响彻大地。

蝴蝶在光明海上展开翅帆。百合与茉莉在光波的浪花上翻涌。

我的宝贝,光明在每朵云彩上散映成金,它撒下无量的珠宝。

我的宝贝,快乐在树叶间伸展,欢喜无边。天河的堤岸淹没了,欢乐的洪水在四散奔流。

58

让一切欢乐的歌调都融合在我最后的歌中——那使大地草海欢呼摇动的快乐,那使生和死两个孪生弟兄,在广大的世界上跳舞的快乐,那和暴风雨一同卷来,用笑声震撼惊醒一切的生命和快乐,那含泪默坐在盛开的痛苦的红莲上的快乐,那不知所谓,把一切所有抛掷于尘埃中的快乐。

59

是的,我知道,这只是你的爱,呵,我心爱的人——这在树叶上跳舞的金光,这些驶过天空的闲云,这使我头额清爽的吹过的凉风。

清晨的光辉涌进我的眼睛——这是你传给我心的消息。你的脸容下俯,你的眼睛下望着我的眼睛,我的心接触到了你的双足。

60

孩子们在无边的世界的海滨聚会。头上是静止的无垠的天空,不宁的海波奔腾喧闹。在无边的世界的海滨,孩子们欢呼跳跃地聚会着。

他们用沙子盖起房屋,用空贝壳来游戏。他们把枯叶编成小船,微笑着把它们漂浮在深远的海上。孩子在世界的海滨做着游戏。

他们不会凫水,他们也不会撒网。采珠的人潜水寻珠,商人们奔波航行,孩子们收集了石子却又把它们丢弃了。他们不搜求宝藏,他们也不会撒网。

大海涌起了喧笑,海岸闪烁着苍白的微笑。致人死命的波涛,像一个母亲在摇着婴儿的摇篮一样,对孩子们唱着无意义的谣歌。大海在同孩子们游戏,海岸闪烁着苍白的微笑。

孩子们在无边的世界的海滨聚会。风暴在无路的天空中飘游,船舶在无轨的海上破碎,死亡在猖狂,孩子们却在游戏。在无边的世界的海滨,孩子们盛大地聚会着。

61

这掠过婴儿眼上的睡眠——有谁知道它是从哪里来的吗?是的,有谣传说它住在林阴中,萤火朦胧照着的仙村里,那里挂着两颗甜柔迷人的花蕊。它从那里来吻着婴儿的眼睛。

在婴儿睡梦中唇上闪现的微笑——有谁知道它是从哪里生出来的吗?是的,有谣传说一线新月的微光,触到了消散的秋云的边缘,微笑就在被朝雾洗净的晨梦中,第一次生出来了——这就是那婴儿睡梦中唇上闪现的微笑。

在婴儿的四肢上,花朵般喷发的甜柔清新的生气,有谁知道它是在哪里藏了这么许久吗?是的,当母亲还是一个少女,它就在温柔安静的爱的神秘中,充塞在她的心里了——这就是那婴儿四肢上喷发的甜柔新鲜的生气。

62

当我送你彩色玩具的时候,我的孩子,我了解为什么云中水上会幻弄出这许多颜色，为什么花朵都用颜色染起——当我送你彩色玩具的时候，我的孩子。

当我唱歌使你跳舞的时候，我彻底地知道为什么树叶上响出音乐，为什么波浪把它们的合唱送进静听的大地的心头——当我唱歌使你跳舞的时候。

当我把糖果递到你贪婪的手中的时候，我懂得为什么花心里有蜜，为什么水果里隐藏着甜汁——当我把糖果递到你贪婪的手中的时候。

当我吻你的脸使你微笑的时候，我的宝贝，我的确了解晨光从天空流下时，是怎样地高兴，暑天的凉风吹到我身上时是怎样地愉快——当我吻你的脸使你微笑的时候。

63

你使不相识的朋友认识了我。你在别人家里给我准备了坐位。你缩短了距离，你把生人变成弟兄。

在我必须离开故居的时候，我心里不安；我忘了是旧人迁入新居，而且你也住在那里。

通过生和死，今生或来世，无论你带领我到哪里，都是你，仍是你，我的无穷生命中的惟一伴侣，永远用欢乐的系链，把我的心和陌生的人联系在一起。

人一认识了你，世上就没有陌生的人，也没有了紧闭的门户。呵，请允许我的祈求，使我在与众生游戏之中，永不失去和你单独接触的福祉。

64

在荒凉的河岸上，深草丛中，我问她，“姑娘，你用披纱遮着灯，要到哪里去呢？我的房子黑暗寂寞，——把你的灯借给我罢。”她抬起乌黑的眼睛，从暮色中看了我一会。“我到河边来，”她说，“要在太阳西下的时候，把我的灯漂浮到水上去。”我独立在深草中看着她的灯的微弱的火光，无用地在潮水上漂流。

在薄暮的寂静中，我问她，“你的灯火都已点上了——那么你拿着这灯到哪里去呢？我的房子黑暗寂寞，——把你的灯借给我罢。”她抬起乌黑的眼睛望着我的脸，站着沉吟了一会。最后她说，“我来是要把我的灯献给上天。”我站着看她的灯光在天空中无用地燃点着。

在无月的夜半朦胧之中,我问她,“姑娘,你做什么把灯抱在心前呢?我的房子黑暗寂寞,——把你的灯借给我罢。”她站住沉思了一会,在黑暗中注视着我的脸。她说,“我是带着我的灯,来参加灯节的。”我站着看着她的灯,无用地消失在众光之中。

65

我的上帝,从我满溢的生命之杯中,你要饮什么样的圣酒呢?

通过我的眼睛,来观看你自己的创造物,站在我的耳门上,来静听你自己的永恒的谐音,我的诗人,这是你的快乐吗?

你的世界在我的心灵里织上字句,你的快乐又给它们加上音乐。你把自己在梦中交给了我,又通过我来感觉你自己的完满的甜柔。

66

那在神光离合之中,潜藏在我生命深处的她;那在晨光中永远不肯揭开面纱的她,我的上帝,我要用最后的一首歌把她包裹起来,作为我给你的最后的献礼。

无数求爱的话,都已说过,但还没有赢得她的心;劝诱向她伸出渴望的臂,也是枉然。

我把她深藏在心里,到处漫游,我生命的荣枯围绕着她起落。

她统治着我的思想,行动和睡梦,她却自己独居索处。

许多的人叩我的门来访问她,都失望地回去。

在这世界上从没有人和她面对过,她在孤守着静待你的赏识。

67

你是天空,你也是窝巢。

呵,美丽的你,在窝巢里就是你的爱,用颜色、声音和香气来围拥住灵魂。

在那里,清晨来了,右手提着金筐,带着美的花环,静静地替大地加冕。

在那里，黄昏来了，越过无人畜牧的荒林，穿过车马绝迹的小径，在她的金瓶里带着安静的西方海上和平的凉飙。

但是在那里，纯白的光辉，统治着伸展着的为灵魂翱翔的无际的天空。在那里无昼无夜，无形无色，而且永远，永远无有言说。

68

你的阳光射到我的地上，整天地伸臂站在我门前，把我的眼泪、叹息和歌曲变成的云彩，带回放在你的足边。

你喜爱地将这云带缠围在你的星胸之上，绕成无数的形式和褶纹，还染上变幻无穷的色彩。

它是那样的轻柔，那样的飘扬，温软，含泪而黯淡，因此你就爱惜它，呵，你这庄严无瑕者。这就是为什么它能够以它可怜的阴影遮掩你的可畏的白光。

69

就是这股生命的泉水，日夜流穿我的血管，也流穿过世界，又应节地跳舞。

就是这同一的生命，从大地的尘土里快乐地伸放出无数片的芳草，迸发出繁花密叶的波纹。

就是这同一的生命，在潮汐里摇动着生和死的大海的摇篮。

我觉得我的四肢因受着生命世界的爱抚而光荣。我的骄傲，是因为时代的脉搏，此刻在我血液中跳动。

70

这欢欣的音律不能使你欢欣吗？不能使你回旋激荡，消失碎裂在这可怖的快乐旋转之中吗？

万物急遽地前奔，它们不停留也不回顾，任何力量都不能挽住它们，它们急遽地前奔。

季候应和着这急速不宁的音乐，跳舞着来了又去——颜色、声音、香味在这充溢的快乐里，汇注成奔流无尽的瀑泉，时时刻刻地在散溅、退落而死亡。

71

我应当自己发扬光大，四周放射，投映彩影于你的光辉之中——这便是你的幻境。

你在你自身里立起隔栏，用无数不同的音调来呼唤你的分身。你这分身已在我体内形成。

高亢的歌声响彻诸天，在多彩的眼泪与微笑，震惊与希望中回应着；波起复落，梦破又圆。在我里面是你自身的破灭。

你卷起的那重帘幕，是用昼和夜的画笔，绘出了无数的花样。幕后的你的坐位，是用奇妙神秘的曲线织成，抛弃了一切无聊的笔直的线条。

你我组成的伟丽的行列，布满了天空。因着你我的歌声，太空都在震颤，一切时代都在你我捉迷藏中度过了。

72

就是他，那最深奥的，用他深隐的摩触使我清醒。

就是他把神符放在我的眼上，又快乐地在我心弦上弹弄出种种哀乐的调子。

就是他用金、银、青、绿的灵幻的色丝，织起幻境的披纱，他的脚趾从衣褶中外露，在他的摩触之下，我忘却了自己。

日来年往，就是他永远以种种名字，种种姿态，种种的深悲和极乐，来打动我的心。

73

在断念屏欲之中，我不需要拯救。在万千欢愉的约束里我感到了自由的拥抱。

你不断地在我的瓦罐里满满地斟上不同颜色不同芬芳的新酒。

我的世界，将以你的火焰点上他的万盏不同的明灯，安放在你庙宇的坛前。

不，我永不会关上我感觉的门户。视、听、触的快乐会含带着你的快乐。

是的，我的一切幻想会燃烧成快乐的光明，我的一切愿望将结成爱的果实。

74

白日已过，暗影笼罩大地。是我到河边汲水的时候了。

晚空凭着水的凄音流露着切望。呵，它呼唤我出到暮色中来。荒径上断绝人行，风起了，波浪在河里翻腾。

我不知道是否应该回家去。我不知道我会遇见什么人。浅滩的小舟上有个不相识的人正弹着琵琶。

75

你赐给我们世人的礼物，满足了我们一切的需要，可是它们又毫未减少地返回到你那里。

河水有它每天的工作，匆忙地穿过田野和村庄；但它的不绝的水流，又曲折地回来洗你的双脚。

花朵以芬芳熏香了空气；但它最终的任务，是把自己献上给你。

对你供献不会使世界困穷。

人们从诗人的字句里，选取自己心爱的意义；但是诗句的最终意义是指向着你。

76

过了一天又是一天，呵，我生命的主，我能够和你对面站立吗？呵，全世界的主，我能合掌和你对面站立吗？

在广阔的天空下，严静之中，我能够带着虔恭的心，和你对面站立吗？

在你的劳碌的世界里，喧腾着劳作和奋斗，在营营扰扰的人群中，我能和你对面站立吗？

当我已做完了今生的工作，呵，万王之王，我能够独自悄立在你的面前吗？

77

我知道你是我的上帝,却远立在一边——我不知道你是属我的,就走近你。我知道你是我的父亲,就在你脚前俯伏——我没有像和朋友握手那样的紧握你的手。

我没有在你降临的地方,站立等候,把你抱在胸前,当你做同志,把你占有。

你是我弟兄的弟兄,但是我不理他们,不把我赚得的和他们平分,我以为这样做,才能和你分享我的一切。

在快乐和苦痛里,我都没有站在人类的一边,我以为这样做,才能和你站在一起。

我畏缩着不肯舍生,因此我没有跳入生命的伟大的海洋里。

78

当鸿蒙初辟,繁星第一次射出灿烂的光辉,众神在天上集会,唱着"呵,完美的画图,完全的快乐!"

有一位神忽然叫起来了——"光链里仿佛断了一环,一颗星星走失了。"

他们金琴的弦子猛然折断了,他们的歌声停止了,他们惊惶地叫着——"对了,那颗走失的星星是最美的,她是诸天的光荣!"

从那天起,他们不住地寻找她,众口相传地说,因为她丢了,世界失去了一种快乐。

只在严静的夜里,众星微笑着互相低语说——"寻找是无用的,无缺的完美正笼盖着一切!"

79

假如我今生无缘遇到你,就让我永远感到恨不相逢——让我念念不忘,让我在醒时梦中都怀带着这悲哀的苦痛。

当我的日子在世界的闹市中度过,我的双手满捧着每日的赢利的时候,让我永远觉得我是一无所获——让我念念不忘，让我在醒时梦中都怀带着这悲哀的苦痛。

当我坐在路边，疲乏喘息，当我在尘土中铺设卧具，让我永远记着前面还有悠悠的长路——让我念念不忘，让我在醒时梦中都怀带着这悲哀的苦痛。

当我的屋子装饰好了，箫笛吹起，欢笑声喧的时候，让我永远觉得我还没有请你光临——让我念念不忘，让我在醒时梦中都怀带着这悲哀的苦痛。

80

我像一片秋天的残云，无主地在空中飘荡，呵，我的永远光耀的太阳！你的摩触还没有蒸化了我的水汽，使我与你的光明合一，因此我计算着和你分离的悠长的年月。

假如这是你的愿望，假如这是你的游戏，就请把我这流逝的空虚染上颜色，镀上金辉，让它在狂风中飘浮，舒卷成种种的奇观。

而且假如你愿意在夜晚结束了这场游戏，我就在黑暗中，或在灿白晨光的微笑中，在净化的清凉中，溶化消失。

81

在许多闲散的日子，我悼惜着虚度了的光阴。但是光阴并没有虚度，我的主。你掌握了我生命里寸寸的光阴。

你潜藏在万物的心里，培育着种子发芽，蓓蕾绽红，花落结实。

我困乏了，在闲榻上睡眠，想象一切工作都已停歇。早晨醒来，我发现我的园里，却开遍了异蕊奇花。

82

你手里的光阴是无限的，我的主。你的分秒是无法计算的。

夜去明来，时代像花开花落。你晓得怎样来等待。

你的世纪，一个接着一个，来完成一朵小小的野花。

我们的光阴不能浪费，因为没有时间，我们必须争取机缘。我们太穷苦了，决不可迟到。

因此，在我把时间让给每一个性急的，向我索要时间的人，我的时间就虚度了，最后你的神坛上就没有一点祭品。

一天过去，我赶忙前来，怕你的门已经关闭；但是我发现时间还有充裕。

83

圣母呵，我要把我悲哀的眼泪穿成珠链，挂在你的颈上。

星星把光明做成足镯，来装扮你的双足，但是我的珠链要挂在你的胸前。

名利自你而来，也全凭你的予取。但这悲哀却完全是我自己的，当我把它当做祭品献给你的时候，你就以你的恩慈来酬谢我。

84

离愁弥漫世界，在无际的天空中生出无数的情景。

就是这离愁整夜地悄望星辰，在七月阴雨之中，萧萧的树籁变成抒情的诗歌。

就是这笼压弥漫的痛苦，加深而成为爱，欲，而成为人间的苦乐；就是它永远通过诗人的心灵，融化流涌而成为诗歌。

85

当战士们从他们主公的明堂里刚走出来，他们的武力藏在哪里呢？他们的甲胄和干戈藏在哪里呢？

他们显得无助、可怜，当他们从他们主公的明堂走出的那一天，如雨的箭矢向着他们飞射。

当战士们整队走回他们主公的明堂里的时候，他们的武力藏在哪里呢？

他们放下了刀剑和弓矢；和平在他们的额上放光，当他们整队走回他们主公的明堂的那一天，他们把他们生命的果实留在后面了。

86

死亡,你的仆人,来到我的门前。他渡过不可知的海洋临到我家,来传达你的召令。

夜色沉黑,我心中畏惧——但是我要端起灯来,开起门来,鞠躬欢迎他。因为站在我门前的是你的使者。

我要含泪地合掌礼拜他。我要把我心中的财产,放在他脚前,来礼拜他。

他的使命完成了就要回去,在我的晨光中留下了阴影;在我萧条的家里,只剩下孤独的我,作为最后献你的祭品。

87

在无望的希望中,我在房里的每一个角落找她;我找不到她。

我的房子很小,一旦丢了东西就永远找不回来。

但是你的房子是无边无际的,我的主,为着找她,我来到了你的门前。

我站在你薄暮金色的天穹下,向你抬起渴望的眼。

我来到了永恒的边涯,在这里万物不灭——无论是希望,是幸福,或是从泪眼中望见的人面。

呵,把我空虚的生命浸到这海洋里罢,跳进这最深的完满里罢。让我在宇宙的完整里,感觉一次那失去的温馨的接触罢。

88

破庙里的神呵!七弦琴的断线不再弹唱赞美你的诗歌。晚钟也不再宣告礼拜你的时间。你周围的空气是寂静的。

流荡的春风来到你荒凉的居所。它带来了香花的消息——就是那素来供养你的香花,现在却无人来呈献了。

你的礼拜者,那些漂泊的旅人,永远在企望那还未得到的恩典。黄昏来到,灯光明灭于尘影之中,他困乏地带着饥饿的心回到这破庙里来。

许多佳节都在静默中来到,破庙的神呵。许多礼拜之夜,也在无火无灯中度过了。

精巧的艺术家，造了许多新的神像，当他们的末日来到了，便被抛入遗忘的圣河里。

只有破庙的神遗留在无人礼拜的、不死的冷淡之中。

89

我不再高谈阔论了——这是我主的意旨。从那时起我轻声细语。我心里的话要用歌曲低唱出来。

人们急急忙忙地到国王的市场上去，买卖的人都在那里。但在工作正忙的正午，我就早早地离开。

那就让花朵在我的园中开放，虽然花时未到；让蜜蜂在中午奏起他们慵懒的嗡哼。

我曾把充分的时间，用在理欲交战里，但如今是我暇日游侣的雅兴，把我的心拉到他那里去；我也不知道这忽然的召唤，会引到什么突出的奇景。

90

当死神来叩你门的时候，你将以什么贡献他呢？

呵，我要在我客人面前，摆上我的满斟的生命之杯——我决不让他空手回去。

我一切的秋日和夏夜和丰美的收获，我匆促的生命中的一切获得和收藏，在我临终，死神来叩我的门的时候，我都要摆在他的面前。

91

呵，你这生命最后的完成，死亡，我的死亡，来对我低语罢！

我天天地在守望着你；为你，我忍受着生命中的苦乐。

我的一切存在，一切所有，一切希望，和一切的爱，总在深深的秘密中向你奔流。你的眼睛向我最后一盼，我的生命就永远是你的。

花环已为新郎编好。婚礼行过，新娘就要离家，在静夜里和她的主人独对了。

92

我知道这日子将要来到,当我眼中的人世渐渐消失,生命默默地向我道别,把最后的帘幕拉过我的眼前。

但是星辰将在夜中守望,晨曦仍旧升起,时间像海波的汹涌,激荡着欢乐与哀伤。

当我想到我的时间的终点,时间的隔栏便破裂了,在死的光明中,我看见了你的世界和这世界里弃置的珍宝。最低的坐位是极其珍奇的,最小的生物也是世间少有的。

我追求而未得到和我已经得到的东西——让它们过去罢。只让我真正地据有了那些我所轻视和忽略的东西。

93

我已经请了假。弟兄们,祝我一路平安罢!我向你们大家鞠了躬就启程了。

我把我门上的钥匙交还——我把房子的所有权都放弃了。我只请求你们最后的几句好话。

我们做过很久的邻居,但是我接受的多,给与的少。现在天已破晓,我黑暗屋角的灯光已灭。召命已来,我就准备启行了。

94

在我动身的时光,祝我一路福星罢,我的朋友们!天空里晨光辉煌,我的前途是美丽的。

不要问我带些什么到那边去。我只带着空空的手和企望的心。

我要戴上我婚礼的花冠。我穿的不是红褐色的行装,虽然间关险阻,我心里也没有惧怕。

旅途尽处,晚星将生,从王宫的门口将弹出黄昏的凄乐。

95

当我刚跨过此生的门槛的时候，我并没有发觉。

是什么力量使我在这无边的神秘中开放，像一朵嫩蕊，中夜在森林里开花！

早起我看到光明，我立时觉得在这世界里我不是一个生人，那不可思议、不可名状的，已以我自己母亲的形象，把我抱在怀里。

就是这样，在死亡里，这同一的不可知者又要以我熟识的面目出现。因为我爱今生，我知道我也会一样在爱死亡。

当母亲从婴儿口中拿开右乳的时候，他就啼哭，但他立刻又从左乳得到了安慰。

96

当我走的时候，让这个作我的别话罢，就是说我所看过的是卓绝无比的。

我曾尝过在光明海上开放的莲花里的隐蜜，因此我受了祝福——让这个作我的别话罢。

在这形象万千的游戏室里，我已经游玩过，在这里我已经瞥见了那无形象的他。

我浑身上下因着那无从接触的他的摩抚而喜颤；假如死亡在这里来临，就让它来好了——让这个作我的别话罢。

97

当我是同你做游戏的时候，我从来没有问过你是谁。我不懂得羞怯和惧怕，我的生活是热闹的。

清晨你就来把我唤醒，像我自己的伙伴一样，带着我跑过林野。

那些日子，我从来不想去了解你对我唱的歌曲的意义。我只随声附和，我的心应节跳舞。

现在，游戏的时光已过，这突然来到我眼前的情景是什么呢？世界低下眼来看着你的双脚，和它的肃静的众星一同敬畏地站着。

98

我要以胜利品，我的失败的花环，来装饰你。逃避不受征服，是我永远做不到的。

我准知道我的骄傲会碰壁，我的生命将因着极端的痛苦而炸裂，我的空虚的心将像一支空苇呜咽出哀音，顽石也融成眼泪。

我准知道莲花的百瓣不会永远闭合，深藏的花蜜定将显露。

从碧空将有一只眼睛向我凝视，在默默地召唤我。我将空无所有，绝对的空无所有，我将从你脚下领受绝对的死亡。

99

当我放下舵盘，我知道你来接收的时候到了。当做的事立刻要做了。挣扎是无用的。

那就把手拿开，静默地承认失败罢，我的心呵，要想到能在你的岗位上默坐，还算是幸运的。

我的几盏灯都被一阵阵的微风吹灭了，为想把它们重新点起，我屡屡地把其他的事情都忘却了。

这次我要聪明一点，把我的席子铺在地上，在暗中等候；什么时候你高兴，我的主，悄悄地走来坐下罢。

100

我跳进形象海洋的深处，希望能得到那无形象的完美的珍珠。

我不再以我的旧船去走遍海港，我乐于弄潮的日子早已过去了。

现在我渴望死于不死之中。

我要拿起我的生命的弦琴，进入无底深渊旁边，那座涌出无调的乐音的广厅。

我要调拨我的琴弦，和永恒的乐音合拍，当它呜咽出最后的声音时，就把我静默的琴儿放在静默的脚边。

101

我这一生永远以诗歌来寻求你。它们领我从这门走到那门,我和它们一同摸索,寻求着,接触着我的世界。

我所学过的功课,都是诗歌教给我的;它们把捷径指示给我,它们把我心里地平线上的许多星辰,带到我的眼前。

它们整天地带领我走向苦痛和快乐的神秘之国,最后,在我旅程终点的黄昏,它们要把我带到哪一座宫殿的门首呢?

102

我在人前夸说我认得你。在我的作品中,他们看到了你的画像。他们走来问我:“他是谁?”我不知道怎么回答。我说,“真的,我说不出来。”他们斥责我,轻蔑地走开了。你却坐在那里微笑。

我把你的事迹编成不朽的诗歌。秘密从我心中涌出。他们走来问我,“把所有的意思都告诉我们罢。”我不知道怎样回答。我说,“呵,谁知道那是什么意思!”他们哂笑了,鄙夷之极地走开。你却坐在那里微笑。

103

在我向你合十膜拜之中,我的上帝,让我一切的感知都舒展在你的脚下,接触这个世界。

像七月的湿云,带着未落的雨点沉沉下垂,在我同你合十膜拜之中,让我的全副心灵在你的门前俯伏。

让我所有的诗歌,聚集起不同的调子,在我向你合十膜拜之中,成为一股洪流,倾注入静寂的大海。

像一群思乡的鹤鸟,日夜飞向他们的山巢,在我向你合十膜拜之中,让我全部的生命,启程回到它永久的家乡。

园　丁　集

泰戈尔　著

（1913）

1

仆　人

请对你的仆人开恩吧，我的女王！

女　王

集会已经开始，我的仆人们都走了。你为什么来得这么晚呢？

仆　人

你同别人谈过以后，就是我的时间了。

我来问有什么剩余的工作，好让你的最末一个仆人去做。

女　王

在这么晚的时间你还想做什么呢？

仆　人

让我做你花园里的园丁吧。

女　王

这是什么傻想头呢？

仆　人

我要搁下别的工作。

我把我的剑矛扔在尘土里。不要差遣我去遥远的宫廷；不要命令我做新的征讨。只求你让我做你花园里的园丁。

女　王

你的职责是什么呢？

仆　人

为你闲散的日子服务。

我要保持你清晨散步的草径清爽新鲜，你每一移步将有甘于就死的繁花以赞颂来欢迎你的双足。

我将在七叶树的枝间推送你的秋千；向晚的月亮将挣扎着从叶隙里吻你

的衣裙。

我将在你床边的灯盏里添满了香油，我将用檀香和番红花膏在你脚垫上涂画上美妙的花样。

女　王

你要什么酬报呢？

仆　人

只要你允许我像握着嫩柔的菡萏一般地握住你的小拳，把花串套上你的纤腕；允许我用无忧的花红汁来染你的脚底，以亲吻来拂去那偶然留在那里的尘埃。

女　王

你的祈求被接受了，我的仆人，你将是我花园里的园丁。

2

“呵，诗人，夜晚渐临；你的头发已经变白。

“在你孤寂的沉思中听到了来生的消息么？”

“是夜晚了，”诗人说，“夜虽已晚，我还在静听，因为也许有人会从村中呼唤。

“我看守着，是否有年轻的飘游的心聚在一起，两对渴望的眼睛切盼有音乐来打破他们的沉默并替他们说话。

“如果我坐在生命的岸边默想着死亡和来世，又有谁来编写他们的热情的诗歌呢？

“早现的晚星消隐了。

“火葬灰中的红光在沉静的河边慢慢地熄灭下去。

“残月的微光下，胡狼从空宅的庭院里齐声嗥叫。

“假如有游子们，离了家，到这里来守夜，低头静听黑暗的微语，有谁把生命的秘密向他耳边低诉呢，如果我，关起门户，企图摆脱世俗的牵缠？

“我的头发变白是一件小事。

“我是永远和这村里最年轻的人一样的年轻，最年老的人一样的年老。

“有的人发出甜柔单纯的微笑,有的人眼里含着狡猾的闪光。

“有的人在白天流涌着眼泪,有的人的眼泪却隐藏在幽暗里。

“他们都需要我,我没有时间去冥想来生。

“我和每一个人都是同年的,我的头发变白了又该怎样呢?”

3

早晨我把网撒在海里。

我从沉黑的深渊拉出奇形奇美的东西——有些微笑般地发亮,有些眼泪般地闪光,有的晕红得像新娘的双颊。

当我携带着这一天的担负回到家里的时侯,我爱正坐在园里悠闲地扯着花叶。

我沉吟了一会,就把我捞得的一切放在她的脚前,沉默地站着。

她瞥了一眼说,“这是些什么怪东西?我不知道这些东西有什么用处!”

我羞愧得低了头,心想,“我并没有为这些东西去奋斗,也不是从市场里买来的;这些不是配送给她的礼物。”

整夜的工夫我把这些东西一件一件地丢到街上。

早晨行路的人来了;他们把这些拾起带到远方去了。

4

我真烦,为什么他们把我的房子盖在通向市镇的路边呢?

他们把满载的船只拴在我的树上。

他们任意地来去游逛。

我坐着看着他们;光阴都消磨了。

我不能回绝他们。这样我的日子便过去了。

日日夜夜他们的足音在我门前震荡。

我徒然地叫,“我不认得你们。”

有些人是我的手指所认识的,有的人是我的鼻官所认识的,我脉管中的血液似乎认得他们,有些人是我的魂梦所认识的。

我不能回绝他们。我呼唤他们说,“谁愿意到我房子里来的就请来吧,对了,来吧。”

清晨庙里的钟声敲起。

他们提着筐子来了。

他们的脚像玫瑰般红。熹微的晨光照在他们的脸上。

我不能回绝他们。我呼唤他们说,“到我园里来采花吧。到这里来吧。”

中午锣声在庙殿门前敲起。

我不知道他们为什么放下工作在我篱畔流连。

他们发上的花朵已经褪色枯萎了;他们横笛里的音调也显得乏倦。

我不能回绝他们。我呼唤他们说,“我的树阴下是凉爽的。来吧,朋友们。”

夜里蟋蟀在林中唧唧地叫。

是谁慢慢地来到我的门前轻轻地敲叩?

我模糊地看到他的脸,他一句话也没说,四围是天空的静默。

我不能回绝我的沉默的客人。我从黑暗中望着他的脸,梦幻的时间过去了。

5

我心绪不宁。我渴望着遥远的事物。

我的灵魂在极想中走出,要去摸触幽暗的远处的边缘。

呵,“伟大的来生”,呵,你笛声的高亢的呼唤!

我忘却了,我总是忘却了,我没有奋飞的翅翼,我永远在这地点系住。

我切望而又清醒,我是一个异乡的异客。

你的气息向我低语出一个不可能的希望。

我的心懂得你的语言就像它懂得自己的语言一样。

呵,“遥远的寻求”,呵,你笛声的高亢的呼唤!

我忘却了，我总是忘却了，我不认得路，我也没有生翼的马。

我心绪不宁。我是自己心中的流浪者。
在疲倦时光的日霭中，你广大的幻象在天空的蔚蓝中显现！
呵，“最远的尽头”，呵，你笛声的高亢的呼唤！
我忘却了，我总是忘却了，在我独居的房子里，所有的门户都是紧闭的！

6

驯养的鸟在笼里，自由的鸟在林中。
时间到了，他们相会，这是命中注定的。
自由的鸟说，“呵，我爱，让我们飞到林中去吧。”
笼中的鸟低声说，“到这里来吧，让我俩都住在笼里。”
自由的鸟说，“在栅栏中间，哪有展翅的余地呢？”
“可怜呵，”笼中的鸟说，“在天空中我不晓得到哪里去栖息。”

自由的鸟叫唤说，“我的宝贝，唱起林野之歌吧。”
笼中的鸟说，“坐在我旁边吧，我要教你说学者的语言。”
自由的鸟叫唤说，“不，不！歌曲是不能传授的。”
笼中的鸟说，“可怜的我呵，我不会唱林野之歌。”

他们的爱情因渴望而更加热烈，但是他们永不能比翼双飞。
他们隔栏相望，而他们相知的愿望是虚空的。
他们在依恋中振翼，唱说，“靠近些吧，我爱！”
自由的鸟叫唤说，“这是做不到的，我怕这笼子的紧闭的门。”
笼里的鸟低声说，“我的翅翼是无力的，而且已经死去了。”

7

呵，母亲，年轻的王子要从我们门前走过，——今天早晨我哪有心思干活呢？

教给我怎样挽发;告诉我应该穿哪件衣裳。

你为什么惊讶地望着我呢,母亲?

我深知他不会仰视我的窗户;我知道一刹那间他就要走出我的视线以外;只有那残曳的笛声将从远处向我呜咽。

但是那年轻的王子将从我们门前走过,这时节我要穿上我最好的衣裳。

呵,母亲,年轻的王子已经从我们门前走过了,从他的车辇里射出朝日的金光。

我从脸上掠开面纱,我从颈上扯下红玉的颈环,扔在他走来的路上。

你为什么惊讶地望着我呢,母亲?

我深知他没有拾起我的颈环;我知道它在他的轮下碾碎了,在尘土上留下了红斑,没有人晓得我的礼物是什么样子,也不知是给谁的。

但是那年轻的王子曾经从我们门前走过,我也曾经把我胸前的珍宝丢在他走来的路上了。

8

当我床前的灯熄灭了,我和晨鸟一同醒起。

我在散发上戴上新鲜的花串,坐在洞开的窗前。

那年轻的行人在玫瑰色的朝霭中从大路上来了。

珠链在他的颈上,阳光在他的冠上。他停在我的门前,用切望的呼声问我,“她在哪里呢?”

为着深羞我说不出,“她就是我,年轻的行人,她就是我。”

黄昏来到,还未上灯。

我不宁地编着头发。

在落日的光辉中年轻的行人驾着车辇来了。

他的驾车的马,嘴里喷着白沫,他的衣袍上蒙着尘土。

他在我的门前下车,用疲乏的声音问,“她在哪里呢?”

为着深羞我说不出,“她就是我,愁倦的行人,她就是我。”

一个四月的夜晚。我的屋里点着灯。

南风温柔地吹来。多言的鹦鹉在笼里睡着了。

我的衷衣和孔雀颈毛一样地华彩,我的披纱和嫩草一样地碧青。

我坐在窗前地上看望着冷落的街道。

在沉黑的夜中我不住地低吟着,"她就是我,失望的行人,她就是我。"

9

当我在夜中独赴幽会的时候,鸟儿不叫,风儿不吹,街道两旁的房屋沉默地站立着。

是我自己的脚镯越走越响使我羞怯。

当我坐在凉台上倾听他的足音,树叶不摇,河水静止像熟睡的哨兵膝上的刀剑。

是我自己的心在狂跳——我不知道怎样使它宁静。

当我爱来了坐在我身旁,当我的身躯震颤,我的眼睫下垂,夜更深了,风吹灯灭,云片在繁星上曳过轻纱。

是我自己胸前的珍宝放出光明。我不知道怎样把它遮起。

10

放下你的工作吧,我的新娘。听,客人来了。

你听见没有,他在轻轻地摇动那拴门的链子?

小心不要让你的脚镯响出声音,在迎接他的时候你的脚步不要太急。

放下你的工作吧,新娘,客人在晚上来了。

不,这不是一阵阴风,新娘,不要惊惶。

这是四月夜中的满月;院里的影子是暗淡的;头上的天空是明亮的。

把轻纱遮上脸,若是你觉得需要,提着灯到门前去,若是你害怕。

不，这不是一阵阴风，新娘，不要惊惶。

若是你害羞就不必和他说话；你迎接他的时候只须站在门边。

他若问你话，若是你愿意这样做，你就沉默地低眸。

不要让你的手镯作响，当你提着灯，带他进来的时候。

不必同他说话，如果你害羞。

你的工作还没有做完么，新娘？听，客人来了。

你还没有把牛棚里的灯点起来么？

你还没有把晚祷的供筐准备好么？

你还没有在发缝中涂上鲜红的吉祥点，你还没有理过晚妆么？

呵，新娘，你没有听见，客人来了么？

放下你的工作吧！

11

你就这样地来吧；不要在梳妆上捱延了。

即使你的辫发松散，即使你的发辫没有分直，即使你衷衣的丝带没有系好，都不要管它。

你就这样地来吧；不要在梳妆上捱延了。

来吧，用快步踏过草坪。

即使露水粘掉了你脚上的红粉，即使你踝上的铃串褪松，即使你链上的珠儿脱落，都不要管它。

来吧，用快步踏过草坪吧。

你没看见云雾遮住天空么？

鹤群从远远的河岸飞起，狂风吹过常青的灌木。

惊牛奔向村里的栅棚。

你没看见云雾遮住天空么？

你徒然点上晚妆的灯火——它颤摇着在风中熄灭了。

谁能看出你眼睫上没有涂上乌烟？因为你的眼睛比雨云还黑。
你徒然点上晚妆的灯火——它熄灭了。

你就这样地来吧；不要在梳妆上捱延了。
即使花环没有穿好，谁管它呢；即使手镯没有扣上，让它去吧。
天空被阴云塞满了——时间已晚。
你就这样地来吧；不要在梳妆上捱延了。

12

若是你要忙着把水瓶灌满，来吧，到我的湖上来吧。
湖水将回绕在你的脚边，潺潺地说出它的秘密。
沙滩上有了欲来的雨云的阴影，云雾低垂在丛树的绿线上像你眉上的浓发。
我深深地熟悉你脚步的韵律，它在我心中敲击。
来吧，到我的湖上来吧，如果你必须把水瓶灌满。

如果你想懒散闲坐，让你的水瓶漂浮在水面，来吧，到我的湖上来吧。
草坡碧绿，野花多得数不清。
你的思想将从你乌黑的眼眸中飞出，像鸟儿飞出窝巢。
你的披纱将褪落到脚上。
来吧，如果你要闲坐，到我的湖上来吧。

如果你想撇下嬉游跳进水里，来吧，到我的湖上来吧。
把你的蔚蓝的丝巾留在岸上；蔚蓝的水将没过你，盖住你。
水波将蹑足来吻你的颈项，在你耳边低语。
来吧，如果你想跳进水里，到我的湖上来吧。

如果你想发狂而投入死亡，来吧，到我的湖上来吧。
它是清凉的，深到无底。
它沉黑得像无梦的睡眠。

在它的深处黑夜就是白天,歌曲就是静默。
来吧,如果你想投入死亡,到我的湖上来吧。

13

我一无所求,只站在林边树后。
倦意还逗留在黎明的眼上,露润在空气里。
湿草的懒味悬垂在地面的薄雾中。
在榕树下你用乳油般柔嫩的手挤着牛奶。
我沉静地站立着。

我没有说出一个字。那是藏起的鸟儿在密叶中歌唱。
芒果树在村径上撒着繁花,蜜蜂一只一只地嗡嗡飞来。
池塘边湿婆天的庙门开了,朝拜者开始诵经。
你把罐儿放在膝上挤着牛奶。
我提着空桶站立着。

我没有走近你。
天空和庙里的锣声一同醒起。
街尘在驱起的牛蹄下飞扬。
把汩汩发响的水瓶搂在腰上,女人们从河边走来。
你的钏镯丁当,乳沫溢出罐沿。
晨光渐逝而我没有走近你。

14

我在路边行走,也不知道为什么,
时已过午,竹枝在风中簌簌作响。
横斜的影子伸臂拖住流光的双足。
布谷鸟都唱倦了。
我在路边行走,也不知道为什么。

低垂的树阴盖住水边的茅屋。
有人正忙着工作,她的钏镯在一角放出乐音。
我在茅屋前面站着,我不知道为什么。

曲径穿过一片芥菜田地和几层芒果树林。
它经过村庙和渡头的市集。
我在这茅屋前面停住了,我不知道为什么。

好几年前,三月风吹的一天,春天倦慵地低语,芒果花落在地上。
浪花跳起掠过立在渡头阶沿上的铜瓶。
我想着三月风吹的这一天,我不知道为什么。

阴影更深,牛群归栏。
冷落的牧场上日色苍白,村人在河边待渡。
我缓步回去,我不知道为什么。

15

我像麝鹿一样在林阴中奔走,为着自己的香气而发狂。
夜晚是五月正中的夜晚,清风是南国的清风。
我迷了路,我游荡着,我寻求那得不到的东西,我得到我所没有寻求的东西。

我自己的愿望的形象从我心中走出跳起舞来。
这闪光的形象飞掠过去。
我想把它紧紧捉住,它躲开了又引着我飞走下去。
我寻求那得不到的东西,我得到我所没有寻求的东西。

16

手握着手,眼恋着眼:这样开始了我们的心的记录。

这是三月的月明之夜;空气里有风仙花的芬芳;我的横笛抛在地上,你的花串也没有编成。

你我之间的爱像歌曲一样地单纯。

你橙黄色的面纱使我眼睛陶醉。

你给我编的茉莉花环使我心震颤,像是受了赞扬。

这是一个又予又留,又隐又现的游戏;有些微笑有些娇羞,也有些甜柔的无用的抵拦。

你我之间的爱像歌曲一样地单纯。

没有现在以外的神秘;不强求那做不到的事情;没有魅惑后面的阴影;没有黑暗深处的探索。

你我之间的爱像歌曲一样地单纯。

我们没有走出一切语言之外进入永远的沉默;我们没有向空举手寻求希望以外的东西。

我们付与,我们取得,这就够了。

我们没有把喜乐压成微尘来榨取痛苦之酒。

你我之间的爱像歌曲一样地单纯。

17

黄鸟在自己的树上歌唱,使我的心喜舞。

我们两人住在一个村子里,这是我们的一份快乐。

她心爱的一对小羊,到我园树的阴下吃草。

它们若走进我的麦地,我就把它们抱在臂里。

我们村子名叫康遮那,人们管我们的小河叫安遮那。

我的名字村人都知道，她的名字是软遮那。

我们中间只隔着一块田地。
在我们树里做窝的蜜蜂，飞到他们林中去采蜜。
从他们渡头阶上流来的落花，飘到我们洗澡的池塘里。
一筐一筐的红花干从他们地里送到我们的市集上。
我们村子名叫康遮那，人们管我们的小河叫安遮那。
我的名字村人都知道，她的名字是软遮那。

到她家去的那条曲巷，春天充满了芒果的花香。
他们亚麻子收成的时候，我们地里的苎麻正在开放。
在他们房上微笑的星辰，送给我们以同样的闪亮。
在他们水槽里满溢的雨水，也使我们的迦昙树林喜乐。
我们村子名叫康遮那，人们管我们的小河叫安遮那。
我的名字村人都知道，她的名字是软遮那。

18

当这两个姊妹出去打水的时候，她们来到这地点，她们微笑了。
她们一定觉察到，每次她们出来打水的时候，那个站在树后的人儿。

姊妹俩相互耳语，当她们走到这地点的时候。
她们一定猜到了，每逢她们出来打水的时候，那个人站在树后的秘密。
她们的水瓶忽然倾倒，水倒出来了，当她们走到这地点的时候。
她们一定发觉，每逢她们出来打水的时候，那个站在树后的人的心正在跳着。

姊妹俩相互瞥了一眼又微笑了，当她们来到这地点的时候。
她们飞快的脚步里带着笑声，使这个每逢她们出来打水的时候站在树后的人儿心魂缭乱了。

19

你腰间搂着灌满的水瓶，在河边路上行走。

你为什么急遽地回头，从飘扬的面纱里偷偷地看我？

这个从黑暗中向我送来的闪视，像凉风在粼粼的微波上掠过，一阵震颤直到荫蔽的岸边。

它向我飞来，像夜中的小鸟急遽地穿过无灯的屋子的两边洞开的窗户，又在黑夜中消失了。

你像一颗隐在山后的星星，我是路上的行人。

但是你为什么站了一会，从面纱中瞥视我的脸，当你腰间搂着灌满的水瓶在河边路上行走的时候？

20

他天天地来了又走了。

去吧，把我头上的花朵送去给他吧，我的朋友。

假如他问赠花的人是谁，我请你不要把我的名字告诉他——因为他来了又要走的。

他坐在树下的地上。

用繁花密叶给他敷设一个座位吧，我的朋友。

他的眼神是忧郁的，它把忧郁带到我的心中。

他没有说出他的心事；他只是来了又走了。

21

他为什么特地来到我的门前，这年轻的游子，当天色黎明的时候？

每次我进出经过他的身旁，我的眼睛总被他的面庞所吸引。

我不知道我是应该同他说话还是保持沉默。他为什么特地到我门前来呢？

七月的阴夜是沉黑的;秋日的天空是浅蓝的;南风把春天吹得骀荡不宁。
他每次用新调编着新歌。
我放下活计眼里充满雾水。他为什么特地到我门前来呢?

22

当她用急步走过我的身旁,她的裙缘触到了我。
从一颗心的无名小岛上忽然吹来一阵春天的温馨。
一霎飞触的缭乱扫拂过我,立刻又消失了,像扯落的花瓣在和风中飘扬。
它落在我的心上,像她身躯的叹息和她的心灵的低语。

23

你为什么悠闲地坐在那里,把镯子玩得丁当作响呢?
把你的水瓶灌满了吧。是你应当回家的时候了。

你为什么悠闲地拨弄着水玩,偷偷地瞥视路上的行人呢?
灌满你的水瓶回家去吧。

早晨的时间过去了——沉黑的水不住地流逝。
波浪相互低语嬉笑闲玩着。

流荡的云片聚集在远野高地的天边。
它们流连着悠闲地看着你的脸微笑着。
灌满你的水瓶回家去吧。

24

不要把你心的秘密藏起,我的朋友!
对我说吧,秘密地对我一个人说吧。

你这个笑得这样温柔，说得这样轻软的人，我的心将听着你的言语，不是我的耳朵。

夜深沉，庭宁静，鸟巢也被睡眠笼罩着。

从踌躇的眼泪里，从沉吟的微笑里，从甜柔的羞怯和痛苦里，把你心的秘密告诉我吧！

25

“到我们这里来吧，青年人，老实告诉我们，为什么你眼里带着疯癫？”

“我不知道我喝了什么野罂粟花酒，使我的眼里带着疯癫。”

“呵，多难为情！”

“好吧，有的人聪明有的人愚拙，有的人细心有的人马虎。有的眼睛会笑，有的眼睛会哭——我的眼睛是带着疯癫的。”

“青年人，你为什么这样凝立在树影下呢？”

“我的脚被我沉重的心压得疲倦了，我就在树影下凝立着。”

“呵，多难为情！”

“好吧，有人一直行进，有人到处流连，有的人是自由的，有的人是锁住的——我的脚被我沉重的心压得疲倦了。”

26

“从你慷慨的手里所付与的我都接受。我别无所求。”

“是了，是了，我懂得你，谦卑的乞丐，你是乞求一个人的一切所有。”

“若是你给我一朵残花，我也要把它戴在心上。”

“若是那花上有刺呢？”

“我就忍受着。”

“是了，是了，我懂得你，谦卑的乞丐，你是乞求一个人的一切所有。”

“如果你只在我脸上抬起一次爱怜的眼光，就会使我的生命直到死后还是甜蜜的。”

"假如那只是残酷的眼色呢?"

"我要让它永远刺穿我的心。"

"是了,是了,我懂得你,谦卑的乞丐,你是乞求一个人的一切所有。"

27

"即使爱只给你带来了哀愁,也信任它。不要把你的心关起。"

"呵,不,我的朋友,你的话语太隐晦了,我不懂得。"

"心是应该和一滴眼泪,一首诗歌一起送给人的,我爱。"

"呵,不,我的朋友,你的话语太隐晦了,我不懂得。"

"喜乐像露珠一样地脆弱,它在欢笑中死去。哀愁却是坚强而耐久。让含愁的爱在你眼中醒起吧。"

"呵,不,我的朋友,你的话语太隐晦了,我不懂得。"

"荷花在日中开放,丢掉了自己的一切所有。在永生的冬雾里,它将不再含苞。"

"呵,不,我的朋友,你的话语太隐晦了,我不懂得。"

28

你的疑问的眼光是含愁的。它要追探了解我的意思,好像月亮探测大海。

我已经把我生命的终始,全部暴露在你的眼前,没有任何隐秘和保留。因此你不认识我。

假如它是一块宝石,我就能把它碎成千百颗粒,穿成项链挂在你的颈上。

假如它是一朵花,圆圆小小香香的,我就能从枝上采来戴在你的发上。

但是它是一颗心,我的爱人。何处是它的边和底?

你不知道这个王国的边极,但你仍是这王国的女王。

假如它是片刻的欢娱,它将在喜笑中开花,你立刻就会看到懂得了。

假如它是一阵痛苦,它将融化成晶莹的眼泪,不着一字地反映出它最深的秘密。

但是它是爱,我的爱人。

它的欢乐和痛苦是无边的,它的需求和财富是无尽的。

它和你亲近得像你的生命一样,但是你永远不能完全了解它。

29

对我说话吧,我爱!用言语告诉我你唱的是什么。

夜是深黑的,星星消失在云里,风在叶丛中叹息。

我将披散我的头发,我的青蓝的披风将像黑夜一样地紧裹着我。我将把你的头紧抱在胸前;在甜柔的寂寞中在你心头低诉。我将闭目静听。我不会看望你的脸。

等到你的话说完了,我们将沉默凝坐。只有丛树在黑暗中微语。

夜将发白。天光将晓。我们将望望彼此的眼睛,然后各走各的路。

对我说话吧,我爱!用言语告诉我你唱的是什么。

30

你是一朵夜云在我梦幻中的天空中浮泛。

我永远用爱恋的渴想来描画你。

你是我一个人的,我一个人的,我无尽的梦幻中的居住者!

你的双脚被我心切望的热光染得绯红,我的落日之歌的搜集者!

我的痛苦之酒使你唇儿苦甜。

你是我一个人的,我一个人的,我寂寥的梦幻中的居住者!

我用热情的浓影染黑了你的眼睛,我的凝视深处的祟魂!

我捉住了你缠住了你,我爱,在我音乐的罗网里。

你是我一个人的,我一个人的,我永生的梦幻中的居住者!

31

我的心,这只野鸟,在你的双眼中找到了天空。

它们是清晓的摇篮,它们是星辰的王国。

我的诗歌在它们的深处消失。

只让我在这天空中高飞,翱翔在静寂的无限空间里。

只让我冲破它的云层,在它的阳光中展翅吧。

32

告诉我,这一切是否都是真的,我的情人,告诉我,这是否真的。

当这一对眼睛闪出电光,你胸中的浓云发出风暴的回答。

我的唇儿,是真像觉醒的初恋的蓓蕾那样香甜么?

消失了的五月的回忆仍旧流连在我的肢体上么?

那大地,像一张琴,真因着我双足的踏触而颤成诗歌么?

那么当我来时,从夜的眼睛里真的落下露珠,晨光也真因为围绕我的身躯而感到喜悦么?

是真的么,是真的么,你的爱贯穿许多时代许多世界来寻找我么?

当你最后找到了我,你天长地久的渴望,在我的温柔的话里,在我的眼睛嘴唇和飘扬的头发里,找到了完全的宁静么?

那么"无限"的神秘是真的写在我小小的额上么?

告诉我,我的情人,这一切是否都是真的。

33

我爱你,我的爱人。请饶恕我的爱。

像一只迷路的鸟,我被捉住了。

当我的心抖颤的时候,它丢了围纱变成赤裸。用怜悯遮住它吧。爱人,请饶恕我的爱。

如果你不能爱我,爱人,请饶恕我的痛苦。

不要远远地斜视我。

我将偷偷地回到我的角落里去,在黑暗中坐地。

我将用双手掩起我赤裸的羞惭。

回过脸去吧,我的爱人,请饶恕我的痛苦。

如果你爱我,爱人,请饶恕我的欢乐。

当我的心被快乐的洪水卷走的时候,不要笑我的汹涌的退却。

当我坐在宝座上用我暴虐的爱来统治你的时候,当我像女神一样向你施恩的时候,饶恕我的骄傲吧,爱人,也饶恕我的欢乐。

34

不要不辞而别,我爱。

我看望了一夜,现在我眼上睡意重重。

只恐我在睡中把你丢失了。

不要不辞而别,我爱。

我惊起伸出双手去摸触你,我问自己说,“这是一个梦么?”

但愿我能用我的心系住你的双足紧抱在胸前!

不要不辞而别,我爱。

35

只恐我太容易地认得你,你对我要花招。

你用欢笑的闪光使我目盲来掩盖你的眼泪。

我知道,我知道你的妙计,

你从来不说出你所要说的话。

只恐我不珍爱你,你千方百计地闪避我。

只恐我把你和大家混在一起,你独自站在一边。

我知道,我知道你的妙计,
你从来不走你所要走的路。

你的要求比别人都多,因此你才静默。
你用嬉笑的无心来回避我的赠与。
我知道,我知道你的妙计,
你从来不肯接受你想接受的东西。

36

他低声说,“我爱,抬起眼睛吧。”
我严厉地责骂他,说,“走!”但是他不动。
他站在我面前拉住我的双手。我说,“躲开我!”但是他没有走。

他把脸靠近我的耳边。我瞪他一眼说,“不要脸!”但是他没有动。
他的嘴唇触到我的腮颊。我震颤了说,“你太大胆了!”但是他不怕丑。

他把一朵花插在我发上。我说,“这也没有用处!”但是他站着不动。
他取下我颈上的花环就走开了。我哭了,问我的心说,“他为什么不回来呢?”

37

“你愿意把你的鲜花的花环挂在我的颈上么,佳人?”
“但是你要晓得,我编的那个花环,是为大家的,为那些偶然瞥见的人,住在未开发的大地上的人,住在诗人歌曲里的人。”

现在来请求我的心作为答赠已经太晚了。
曾有一个时候我的生命像一朵蓓蕾,它所有的芬芳都储藏在花心里。
现在它已远远地喷溢四散。
谁晓得有什么魅力,可以把它们收集关闭起来呢?

我的心不容我只给一个人，它是要给与许多人的。

38

我爱，从前有一天，你的诗人把一首伟大史诗投进他心里。

呵，我不小心，它打到你的丁当的脚镯上而引起悲愁。

它裂成诗歌的碎片散撒在你的脚边。

我满载的一切古代战争的货物，都被笑浪所颠簸，被眼泪浸透而下沉。

你必须使这损失成为我的收获，我爱。

如果我的死后不朽的荣名的要求都破灭了，在我生前使我不朽吧。

我将不为这损失伤心，也不责怪你。

39

整个早晨我想编一个花环，但是花儿滑掉了。

你坐在一旁偷偷地从侦伺的眼角看着我。

问这一对沉黑的恶作剧的眼睛，这是谁的错。

我想唱一支歌，但是唱不出来。

一个暗笑在你唇上颤动；你问它我失败的缘由。

让你微笑的唇儿发一个誓，说我的歌声怎样地消失在沉默里，像一只在荷花里沉醉的蜜蜂。

夜晚了，是花瓣合起的时候了。

容许我坐在你的旁边，容许我的唇儿做那在沉默中、在星辰的微光中能做的工作吧。

40

一个怀疑的微笑在你眼中闪烁，当我来向你告别的时候。

我这样做的次数太多了，你想我很快又会回来。

告诉你实话，我自己心里也有同样的怀疑。

因为春天年年回来;满月道过别又来访问,花儿每年回来在枝上红晕着脸,很可能我向你告别只为的要再回到你的身边。

但是把这幻象保留一会吧,不要冷酷粗率地把它赶走。

当我说我要永远离开你的时候,就当做真话来接受它,让泪雾暂时加深你眼边的黑影。

当我再来的时候,随便你怎样地狡笑吧。

41

我想对你说出我要说的最深的话语,我不敢,我怕你哂笑。

因此我嘲笑自己,把我的秘密在玩笑中打碎。

我把我的痛苦说得轻松,因为怕你会这样做。

我想对你说出我要说的最真的话语,我不敢,我怕你不信。

因此我弄真成假,说出和我的真心相反的话。

我把我的痛苦说得可笑,因为我怕你会这样做。

我想用最宝贵的名词来形容你,我不敢,我怕得不到相当的酬报。

因此我给你安上苛刻的名字,而夸示我的硬骨。

我伤害你,因为怕你永远不知道我的痛苦。

我渴望静默地坐在你的身旁,我不敢,怕我的心会跳到我的唇上。

因此我轻松地说东道西,把我的心藏在语言的后面。

我粗暴地对待我的痛苦,因为我怕你会这样做。

我渴望从你身边走开,我不敢,怕你看出我的懦怯。

因此我随随便便地昂首走到你的面前。

从你眼里频频掷来的刺激,使我的痛苦永远新鲜。

42

呵,疯狂的,头号的醉汉;
如果你踢开门户在大众面前装疯;
如果你在一夜倒空囊橐,对慎重轻蔑地弹着指头;
如果你走着奇怪的道路,和无益的东西游戏;
不理会韵律和理性;
如果你在风暴前扯起船帆,你把船舵折成两半,
那么我就要跟随你,伙伴,喝得烂醉走向堕落灭亡。

我在稳重聪明的街坊中间虚度了日日夜夜。
过多的知识使我白了头发,过多的观察使我眼力模糊。
多年来我积攒了许多零碎的东西:
把这些东西摔碎,在上面跳舞,把它们散掷到风中去吧。
因为我知道喝得烂醉而堕落灭亡,是最高的智慧。

让一切歪曲的顾虑消亡吧,让我无望地迷失了路途。
让一阵旋风吹来,把我连船锚一齐卷走。
世界上住着高尚的人,劳动的人,有用又聪明。
有的人很从容地走在前头,有的人庄重地走在后面。
让他们快乐繁荣吧,让我傻呆地无用吧。
因为我知道喝得烂醉而堕落灭亡,是一切工作的结局。

我此刻誓将一切的要求,让给正人君子。
我抛弃我学识的自豪和是非的判断。
我打碎记忆的瓶壶,挥洒最后的眼泪。
以红果酒的泡沫来洗澡,使我欢笑发出光辉。
我暂且撕裂温恭和认真的标志。
我将发誓做一个无用的人,喝得烂醉而堕落灭亡下去。

43

不，我的朋友，我永不会做一个苦行者，随便你怎么说。

我将永不做一个苦行者，假如她不和我一同受戒。

这是我坚定的决心，如果我找不到一个阴凉的住处和一个忏悔的伴侣，我将永不会变成一个苦行者。

不，我的朋友，我将永不离开我的炉火与家庭，去退隐到深林里面，

如果在林阴中没有欢笑的回响；如果没有郁金香色的衣裙在风中飘扬；

如果它的幽静不因有轻柔的微语而加深，

我将永不会做一个苦行者。

44

尊敬的长者，饶恕这一对罪人吧。

今天春风猖狂地吹起旋舞，把尘土和枯叶都扫走了，你的功课也随着一起丢掉了。

师父，不要说生命是虚空的。

因为我们和死亡订下一次和约，在一段温馨的时间中，我俩变成不朽。

即使是国王的军队凶猛地前来追捕，我们将忧愁地摇头说，弟兄们，你们搅扰了我们了。如果你们必须做这个吵闹的游戏，到别处去敲击你们的武器吧。因为我们刚在这片刻飞逝的时光中变成不朽。

如果亲切的人们来把我们围起，我们将恭敬地向他们鞠躬说，这个荣幸使我们惭愧。在我们居住的无限天空之中，没有多少隙地。因为在春天繁花盛开，蜜蜂的忙碌的翅翼也彼此摩挤。只住着我们两个仙人的小天堂，是狭小得太可笑了。

45

对那些定要离开的客人们,求神帮他们快走,并且扫掉他们所有的足迹。

把舒服的单纯的亲近的,微笑着一起抱在你的怀里。

今天是幻影的节日,他们不知道自己的死期。

让你的笑声只作为无意义的欢乐,像浪花上的闪光。

让你的生命像露珠的叶尖一样,在时间的边缘上轻轻跳舞。

在你的琴弦上弹出无定的暂时的音调吧。

46

你离开我自己走了。

我想我将为你忧伤,还将用金色的诗歌铸成你孤寂的形象,供养在我的心里。

但是,我的运气多坏,时间是短促的。

青春一年一年地消逝;春日是暂时的;柔弱的花朵无意义地凋谢,聪明人警告我说,生命只是一颗荷叶上的露珠。

我可以不管这些,只凝望着背弃我的那个人么?

这会是无益的,愚蠢的,因为时间是太短暂了。

那么,来吧,我的雨夜的脚步声;微笑吧,我的金色的秋天;来吧,无虑无忧的四月,散掷着你的亲吻。

你来吧,还有你,也有你!

我的情人们,你知道我们都是凡人。为一个取回她的心的人而心碎,是件聪明的事情么?因为时间是短暂的。

坐在屋角凝思,把我的世界中的你们都写在韵律里,是甜柔的。

把自己的忧伤抱紧,决不受人安慰是英勇的。

但是一个新的面庞,在我门外偷窥,抬起眼来看我的眼睛。

我只能拭去眼泪,更改我歌曲的腔调。

因为时间是短暂的。

47

如果你要这样,我就停了歌唱。

如果它使你心震颤,我就把眼光从你脸上挪开。

如果使你在行走时忽然惊跃,我就躲开另走别路。

如果在你编串花环时,使你烦乱,我就避开你寂寞的花园。

如果我使水花飞溅,我就不在你的河边划船。

48

把我从你甜柔的枷束中放出来吧,我爱,不要再斟上亲吻的酒。

香烟的浓雾窒塞了我的心。

开起门来,让晨光进入吧!

我消失在你里面,包缠在你爱抚的折痕之中。

把我从你的诱惑中放出来吧,把男子气概交还我,好让我把得到自由的心贡献给你。

49

我握住她的手把她抱紧在胸前。

我想以她的爱娇来填满我的怀抱,用亲吻来偷劫她的甜笑,用我的眼睛来吸饮她的深黑的一瞥。

呵,但是,它在哪里呢?谁能从天空滤出蔚蓝呢?

我想去把握美;它躲开我,只有躯体留在我的手里。

失望而困乏地我回来了。

躯体哪能触到那只有精神才能触到的花朵呢?

50

爱,我的心日夜想望和你相见——那像吞灭一切的死亡一样的会见。

像一阵风暴把我卷走;把我的一切都拿去;劈开我的睡眠抢走我的梦。剥夺了我的世界。

在这毁灭里,在精神的全部赤露里,让我们在美中合一吧。

我的空想是可怜的!除了在你里面,哪有这合一的希望呢,我的神?

51

那么唱完最后一支歌就让我们走吧。

当这夜过完就把这夜忘掉。

我想把谁紧抱在臂里呢?梦是永不会被捉住的。

我渴望的双手把“空虚”紧压在我心上,压碎了我的胸膛。

52

灯为什么熄了呢?

我用斗篷遮住它怕它被风吹灭,因此灯熄了。

花为什么谢了呢?

我的热恋的爱把它紧压在我的心上,因此花谢了。

泉为什么干了呢?

我盖起一道堤把它拦起给我使用,因此泉干了。

琴弦为什么断了呢?

我强弹一个它力不能胜的音节,因此琴弦断了。

53

为什么盯着我使我羞愧呢?

我不是来求乞的。
只为要消磨时光，我才来站在你院边的篱外。
为什么盯着我使我羞愧呢？

我没有从你园里采走一朵玫瑰，没有摘下一颗果子。
我谦卑地在任何生客都可站立的路边棚下，找个荫蔽。
我没有采走一朵玫瑰。

是的，我的脚疲乏了，骤雨又落了下来。
风在摇曳的竹林中呼叫。
云阵像败退似的跑过天空。
我的脚疲乏了。

我不知道你怎样看待我，或是你在门口等什么人。
电闪昏眩了你看望的目光。
我怎能知道你会看到站在黑暗中的我呢？
我不知道你怎样看待我。

白日过尽，雨势暂停。
我离开你园畔的树阴和草地上的座位。
日光已暗；关上你的门户吧；我走我的路。
白日过尽了。

54

市集已过，你在夜晚急急地提着篮子要到哪里去呢？
他们都挑着担子回家去了；月亮从树隙中下窥。
唤船的回声从深黑的水上传到远处野鸭睡眠的沼泽。
在市集已过的时候，你提着篮子急忙地要到哪里去呢？

睡眠把她的手指按在大地的双眼上。

鸦巢已静,竹叶的微语也已沉默。

劳动的人们从田间归来把席子展铺在院子里。

在市集已过的时候,你提着篮子急忙地要到哪里去呢?

55

正午的时候你走了。

烈日当空。

当你走的时候,我已经完了工作,坐在凉台上。

不定的风吹来,含带着许多远野的香气。

鸽子在树阴中不停地叫唤,一只蜜蜂在我屋里飞着,嗡出许多远野的消息。

村庄在午热中入睡了。路上无人。

树叶的声音时起时息。

我凝望天空,把一个我知道的人的名字织在蔚蓝里,当村庄在午热中入睡的时候。

我忘记把头发编起。困倦的风在我颊上和它嬉戏。

河水在浓阴岸下平静地流着。

懒散的白云动也不动。

我忘了编起我的头发。

正午的时候你走了。

路上尘土灼热,田野在喘息。

鸽子在密叶中呼唤。

我独坐在凉台上,当你走的时候。

56

我是妇女中为平庸的日常家务而忙碌的一个。

你为什么把我挑选出来，把我从日常生活的凉阴中带出来？

没有表现出来的爱是神圣的。它像宝石般在隐藏的心的朦胧里放光。在奇异的日光中，它显得可怜地晦暗。

呵，你打碎我心的盖子，把我颤栗的爱情拖到空旷的地方，把那阴暗的藏我心巢的一角，永远破坏了。

别的女人和从前一样。

没有一个人窥探到自己的最深处，她们不知道自己的秘密。

她们轻快地微笑，哭泣，谈话，工作。她们每天到庙里去，点上她们的灯，还到河中取水。

我希望能从无遮拦的颤羞中把我的爱情救出，但是你掉头不顾。

是的，你的前途是远大的，但是你把我的归路切断了，让我在世界的无睫毛的眼睛日夜瞪视之下赤裸着。

57

我采了你的花，呵，世界！

我把它压在胸前，花刺伤了我。

日光渐暗，我发现花儿凋谢了，痛苦却存留着。

许多有香有色的花又将来到你这里，呵，世界。

但是我采花的时代过去了，黑夜悠悠，我没有了玫瑰，只有痛苦存留着。

58

有一天早晨，一个盲女来献给我一串盖在荷叶下的花环。

我把它挂在颈上，泪水涌上我的眼睛。

我吻了她，说，“你和花朵一样的盲目。

“你自己不知道你的礼物是多么美丽。”

59

呵,女人,你不但是神的,而且是人的手工艺品;他们永远从心里用美来打扮你。

诗人们用比喻的金线替你织网,画家们给你的身形以永新的不朽。

海献上珍珠,矿献上金子,夏日的花园献上花朵来装扮你,覆盖你,使你更加美妙。

人类心中的愿望,在你的青春上洒上光荣。

你一半是女人一半是梦。

60

在生命奔腾怒吼的中流,呵,石头雕成的“美”,你冷静无言,独自超绝地站立着。

“伟大的时间”依恋地坐在你脚边低语说:

“说话吧,对我说话吧,我爱,说话吧,我的新娘!”

但是你的话被石头关住了,呵,“不动的美”!

61

安静吧,我的心,让别离的时间甜柔吧。

让它不是个死亡而是圆满。

让爱恋融入记忆,痛苦融入诗歌吧。

让穿越天空的飞翔在巢上敛翼中终止。

让你双手的最后的接触,像夜中花朵一样的温柔。

站住一会吧,呵,“美丽的结局”,用沉默说出最后的话语吧。

我向你鞠躬,举起我的灯来照亮你的归途。

62

在梦境的朦胧小路上，我去寻找我前生的爱。

她的房子是在冷静的街尾。
在晚风中，她爱养的孔雀在架上昏睡，鸽子在自己的角落里沉默着。

她把灯放在门边，站在我面前。
她抬起一双大眼望着我的脸，无言地问说，“你好么，我的朋友？”
我想回答，但是我们的语言迷失而又忘却了。

我想来想去；怎么也想不起我们叫什么名字。
眼泪在她眼中闪光，她向我伸出右手。我握住她的手静默地站着。

我们的灯在晚风中颤摇着熄灭了。

63

行路人，你必须走么？
夜是静寂的，黑暗在树林上昏睡。
我们的凉台上灯火辉煌，繁花鲜美，青春的眼睛还清醒着。
你离开的时间到了么？
行路人，你必须走么？

我们不曾用恳求的手臂来抱住你的双足。
你的门开着。你的立在门外的马，也已上了鞍鞯。
如果我们想拦住你的去路，也只是用我们的歌曲。
如果我们曾想挽留你，也只是用我们的眼睛。
行路人，我们没有希望留住你，我们只有眼泪。

在你眼里发光的是什么样的不灭之火?

在你血管中奔流的是什么样的不宁的热力?

从黑暗中有什么召唤在引动你?

你从天上的星星中,念到什么可怕的咒语,就是黑夜沉默而异样地走进你心中时带来的那个密封的秘密的消息?

如果你不喜欢那热闹的集会,如果你需要安静,困乏的心呵,我们就吹灭灯火,停止琴声。

我们将在风叶声中静坐在黑暗里,倦乏的月亮将在你窗上撒上苍白的光辉。

呵,行路人,是什么不眠的精灵从午夜的心中和你接触了呢?

64

我在大路灼热的尘土上消磨了一天。

现在,在晚凉中我敲着一座小庙的门。这庙已经荒废倒塌了。

一棵愁苦的菩提树,从破墙的裂缝里伸展出饥饿的爪根。

从前曾有过路人到这里来洗疲乏的脚。

他们在新月的微光中在院里摊开席子,坐着谈论异地的风光。

早起他们精神恢复了,鸟声使他们欢悦,友爱的花儿在道边向他们点首。

但是当我来的时候没有灯在等待我。

只有残留的灯烟熏污的黑迹,像盲人的眼睛,从墙上瞪视着我。

萤火虫在涸池边的草里闪烁,竹影在荒芜的小径上摇曳。

我在一天之末做了没有主人的客人。

在我面前的是漫漫的长夜,我疲倦了。

65

又是你呼唤我么?

夜来到了,困乏像爱的恳求用双臂围抱住我。

你叫我了么？

我已把整天的工夫给了你，残忍的主妇，你还定要掠夺我的夜晚么？
万事都有个终结，黑暗的静寂是个人独有的。
你的声音定要穿透黑暗来刺激我么？

难道你门前的夜晚，没有音乐和睡眠么？
难道那翅翼不响的星辰，从来不攀登你的不仁之塔的上空么？
难道你园中的花朵，永不在绵软的死亡中坠地么？

你定要叫我么，你这不安静的人？
那就让爱的愁眼，徒然地因着盼望而流泪。
让灯盏在空屋里点着。
让渡船载那些困乏的工人回家。
我把梦想丢下，来奔赴你的召唤。

66

一个流浪的疯子在寻找点金石，他褐黄的头发乱蓬蓬地蒙着尘土，身体瘦到像个影子，他双唇紧闭，就像他的紧闭的心门，他的烧红的眼睛就像萤火虫的亮光在寻找他的爱侣。

无边的海在他面前怒吼。

喧哗的波浪，在不停地谈论那隐藏的珠宝，嘲笑那不懂得它们的意思的愚人。

也许现在他不再有希望了，但是他不肯休息，因为寻求变成他的生命，——

就像海洋永远向天伸臂求得不可达到的东西——

就像星辰绕着圈走，却要寻找一个永不能到达的目标——

在那寂寞的海边，那头发垢乱的疯子，也仍旧徘徊着寻找点金石。

有一天，一个村童走上来问，“告诉我，你腰上的那条金链是从哪里来的呢？”

疯子吓了一跳——那条本来是铁的链子真的变成金的了；这不是一场梦，但是他不知道是什么时候变了的。

他狂乱地敲着自己的前额——什么时候，呵，什么时候在他不知不觉之中得到成功了呢？

拾起大石去碰碰那条链子，然后不看看变化与否，又把它扔掉，这已成了习惯；就是这样，这疯子找到了又失掉了那块点金石。

太阳沉西，天空灿金。

疯子沿着自己的脚印走回，去寻找他失去的珍宝，他气力尽消，身体弯曲，他的心像连根拔起的树一样，萎垂在尘土里了。

67

虽然夜晚缓步走来，让一切歌声停息；
虽然你的伙伴都去休息而你也倦乏了；
虽然恐怖在黑暗中弥漫，天空的脸也被面纱遮起；
但是，鸟儿，我的鸟儿，听我的话，不要垂翅吧。

这不是林中树叶的阴影，这是大海涨溢，像一条深黑的龙蛇。
这不是盛开的茉莉花的跳舞，这是闪光的水沫。
呵，何处是阳光下的绿岸，何处是你的窝巢？
鸟儿，呵，我的鸟儿，听我的话，不要垂翅吧。

长夜躺在你的路边，黎明在朦胧的山后睡眠。
星辰屏息地数着时间，柔弱的月儿在夜中浮泛。
鸟儿，呵，我的鸟儿，听我的话，不要垂翅吧。

对于你，这里没有希望，没有恐怖。
这里没有消息，没有低语，没有呼唤。

这里没有家，没有休息的床。

这里只有你自己的一双翅翼和无路的天空。

鸟儿，呵，我的鸟儿，听我的话，不要垂翅吧。

68

没有人永远活着，弟兄，没有东西能得以经久。把这紧记在心及时行乐吧。

我们的生命不是那个旧的负担，我们的道路不是那条长的旅程。

一个单独的诗人，不必去唱一支旧歌。

花儿萎谢；但是戴花的人不必永远悲伤。

弟兄，把这个紧记在心及时行乐吧。

必须有一段完全的停歇，好把“圆满”编进音乐。

生命向它的黄昏下落，为了沉浸于金影之中。

必须从游戏中把“爱”召回，去饮忧伤之酒，再去生于泪天。

弟兄，把这紧记在心及时行乐吧。

我们忙去采花，怕被过路的风偷走。

去夺取稍纵即逝的接吻，使我们血液奔流双目发光。

我们的生命是热切的，愿望是强烈的，因为时间在敲着离别之钟。

弟兄，把这紧记在心及时行乐吧。

我们没有时间去把握一件事物，揉碎它又把它丢在地上。

时间急速地走过。把梦幻藏在裙底。

我们的生命是短促的；只有几天恋爱的工夫。

若是为工作和劳役，生命就变得无尽的漫长。

弟兄，把这紧记在心及时行乐吧。

美对我们是甜柔的，因为她和我们生命的快速调子应节舞蹈。

知识对我们是宝贵的，因为我们永不会有时间去完成它。

一切都在永生的天上做完。但是大地的幻象的花朵，却被死亡保持得永远新鲜。

弟兄，把这紧记在心及时行乐吧。

69

我要追逐金鹿。

你也许会讪笑，我的朋友，但是我追求那逃避我的幻象。

我翻山越谷，我游遍许多无名的土地，因为我要追逐金鹿。

你到市场采买，满载着回家，但不知从何时何地一阵无家之风吹到我身上。

我心中无牵无挂；我把一切所有都撇在后面。

我翻山越谷，我游遍许多无名的土地——因为我在追逐金鹿。

70

我记得在童年时代，有一天我在水沟里漂一只纸船。

那是七月的一个阴湿的天，我独自快乐地嬉戏。

我在沟里漂一只纸船。

忽然间阴云密布，狂风怒号，大雨倾注。

浑水像小河般流溢，把我的船冲没了。

我心里难过地想，这风暴是故意来破坏我的快乐的；它的一切恶意都是对着我。

今天，七月的阴天是漫长的，我在默忆我生命中以我为失败者的一切游戏。

我抱怨命运，因为它屡次戏弄了我，当我忽然忆起我的沉在沟里的纸船的时候。

71

白日未尽,河岸上的市集未散。
我只恐我的时间浪掷了,我的最后一文钱也丢掉了。
但是,没有,我的弟兄,我还有些剩余。命运并没有把我的一切都骗走。

买卖做完了。
两边的手续费都收过了,该是我回家的时候了。
但是,看门的,你要你的辛苦钱么?
别怕,我还有点剩余。命运并没有把我的一切都骗走。

风声宣布着风暴的威胁,西方低垂的云影预报着恶兆。
静默的河水在等候着狂风。
我怕被黑夜赶上,急忙过河。
呵,船夫,你要收费!
是的,弟兄,我还有些剩余。命运并没有把我的一切都骗走。

路边树下坐着一个乞丐。可怜呵,他含着羞怯的希望看着我的脸!
他以为我富足地携带着一天的利润。
是的,弟兄,我还有点剩余。命运并没有把我的一切都骗走。

夜色愈深,路上静寂。萤火在草间闪烁。
谁以悄悄的蹑步在跟着我?
呵,我知道,你想掠夺我的一切获得。我必不使你失望!
因为我还有些剩余。命运并没有把我的一切都骗走。

夜半到家。我两手空空。
你带着切望的眼睛,在门前等我,无眠而静默。
像一只羞怯的鸟,你满怀热爱地飞到我胸前。
哎,哎,我的神,我还有许多剩余。命运并没有把我的一切都骗走。

72

用了几天的苦工，我盖起一座庙宇。这庙里没有门窗，墙壁是用层石厚厚地垒起的。

我忘掉一切，我躲避大千世界，我神注目夺地凝视着我安放在龛里的偶像。

里面永远是黑夜，以香油的灯盏来照明。

不断的香烟，把我的心缭绕在沉重的螺旋里。

我彻夜不眠，用扭曲混乱的线条在墙上刻画出一些奇异的图形——生翼的马，人面的花，四肢像蛇的女人。

我不在任何地方留下一线之路，使鸟的歌声，叶的细语，或村镇的喧嚣得以进入。

在沉黑的仰顶上，惟一的声音是我礼赞的回响。

我的心思变得强烈而镇定，像一个尖尖的火焰。我的感官在狂欢中昏晕。

我不知道时间如何度过，直到巨雷震劈了这座庙宇，一阵剧痛刺穿我的心。

灯火显得苍白而羞愧；墙上的刻画像是被锁住的梦，无意义地瞪视着，仿佛要躲藏起来。

我看着龛上的偶像。我看见它微笑了，和神的活生生的接触，它活了起来。被我囚禁的黑夜，展起翅来飞逝了。

73

无量的财富不是你的，我的耐心的微黑的尘土母亲。

你操劳着来填满你孩子们的嘴，但是粮食是很少的。

你给我们的欢乐礼物，永远不是完全的。

你给你孩子们做的玩具，是不牢的。

你不能满足我们的一切渴望，但是我能为此就背弃你么？

你的含着痛苦阴影的微笑，对我的眼睛是甜柔的。

你的永不满足的爱,对我的心是亲切的。

从你的胸乳里,你是以生命而不是以不朽来哺育我们,因此你的眼睛永远是警醒的。

累年积代地你用颜色和诗歌来工作,但是你的天堂还没有盖起,仅有天堂的愁苦的意味。

你的美的创造上蒙着泪雾。

我将把我的诗歌倾注入你无言的心里,把我的爱倾注入你的爱中。

我将用劳动来礼拜你。

我看见过你的温慈的面庞,我爱你的悲哀的尘土,大地母亲。

74

在世界的谒见堂里,一根朴素的草叶,和阳光与夜半的星辰,坐在同一条毡褥上。

我的诗歌,也这样地和云彩与森林的音乐,在世界的心中平分席次。

但是,你这富有的人,你的财富,在太阳的喜悦的金光和沉思的月亮的柔光,这种单纯的光彩里,却占不了一份。

包罗万象的天空的祝福,没有撒在它的上面。

等到死亡出现的时候,它就苍白枯萎,碎成尘土了。

75

夜半,那个自称的苦行人宣告说:

“弃家求神的时候到了。呵,谁把我牵住在妄想里这么久呢?”

神低声说,“是我,”但是这个人的耳朵是塞住的。

他的妻子和吃奶的孩子一同躺着,安静地睡在床的那边。

这个人说,“什么人把我骗了这么久呢?”

声音又说,“是神,”但是他听不见。

婴儿在梦中哭了,挨向他的母亲。

神命令说,“别走,傻子,不要离开你的家,”但是他还是听不见。

神叹息又委屈地说,“为什么我的仆人要把我丢下,而到处去找我呢?”

76

庙前的集会正在进行。从一早起就下雨,这一天快过尽了。

比一切群众的欢乐还光辉的,是一个花一文钱买到一个棕叶哨子的小女孩的光辉的微笑。

哨子和尖脆欢乐的音乐,在一切笑语喧哗之上飘浮。

无尽的人流来挤在一起,路上泥泞,河水在涨,在不停的雨下,田地都没在水里。

比一切群众的烦恼更深的,是一个小男孩的烦恼——他连买那根带颜色的小棍的一文钱都没有。

他苦闷的眼睛望着那间小店,使得这整个人类的集会变成可悲悯的。

77

西乡来的工人和他的妻子正忙着替砖窑挖土。

他们的小女儿到河边的渡头上;她无休无歇地擦洗锅盘。

她的小弟弟,光着头,赤裸着黧黑的涂满泥土的身躯,跟着她,听她的话在高高的河岸上耐心地等着她。

她顶着满瓶的水平稳地走回家去,左手提着发亮的铜壶,右手拉着那个孩子——她是她妈的小丫头,繁重的家务使她变得严肃了。

有一天我看见那赤裸的孩子伸着腿坐着。

他姐姐坐在水里,用一把土在转来转去地擦洗一把水壶。

一只毛茸茸的小羊,在河岸上吃草。

它走近这孩子身边,忽然大叫了一声,孩子吓得哭喊起来。

他姐姐放下水壶跑上岸来。

她一只手抱起弟弟,一只手抱起小羊,把她的爱抚分成两半,人类和动物的后代在慈爱的连结中合一了。

78

在五月天里。闷热的正午仿佛是无尽地悠长。干地在灼热中渴得张着口。

当我听到河边有个声音叫,“来吧,我的宝贝!”

我合上书开窗外视。

我看见一只皮毛上尽是泥土的大水牛,眼光沉着地站在河边;一个小伙子站在没膝的水里,在叫它来洗澡。

我高兴而微笑了,我心里感到一阵甜柔的接触。

79

我常常思索,人和动物之间没有语言,他们心中互相认识的界线在哪里。

在远古创世的清晨,通过哪一条太初乐园的单纯的小径,他们的心曾彼此访问过。

他们的亲属关系早被忘却,他们不变的足印的符号并没有消灭。

可是忽然在那无言的音乐中,那模糊的记忆清醒起来,动物用温柔的信任注视着人的脸,人也用嬉笑的感情下望着它的眼睛。

好像两个朋友戴着面具相逢,在伪装下彼此模糊地互认着。

80

用一转的秋波,你能从诗人的琴弦上夺去一切诗歌的财富,美妙的女人!

但是你不愿听他们的赞扬,因此我来颂赞你。

你能使世界上最骄傲的头在你脚前俯伏。

但是你愿意崇拜的是你所爱的没有名望的人们,因此我崇拜你。

你的完美的双臂的接触,能在帝王的荣光上加上光荣。

但你却用你的手臂去扫除尘土,使你微贱的家庭整洁,因此我心中充满了钦敬。

81

你为什么这样低声地对我耳语，呵，“死亡”，我的“死亡”？

当花儿晚谢，牛儿归棚，你偷偷地走到我身边，说出我不了解的话语。

难道你必须用昏沉的微语和冰冷的接吻，来向我求爱来赢得我心么，呵，“死亡”，我的“死亡”？

我们的婚礼不会有铺张的仪式么？

在你褐黄的鬈发上不系上花串么？

在你前面没有举旗的人么，你也没有通红的火炬，使黑夜像着火一样地明亮么，呵，“死亡”，我的“死亡”？

你吹着法螺来吧，在无眠之夜来吧。

给我穿上红衣，紧握我的手把我娶走吧。

让你的驾着急躁嘶叫的马的车辇，准备好等在我门前吧。

揭开我的面纱骄傲地看我的脸吧，呵，“死亡”，我的“死亡”。

82

我们今夜要做“死亡”的游戏，我的新娘和我。

夜是深黑的，空中的云霾是翻腾的，波涛在海里咆哮。

我们离开梦的床榻，推门出去，我的新娘和我。

我们坐在秋千上，狂风从后面猛烈地推送我们。

我的新娘吓得又惊又喜，她颤抖着紧靠在我的胸前。

许多日子我温存地服侍她。

我替她铺一个花床，我关上门不让强烈的光射在她眼上。

我轻轻地吻她的嘴唇，软软地在她耳边低语，直到她困倦得半入昏睡。

她消失在模糊的无边甜柔的云雾之中。

我摩抚她，她没有反应；我的歌唱也不能把她唤醒。

今夜，风暴的召唤从旷野来到。

我的新娘颤抖着站起，她牵着我的手走了出来。

她的头发在风中飞扬，她的面纱飘动，她的花环在胸前习习作响。

死亡的推送把她摇晃活了。

我们面面相看，心心相印，我的新娘和我。

83

她住在玉米地边的山畔，靠近那股嬉笑着流经古树的庄严的阴影的清泉。女人们提罐到这里来装水，过客们在这里谈话休息。她每天随着潺潺的泉韵工作幻想。

有一天，一个陌生人从云中的山上下来；他的头发像醉蛇一样地纷乱。我们惊奇地问，“你是谁?”他不回答，只坐在喧闹的水边沉默地望着她的茅屋。我们吓得心跳，到了夜里我们都回家去了。

第二天早晨，女人们到杉树下的泉边取水，她们发现她茅屋的门开着，但是，她的声音没有了，她的微笑的脸哪里去了呢？空罐立在地上，她屋角的灯，油尽火灭了。没有人晓得在黎明以前，她跑到哪里去了——那个陌生人也不见了。

到了五月，阳光渐强，冰雪化尽，我们坐在泉边哭泣。我们心里想，“她去的地方有泉水么，在这炎热焦渴的天气中，她能到哪里去取水呢?”我们惶恐地对问，“在我们住的山外还有地方么?”

夏天的夜里，微风从南方吹来；我坐在她的空屋里，没有点上的灯仍在那里立着。忽然间那座山峰，像帘幕拉开一样从我眼前消失了。“呵，那是她来了。你好么，我的孩子？你快乐么？在无遮的天空下，你有个荫凉的地方么？可怜呵，我们的泉水不在这里供你解渴。”

“那边还是那个天空，”她说，“只是不受屏山的遮隔，——也还是那股流泉长成江河，——也还是那片土地伸广变成平原。”“一切都有了，”我叹息说，“只有我们不在。”她含愁地笑说，“你们是在我的心里。”我醒起听见泉流潺潺，杉树的叶子在夜中沙沙地响着。

84

黄绿的稻田上掠过秋云的阴影，后面是狂追的太阳。

蜜蜂被光明所陶醉；忘了吸蜜只痴呆地飞翔嗡唱。

河里岛上的鸭群，无缘无故地欢乐地吵闹。

我们都不回家吧，弟兄们，今天早晨我们都不去工作。

让我们以狂风暴雨之势占领青天，让我们飞奔着抢夺空间吧。

笑声飘浮在空气上，像洪水上的泡沫。

弟兄们，让我们把清晨浪费在无用的歌曲上面吧。

85

你是什么人，读者，百年后读着我的诗？

我不能从春天的财富里送你一朵花，从天边的云彩里送你一片金影。

开起门来四望吧。

从你的群花盛开的园子里，采取百年前消逝了的花儿的芬芳记忆。

在你心的欢乐里，愿你感到一个春晨吟唱的活的欢乐，把它快乐的声音，传过一百年的时间。

回　忆　录

泰戈尔　著

一

我不知道谁在记忆的画本上绘画；但不管他是谁，他所画的是图画；我的意思是说他不只是用他的画笔忠实地把正在发生的事情摹了下来。他是根据他的爱好或添或减。他把大的东西画小了，也把小的东西画大了。他毫不在乎地把前面的东西放在背景里，或把后面的东西放到前面来。总而言之，他是在绘画而不是在写历史。

这样，在"生活"的外表上，一系列的事情走过了，在内里也画出了一套图画。这二者是符合的，但不是一件东西。

我们没有工夫去彻底查看我们心中的画室。其中的一部分常常吸引我们的眼光，但是更大的一部分总在黑暗的、看不到的地方。为什么那永远忙碌的画家总在绘画；他什么时候可以画完；他的画要在哪个画廊陈列出来——谁能说出呢？

几年以前，因为有人问起我的往事，我得到了去窥探这间画室的机会。我以为能为我的传记选出一些材料就可以满意了。后来我发现，我一打开门，生活的记忆不是生活的历史，而是一个不知名的画家的创作。到处涂抹的五彩斑斓的颜色，不是外面光线的反映，而是出自画家自己的、来自他心中情感的渲染。因此在画布上的记录不能像法庭上的证据那样适用。

虽然从记忆的仓库里去收集正确的历史这种尝试是没有结果的，而在重看这些图画时却有一种魅力，一种对我诱惑的魅力。

我们走着的旅途，我们憩息的路旁凉亭，在我们走路的时候还不是图画——它们太必需了，太明显了。而在进到夜晚的驿舍之前，我们回顾我们在生命的早晨所走过的城市、田野、江河、山岭，那时，在过去一天的光辉中，它们就真是一幅一幅的图画。这样，当我的机会来到，我好好地回顾一下，就热心起来了。

只为了是我自己的往事而引起我的自然的情感，因而引起我的兴趣吗？

这其中当然一定有些个人的情感，但这些图画本身也有其独立的艺术价值。我的回忆录中的事情，没有哪一件是值得永远保存的，但是主题质量不是写记录的唯一理由。一个人实地感到的事情，只要能使别人也感觉到，对于我们的同类往往也是重要的。如果在记忆中形成的图画能够用文字写下来，它们在文学上是配占一个地位的。

我是把我的记忆的图画当作文学材料贡献出来的。若把它当作一个自传的尝试那就错了。那样去看的话，这些回忆不但无用，而且也不完全。

二 教育开始

我们三个男孩子在一块儿长大。我的两个同伴都比我大两岁。他们从师受业的时候，我的教育也开始了，但我学过什么，在记忆中一点也没有留下。

我时常忆起的是："雨儿滴沥着，叶儿颤动着。"①我刚刚度过风暴的 Kara Khala② 地带，抛下锚来；我念着"雨儿滴沥着，叶儿颤动着"，对于我是诗王的第一首诗。每当这一天的欢乐回到我心上的时候，甚至于在今天，我也体会到为什么诗歌是那样地需要韵律。只因为有了韵律，字句终止了而又没有终止，背诵过了，余音还在回响着；耳朵和心还能够不时地把韵律抛来抛去地玩着。这样，在我一生的意识中，雨儿就不停地滴沥着，叶儿就不停地颤动着。

我童年时期还有一段插曲，在我心里也记得很真。

我们有一个名叫卡拉什的老会计，他就像我们家里人一样。他是一个大滑稽家，整天对老老少少任何人都讲笑话；新姑爷，新亲戚，都是他特别嘲弄的对象。使人疑心到连他死后也还有幽默。有一次，家里的大人们试作与阴间通讯的扶乩。乩笔有一次画出卡拉什字样。人问他在那边的生活怎样。他回答说，"我什么都不说。我死后才知道的东西，你们想轻易地就得到吗？"

这位卡拉什曾为讨我的好对我哇啦哇啦地唱着他自己编的歪诗。我是这篇诗里的主人翁，诗中还有在期待中将要来临的女主人翁在闪闪发光。我在听的时候，我的心思就粘在这位坐在"将来"的怀抱的"宝座上"，光艳照人的绝代的新娘这一幅画上。她从头到脚戴着的一系列宝饰，从未听过的豪华的

① 孟加拉儿童初级读本里的韵文。

② 双音的练习。

婚礼准备,可能会使大一点的、聪明一点的人都晕头转向;但是感动了这孩子的,使美妙欢乐的图画在他的幻象中飞闪的,还是那迅速铿锵的尾韵和摇曳的节奏。

这两段文学上的愉快至今还流连在我的记忆里——此外还有,是儿童的古诗:“雨点滴滴下,潮水涨上河。”

我记得的第二件事,是我的学校生活的开始。有一天我看见我的六哥和我的外甥萨提亚,也是比我大一点的,都上学去了,把我丢下,因为我不够年龄。我从来没有坐过车子,也没有出过家门。因此当萨提亚回来,说着许多浮夸的、他路上遇到的惊险闪光的故事的时候,我感到我不能再呆在家里了。我们的家庭教师企图用正确的指教和震响的耳光来驱逐我的幻象:“你现在哭着要进学校,将来恐怕你更要哭着想离开学校呢。”对于这位老师的姓名、面貌和脾气,我一点都不记得了,但对于他的沉重的教导和更沉重的手掌的印象,至今还没有消失。我这一辈子还没有听见过比这句话更真实的预言。

我的啼哭就使我不到年龄也被送进东方学校去了。我在那里学了些什么,我一点印象也没有;但是有一种责罚的方法我还记在心里。凡是不能背诵功课的儿童,就被罚站在凳子上,两臂伸开,手掌向上,上面叠放着几块石板。这种方法会不会促进孩子们对事物更好的认识,是心理学家可以争论的问题。我就这样在很小的年纪开始了我的学校教育。

我对于文学的登堂入室是有它的根源的,但也由于下房流行的书籍,其中最主要的是译成孟加拉文的昌纳克耶的格言,和克里狄瓦斯的《罗摩衍那》。

那一天读《罗摩衍那》的图画,很清晰地回到我心上来。

这天是阴天,我在临街的楼廊上玩,忽然间萨提亚要吓我,我忘了为什么原故,喊了起来:“警察!警察!”我心里对于警察的责任只有一个极模糊的描摹,但是有一件事是我确信的,就是一个罪人一落到警察手里,他就一定像一个可怜的人落在鳄鱼锯齿似的爪里一样,一下去就不见了。我想不出一个无辜的孩子怎样才能逃脱这无情的刑罚,我全身发抖地跑到内院,只想警察从后面追来。我把这面临的大祸吐露给我母亲,她却并不惊慌。但是恐怕再出去就有危险,我就坐在母亲房间的门槛上,读着我祖姑的一本大理石纹纸面的、书页已经折角的《罗摩衍那》。四合的楼廊,围着内院,阴暗的过午天空的微光照在院里。我的祖姑发现我正在为着书中一段悲惨的情节哭泣起来,她就过来把书拿走了。

三　里面和外面

我在童年几乎不知奢侈为何物。总起来说，那时的生活水平比现在简单得多。同时，我们家里的孩子，有完全不受过分照顾的自由。事实是，照顾的手续对于保护者也许是偶然的殷勤，而对于孩子来说却总是一个绝顶的麻烦。

我们是处在奴仆的统治之下的。为着省他们的事，他们几乎压制了我们自由活动的权利。但是不受娇惯的自由，补偿了这个约束的粗暴，我们的心灵没有受到不断的娇养、奢侈和盛饰的迷惑，因此始终是清明的。

我们的膳食是没有什么美味的。我们所穿的那些衣服，只能引起现代儿童的嘲笑。在我们满十岁以前，无论如何也穿不上鞋袜。冷天就在布衣上加一件棉布外褂。我们也从来没有想到这就算寒伧。只在我们的老裁缝尼亚玛蒂忘了在我们的外衣上做口袋的时候，我们才提出抗议，因为那时候还没有一个孩子穷到连把口袋装满的零钱都没有的地步；由于老天爷慈悲的分配，贫富家庭孩子的财富也没有多大的区别。我们每人有一双拖鞋，但都不大穿。我们把拖鞋踢到前面去，追上去再踢，通过这样每一步有效的打击，使得拖鞋也一样容易破烂。

我们的长辈在衣、食、住、行、谈话和娱乐各种事上，都和我们相距很远。我们偶然地看到了他们的起居服食，但却是接触不到。对于近代儿童，大人们变得微贱；他们太容易接近了，而且也是一切需求的对象。我们的东西没有一件是那么容易得到的。许多微小的东西对于我们都很希罕。我们生活在希望中，希望有一天我们长得够大了，可以得到遥远的将来给我们储存起来的东西。结果是无论我们得到多么微小的东西，我们都享受到了尽头；从皮到核一点也不丢掉。近代有钱人家的孩子，得到东西只啃掉一半，他们的世界的大部分都在他们身上浪费掉了。

我们在外院①东南角的下房里度过光阴。我们的仆人中有一个夏玛，他是从库鲁那地区来的，黧黑圆胖，长着鬈发。他把我放在一个挑好的地方，用粉笔在外面画一个圆圈，正正经经地竖起指头警告我，说我一越过这个圆圈就有灾祸。我从来不十分了解这危险是物质上的还是精神上的，但我总是很害

① 外院是男人住地，女人住在内院。

怕。我在《罗摩衍那》中读到悉多因走出了罗什曼那所画的圈圈而遇到苦难，因此我对于这可能性不敢怀疑。

在这屋子的窗下有一个水塘，一道石头台阶直达水面；水塘西头的院墙边有一棵很大的榕树；南边还有一行柳树。我转着圈走近窗前，就能穿过拉下来的百叶窗，整天像看画书似的不住地凝望着这个景物。从一大早我们的街坊就一个一个地来洗澡了。我都知道谁在什么时候来。每个人的洗法我都熟悉。有的人用手指头堵上耳朵，泡了几次就走了。有的人不敢整个地下去，只在头上拧几下浸湿了的手巾。第三个人飞快地、小心地用手臂拨开水面上的脏东西，然后在突然的冲动之下，猛然一下跳进水里去。有一个人干脆从台阶顶上一下跳到水里。有的人从台阶上一步一步走下，嘴里还念着晨经。有的人总是急急忙忙地一洗完就回家。有的人是一点也不忙，悠闲地洗着，洗完又仔细地擦着，把湿的浴衣脱下来再换上干净的衣服，慢慢地整理腰带的褶子，再在外院花园里绕几个弯儿，采几朵花拿着，慢慢地走回家去，同时他干净的身体上发着清爽愉快的光。这种事一直到过午才完毕。那时候浴场没有人来，也显得寂静了，只有鸭群还在，游来游去地寻找水蜗牛，或是整天梳理它们的羽毛。

寂静笼罩着水上以后，我的全部注意力就被榕树的影子吸引住了。有几条气根，从树身爬下来，在树下形成一个黑暗纠结的蟠曲。仿佛宇宙的法则还没有找到门路进入这神秘的地区；仿佛古老世界的梦境逃出了天兵的看守，徘徊着进入近代光明之中。我在那里所看到的人，和他们都做了些什么，我不能用明确的语言述说出来。关于榕树我后来写过：

交纠的根从你的枝上垂挂下来，啊，古老的榕树，
你昼夜凝立着，像一个苦行者在忏悔，
你还记得那个以幻想和你的影子游戏的孩子吗？

可惜得很，那棵榕树已经不在了，那面照着这位庄严的树王的水镜也没有了！许多在里面洗过澡的人也随着榕树影子一同模糊了。而这个孩子，长大了，正在计算着那穿透这错综复杂的白日和黑夜、这个错综复杂就是他抛在四旁而又把他包围起来的树根。

我们是不许走出家门的，事实上我们没有走遍全部屋子的自由。我们只能从栅栏里面窥视自然。有一件我们得不到的、无限的、叫做“外面”的东西。

它的闪光、声音和香气，时常从它的空隙里来摩触我。它似乎在栅栏外做出许多想同我玩的姿态。但它是自由的，我是受束缚的——没有法子相会。因此这诱惑就格外强烈了。今天那道粉笔线条是擦掉了，而那个禁圈仍然存在。遥远的依然遥远，外面依旧是外面；我忆起我长大以后写的一首诗：

驯养的鸟在笼里，自由的鸟在林中，
时间到了它们相逢，这是命中注定。
自由的鸟叫着说，“啊，我爱，让我们飞到林中去吧！”
笼里的鸟低声说，“来吧，让我们都住在笼里。”
自由的鸟说：“在栅栏当中哪有展翅的空间呢？”
“可怜呵，”笼里的鸟叫着说，“在天空中我就不会栖止了。”

我们屋顶凉台的短墙比我的头还高。当我长高了些，当仆人的专制松弛了些；当我们家娶进一位新娘子来的时候，作为她闲时的游伴，我得到了承认，才能在中午的时候到凉台上来。这时候全家都用过午餐；家务事有个休歇；内院里充满了午睡的寂静；潮湿的浴衣搭在短墙上晒着；乌鸦在房角垃圾堆上啄取残食；在这午休的寂静里，笼中的鸟就从短墙的空隙中，同自由的鸟喙对喙地交谈着。

我总是站立凝望……我的眼光首先落到我们内花园较远的那一边。一行行的椰子树上。穿过这树看得见“新积园”和它周围的茅舍和池塘，水塘旁边就是我们送牛奶的女工塔拉的牛奶房；再远一些，和树梢交错在一起的，就是不同形式不同高低的加尔各答的屋顶凉台，反射出中午灿白的阳光，一直伸到东方灰蓝色的地平线上。有几所远一些的房子，它们的屋顶通向凉台的楼梯，看上去就像用一只向上指点的指头使着眼色，向我暗示它们里面的秘密。我就像一个站在皇宫门外的乞丐，在想象着关在严密的屋子里无法得到的珍宝一样，我不能说出这些陌生的房子里堆积着的游戏和自由。从充满灼热阳光的天空的最深处，一只鸢鸟的微小尖锐的叫声达到我的耳中；卖玻璃镯子的小贩，从和“新积园”相连的巷里走来，经过在午憩中寂静下来的房子，唱着“谁要手镯，谁买手镯……”我整个人就从劳作的世界中飞走了。

我的父亲很少在家，他总在外面漫游。三层楼上他的屋子总是关着。我常把手从百叶窗隙伸进去，弄开门闩把门打开，在屋子南端的沙发上不动地躺着，度过一个下午。首先因为这屋子是常常关着的，而且是偷着进去的，这样就有很深的神秘意味；南边凉台的空虚广阔，在阳光映射之中，使我做起昼梦。

这里还有另一种魅力。自来水管的安装在加尔各答还刚刚开始，在它第一次胜利地洋溢输送里，它对印度住宅区也并不吝惜。在自来水的黄金时代，这水一直流上三层楼我父亲的屋里。拧开淋浴的水龙头，我尽情地洗着不合时的澡——并不是为舒服，而是要给我的愿望一个随心所欲的机会。自由的快乐和怕被捉住的恐怖不断交替着，使得市政府的淋浴水把愉快的箭矢震颤地射进我的心里。

也许是因为和外面的接触是那么遥遥无期，接触的快乐更容易进到我的心里。当物质很丰富的时候，心思就变得懒惰了，而把一切都交给物质，忘了在准备一个成功的快乐筵席的时候，内部的装备比外部更有价值。这是一个人的孩童地位能给他的最主要的教训。他占有的东西又少又小，但是为他的幸福，他不需要更多的东西。那担负着无数玩具的不幸的孩童，他的游戏世界都被糟蹋了。

把我们的内花园叫做花园是太过分了。它的产业包括一棵香橼树，一两棵不同种的李树，一行椰子树，当中有铺着石头的圆坛，各种各样的杂草侵入它的裂缝里，把石头打败，插上自己胜利的军旗。只有那些不愿因受忽视而去就死的花木，继续毫无怨尤地尽着自己可敬的责任，对园丁没有任何不满的毁谤。花园北角上有一个打谷棚，当家里需要的时候，内院的人们也偶然在那里聚会。这个农村生活的最后痕迹，已经自己认输，羞愧地、无人注意地偷偷溜走了。

但是我仍在猜想亚当的伊甸园也不会比我们这座花园收拾得更好；因为他和他的花园都同样是赤裸的；他们不必用物质的东西来点缀。只是从他尝到知识树的果子，又充分地把它消化了之后，人对于外表的家具和装饰的需要，才会持久地增长。我们的内花园是我的乐园；对我这就够了。我记得很清楚，在初秋的黎明，我一醒来就跑到那里去。一阵露湿的花叶香气扑上前来迎接我，带着清凉的阳光的早晨，会从花园的东墙上、椰棕颤动的穗叶之下向我窥视。

在房子的北边还有一块空地，我们至今还称它为谷仓。这名字表示，在早年，这一片是个储藏全年的谷米的地方。那时候，像襁褓中的弟兄姐妹那样，城市和农村相似的地方，到处可见。现在这种亲属的相似的形象已经无从追迹了。我只要一得到机会，就以谷仓为我的假日流连之地。说我到那里去玩是不对的——事实上吸引着我的是这地方而不是游戏。这是为什么,很难说出原故。也许因为那是一小块荒芜之地,又是一个人迹不到的角落,对我就有了魅力。它在住所的外面,没有贴上有用的标签;而且是既无用又无修饰,因为没有人在那里种过任何东西。一定是由于这些原因,这个荒凉的地点对于一个孩子的想象力的自由游戏,并不加以拒绝。任何时候只要我能找到一个逃出监护人看守的空儿,而跑进这谷仓里,我就真觉得是一个假日了。

在房子里还有一个处所是我始终没有找到的。有一个和我年龄相仿的女游伴,管这个地方叫做王宫。"我刚上那里去过,"她有时告诉我。但不知道为什么,她能带我同去的好日子,永远也没有来到。那是一个美妙的地方,玩具和玩法都是美妙的。我仿佛觉得这地方一定很近——也许就在第一层或是第二层楼;可就是永远进不去。我不知道问我的同伴问过多少次:"只要告诉我,这地方真正在房子里面还是外面?"她总是回答说:"不在外面,不在外面,它就在这座房子里。"我就坐下想:"这王宫会在哪里呢?这房子的每一间屋子我不是全知道吗?"我从来也不问这国王是什么人;他的还没有被找到的王宫在哪里;但这一点是清楚的——这王宫是在我们的房子里。

回忆童年的光阴,最常想到的是那充满在生活与世界中的神秘。梦想不到的事物到处潜伏着,每天最先浮上心头的疑问是:什么时候!啊,什么时候我们能碰到它呢?就像自然把些东西握在拳头里,微笑地问我们说:"你猜这里面有什么?"我们想不出有什么东西是她所拿不到的。

我还清楚地记得,那一颗我在南边凉台的一角种下而又每天浇灌的番荔枝的种子。这种子会长成大树的想法,使我总在不安的悬望之中。番荔枝种子还是有发芽的习惯,但是因为有了悬望的情感与之俱来,这习惯就没有了。这过失不在番荔枝上,而是在我的心里。

有一次,我们从一位长亲的假山上偷了几块石头,自己也堆上一个小假山。种在假山缝里的草木,因为我们过于殷勤的照管,使它们勉强靠着植物的本能,活到它们夭折的日子为止。这座小山头给我们的喜悦和叹赏是无可形容的。我们毫不疑惑地认为,我们的这个作品对于大人们也是一件奇妙的东西。可是当我们把这问题寻求证实的这一天,我们屋角的这座小山和一切石头一切草木都不见了。书房地板上是不宜于叠假山的这条学问,是这样粗暴而突然地传给我们的,使我们大为震惊。当我们体会到我们的幻想和大人们的意志大相径庭的时候,把地板从石头的重压下释放出来这件事,就永远记住在我们的心里。

那些日子,世界生活的脉搏对于我们是多么亲切啊! 地,水,叶子,天空都对我们说话,也不让我们不睬它们。我们是怎样的常常抱着很深的遗憾,就是我们只了解大地的上层而不了解大地的下层! 我们的一切计划就是如何去窥测大地的土色被窝下面的东西。我们想,如果我们能够一根竹竿接着一根竹竿地捅下去,我们也许能和它的最深处有点接触。

在过马格月①的时候,外院就立起一连串搭天篷用的木头柱子。马格月的第一天就开始在地上挖立柱子的窟窿。准备过节对于孩子总是有趣的,但是这种挖掘对我特别有吸引力。虽然我年年都看着他们挖——也看到窟窿越挖越深,直到挖的人都没在里面看不见了,但是从来也没有发现什么特别的、值得王子或骑士去探求的事物——而每一次我都有神秘之箱已经开锁的感觉。我觉得再挖深一点就行了。一年一年地过去了,这一点从来也没有成功。帘幕只拉动了一下而并没有拉开。我想大人们想做什么就可以做什么,为什么他们只满足于这样地浅挖呢? 若是我们小孩子也可以发号施令的话,大地最深的秘密,是再也不许被闭闷在它的尘土被窝之下的。

想到在蔚蓝的圆穹之后,到处潜息着天空的神秘,这也会刺激我们的想象。当我们的老师给我们讲孟加拉科学读本第一册的时候,他告诉我们说,蓝天不是一个盖子,我们是多么惊奇啊! 他说,"把梯子一个接上一个,一直往上爬,可是你永远也碰不着头。"我断定他一定想省梯子,就一直追问下去:"可是要是我们接上更多,更多,更多的梯子呢?"当我体会到再加上无数的梯子也是没有结果的时候,我就吓住了,呆呆地想这问题。我下了结论,这种震惊世界的消息,一定只有世界的老师们才会知道!

四　仆役统治

在印度历史上,奴隶王朝不是一个快乐朝代。回到我自己的仆人统治的一段生命史中,我找不出在那时期有什么光荣或者快乐的事情。国王常常更换,而折磨我们的拘禁和责罚的法规却一成不变。我们在那时期没有机会在这个题目上作哲理的探索;我们的脊背竭力忍受着落在上面的打击:我们把它

---

① 马格月,在印历十月,相当于公历十二月至一月。

当作宇宙的规程承受了下来，就是说“大的”要打人，“小的”要挨打。我花了很多时间才学到相反的真理，就是“大的”要受苦，而“小的”是使人受苦的根源。

被猎取的不站在猎人的立场上去看善恶。因此那警戒的鸟，在子弹发出以前，警告它同伴的啼声，会被骂为恶意的。挨打的时候，我们的号哭就不被打我们的人认为是礼貌；它事实上算是对于仆役统治的暴动。我忘不了为了有效地镇压这种暴动，我们的头曾被撞在当时用着的大水罐上。无疑地，这种呼号对于引起呼号的人是讨厌的；而且很可能有不愉快的结果。

现在我有时想，为什么我们的仆人会给我们以这样残酷的待遇。我不能承认那全是因为我们的行动态度有什么不好的地方，致使他们把我们放在人类仁慈的界限以外。真正的理由一定是我们的一切负担完全放在仆人的身上，这全部负担就是对于最亲近的人，也是一件难于担承的东西。只要让孩子做孩子的事，让他们跑跑玩玩，满足了他们的好奇心，事情就很简单了。无法解决的问题的造成，就是因为你要把他们禁闭在屋里，叫他们老老实实地呆着，或是禁止他们做游戏。这时候，由于他们的孩子气而轻松地产生的负担，就沉重地落在监护人的身上——就像寓言里的马，不让它自己用脚走而把它扛了起来，虽然为这个负担花钱雇来了扛夫，可也不能阻止他们从这可怜的畜生身上，每一步拿走一点负担。

对于我们童年时代的大多数暴君，我只记得他们的拳打手击，此外什么也想不起了。只有一个人物在我的记忆里屹立着。

他的名字叫做艾思瓦。他做过乡村教师。他是一个正经、规矩、稳静、庄严的人。对于他，大地仿佛泥土气太重了，水也太少了，不能使土地够得上干净；因此他必须和这长期的肮脏情况作持久战。他以闪电般的动作把水桶戳进水里，为的是要从不会玷污的深处取水。他就是那个在水塘里洗澡的时候，不住地把水面的脏东西拨开，直到仿佛出其不意地猛然钻进水里去的人。在走路的时候，他的胳臂撑出老远，我们觉得似乎他连自己衣服的干净程度，也不肯相信。他的全部举止动作都显示出一种努力，要扫除一切通过没有设防的道路而进到土地、水、空气和人身的秽物。他的严肃是深不见底的。他把头略偏着，用浑沉的嗓子咀嚼着精选的语言。他的文学辞令给大人们以背后说笑的资料，有些夸张的章句在我们家的妙语节目上占有永远的地位。但是我疑惑他所用的语法在今天是否还是那样的好听；文言和口语从前有天地之别，现在却已经接近了。

这位前教师发明一种使我们晚上安静的方法。每天晚上他把我们召集在一盏破的蓖麻油灯的周围,对我们读《罗摩衍那》和《摩诃婆罗多》。别的仆人也来听着。油灯把巨大的影子投射到屋梁上,小壁虎在墙上捉着虫子,蝙蝠在外面凉台上飞来飞去地跳着疯僧舞,我们安静地张着嘴听着。

我还记得我们听到俱舍和罗婆的故事的那一天晚上,那两个英勇的孩子要把父亲伯叔的声名,糟蹋得尘土不如的时候,紧张的沉默使得这间灯光昏暗的屋子,洋溢着热烈的悬望。那时已经很晚了,我们指定的不睡的时间快要过完了,而结局还远得很。

在这紧要关头,我父亲的长随基肖里就来帮忙,用达苏拉亚①的铿锵快步的诗句飞速地替我们结束了这个插曲。克里狄瓦斯的十四字的柔缓歌调的印象,一扫而空,我们被韵律和头韵的洪流卷走了。

有时候读着故事会引起关于经典的讨论。最后总是按照艾思瓦的智慧深奥的宣言来断定。他虽是看管孩子的仆人之一,他的地位在我们家庭社会中是在许多人之下的,但是他就像《摩诃婆罗多》里的毕斯玛老爷爷一样,他的威仪是会把他从下面的地位提升上来的。

我们这位庄严的、受人尊敬的仆人有一个弱点,为了历史的正确性,我觉得我不得不提到。他吸食鸦片。因此他贪求丰美的饮食。当他早晨给我们送牛奶的时候,他心里对牛奶的吸引力就大于排拒力。如果我们稍为露出一点对于这顿早餐自然的嫌恶表情,那么即使他对我们的健康负责,他也不会一再地勉强我们吞咽下去的。

他在我们对于固体食物的吸收力上,也有狭隘的见解。我们坐在晚餐桌上,一只又厚又大的圆木盘上面堆着油炸薄饼,放在我们面前。他开始小心谨慎地,从相当的高度把几块饼丢到我们的碟子里,就怕把自己弄脏②了——这饼就像是凭着暴力从神人那里强夺过来不愿施予的恩赐一样,在他迅速而冷淡的手法之中,落了下来。以后他就问是不是要他再分一点。我知道那个最使他感激的回答,为了不使他吃亏,我就不再要了。

艾思瓦还受托管理我们每天下午的点心钱。他每天早晨就问我们想吃什

① 达苏拉亚(1806—1857),用孟加拉语写作的印度诗人。

② 饮食的时候,抓东西吃的手如碰到食具之类的东西,被认为是宗教仪式上的不洁净。

么。我们知道说出最便宜的东西他会认为是最好的，所以有时我们就要一点小吃的炒米花，有时要一种不容易消化的煮豆或是炒花生。很明显，艾思瓦对于我们的饮食并不像对经典那样地用功和死板。

五　师范学校

在东方学校的时候，我发明一个方法来提高我的作为学生的地位。在我们凉台的犄角上，我成立了一个班。木头栏杆是我的学生，我做老师，拿着一根棍子坐在他们面前。我决定哪一个是好学生，哪一个是坏学生——不但如此，以后我还能分辨哪个安静哪个淘气，哪个聪明哪个笨。那几根坏栏杆假如是活的话，一定也被我打得连鬼都不愿当了。而且我越把他们打怕了，他们就越生我的气，直到我不知道怎样才能责罚个够。我是怎样专横地虐待我那一班可怜的哑巴学生，现在已经没有证据可寻了。我的木头学生已被铸铁的栏杆所代替，新的一代没有受过这种教育——他们永远不会有同样的印象。

从那时起我体会到学方法比学内容不知道要容易多少。我毫不费力地就从老师们的表现上学到了一切暴躁、性急、偏心和不公平，而没有学到其他的教学方法。我唯一的安慰就是，我还没有在任何有知觉的生物身上，发泄野蛮行为的力气。但是，我的木头学生和东方学校学生的差别，并不妨碍我的心理和东方学校教师完全一致。

我在东方学校的时间不会太长，因为我进师范学校的时候年纪还是很小。我只记得一个特点，就是在上课之前，所有的孩子都在廊上坐成一排，吟唱一些诗句——显然是想在日课里加进一些快活的成分。

不幸的是这些字是英国字，调子也是外国味儿的，所以我们一点不知道我们是在练习着什么咒语；而这无意义的单调的表演也不能使我们快活。但是这并没有妨害准备这个款待的学校当局的严肃的自满；他们认为去检查他们恩赐的措施结果是多余的：他们也许认为孩子们没有顺从的快活是有罪的。无论如何他们很满足于应用那些他们找到的歌，连歌带曲都是从那本提供这理论的英文书上来的。

这段英文到了我们嘴里所变成的语言，只能请语言学家去揣摩了。我只记得一行：

Kallokee pullokee singill mellaling mellaling mellaling

想了半天以后我才能猜到一部分原文。那个 Kallokee 是哪一个英文字变成的我还不清楚。余下的我猜是：

……full of glee, singing merrily, merrily, merrily!

（高兴之极，快乐地，快乐地，快乐地唱！）

当我对于师范学校的回忆从模糊渐渐清晰的时候，这些回忆一点都不甜蜜。我如果能和大一点的孩子接近的话，学习的苦痛也许不至那样地难以忍受。但那终于是不可能的——大多数孩子在举止习惯上是那样讨厌。因此在课间休息的时候，我就跑到二层楼上，整段时间我坐在窗口看街。我数着：一年——两年——三年，心想不知有多少年头要这样度过。

在教员当中我只记得一位，他的语言是那么肮脏，只因看不起他，我坚决拒绝回答他的任何问题。这样我终年沉默地坐在他班里的末一个座位上，在别人都忙着的时候，我就被丢在一边，去努力解决许多疑难问题。

问题之一，我记得，我曾深深地考虑如何才能不用武器而战胜敌人。我至今还记得，在同学们哼哼地背诵功课的声音当中，我如何在这问题上出神。如果我能训练出一些狗、老虎和其他凶猛的动物，在战场上摆上几行，这样，我认为，可以作为激励士气的前奏。以后再把我们的人力涌上前去，胜利是一定可以取得的。当这个奇妙而简单的战略图画，在我的想象中越来越鲜明生动的时候，我方的胜利就变成不容置疑的了。

在工作没有来到生活中之前，我总发现很容易找到成功的捷径；从我工作以后，我发现冷酷的还是真冷酷，困难的也真是困难。这个，当然不那么愉快；但是还不像努力去寻找捷径的不快那样糟糕。

在这班中的一年终于过去了，我们接受瓦查斯帕蒂老师用孟加拉语的考试。在所有的学生当中我得到最高的分数。那位教师向教育当局控诉说，在我的考试上有了徇私。因此我又考了第二次，校长坐在考官的旁边，这一次，我还是考了第一。

六　做　诗

这时候我还不到八岁，我堂兄的儿子乔提比我大几岁。他刚开始读英国文学，用很大的兴味背诵哈姆雷特的独白。他为什么想起让像我这样的孩子来写诗，我也说不出。有一天下午他把我叫到屋里去，让我试写一首诗，他又给我讲十四字诗帕耶尔韵①的句法。

到那时为止我只看到印在书本上的诗——没有划掉的错字，看去没有疑问，没有麻烦或是任何人类的弱点。我甚至于不敢想象我的任何努力能够创作出这样的诗歌。

有一天我们家里捉住一个小偷。被好奇心所驱使，我虽然恐怖发抖，也冒着危险去偷看他。我发现他不过是一个普通人！当他受到我们看门人的一点虐待的时候，我感到很深的怜悯。我对于诗也有同样的经验。

当我凭着自己温柔的意志，把几个字穿在一起的时候，我发现它们变成一首帕耶尔诗。我感到我对于做诗的光荣的幻象已经没有了。所以直到现在，当可怜的"诗"受到虐待的时候，我觉得我就像想到那个小偷一样的不快。有好几次我感动到了怜悯的地步，但又控制不住那痒痒地要去袭击他的烦躁的手。小偷们很少受过那么大的痛苦，也没有受过那么多人的虐待。

第一次的敬畏情感克服了之后，再没有什么东西能够把我拉回来了。我想法求我们的一个地产管理员送我一个蓝纸的纸本。我亲手用铅笔画上不大均匀的道道，在上面用巨大的孩子式的瞎画写着诗句。

像一只小鹿以新生的嫩角到处乱磨，我也以萌芽的诗歌到处去麻烦人。又加上比我大一点的哥哥②很以我的吟诗为骄傲，便在家里到处找人叫我吟诗。

我记得，有一天我们两人从楼下地产办公室里出来，在胜利地征服了管理员之后，我们碰到《国家报》的编辑，拿巴勾帕·密特，刚走进门来。我哥哥赶紧拉住他说："你看，拿巴勾帕先生，您好不好听听拉比新写的诗？"我就立刻高吟起来。

我的作品还不能编成诗集。我这个诗人能把所有的大作都揣在口袋里。我的一身兼了作者、印刷者和发行者；我的六哥，作为一个宣传者，是我唯一的同事。我写了几首关于莲花的诗，就在梯口用和我的热情一样高亢的声音，朗诵给拿巴勾帕先生听。"写得好！"他微笑着说，"但是 dwirepha③ 是一件什么东西呀？"

我不记得我从哪里搞来这么一个字。普通的名词也会同样的合韵。但是

① 一种三节拍的韵律。

② 作者是七个弟兄中最小的一个。这里指的是他的六哥。

③ 已不用的古字，即蜜蜂。

在整首诗里我对这一个字寄以最多的希望。这个字无疑是相当地感动了我们的管理员们。但奇怪的是拿巴勾帕先生对此并不屈服——相反地他微笑起来了！我确信他一定不是一个通人。我再也没有吟诗给他听。我已经比那时长大了许多，但我在什么能、什么不能在我的听众中取得了解的试验上仍无进步。无论拿巴勾帕先生怎样微笑，dwirepha 这个字，像一只饮蜜而醉的蜜蜂，粘在原地不动了。

七　各种学问

一位师范学校的老师也在我们家里教书。他身体瘦弱，形容枯槁，声音尖锐。他就像是一根棍子变的。他教课的时间是从早晨六点到九点半。我们跟他念的课本，从孟加拉文的普通文学科学直到《云音夜叉被戮》的叙事诗。

我的三哥对于我们学的各种学问非常热心。因此我们在家里学的比学校的必修课还多。我们在黎明前起身，围上腰布，跟一位盲拳师打一两套拳。立刻又在粘着尘土的身上披上外褂，开始读文学、算术、地理和历史。我们从学校回来，图画和体操老师已经在家里等着了。晚上阿哥尔先生来教我们英文。到九点以后我们才放学。

星期天早晨我们上毗湿纽的唱歌课。那时差不多每个星期天，悉达那德·杜塔来给我们作物理实验。我对后面这门功课感到很大的兴趣。我清楚地记得当他把一点锯末放在水里装进火上的瓶子里，给我们看变轻了的热水怎样往上走，冷水怎样往下来，最后又怎样开始沸腾的时候，我心中充满了惊奇的情感。在我晓得水是牛奶的一部分，牛奶煮了以后就浓了，因为水变成气飞走了，这一天我也感到非常得意。悉达那德先生若不来的话，星期日就不像一个星期日了。

此外还有一个钟头，由一位康贝尔医学校的学生来给我们讲人身骨骼。因此我们的课室里挂着一架用铁丝连系起来的骷髅和骨殖。最后，还找个时间由塔瓦拉拿先生来教我们死记梵文文法。我不敢说是骨头的名字还是文法家的“经文”更能磨烂人的下巴骨。我想后者是要远远领先。

当我们的孟加拉文有了相当进步之后，我们就开始读英文。阿哥尔先生，我们的英文教师，白天在医学院上课，晚上就来教我们。

书本告诉我们，火的发现是人类的最大发现之一。我不想反驳这个。但是我忍不住想到小鸟是多么幸福,因为它们的父母不能在晚上点灯。它们在清早上语言课,你一定注意到它们诵读的时候是如何地高兴。当然我们不应当忘记它们是不必学英语的!

这位医学院学生,即我们的老师,健康好到这种地步,连他的三个学生合在一起的愿望和热诚,也不能使他有一天的缺席。只有一次他为打破了头而躺了一天,那是因为医学院里的印度学生和欧亚杂种的学生打架,一张椅子朝他扔了过来。这是一个令人遗憾的事件;但是我们总不把它看作是个人的痛苦,而他健康的恢复,从我们看来仿佛是不必须地那样迅速。

夜晚了。大雨像矛头似的下着。我们的巷子里水深过膝。水塘里的水都涨上花园里来了,贝尔树的灌木似的树梢露出水面。我们整个身心在愉快的雨夕涌出狂欢,就像醉花发射出它的香穗一般。我们教师该来的时间,只过了几分钟。但是还不一定……我们坐在凉台上望着巷里,可怜地注视瞭望着。忽然间,我们的心就像昏倒了似的卜卜地狂跳起来。那把熟悉的黑伞,在这样的天气之中,还不屈不挠地转过街角来了!不是别人吧?一定不会的!这个广大的世界上,也许可以找到和他一样顽强的人,但是在我们的小巷里是永远也找不到的。

总起来回忆到他教学的时期,我们不能说阿哥尔先生是一个冷酷的人。他没有用鞭子来管束我们。连他的申斥也不到责骂的程度。但是不论他有什么个人的优点,而他教课的时间是在晚上,他所教的课目是英文!我确信对于任何一个孟加拉的孩子,就是一位天使也会像是阎王的真正的使者,如果他在孩子一天的苦闷学校生活后,点起一盏阴惨昏暗的灯来教他英文的话。

我记得很清楚,有一天我们的老师希望使我们得到英国语言可爱的印象,他极其热烈地为我们朗诵了从英文书里选出来的几行——我们说不出是诗还是散文,效果竟大出意外。我们是那样无礼地哄笑了起来,弄得那晚上他只好把我们都放了学。他一定体会到他的辩护是不容易的——要我们声明同意还需要好几年的争论。

阿哥尔先生有时就把外面知识的清风带到我们枯燥无味的课室里。有一天他从口袋里掏出一个纸包来说:“今天我要给你们看一件造物者所创造的奇妙的东西。”说着就打开纸包取出人体上发音器官的一部分,一面解释它的结构的奇妙处。

我还记得那时他给我的震惊。我从前总觉得是整个人在说话——从来没有想象到说话的动作可以这样割裂来看。无论部分的结构是多么奇妙，它总不像整个人那样美好。我当时没有想到那么多，但这是我惊愕的原因。也许先生看不到这个真理，就是他用这种方法来讲这个题目，学生们是不会有热烈的反应的。

还有一次他带我们到医学院的解剖室里去。一具老妇人的尸首直挺挺地躺在桌上。这个并没有吓着我，但是在地上的一只切断了的人腿却使我感到极不舒服。支离割裂地来看一个人，对我似乎是那么可怕，那么荒唐，有好几天的工夫我还不能赶走那黧黑的无意义的腿的印象。

读完了帕瑞·萨卡的第一、二册英文读本，我们就读麦克库拉克的读本。在一天之末，我们身体疲倦了，心里渴望到内院去，这本又黑又厚、充满了难字的书，内容也极不引人注意，因为在那些日子，萨拉斯瓦蒂①的母爱还不十分突出。孩子的书还不像现在的那样充满了图画。而且在每一课文的门口，都排列着一队生字的哨兵，字母都分立着，禁止通行的重音符号就像瞄准的子弹，挡住了幼稚的心的进入道路，我曾不断地向这密集的队伍进攻，但一点也打不进去。

我们的老师就常常提到他的别的聪明学生的成绩，来使我们相形见绌。我们感到相当羞愧，对那些好学生也不发生好感，但是这些并没有驱散缠绕在那本黑书上的阴暗。

老天爷怜悯世人，在一切沉闷的东西上都滴下了催眠剂。我们一开始读着英文，不久也就开始打盹。往眼睛里洒水或是在走廊上跑步，这样可以好些，但也不能持久。如果恰巧我们的大哥从这里走过，瞥见我们这种瞌睡的苦状，我们这天晚上就被释放了。我们的瞌睡立刻就完全治好了。

八　我的第一次出行

有一次，当登革热症在加尔各答流行的时候，我们大家庭里的一部分人就逃到奢都先生的河边别墅去。去的人里面也有我们。

这是我的第一次旅行。恒河沙岸就像我前生的朋友一样把我接待到它的怀里。在下房的前面，是一片番石榴树林；坐在林荫下的凉台上，凝望着从树

① 学识的女神。

隙中流过的水，我的一天就过去了。我每天早晨醒来，总觉得每天的日子都像是一封新来的画着金边的信件，有些从未听过的消息在等着我开函。而且，唯恐丢掉任一小点，我匆匆梳洗好了就跑到外面椅子上去。恒河的潮水每天涨落；许多不同的船只有不同的驶法；树影从西边移到东边；在对岸树影碎隙的边缘上，金色的生命血液涌进穿透了的夜晚天空的胸怀。有几天从清早就阴了天；对岸的树林变黑了；黑影移过河上。然后哗哗的大雨忽然来到，把地平线遮掉；对岸的淡影含泪道别；河水带着抑郁的喘息涨了起来；湿风在头上树叶中间任意乱吹着。

我感到我钻出了墙壁、栋梁和楼梯的肚子，诞生到外面来了。在和万物开始交往的时候，那琐屑的习惯和破污的外罩都从世界上掉下去了。我确信我早餐用来蘸油炸薄饼的甘蔗糖浆，和因陀罗[①]在天上痛饮的长生仙酒，没有什么区别；因为长生不在酒里，而在品酒人的身上，因此那些寻求长生的人就无法找到了。

房子后面有一块围起的地面，有一个水塘，几层台阶从浴台通到水边。台边有一棵大南海蒲桃树，四围是长得很密的各种果树，这水塘就在浓荫的隐蔽中舒服地静息着。这个幽静的小内花园这种蒙着面纱的美，对我有极其奇妙的魅力，和前面河岸的阔大广漠是那样的不同。它像这家里的新娘，在她午睡的幽静之中，躺卧在她自己绣成的花褥之上，低声地说出她心中的秘密。我用许多中午的时间，独自在南海蒲桃树下，梦想着水塘深处可怕的冥王之国。

我非常好奇地想看到孟加拉的农村。它的一簇一簇的茅舍，它的草顶的凉亭，它的窄巷和浴场，它的娱乐和集会，它的田野和市集，以及在我想象中所看到的它的全部生活，对我有极大的吸引力。像这样的一个农村就在我们院墙之外，却不准我们去。我们出来了，但并没有自由。我们本来是在笼子里，现在是停在树枝上，但还是带着链子。

有一天早晨，我们的两位长辈到村子里去走走。我再也不能抑制自己的热望了，趁着没有人看见，我就溜了出去，远远地跟着他们。当我走在浓荫的小巷里，两旁是密密的、有刺的塞奥拉[②]树篱，旁边有个浮满青绿水草的池塘，我狂喜地收进了一幅又一幅的图画。我还记起那个赤裸的人，在水塘里洗着

① 印度神话中掌管雷雨之神。

② 一种阔叶树。

已经太晚的澡,用嚼烂一头的树枝在刷牙。我的长辈们忽然发现我跟在后面。他们骂着,“走,走,赶快回去!”他们觉得很丢丑,因为我光着脚,我的褂子上没有围巾也不穿上衣,我没有穿出门的衣服;仿佛这是我的错似的!我从来没有过袜子和太多的服饰,所以不但那一天失望地回去了,而且任何一天也无法填补我的欠缺而得到出门的允许。但是虽然“外界”是从后面关住了,而前面的恒河却把我从一切束缚中解放了出来,我的心灵随时可以登上船儿快乐地驶出,急忙地到地图上没有名字的地方去。

这是四十年以前的事了,从那时起我再没有踏进这个素馨花荫的别墅花园。那所房子和那些树木一定还在那里,但我知道它们不会和从前一样了——因为我现在哪能从那里取得像从前那样美妙的新鲜感觉呢?

我们回到城里乔拉桑歌的房子里去。我的日子就像许多口的饭,让师范学校张开的大口吞咽了下去。

九　练习做诗

那个蓝纸的稿本不久就写满了,像虫窝一样有种种网形的斜线和笔划浓淡不同的字。这个小作家的热切的压迫很快地就把它的书页揉皱了;以后页边也磨坏了,爪子似的蜷曲着,似乎要把里面的作品抓住,直到最后,流入不知道哪一条“忘河”里去,它的书页被慈悲的健忘卷走了。无论如何,它逃避了走过印刷所甬道的那一段痛苦,也不必害怕再去诞生在这个悲哀的山谷里。

对于把我宣传成为一个诗人,我不能说我是个被动的证人。虽然萨特卡里先生不是我们班的教师,他却很喜欢我。他写过一本关于自然历史的书——我希望没有尖刻的幽默家会想在这上面找出他喜欢我的原因。有一天,他把我叫去问:“听说你写诗,是吗?”我没有隐瞒这个事实。从那时起,他常叫我去续成一首绝句,把我自己写的添在他给我的两句后面。

我们的校长哥文特先生是一位很黑的矮胖子。他穿一套黑衣服,守着账簿,坐在二层楼的办公室里。我们都怕他,因为他是举着棍子的法官。有一次我因为逃避几个强暴的同学,而跑到他屋里去。迫害我的是五六个大孩子。除了眼泪之外——我没有其他证人。我胜诉了,从那时起哥文特先生的心里,为我留下温柔的一角。

有一天,在课间休息的时候,他叫我到他屋里去,我战战兢兢地去了。我一到他面前,他立刻就探问我:“你不是写诗吗?”我不迟疑地承认了。他让我写一首我忘了是哪种道德教训的诗。从他发出的这样的请求所意味着的谦虚和蔼,使做他学生的人只有感激。当第二天我把写好的诗交给他的时候,他把我带到最高的班上去,让我站在学生们面前。他命令说:“朗诵吧!”我就大声朗诵起来。

关于这首道德教训的诗,唯一值得称道的就是它不久就遗失了。它对这一班学生教训的效果,远不是鼓励——它所引起的不是对于作者尊敬的情感。大多数人说这首诗决不是我自己做的。还有一个人说他能够拿出我所抄袭的原本来,但是也没有人坚持要他拿出;对那些宁可相信的人,证明的过程是很麻烦的一件事。最后,追求诗名的人数可怕地增加了;而且他们所用的方法,不是循着道德进步的道路的。

现在青年人写诗不是一件奇事。诗的光荣消失了。我记得那时候,少数写诗的妇女是怎样地被看作上天的奇迹的创造品。现在如果听说女青年不会写诗,人们就感到怀疑。现在的孩子远在到达孟加拉文最高班之前,诗歌就萌芽了;因此没有一个现代的哥文特先生会注意到我所宣扬的诗才了。

一〇　斯里干达先生

这时候我看到了一位以后再也找不到的听众。他有一种无限的、什么都喜爱的能力,因此他就完全不适宜于作任何评论月刊的评论者。这位老人就像一颗熟透了的阿方索芒果——在他的天性中没有一点酸味和丝毫粗鲁的痕迹。他的亲切的、刮得很干净的脸和他全秃的头颅成了一个整圆形;他的嘴里没有一颗牙;他的大而亮的眼睛发着永远愉快的光辉。当他用柔和深沉的声音说着话的时候,他的嘴、眼和双手也都在说话。他是一位古波斯文的学者,一个英文字都不懂。他的寸步不离的伙伴是一根水烟袋,和膝上的一张悉达琴;从他的喉咙里流出不停的歌声。

斯里干达先生不必等待人家的正式介绍,因为没有人能抵抗他的亲切的心的自然请求。有一次他带我们到一个大的英国照相馆去照相。在那里他用杂凑的印地语和孟加拉语,说着坦率的事由来感动那位老板,他说他是一个穷人,但极其想照这一张相片,这老板微笑着给他减了价钱。这种还价在那个不二价的英国商店,并没有显得怎样的不合适,只因斯里干达先生是那样的天真，那样的毫不理会有任何使人生气的可能。有时他带我们到一个欧洲传教士的家里去。在那里他也是以他的弹唱，对于那传道士的小女儿的爱抚，对于传教士夫人的穿着小靴的脚的赞美，他会使那集会空前地活跃起来。别人做出这种可笑的事情就会使人讨厌，但是他的坦率的天真得到大家的欢心，他把人人都吸收到他的快活中去。

斯里干达先生从来不知粗暴与傲慢为何物。有一个时候，我们加聘了一位有点名气的歌唱家。当他喝得烂醉的时候，就用不好听的话来挖苦斯里干达先生的歌唱。斯里干达先生总是不动声色地忍受着，一点都不想还击。等到最后这个人的继续的粗暴使他被解聘的时候，斯里干达先生立刻来替他说项。他坚持说，“不是他的错，是酒的错。”

他不忍看任何人痛苦，甚至也不能听痛苦的事。所以学生们什么时候想使他苦恼，就念一段维达亚萨加尔[①]的《悉多的流放》，他就十分难过起来，伸出两手来抗议，苦苦哀求不让他们往下念。

这位老人跟我的父亲、哥哥和我们都是好朋友。他跟我们每一个人都仿佛是同年。就像每一块石头都可以让流水来回跳舞一样，因此最小的刺激也足以使他高兴欲狂。有一次我写了一首颂歌，讽示了人世的磨炼和苦难。斯里干达先生认为我父亲对于这首完美的珍宝般的颂歌一定会欣喜过望。带着无限的热情，他自告奋勇地把这首歌给我父亲看了。幸亏那时候我不在旁边，后来听说我父亲觉得非常好笑，人世的忧患会那么早地感动他的小儿子到了写诗的地步。我确信哥文特先生，那位校长，一定会为我写这么严肃的主题的努力，而加倍地表示他的尊敬。

在唱歌上我是斯里干达先生的得意门生。他教给我唱一支歌：《我不再上瓦拉遮[②]去了》，并且拉我到每个人的屋里叫我唱给他们听。我唱的时候，他就弹悉达琴来伴奏，唱到合唱的句子，他也加入来反复地唱，对每个人微笑点头，仿佛促使他们更热烈地欣赏。

他是我父亲的热情的崇拜者。他把一首颂歌编进他的歌调里，《因为他是我们心里的心》。当他对我父亲歌唱的时候，斯里干达先生激动得从座位上跳起来，一面使劲地弹着悉达琴，一面唱《因为他是我们心里的心》，然后在

---

① 维达亚萨加尔（1829—1891），孟加拉语作家。

② 克里希纳神的游戏场。

我父亲面前挥舞着手，把歌词换成“因为你是我们心里的心”。

当这位老人最后一次来拜访我父亲的时候，我父亲已在钦苏拉河边别墅里卧床不起了。斯里干达先生被最后一次的疾病所困，不能自己走动，必须把眼睑拨开才看得见东西。在这种情况下，由他的女儿招呼着，他从他的住处比尔布姆到钦苏拉来。他费力地从我父亲脚上捏走一点尘土，就回到钦苏拉他寄住的地方去，几天之后他就在那里呼吸了最后一口气。后来我听他的女儿说，他是嘴里唱着《主啊，你的慈爱是何等的甜柔》那首颂歌，到他永远的青春里去的。

一一　我们的孟加拉文课结束了

这时，在学校里，我们是最高班的下一班。在家里，我们的孟加拉文课比班里教的深多了。我们读完阿克谢·达塔的普通物理学，也读完了《云音夜叉被戮》叙事诗。我们读着自然科学，而没有结合任何自然事物，所以我们对于这门功课的知识，也相应地是书本上的。实际上我们在这上面用的光阴完全是浪费的；对于我的心灵，是比什么都不做还要浪费。读那首《云音夜叉被戮》对于我们也不是一件快乐的事情。最好吃的东西如果扔到你的头上，也不会感到有味。用一首叙事诗来教语言，就像用一把剑来刮胡子一样——委屈了剑也难为了下巴。一首诗应当从感情的观点来教；把他诓来做“语法兼字典”，是不打算去和学识之神调解的。

我们的师范学校生涯突然告了终结；这里面是有故事的。我们学校的一位教师想从我们图书室里借一本密特拉写的我祖父的传记。我的侄子兼同学，萨提亚，勉强鼓起勇气，自告奋勇向我父亲去提。他得到结论以后很难以普通的孟加拉文字去打动我父亲，因此他编了一套精心结构的准确的仿古文句，我父亲一定感到我们孟加拉文的学习走得太远了，有了过火的危险。因此第二天早晨，和平常一样，我们的书桌放在南边的凉台上，黑板挂在墙上，在等着尼尔卡玛尔先生来上课的时候，我们被召唤到楼上父亲的屋里去。他说，“你们不必再读孟加拉文了。”我们的心因着这个快乐舞蹈起来了。

尼尔卡玛尔先生在楼下等着，我们的书本都放在桌上摊开着，他一定心里在想让我们把《云音夜叉被戮》再读一遍。但是在一个人的临终床上，一切日常生活的常规都显得不真实了，瞬息之间，每一件事物，从老师到墙上挂黑板的钉子,对于我们都像幻想一样地虚空了。我们的唯一困难,就是怎样以相应的礼节把这消息告诉尼尔卡玛尔先生。最后我们吞吞吐吐地把这话说了,这时黑板上几何式的图样诧异地向着我们瞪视,《云音夜叉被戮》的无韵诗在旁边呆呆地看着。

我们老师的临别赠言是:“因为责任所在,我对你们有时也许严厉一些——不要把这个记在心上。以后你们会知道我教给你们的东西的价值。”

我当然知道了这个价值。就是因为我们用自己的语言来学习,我们的心灵就活泼起来了。学习应该尽量遵循饮食的规程。当口味从第一口饭开始的时候,胃口在肚子装满以前就激起了它的功能,胃液得到了充分的利用。孟加拉的孩子用英文来学习的时候,就不是这样子。第一口咬下去就有可能把两行牙齿拧松——像嘴里的真正的地震!等到他发现这食物不是石头做的,而是可以消化的糖果的时候,他注定的半生已经过去了。一个人在拼音和文法上干噎着,唾沫飞溅地嘟哝着的时候,肚子里却仍旧是饥饿的,等到最后吃出味来,胃口已经没有了。如果整个心灵不是从开始就运用了起来,它的全部力量就是到了终点也不会发展的。当周围都在发出学习英文的呼声的时候,我的三哥勇敢地坚持我们孟加拉文课的学习。对于他的在天之灵,我献上感谢和崇敬。

一二　教　授

我们离开师范学校就进入孟加拉中学,这是一所欧亚混合的学校。我们觉得我们已经长大了,多了些尊严——至少上到了自由的第一层楼。事实上,我们在这中学的唯一进步就是自由。我们在这里学的,我们一点也不懂,我们也不努力学习,我们不学习也没有任何人来关心。那里的学生是讨厌的,但还不使人憎恶——这是一件大可安慰的事。他们在掌心里写上一个“驴”字,嘴里说“好啊!”一面把这字拍在我们的背上。他们从后面捅我们的肋骨一下,没事人似的脸望着别处。他们把烂香蕉轻轻地抹在我们的头上,悄悄地溜开。但是这就像走出泥涂登上岩石一样——我们忧虑但没有玷污。

这学校对我有一件大好处。这里没有人抱着微小的希望,认为像我们这种孩子能够在学习上进步。它是一所很小的学校,经费也不足,因此在学校当局眼里,我们有一个最大的好处——我们按时交费。这就使拉丁文法不能成为障碍物，连最严重的错误，也不会使我们的脊背受损。这决不是因为可怜我们——学校当局对先生们都说通了！

然而，这学校虽然没有什么害处，它到底是一所学校。教室是冷酷地沉闷，四面的墙壁警察似的看守着我们。房子像鸽子笼而不像人的居处。没有装饰，没有图画，没有一点颜色，没有一点吸引孩子心灵的企图。事实上，对于形成孩子大部分心理的爱憎是完全不闻不问的。我们踏进校门走入那狭小的四方院子，我们整个人都变得沮丧消沉——逃学就成为我们长期的游戏了。

在这件事上我们找到了一个同谋者。我六哥有一位波斯文教师。我们总称他为门希①。他是一个瘦得皮包骨的中年人，就像有一张黑羊皮纸蒙在他的骨架上，里面不装上一点血肉似的。他的波斯文也许不坏，英文学问也过得去，但是他的抱负却不在这上面。他相信他棍术的精湛，只有他歌唱的技术可以与之相比。他总在阳光下站在我们院子当中，用一根棍子耍出一套奇妙的滑稽戏——他自己的影子就做了他的敌手。我也不必说他的影子从来没有胜过他，最后他总是大叫一声，含着胜利的微笑，猛敲这影子的脑袋，影子便屈服地昏倒在他的脚下。他的歌唱，鼻音很重又不合调，听上去就像从阴间传来的呻吟和呜咽。可怕的混合。我们的唱歌教师毗湿纽有时就嘲弄他说："你看，门希你这样唱法会让我们把嘴里的面包都呕了出来！"对于这种话，他唯一的回答只是一个轻蔑的微笑。

这就看出门希是爱听好话的；事实上只要我们愿意，无论何时我们都可以撺掇他给我们写信到学校去请假。学校当局从来也不细看这些信，他们知道从教育的效果上看，横竖我们上不上学都是一样的。

现在我自己也设立了一所学校，在这里孩子们做出各种各样的淘气，因为孩子们一定是淘气的——而教师们也总是不饶的。当我们中间有人因着他们的行为，过分地为忧虑所缠扰，而激起定然要处罚的决心的时候，我自己学校时期的许多过失，就排着队站在我面前，向我微笑。

我现在看得很清楚，这错误就是以成人的标准来衡量孩子，忘了一个孩子是像流水一样迅速而流动；因此，在这种情况下，任何一点的不完美都不必引起大惊小怪，因为奔流的速度本身，就是最好的纠正。什么时候停滞不流了，危险就来了。所以首先是教师，而不是学生，要提防到错误的行为。

---

① 孟加拉语，意思是书记。

这学校里有一间餐室，是为适应孟加拉孩子种姓的需要而设立的。我们就在那里和同学们交起朋友来。他们都比我们大，其中有一个应该详细地说一说。

他的专长是魔术，他甚至于发表了一小本关于魔术的书，在封面上印上他的名字加上教授的头衔。我从来没有看见过一个学生的名字见于印刷品，因此我对他——作为魔术教授——有着很深的尊敬。我怎敢相信在印刷的字样里，会有可疑事件的容身之地呢？能够把自己的话用擦不掉的墨记录下来，这是一件小事吗？无遮蔽而不羞愧，自认不讳地站在世界面前——我们怎能怀疑这样高超的自信呢？我记得有一次，我从一个印刷所里拿到我名字的字模，当我刷上墨把它印在纸上，发现我的名字印出来的时候，是多么值得纪念的一件事啊。

我们常请这位同学兼作家的朋友搭坐我们的马车，这样我们就有了交往。他在演戏上也很行。在他的帮助下，我们在练拳的场地上搭起一座台，在竹架上撑起涂上颜色的纸。从楼上来的坚决的反对，阻止了在这台上表演的可能。

但是后来没有戏台也演出了一出误会的喜剧。这位剧作者在这本书上已经对读者介绍过了。他不是别人，就是我的侄子萨提亚。你们看他现在沉着恬静的样子，当你听到他所创造出来的把戏的时候，你一定会大吃一惊。

我所要叙述的事情发生在几年之后，当我在十二三岁的时候。我们这位魔术家朋友讲到许多东西的奇怪特点，我十分好奇地想亲眼看到那些特点。但是他所提到的材料都是非常希罕而且来自远方，除能求得海员辛巴德的帮助之外，我们决没有希望得到，有一次教授偶然失口说出一件容易得到的东西。谁会相信一粒种子，在一种仙人掌的液汁里浸透又晒干了二十一次之后，就会在一小时内萌芽开花结果呢？我决定要试验一番，同时对于一位名字印在书本上的教授的辩证，也不敢有所怀疑。

我让我们的园丁给我预备下大量乳白色的液汁，在一个星期天的下午，我在屋顶凉台的角落，我们的秘密处所，开始用芒果核来做试验。我正在聚精会神地把果核浸了又晒，晒了又浸——但是大读者们也许不会等待着询问我实验的结果。同时我不知道萨提亚在另一个角落里，在一小时之内使他自己创造出来的神秘花木，生根发芽。后来还结出了奇怪的果实。

从做实验那天以后，我渐渐觉得教授有点躲着我，他不肯和我坐在马车的同一边，而且仿佛总在和他对我的腼腆作斗争。

有一天,他忽然提议大家都轮流地从教室的凳子上跳下去。他说他要观察不同的跳跃形式。这种科学的好奇对于一位魔术教授并不是怪事。个个都跳了,我也跳了。他摇着头低低地哼了一声。无论我们怎么追问,他也不肯说出一点什么来。

又一天,他告诉我们,说他有几个好朋友想同我们来往,请我们和他一同到他们家里去。我们的监护人没有异议,我们就去了。那间屋子里的一群人仿佛非常喜欢问问题。他们表示迫切地希望听我唱歌。我唱了一两支歌。我那时还是个孩子,决不会像牛一样吼叫。他们一致认为,"这声音真是甜柔"。

当点心端到我们面前的时候,他们环坐在周围看着我们吃。我生来就很腼腆,和生人在一起很不自然;而且在我们的仆人艾思瓦看管时期所得来的习惯,使我永远成为一个食欲不旺的人。他们似乎都得到了我的胃口很娇弱的印象。

在这出喜剧的第五幕,我接到教授写给我的几封奇怪的亲热的信,把整个情况揭露出来了。让台幕在这里落下吧。

我终于在萨提亚那里听到,在我用芒果种子试验魔术的时候,他说得使教授相信我是一个女孩,监护人把我扮成男装,为的使我可以出去多受教育,因此我原是一个女扮男装的人。对那些对想象的科学好奇的人们,我应该解释一下,据说女孩子在跳跃的时候,左脚总是先往前去的。在教授的试验中,我就是这样跳的。那时我决没有体会到这是多么错误的一步啊。

一三　我的父亲

我生下来不久,父亲就常在外面旅行。所以说我小时候不认得他一点也不是夸张。他有时忽然回家,带来一些我喜欢同他们交朋友的外地仆人。有一次他带回一个叫做里努的年轻的旁遮普仆人。他从我们所得到的热烈欢迎,几乎不在兰季特·辛格[①]之下。不但因为他是外地人,而且他是老牌的旁遮普人——他怎能不把我们的心偷走了呢?

我们对于整个旁遮普民族,就像对《摩诃婆罗多》诗中的毗摩和阿周那[②]

---

① 兰季特·辛格(1780—1839),旁遮普名王,有"旁遮普之狮"之称。

② 毗摩和阿周那都是《摩诃婆罗多》中般度王的儿子,二人均无比英勇。

一样尊敬。他们是武士;如果有时他们战败了,那很明显地是他敌人的过失。我们家里有一个从旁遮普来的里努,是很光荣的事情。

我嫂子有一只装在玻璃框里的小军舰,机关一开,它就应和着八音匣的丁当声,在绸制的海波上摇晃。我恳切地请求把这军舰借给我,让我去给我所爱慕的里努看看,来显示它的奇巧。

像我们那样整年关在家里,任何异乡风味的事物,对我都有特殊的魅力。这是我敬爱里努的原因之一。也为了这个原因,那个穿着绣花长袍来卖玫瑰油和香膏的犹太人,迦卜拉尔,也会引起我那么大的兴趣。还有那穿着蒙满灰尘的宽大裤子、带着行囊和包袱的高大的喀布尔人,在我幼稚的心中,也留下一种恐惧的魅惑。

无论如何,当父亲回来的时候,我们能在他周围走来走去,能够和他的仆人在一起就很满足了。我们并没有直接走到他的身边。

有一次,当父亲在喜马拉雅山的时候,英国政府拿来吓人的老妖怪,俄国的侵略,变成人们惶乱的话题。有些好意的太太们,对我母亲把这逼近的危险,在想象的情况中扩大了一番。我们怎能晓得俄罗斯人会从哪一条西藏通路,忽然像毁灭的彗星一样闪击进来呢?

我母亲真的惊慌了,也许家里其他的人没有和她分忧;因此,对大人们的同情绝望了以后,她来寻求我幼稚的支持。她问:“你好不好给你父亲写封信,报告他俄罗斯人要来侵犯的事情呢?”

这封携带着母亲忧虑的消息的信,是我给父亲写的第一封信。我毫不晓得一封信应该怎样开头怎样结尾。我去找玛哈南达,他是管产业的文书。信上一切称呼的规格无疑是正确的,但是在情感上逃不出和管产业的文书文字分不开的陈腐气息。

我收到一封回信。父亲叫我不要害怕;如果俄罗斯人来了,他会亲自把他们赶走。这个充满信心的保证,似乎没有解除母亲忧虑的效果,但却把我从对父亲的陌生中解放出来了。从那时起我要每天给父亲写一封信,也就每天去麻烦玛哈南达。他受不了我的纠缠,就拟出信稿叫我去抄。但是我不知道寄信是要付邮资的,我总以为只要把信交在玛哈南达的手里就会到达,也不必再担心了。我不需要说,因为玛哈南达比我大得多,这些信从来没有达到喜马拉雅山顶上去。

在父亲出外很久之后,就是只回来几天,整个家庭都载满了他在家的重量。我们会看见大人们在一定的时间内规矩地穿上他们的长袍，以拘谨的步法和严肃的姿态走进他屋里，谁要是嘴里正嚼着“班”，也先把它吐掉。每个人都是小心翼翼地。母亲亲自去监督烹调，为的使每样菜都合口味。那个执职杖的老克努，穿着白制服，裹上有顶饰的头巾，守在父亲的门口的，总是警告我们，在父亲午睡的时间，不要在他房前的凉台上吵闹。我们要轻轻地走过，低声地说话，也不敢往屋里窥视。

有一个节期，父亲回来给我们三人行授予圣线[①]的仪式。在瓦当塔瓦吉施先生的帮助下，他收集了些《吠陀经》的旧礼节作为行礼之用。有好几天我们学习以正确的发音来朗诵《奥义书》的选句，父亲安排我们，在“婆罗摩正法”的名下，和毕茶拉姆先生一同坐在经堂里。最后我们剃光了头、戴上金耳环，我们三个小婆罗门在三层楼的一处，进行了三天的灵修。

这真是好玩极了。那耳环使我们彼此揪起耳朵来的时候，有个很方便的把柄。在一间屋子里，我们发现一面小鼓；我们拿着这鼓出来站在凉台上，看见哪一个仆人从下面走过，我们就敲起鼓来。这就使他抬头来看，立刻就又掉转眼睛赶快地缩了回去[②]。总而言之，我们不能说这灵修的三天，是在苦行的默想中度过的。

但是我相信像我们这样的男孩，在古时候的隐士中并不罕见。如果在古老的经文上说，十岁或是十一岁的舍罗堕陀或是舍楞伽罗婆[③]用了整个童年时期来供奉和讽诵曼荼罗经。对于这话，我们也不必勉强地予以毫无疑问的信仰；因为“男孩天性”这本书是比经文更古老更真实的。

在我们正式成了婆罗门教徒以后，我就很喜欢念诵《伽耶特里》[④]。我总是专心致志地来思索它。它决不是一本我在那种年纪所能完全理解的经文。我记得很清楚，我做着怎样的努力，先祈求“地・天空・天”的帮助，来扩大我的自觉。我是怎么感觉或是怎么想的，很难说得清楚，但这一点是确定的，就是弄清字义，不是人类的理解力的最重要的作用。

教学的主要目的不是解释字义，而是去叩心门。如果问一个孩子，在叩门声中，他心里有什么被叫醒了，他也许会说些很傻里傻气的话。因为在心里发

---

① 所谓圣线是一根白线，只有高等种姓的人才能挂。

② 授圣线仪式未完成时，非婆罗门若看一眼受仪人，就被认为有罪。

③ 《沙恭达罗》中沙恭达罗义父干婆的两个徒弟。

④ 《梨俱吠陀》中的一首诗。每个婆罗门早晚祈祷时必须背诵。

生的事情，比他能用言语表达的巨大得多。那些把希望钉在大学考试上，把它当作教育效果的考验的人，是不重视这个事实的。

我能忆起许多我所不能了解、而却能深深感动我的事情。有一次我们在河边别墅的凉台上，我大哥看到阴云密集，就大声地朗诵起迦梨陀娑的《云使》中的几节诗句。我不懂而且也不必懂一个梵文字，他的入神的高吟和铿锵的音节，使我已经够感动的了。

还有，在我能够正确地了解英文以前，我拿到了一本插图很多的《老古董店》。我把全书看完了，虽然有十分之九的字是我不认得的。但是我以十分之一的模糊的了解，纺出一条彩色的线，把插图穿了起来。任何一个大学考官都会给我一个大零分，但对于读书的方法，并不证明我会空洞到零分的地步。

还有一次我陪着父亲到恒河上旅行。在他所带的书里，有一种是旧佛特威廉版本的胜天的《牧童歌》。是孟加拉文的。诗句没有分开印，而是和散文一样一直连下去的。我那时一点梵文都不懂，但是因为我懂孟加拉文，有好些字是熟悉的。我忘了我读了几遍《牧童歌》，但我还记得这一句：

在孤寂的村庄度过的一夜，
它在我的心中散布开一种模糊的美的气氛。

那一个作“孤寂的村庄”讲的梵文字，对我已经够好的了。

我必得自己去找出胜天的错综的韵律，因为在这书的笨拙的散文印法里，看不出诗的断句来。这发现给我以极大的愉快。我当然没有完全懂得胜天的含意，甚至也不敢说我懂得了其中的一部分。但是那字音和轻快的韵律，在我心中充满了奇妙的美的图画。使得我把全书抄了下来，留作自己欣赏。

当我稍大一点，读到迦梨陀娑的《战神的诞生》的时候，同样的事情也发生过。这诗句大大地感动了我，我的感觉是从那几个字上来的。“微风带着神圣的曼达基尼[①]下流的喷雾，摇撼着喜马拉雅雪松的叶子。”这两句使我极想尝到全诗之美。后来有一位老师给我讲解了底下的两行，那阵微风又“吹劈了渴望的猎鹿者头上的孔雀羽毛”。最后的形象是那样的无力，使我失望了。我若以自己的想象来凑上那几句，可能会强得多。

无论什么人回想到自己的童年时期都会同意，就是说他的最大收获并不在于他“完全了解”多少。我们的弹唱诗人就很懂得这个真理。因此在他们

---

① 恒河在天上的部分。

的说唱中,总有很大一部分是填满人耳朵的梵文和深奥的话语,这些只为着暗示,并不考虑他们纯朴的听众能否完全了解。

这个暗示的价值,连那些以物质上的得失来衡量教育的人,也不能予以轻视的。这些人坚持把账目加在一起,来精确地算出他们传授了多少可以够本的功课。但是孩子和那些没有受过太多教育的人们,是住在一个人们可以不必每步都完全了解就能获得知识的原始乐园里。只在这乐园失去了以后,必须去了解每一件事物的不祥日子就来到了。那条不必经过了解的可怕历程就能达到知识的路,是一条宽大的路。如果这条路被堵住了,虽然世界的市场照常进行,而大海和高峰就无从到达了。

因此,就像我刚才所说的,虽然我在那个年纪不能体会到《伽耶特里》的全部意义,但是在我心中有些不必全懂就能领会的东西。我想到有一天,我坐在我们课室一角的洋灰地上,默想着这个经文的时候,我的眼里充满了眼泪。我不知道这眼泪为何而流;对一个严厉的审判者,我可能给一些和《伽耶特里》毫不相干的解释。这件事实说明,在意识最深处所发生的事情,住在外面的人并不是能够常常晓得的。

一四　和父亲一起旅行

系圣线大典之后,我的光头给我一个巨大的烦恼。无论欧亚混血的孩子们,对于和神牛有关的事物是怎样地偏爱,他们对于婆罗门的尊敬是有名地缺乏的。因此,除了其他的飞弹之外,我们的光头一定还会饱受嘲弄的打击。我正在为这可能发愁的时候,有一天我被叫到楼上父亲的屋里去。他问我喜不喜欢和他一块到喜马拉雅山去。离开孟加拉中学到喜马拉雅山去!我喜欢不?啊,我能用欢呼把天空冲裂,这也许会使人了解我喜欢到什么程度。

在我们离家的那一天,父亲按照他的惯例,把一家人召集在经堂里行了宗教仪式。在我从长辈脚上捏起尘土①之后,就跟着父亲上车了。这是我一生之中,头一次有一套新做的衣服。父亲亲自选择了衣服的式样和颜色。一顶平金的绒帽凑足了我的全套服装。我把这帽子拿在手里,心里发着愁,只恐这帽戴在光秃秃的头上效果不好。我一坐进车里,父亲一定要我戴上帽子,我就

① 印度习俗,从长辈脚上拿起一点土来碰自己的额头,是对长辈行的礼节。

只好戴上。他的脸一转向别处,我就把它摘下来。每次我看到他的眼睛,这顶帽子只得又回到它应呆的地方。

父亲对于他所处理和吩咐的一切事情,都是非常认真严格的。他不喜欢处事模棱两可,或是犹疑不决,而且从来不容许邋遢和迁就。他有一个意义明确的法则,来规定他和别人之间的关系。在这点上,他和他的国人的通性是不同的。对别人,前后差错一点没有什么多大关系,同他打交道我们却必须谨慎戒惧。他倒不在乎做的太多或太少,他注意的是没有达到标准的失败。

父亲常把他所要做的事,构成一幅很细致的图画。任何节庆的集会,他不能参加的时候,他就想出每一件东西应该安放在什么地方,家里每一个人应该负什么责任,客人坐在哪个座位;没有一件他想不到的事情。等到这节日过去了,他就让每个人对他分别报告,这样他自己综合起来,取得一个完整的印象。所以当我和他一起旅行的时候,虽然没有原因可以使他阻止我的尽情游戏,而在其他的事情上,在他替我规定的严格的行为法则里,是没有留下一点空隙的。

我们先在博尔普尔停留几天。萨提亚和他的父母不久前曾到这里来过。没有一个有自尊心的十九世纪的婴孩,会相信他回来后给我们讲的旅行故事。但我们却不一样,我们没有机会学习如何在可能与不可能之间画下界线。我们学过的《摩诃婆罗多》和《罗摩衍那》,没有给我们一点线索。那时候也没有带着插图的儿童读物来给我们指引方向。世界上管制我们的谨严的法律,我们都是在触犯了它以后才学到的。

萨提亚告诉我们说,除非是一个非常熟练的人,上火车是一件极其危险的事情——稍微滑一下,就一切都完蛋了。而且每一个人必须用尽全力抓紧座位,否则开车时候那个巨大的震撼,不知道会把人扔到哪里去。所以我们到达火车站的时候,我真是战战兢兢。我们居然是那么容易地走进车厢,我还总觉得最坏的情况必将到来。当最后我们可笑地顺利启程,一点不像有什么危险的样子,我感到悲哀地失望了。

火车疾驰下去;宽阔的田野和青绿的远树以及树荫下静卧的村庄,像一江的图画流掠过去,又像无数的海市蜃楼一般消失了。我们到达博尔普尔已是夜晚。我坐上轿子就闭上眼睛。我想把整个奇妙的景象保留下来,以便在晨光中再把它揭开,摆在我清醒的眼睛前面。我怕经验的新鲜色彩,会被在黄昏微明中所得的不完美的一瞥所损坏。

当我早晨起身走到外面去的时候，我高兴得震颤起来。比我先来的那一位告诉我说，博尔普尔有一个在全世界都找不到的特点，就是从正房到下房的小路上，虽然头上没有一点遮挡的东西，但是人走过的时候，一线阳光一滴雨点也接触不到。我就去寻找这小路，但是我的读者也许不会惊讶，我直到现在还没有找到。

我是在城市长大的，从来没有看见过稻田，我们读过牧童的故事，在我想象的画布上，也画过一幅可爱的牧童画像。我听萨提亚说过，博尔普尔房子的周围都是成熟了的稻田，在稻田里和牧童游戏是每天必做的事情，拔稻、煮米、吃饭就是这游戏的特色。我渴望地回顾。但是在这赤裸的荒地上，哪里有稻田呢？也许在某些地方有几个牧童，但问题是谁能把他们和其他孩子分辨出来呢！

不久我就丢掉了我所看不到的东西——我所看到的就很够好的了。在这里没有仆人的管制，唯一圈住我的圈子，就是管理寂静的女神给我画上的天边的蓝线。在这里面我可以任意遨游。

虽然我还不过是个孩子，父亲对我的漫游没有下过禁令。在沙地凹陷的地方，雨水犁开了很深的畦沟，刻出了堆满红沙和各种形状的石子的小型山脉，细小的河流从中间穿过，显示出小人国的地形。从这地区我收集了许多奇形怪状的石子，放在外衣袋里，带回去给我父亲。他从来也不轻视我的劳动。相反地他引起热情来了。

“多美呵！”他叫着说，“你从哪里找来这些个呢？”

“那边还有许许多多，成千成万的呢！”我急急地说，“我每天都能带回这么多来。”

他说：“那可好啦，为什么不用这石子来点缀我的小山呢？”

我们曾想在花园里挖一个水塘，因为地下水太浅，就放弃了，没有完工，挖出来的土堆成一座小山。父亲常坐在这小山顶上，做他的晨祷。他在那里坐着，太阳就从他对面一直伸延到东边地平线上起伏的原野边升起。他就是让我来装点这座小山的。

离开博尔普尔的时候，我十分难过，因为我不能把收集来的石子带走。更难使我体会到的是，我不能因为我把东西收集在一起，就有绝对的权利来要求和事物保持亲密关系。如果命运应许了我诚恳的祈求，允许我永远把这些石子带在身边，那么我今天就不会这样大胆地来嘲笑这件事情了。

在一个峡谷里，我看到一块洼地充满了像小河段涌流的泉水，在水里游戏的小鱼，争竞着逆流而上。

我告诉父亲说："我发现了一股极好的泉水，我们可不可以拿来洗澡，拿来喝呢？"

"就这么办。"他同意了，他和我一样高兴，并且发下命令说，以后就到那里去取日用的水。

我在小型的山谷之间漫游，永不感到疲倦，希望能够发现一些从来无人发觉的东西。我就是这块像把望远镜倒过来看的、未经发现的土地的利文斯敦。这里的一切，矮小的枣柳树，野李树和矮小的南海蒲桃树，都和这小山脉以及我所发现的小河小鱼，调和一致。

也许是为训练我小心谨慎，父亲交给我一点零钱，让我管理，叫我记账。他也让我负责给他贵重的金表上发条。在培养我的责任心的时候，他没有想到有毁坏的危险。我们早晨出去散步的时候，他让我把钱施舍给路上遇到的乞丐。但是最后我永不能给他一个正确的总账。有一次我算出的余款比他交给我的钱还多。

"我真的必须请你做我的会计，"父亲说，"钱到了你手里就会增加起来！"

我以不倦的热情来给他的表上发条，不久，这表就送到加尔各答的钟表店里去了。

我又想到后来父亲让我管理地产，在每月的头两天，我必须把账目交给他。因为他的视力衰退，我必须先把每项的数目念给他听，如果他在某一点上有些疑问，他就问到细节。我若是企图掩饰过去，或者把我认为他不会满意的项目隐瞒下来，那最后一定会被发觉的。因此每个月头，总是我很紧张的几天。

像我从前说过的那样，父亲有把每件事物清清楚楚地摆在心里的习惯——不管是账本上的数字，节庆的安排，或是产业的增减和调动。他从来没有看见过在博尔普尔新盖起的经堂，但是他向每一个去过博尔普尔又来看他的人仔细询问，因此他对于这经堂里的每一细节都很熟悉。他有极强的记忆力，只要他掌握到事实，这事实就永远无法逃脱。

父亲曾在他的那本《薄伽梵歌》①中，勾出他所喜欢的诗句。他叫我把这

① 印度史诗《摩诃婆罗多》中著名插话之一。

些句子连译文一起替他抄下来。在家里我是一个无足轻重的孩子，但是在这里，当这些重要的事情交托给我的时候，我感到了地位的光荣。

这时我已经把那个蓝稿本扔掉了，而拿到了一本装订本的李特式的日记。现在我留心让我的写诗不会缺乏外表上的尊严，这不但是为着写诗，而且也是为着在我自己的想象里把自己当做一个诗人。因此当我在博尔普尔写诗的时候，我就喜欢趴在一棵小枣柳树下面，我觉得这样似乎是真正的有诗意的写法。我就这样地在烈日下，没有铺着草皮的坚硬的石块地上，写出一首关于《普利色毗王之败绩》的战歌。这首诗虽然有着极其丰富的战争精神，也还逃不了早夭。这个装订本的李特日记，也走上她姐姐蓝稿本的道路，没有留下地址。

我们离开博尔普尔，一路上在萨希卜甘杰、迪纳普尔、阿拉哈巴德和坎普尔都小作逗留，最后在阿姆利则停下了。

在路上有一个事件永远铭刻在我的记忆里。火车停在某一个大站上。查票员过来剪票。他好奇地望着我，好像有什么疑问又不肯说出似的。他走开一会儿，又带回一个同伴来，两个人在门口踌躇了半天，又走了。最后站长自己来了。他看了我的半价车票，以后就问：

"这孩子没过十二岁吗？"

"没有过。"我父亲说。

我那时只有十一岁，但是看上去比我实在的岁数显得大些。

"你一定得替他付上全票的钱。"站长说。

父亲的眼里闪着怒火，一语不发，只从匣子里拿出一张纸币交给站长。当他们把余款找回来的时候，父亲鄙夷地把这钱扔还他们。站长站在一边，为他卑鄙的怀疑的暴露，感到羞愧。

阿姆利则的金庙，像梦似的回到我的心上来。好几个早晨我陪着父亲到湖中心的锡克教的古鲁达尔巴尔①里去。庙里经忏不断。父亲坐在顶礼者的中间，有时也加入唱起赞歌，当他们发现有生人参加礼拜的时候，就表示热烈欢迎，我们回去的时候，总是满载着冰糖和其他糖果祭品。

有一天父亲请一个诵经队队员到我们那里去唱圣歌。也许是这个人对于

---

① 锡克教寺庙，为锡克教第五世祖师阿尔琼·代夫所造，兰季特·辛格在位时，庙上加了一个金箔覆盖的铜顶，因此被称为"金庙"。

报酬喜出望外，结果是有那么多的歌人队伍来侵犯我们——因而我们必须坚持防御。当他们发现不能进入我们房子的时候，这些歌者就在街上截击我们。我们早晨出去散步的时候，时常会出现一张冬不拉琴横挂在一边肩膀上，看到这个，我们就像鸟儿看到猎人的枪口一样。真的，我们变得非常警惕，远远听到冬不拉的弦声，就会把我们吓走，完全不会被装进猎袋里去的。

到了夜晚，父亲常坐在对着花园的凉台上。我就被叫来对他唱歌。月亮升起了，月光透过树丛，射到凉台的地上；我用贝哈加调唱着：

啊，在生命最黑暗的路上的伙伴……

父亲低头合掌凝神地听着。直到现在我还记起这幅夜景。

我曾说过，父亲听斯里干达先生说起我那首颂神的处女作时，感到好笑。我记得后来我是怎样得到了补偿。在一次入冬月节的时候，有几首颂歌是我写的，其中的一首是：

眼睛看不见你，你是每只眼睛的瞳人……

那时父亲已在钦苏拉卧床不起了，他把我和我哥哥乔提叫了去。他叫我哥哥用手风琴伴奏，让我把我写的颂歌一一唱过，有几首还要我唱两遍。我唱完了，他说：

"如果这国家的国王懂得语言，也能欣赏它的文学的话，他一定会奖赏诗人的。既然情况不是如此，我认为这就必须由我来做。"说着他就递给我一张支票。

父亲带着几部彼得·帕尔利丛书，从中取材来教我。他选出班治敏·佛兰克林传作为开始。他以为读这本书就像看小说一样，既有趣味，又有积极意义。我们开始不久他就发现自己错了。佛兰克林是一个过于事务式的人。他的狭隘的利益关系的道德，引起父亲的厌恶。在某些事情上，父亲对于佛兰克林世俗的小心谨慎，感到非常不耐烦，他常常忍不住用激烈的语言来斥责他。

在这以前我除了背过几条梵文文法之外，没有接触过梵文。父亲让我一下子就开始读梵文读本第二册，让我一面读一面自己学习语尾的变化。我的较深的孟加拉文造诣，对我帮助很大。[①] 父亲也鼓励我开始练习用梵文写作。我用从梵文读本学来的词汇，构成夸张的复合字句，带着许许多多响亮的 M

① 大部分孟加拉文的文学用语，是直接从梵文来的。

音和N音,造成一种妖魔一样混杂的神仙语言。但是父亲从来没有嘲笑我的鲁莽。

同时我也读着罗克特的《普通大文学》,父亲用浅近的语言给我讲解以后,我就用孟加拉文把它写下来。

在父亲带来的书籍中,最引我注意的是吉宾的十卷《罗马史》。这几本书似乎是十分枯燥无味。我想,“作为一个孩子,我是万分无奈地读了许多书。但是一个大人念不念书是可以随便的,为什么也自寻烦恼呢?”

一五　在喜马拉雅山上

我们在阿姆利则住了一个月,在四月中旬,就向达尔胡西山出发。在阿姆利则的最后几天,仿佛是永远过不完似的,喜马拉雅对我的召唤是太强烈了。

在我们坐着山兜上山的时候,高台似的山坡,都被盛开的春天稻花的光彩照亮了。每天早晨我们吃过牛奶面包就动身,日落之前,就在下一个驿站歇宿。我的眼睛整天都不休息,唯恐漏掉什么东西。在山路转入一个山峡,林深树密,树荫下流出涓涓清泉,就像茅庵中的小女儿,在沉思的白发隐士脚边游戏着,从黝黑的覆满青苔的岩石上喃喃走过。走到这里轿夫就把山兜放下,休息一会儿,我的饥渴的心呼唤着,我们为什么不永远在这里停下呢?

这是第一次目睹的最占便宜的地方:那时候,心灵还不知道,还会有许多这样的景色将要涌现。当这个计算机晓得了这一点之后,它立刻就从注意力的支出中作起撙节。只在它相信某件东西是实在希罕的时候,心灵在估值上才不再吝惜。因此在加尔各答的街市上,我有时把自己当作一个异乡人,只在这种假定之下,我才发现有那么多的东西是可看的,只为我们没有付上注意力的全部价值,就把它丢失了。就是那真正想看的饥渴愿望,才迫得人们到外地去旅行的。

父亲把装现钱的小匣子交我保管。他没有理由把我看作一个宜于保管这个存着相当数目的路上用费的匣子的人。他若把它交在他的仆人基肖里的手里,他一定感到安全得多。因此我只能设想他是要培养我的责任感。有一天在我们到达一个驿舍的时候,我忘了把匣子交给父亲,而把它落在桌上,这使我受了一顿申斥。

我们每到一站下来,父亲就让把椅子挪到驿舍外面,我们就坐在那里。暮色四合之中，从山岭清爽的空气里，星辰透出了美妙的光辉，父亲指点星座给我看，或给我讲天文课。

我们在巴克鲁塔住的房子是在最高的山顶上，虽然已快五月了，这里还是苦寒，山坡上背阴的一面，冰雪还没有融化。

就是在这里，父亲对允许我任意漫游，也毫不感到担心。我们房子下面不远，有一座悬崖，长满了葱郁的喜马拉雅雪松。我总是拿着一根镶着铁头的棍子，独自走进这山林里去。这个庄严的森林的高影像许多巨人在矗立着——这许多世纪它们度过了多么美妙的生活啊！而在几天之前才来的孩子，居然能够无碍地游戏在它们的周围。我走进森林的阴影里，就仿佛感到一个妖魔的存在，就保有一只凝冷的太古的蜥蜴，发霉的树叶地上方格的光和影，就像是它的鳞甲。

我的屋子在房子的一端。我躺在床上，穿过无帘的窗户，我能看见遥远的雪峰，在星光中模糊地闪光。有时候，不知是什么时辰，我在朦胧之中会看到父亲围着红色的披巾，手里提着一盏灯，轻轻地走到他默坐祈祷的装着玻璃窗的凉台上去。再睡一觉，在天色未明之前，我就发现他到我床边把我推醒。这是指定的背诵梵文语尾变化的时间。从我舒适温暖的毡子里起来，是多么难受的冰凉的醒觉啊！

太阳升起了，父亲早祷之后和我一起喝过牛奶，然后我站在他的旁边，他又讽诵着《奥义书》，向神明祈祷。

以后我们就出去散步。但是我怎能跟上他呢？许多比我大的人都追他不上！因此，我追了一会儿就不追了，从山边的小路上爬回家去。

父亲回来以后我读一小时的英文。十点以后就来一次冰凉的冷水浴；不得父亲的许可，我连请仆人给我加一壶热水也做不到。为着鼓励我的勇气，父亲常告诉我，他在年轻的时候怎样地洗着冰得受不住的冷水澡。

另一件苦行就是喝牛奶。父亲极其喜欢牛奶，而且可以大量地喝。也不知道是我没有继承到这种收容能力，还是由于我以前提到的不利环境，我对于牛奶的嗜好，却是可悲地缺少。不幸的是我们总在一起喝牛奶，因此我必须乞求仆人的慈悲，感谢他们的仁爱（或是脆弱），承他们的情，从那时起我的奶杯里多一半都是泡沫！

午饭以后又开始做功课。这真不是血肉之躯所能忍受的事情。我的生了气的“早晨的懒觉”就来报复，我就会昏困得摔了下去。但是当父亲可怜我的苦况把我放了的时候，我的瞌睡立刻就消失了。以后，嗨！跑到山上去了。

我拿着棍子从这峰跑到那峰，父亲并不反对。我觉察到父亲一辈子也没有妨碍过我们的自主。有好几次我的言行都不合乎他的口味和判断，他只用一句话就可以阻止我，但是他宁愿等待我的自制的提醒。他不满足于我们驯服地接受正确的规绳；他愿意我们全心全意地喜爱真理，他晓得只有顺从而没有爱是空虚的。他也晓得，真理如果丢掉了，还可以找到，但是勉强或是盲目地从外面接受了真理，实际上是把进入的门路挡住了。

在我很年轻的时候，我曾抱着坐上牛车沿着大干路到白沙瓦去旅行的梦想。别人都不支持这个计划，而且还有些人竭力反对，认为这是不合实际的要求。但是当我向父亲提出的时候，他确信这是一个极好的计划——在火车上旅行是有名无实的！从这看法谈起，他还对我述说他自己步行和骑马的大胆漫游，对于不舒服或是危险方面他却一字不提。

还有一次我被派为原始梵社的秘书，我跑到父亲住的公园街的房子里去，告诉他说我不赞成婆罗门教徒在举行圣礼的时候，拒绝其他种性的人参加的事实。他毫不迟疑地允许我去修改这规矩，如果我能够做到的话。当我有了职权，我发现我缺乏力量。我能够发现不完善的东西，但是我不能创造完善的东西！能和我合作的人在哪里呢？我的吸引可以合作的人的力量在哪里呢？我有法子在我破坏的地方重新建设吗？在有了能够合作的人以前，任何形式都比没有形式好——这一点，我感到一定是父亲对于现有秩序的看法，但是他决没有指出困难来使我灰心。

同他允许我在山上随意漫游一样，在寻求真理上他也让我自己选择道路。他并没有为我有做错事的危险而踌躇，他也不为我有遇到忧苦的可能而恐惧。他举起的是一个标准，而不是一根训练人的棍子。

我常对父亲提到我们的家庭。每次我收到家里任何人的信，都立刻交给父亲看。我真相信因此我就成了他从别人得不到的许多情况的媒介。父亲也让我看我哥哥们写给他的信。这是他的教我如何给他写信的方法，因为他决不轻看外面形式和礼节的重要性。

我记得在我二哥的信里，用了些梵文的词句来诉苦说他忙得要命，他的岗位的工作把他的颈脖拴住了。父亲叫我解释他的情感。我照我的体会解释了，但他认为另一种解释更合宜一些。我的过度的自信使我坚持着和他争论到底，别的人也许会用责骂使我闭口，但是父亲忍耐地听我把理由说完，然后尽力对我辩明他的看法。

父亲有时也对我讲些滑稽故事。他有许多他那时代的纨袴少年的笑谈。那时候有些公子哥儿，皮肤娇嫩得连达卡的细麻布上绣花边，都嫌太粗糙。因此他们在穿细麻布的时候，就把花边扯下来，有一时期，这是件最时髦的事情。

我头一次听父亲说的一段我觉得很有趣的故事，就是有一个卖牛奶的人，人家疑心他在牛奶里掺水。他的顾客派越多的人来看他挤奶，他的牛奶就越淡，最后那个顾客亲自跑来看他要他解释，卖牛奶的人声明说，如果必须满足每一个监视人的话，那么他的牛奶只好拿来养鱼了。

在和父亲这样地度过几个月之后，父亲就让他的仆人基肖里送我回家。

一六　回　家

把我束缚起来的严厉的制度的锁链，自从我一离家就突然折断了。回到家来我在权利上有所增进。在我身上说，因为我近在咫尺就想不到我；现在因为我曾不在眼前；我就又回到视界里来了。

我在回家的路上，就预先尝到了受人尊敬的滋味。我这样地带着仆人独自旅行，言谈举止之间洋溢着健康和愉快，再加上那顶引人注目的平金小帽，所有我在车上遇到的英国人，都很恭维我。

当我到家的时候，不但是旅行归来，而且是从下房的流放，回到我内院的应有的地位上去。当内院的家人聚集在母亲房里的时候，现在也有了我的一个很高的座位。我们家里那位最年轻的新娘子也把感情和关心，倾注在我的身上。

在幼稚时期，妇女们的爱护是不由自主的，就像必需品中的空气和水一样，只管接受，不必有自动的还报；而正在成长的孩子，却显出急于从妇女们关切的罗网中解放出来的渴望。但是那不幸的东西，在他应得的时期中，这种关切却被剥夺掉，那可真成了叫化子了。这曾是我的痛苦。因此，在下房长大之后，忽然进到妇女们丰富的情感之中，我决不能不深深地意识到这份情感。

在内院离我还很遥远的日子里，它是我想象里的乐土。内院，从外面看去是个草地，对于我却是一切自由之家。学校和老师都不在那里；而且我似乎感到任何人都不必做它所不愿做的事情。它的幽深的悠闲有点神秘的意味；大家在玩，做她想做的事情，自己做什么事也不必去汇报。我的小妹妹尤其是这样，对于她，虽然她也和我们一起上尼尔卡玛尔先生的课，而无论她功课做得好坏，他都不动声色。而且在十点钟的时候，我们必须赶紧吃过早饭，准备上学，她呢，却甩着小辫，洋洋地走进里面去，把我们逗得心都乱了。

当那位新娘子，挂着金项链，来到我们家里，内院的神秘更加深沉了。她，从外面来的，又变成我们家的人，她本来是生人，而又是自己人，这对我有奇异的吸引力——我热望和她交朋友。但在我千方百计靠她近点的时候，我的小妹就把我推开，一面说："你们男孩们在这里做什么？——快到外面去吧。"失望加上受辱，我就赶快逃走了。从她们房子的玻璃门外面，我们能看到一切新奇的玩意儿——陶瓷和玻璃做的——颜色装潢都十分鲜艳。我们是被认为连摸一下都不配的，我们也更鼓不起勇气去请求拿一件来玩玩。无论如何，那些都是稀罕奇妙的东西，对于我们男孩们，给内院又染上一层魅力。

受过多次的拒绝，我和内院疏远了。对于我，内院和外界一样，都是接触不到的。因此我所得到的内院的印象，都像图画一样。

夜晚九点钟以后，上完阿哥尔先生的课，我就进去睡觉。一盏阴暗摇闪的灯笼，挂在通着内外院的、长长的、装有软百叶帘的甬道里。甬道尽头的转折处，有四五层楼梯，是光线照不到的地方，下了楼梯我走到第一进方院的回廊上，一条柱子似的月光从东方天上斜照到回廊的西角，其余的地方都隐在黑暗里。在这一方块的光明中，女仆们聚在一起，伸着腿紧挨着坐在地上，把废棉搓成灯芯，一面低声地谈着她们乡村里的家事。许多这样的画面，难忘地印在我的记忆里。

晚饭之后，在躺到宽大的床上以前，我们在走廊上洗了手脚；我们的保姆之一，亭卡里或是珊卡里，就来坐在我们头边，对我们唱着一个王子怎样地在旷野荒郊里一直漫游下去的故事，故事讲完了，屋里寂静下来，我面向墙壁凝望着灰墙上剥落的地方，黑一块白一块地在微光中模糊；隐现从这上面我幻拟出许多奇异的形象，一面就睡着了。有时在半夜，在我朦胧之中听见看夜的斯瓦茹卜在巡视楼廊时的吆喝。

以后新秩序来到了，当我从里面的、我所想象的陌生的梦境里，得到了久已渴望的洋溢的关怀；当那自然的、应该是每天来到的东西，忽然连积累的余款，补偿给我的时候，我不能不感到晕头转向。

小旅行家充满了旅行的故事，而且由于每次复述时候的拉扯，这叙述越来越散漫了，以致和事实毫不相符。不幸得很！和一切其他事物一样，故事陈旧了，说书人的光荣也受了损害；因此他每次必须添上新的渲染来使故事永远新鲜。

从山上归来之后，在母亲的晚间露天集会上，我成了主讲人。在自己母亲眼里成为一个有名人物的诱惑，是那样地难以抗拒，就和这名誉得来的那样容易一般。我在师范学校上课的时候，在某个读本上头一次看到说，太阳比地球大过千百倍，我立刻就把这事实告诉母亲。这是为证明这个看来很小的人，在他身上也会有些伟大的成分。我有时也把孟加拉文法书上，在讲到做诗法或是修辞学时所用为例子的诗句背给她听。现在我在她的晚间集会上就讲些从普罗克特书上摭拾来的零碎的天文知识。

父亲的从者基肖里当过达萨拉提叙事诗弹唱团的团员。当我们一起在山上的时候，他常对我说："啊，小弟弟①，我们若是有你来参加我们的说唱队，我们就能作很好的演出。"他的这句话向我展开了一幅诱人的漫游的图画。做一个小旅行乐师，到处去走，又说又唱。我在他的节目里学了许多歌，对于这些歌的要求，比我的关于太阳的光球和木星的许多月亮的讲话，还大得多。

但是我的最能引起母亲的共鸣的成功，还在于那时内院只能满足于克里狄瓦斯的《罗摩衍那》的孟加拉译文，我却跟父亲读过大圣贤瓦尔米基的梵文韵律的原文。当我告诉她这件事的时候，她喜出望外地说，"给我念几段这一种《罗摩衍那》吧，念吧！"

不幸得很！我读的瓦尔米基的《罗摩衍那》，只限于梵文读本选录的一小段，连这个我都不能完全应付。而且重新温理一下，我发现我的记忆力欺骗了我，许多我以为我记得的，都变得模糊了。但是在热诚的母亲等待着夸示她儿子的奇才的时候，我没有胆量去说"我忘了"；因此在我朗诵的句子里，瓦尔米基的企图和我的解说有很大的分歧。这位善心的、圣贤的在天之灵，一定会饶恕这个求得母亲嘉奖的光荣的孩子的胆大妄为，但是马都苏凡②，骄傲的摧毁者，是不会饶恕的。

母亲对于我的卓绝的宣传，压抑不住她的情感，她想让所有的人都能分享她的赞赏。她说："你必得把这个朗诵给都维京都拉听。"

我心里想："这下子逃不过了！"我提出一切我能想到的逃脱的理由，但是

---

① 仆人们称主人和主母为父亲母亲，称他们的孩子为弟妹。

② 印度教大神毗湿奴的另一称号，意思是杀死骄傲的恶魔马都的人。

母亲坚持不听，她把我哥哥都维京都拉叫来，他一来到，母亲立刻就欢迎他说："你听听拉比念瓦尔米基的《罗摩衍那》吧；他念得多好！"

非朗诵不可了，但是马都苏丹大发慈悲，只用他的一点降低骄傲的力量，把我放过了。我哥哥一定是在忙着自己写作的时候被叫来的。他并不想听我把梵文译成孟加拉文的朗诵。我刚念了几节，他只说"很好"，就走开了。

在我升到内院以后，我感到更难于恢复学校的生活了。我用一切逃避手段来逃脱孟加拉中学。以后他们又勉强送我进圣谢浮尔学校，结果也并不更好。

我的哥哥们做过短期的努力之后，对我完全失望了——他们连骂也不骂我了。有一天，我的大姐说："我们都希望拉比会长大成人，他使我们大大地失望了。"我感到我的价值在社会上显著地下降了。但是我不能下定决心去被拴在学校磨坊的无尽折磨上。这和一切生活与美永远分离的学校磨坊，就像是一个可恨的残酷的医院和监狱的混合物。

在圣谢浮尔有一个珍贵的记忆，我至今还新鲜而纯洁地记在心里——就是学校里的老师们。他们并不都是最好的。特别是我们班上的老师们，我在精神上说不上尊敬与否。他们一点也不高过教师们的教书机器的种类。就是这样，这个教育机器是无情地有力，再加上宗教的外面形式的石磨，年轻的心就真正地被碾干了。我们在圣谢浮尔得到的就是这个机器推动的磨石式的教育。但是，像我所说的，我保有一个把我对于教师的印象提高到理想水平的回忆。

这是关于德庇尼仁达神父的回忆。他和我们没有多大的接触——若是我记得不错的话，他只在短期内代过我们班上一个老师的课。他是西班牙人，仿佛在说英文的时候有点口吃。也许为这个原故，学生们对他说的话都不大注意。我似乎感到学生们对他的简慢使他不快，但他一天一天柔和地忍受下去。不知为什么，我的心在同情中总是向着他。他的脸并不漂亮，但是他的相貌对我有一种奇异的吸引力。无论什么时候我看着他，他的心灵仿佛都在祈祷，一种深沉的宁静充满了他的内外。

我们有半个钟头的时间仿写字帖；这就是我心不在焉地，手里拿着笔，思想到处漫步的时间。有一天德庇尼仁达神父在监督这一门课。他在我们椅子后面踱来踱去。他一定看见我一直没有动笔。他忽然在我的椅子边站住了。他俯下来轻轻地把手放在我的肩上柔和地问："你不舒服吗，泰戈尔？"这不过

我记得更清楚的是他的弟弟，我的堂兄古南德拉①。他也总使这家庭里充满了他的人格。他的宽大仁慈的心，把亲戚、朋友、客人和家属都一视同仁地拥抱了起来。不论是在他宽阔的南边凉台上，泉边的草地上，或是池边的钓台上，他总在主持着一个不招自来的集会，像一个“殷勤”的化身。他对于艺术和才智的广泛的欣赏，使他永远发出热情的光辉。任何关于节庆、游戏、戏剧或是其他娱乐中的新颖想法，他总是一个踊跃爽快的赞助者，在他的帮助下，就会开花结果。

那时候我们年纪太小，不能参加那些活动，但是他们推动的热闹与活力的波浪，奔涌而来敲打着我们好奇的心门。我记得有一次我大哥写的一出讽刺剧在堂兄的客厅里排演。从我们这边，倚在凉台的栏杆上，我们能听到对面洞开的窗户里的哄堂大笑和滑稽的歌声杂在一起，我们有时也能看到阿克谢·玛正达的绝妙的滑稽戏。我们不能准确地知道唱的是什么，但总在希望有一天能够知道。

我记得有一件微不足道的事情，使我赢得了古南德拉堂兄对我的特别好感。我除了得过一次品行优良的奖赏以外，从来也没得过奖。我们三个人中间，我侄子萨提亚是功课最好的一个。有一次他考得很好，得了奖金。我们到家的时候，我从马车里跳出来把这重要消息告诉了正在园里的堂兄。我跑到他面前，喊着说：“萨提亚得奖了。”他微笑着把我拉到他膝前去，问：“你得了奖没有？”我说：“没有。不是我，是萨提亚得奖了。”我对萨提亚的优良成绩的由衷喜悦，似乎特别地感动了我的堂兄。他转向他的朋友说着这件事，认为是很好的特色。我记得很清楚，我真是莫名其妙，因为我没有从这一点上来体会我的感情。因为没有得奖而得到了这个奖赏对我并没有好处。给孩子礼物是无害的，但是他们不应当得到报酬。使孩子害羞是不健康的。

午饭以后，古南德拉堂兄就到我们这边房子里来处理房产事务。我们长辈的办公室是一种俱乐部。在那里面谈笑和处理事务自由地杂在一起。堂兄常常在长椅上靠着，我总找个机会挨到他面前去。

他常给我讲印度历史上的故事。我还记得当我听克里夫②在印度建立了英国统治之后，回到家去又自杀而死的时候，我是如何地惊讶。一方面，写下

---

① 名画家加甘南达拉和阿巴宁达拉的父亲。

② 克里夫(1725—1774)，征服印度的英国殖民主义者。

了新的历史；另一方面，在人心神秘的黑暗里，却隐藏着悲剧的一章。在表面上那样的成功之内，怎会包含有那痛苦的失败呢？这故事整天很沉重地压在我的心上。

有时候，古南德拉堂兄一定要知道我口袋里放着什么东西。在轻微的鼓励下，我的手稿就毫不羞愧地拿出来了。我不必说明我的堂兄不是一个严厉的批评家；事实上，他所表示的意见，倒可以作为极好的宣传。但是当我诗中的稚气到了太冒失的地步的时候，他就忍不住哈哈大笑起来。

有一天，在一首叫做《印度母亲》的诗里，在一行之末，我所能想到的唯一可押的韵，那个字是“车子”的意思，我必须把这车子拉进来，虽然连一条可让车子通过的道路的影子都没有——押韵的坚决要求，不肯听受纯理性的任何推托。古南德拉堂兄迎接这车子时狂笑的大风，把这辆车子吹回到那条不可能有车子走来的道路上，从此就没有消息了。

我大哥那时已忙着写他的杰作《梦游记》。他的坐垫放在南边凉台上，前面摆一张矮桌。古南德拉堂兄每天早晨都来坐一会儿。他对于欣赏的广大的能力，春风般地催助诗歌的萌茁。大哥写了一会儿就把他写的朗诵出来，他对于自己创造的幻象的洪亮笑声，使凉台都震动了起来。

大哥写出来的比他用到定稿上的要多得多，他的诗的灵感是那样的丰富，像过于繁盛的芒果的小花，在春天的芒果林荫中铺下了一层毯子，《梦游记》的撕弃的稿纸，也散掷得满房子都是。如果有人把这些稿纸都保留起来的话，今天真可以当作一篮花朵，来装饰我们的孟加拉文学。

在门边偷听，在屋角偷看，我们曾充分地分享了这个诗筵，它是那样丰盛，那样富余。那时大哥正在才华英发的高峰；从他笔下奔涌出不停的滔滔波浪，形成一股诗的想象、韵律和词句的洪流，以喜悦横溢的胜利的欢歌，来充满泛溢它的两岸。我们能够充分了解《梦游记》吗？但我们在那时候是否必须完全了解才能欣赏它呢？我们也许得不到海洋深处的珍宝——即使我们拿到了又有什么用呢？——但是我们在海岸边狂欢戏水，在它们的冲击之下，我们生命的血液是如何欢乐地涌过每一根血管啊！

我越想到这一时期，就越体会到我们再也没有了所谓的穆杰利斯①的东西了。在我们童年的时候，看到了这一个作为前一代特征的密切社交的临终

---

① 孟加拉语，意思是不请自来的非正式集会。

光辉。那时候乡邻的感情是那样的强烈，因此穆杰利斯成了一个需要，而那些在社交场合有所贡献的人，就受过巨大的欢迎。现在人们只为着事务而互相访问，或把它当作社会义务，而不是以穆杰利斯的方式来集会的。他们没有时间，他们中间也没有同样的亲密关系！我们从前看到的是什么样的交往，纷纭的谈话和断续的笑声，使得屋里和凉台上显得多么欢畅呵！我们祖先能成为团体和集会的中心，能创始和保持活泼有趣的闲谈，这种才能现在都消失了。人们还是来来往往，但这些同一的房子和凉台却显得空虚而荒凉了。

在那些日子里，每一件事物从器具到宴会，都是为多数人的享用而设计的。因此无论这些东西是多么豪华精致，也没有一点傲慢的意味。这些附属品，从那时以后在数量上是增加了，但是它们已变得无情，也不了解那能使贵贱一致地感到宾至如归的艺术。那些赤裸的和衣衫褴褛的人，不能只凭着笑脸的魅力，而必须得到许可，才有使用或占据它们的权利了。我们今天在盖房子或设计家具时候，所想要亲近的人们，他们都有他们自己的社会和它的宽泛的款待。我们的毛病是，我们抛弃了我们原有的东西，但是我们没有在欧洲标准上面重建新东西的办法，结果我们的家庭生活就寂寞寡欢了。我们仍为事务和政治的目的而聚会，但从不纯为彼此见面而聚会了。我们不再想出机会，只为着热爱我们的同胞，而把人们聚集起来。我想象不出还有比社交上的鄙吝更丑恶的东西了；当我回忆到这些人从心底发出的朗朗笑声，使我们减轻了俗务的负担，他们仿佛是从另一个世界来的客人了。

一九　文字之交

在我少年时期有一位朋友，他在我的文学进益上的辅助，是无法估价的。阿克塞·乔杜李是我五哥的同学。他是英国文学硕士，他对英国文学不但极其爱好，也非常精通。一方面，他对于我们孟加拉的老作者和毗湿奴派诗人，也有同样的爱好。他读过好几百首孟加拉无名诗人的诗，他放声高吟这些诗句，不管曲调和效果，也不顾听众不同意的表情。也没有什么他身外或内里的原因，能阻止他大声地为他的音乐打拍子，离他最近的桌子或是一本书，都可以被他轻捷的手指敲出有力的鼓点，帮助他把听众鼓舞了起来。

他也是这种能以无限的才力从一切东西里提取快乐的人。他时刻准备着从每一件事物上吸收一丝一毫的优点，同时立即唱出他的过分的赞歌。他有一种飞速地写出很好的抒情诗和歌曲的卓越天才,但是他不以作者自居。对于他用铅笔写过到处乱掷的成堆的稿纸,他从不加以注意。他的才气是充溢的,但是他对于他的多产却是那样的淡漠。

他的一篇长诗在《孟加拉大观》上发表的时候,受到很大的欢迎,我听到过许多人在唱着他的诗,但却不知道是他写的。

对于文学的真诚爱好,比博学可贵得多,就是阿克塞·乔杜李的欣赏热情把我自己的文学欣赏唤醒了。他对于友谊和文学评论是同样的慷慨大方。在生人中间,他就像一条失水之鱼,而在朋友中间,智力和年龄的差别,对他是不发生影响的。和我们孩子在一起,他就是个孩子。当他在深夜从大人们的穆杰利斯中告辞出来的时候,我就留下他把他拉到书房里去。在那里,他坐在我们的书桌上,以毫不消减的亲切,使他成了我们小小集会的灵魂和中心。在许多这种场合里,我听过他欢天喜地地讲解着一些英国的诗歌,做着欣赏的讨论,批评的探索,或是热烈的争辩,或是对我的朗诵自己的作品报以慷慨的称颂。

我的五哥乔提任德拉,是我文学和情感训练最主要的辅助人之一。他自己是一个热情的人,也喜欢唤起别人的热情。他没有让年龄的差别[①]阻碍我们之间知识与情感上的自由交往。他所给我的极可感谢的自由,别人是不敢给的;许多人甚至于责怪他。他的友谊使我有了去掉羞怯的可能。我在幼稚时期受过压迫的灵魂,对于友谊的需求,就像炎暑渴望云霓一样。

若没有这样突然地把我的枷锁斩断,我可能终身残废。掌权的人总是不倦地举出自由被滥用的可能性,来做不给自由的理由,但是若没有这个可能性,自由就不是真正的自由。学习正确地使用一件东西的方法,就是通过错误地使用它。至少对于我自己,我真是可以说,从我的自由中产生的任何小毛病,总是把我带到纠正毛病的路上去。我从来不能把人家揪着我的肉体上或是精神上的耳朵,强迫我吞咽的东西,变成为我自己的。除了让我自由地取得的东西之外,我所得到的只有痛苦,没有别的。

乔提任德拉哥哥毫不保守地让我用自己的方法去学习。自从那时候起,我的天性才准备伸出它的针刺,而同时也开出花朵。我的经验使我并不怕恶,而更怕专制的努力求善。对于惩罚的警察,政治的或是道德的,我都有一种十

① 几乎相差十二岁。

足的恐怖。因此而产生的奴役状态是最坏的折磨人类的毒癌。

我哥哥在这时候,天天坐在钢琴旁边,聚精会神地在创作新歌调。阵雨一般的旋律泉水似的从他跳跃的手指之下涌流了出来,阿克塞先生和我,坐在两边,为了便于记忆,就在调子制成之后忙着替这新调编歌①。在诗歌写作上我就是这样地做了学徒。

和我们长入少年时期的同时,我们的家庭大量地培养起音乐来了。这就给我一种便宜,使我能够不费力地把音乐吸收到整个身心里去。这也有不便宜的地方,就是没有给我以只有按部就班才能得到的技巧和熟练。因此,对于音乐上的所谓精通,我是没有得到的。

自从我从喜马拉雅山回来以后,我得到越来越多的自由。仆人的管制告了终结;我用了许多方法使学校生活的羁绊也放松了;对于家塾的先生我也不给他以活动的范围。甘先生在带我读完《战神之诞生》以后,又散漫地讲了其他两三本书,就离开了去从事法律的生涯。以后来了一位普拉遮先生。头一天他让我翻译《威克菲尔牧师传》。我发现我并不讨厌这本书;但是当这件事鼓励他为我学习的进展作出更精细的计划的时候,我就简直溜掉了。

我已经说过,家里的大人们对我失望了。我自己和他们对于我的前途都不屑于寄予希望。因此我可以自由地来专心写满了我的稿本。这样地填满起来的作品是不可能比企望的更好的。我心里除了一股热气之外没有别的,充满热气的水泡在懒惰的幻想周围,无目的无意义地鼓起来又落下去。没有发展成什么形式,只有运动的骚乱,一个水泡吹起,瘪下去,再吹起来。这里面任何微小的东西都不是我自己的,乃是从别的诗人那里借来的。属于我自己的只是我心中的烦躁、沸腾和紧张。运动是产生了,而力量的平衡还没有成熟,当然只能有盲目的混乱。

我的嫂子②是一个极其爱好文学的人。她读书并不是为着消磨光阴,她所读过的孟加拉文的书籍充满了她的整个心灵。在她的文学企业中我是个合股者。她是《梦游记》的热烈爱慕者。我也是,尤其是因为我是在这创造的气氛中长大的,它的美和我心的每一条纤维交织在一起,幸而我完全没有力量来模仿这首诗,所以我从来不敢有一点这样的企图。

---

① 记谱的方法当时还没有应用,现在最流行的记谱法之一,就是作者的这位哥哥后来发明的。

② 即作者家里的新娘,上面提过的作者五哥的妻子。

《梦游记》可以说是像一座寓言的超绝的宫殿，里面有数不清的厅堂、内室、甬道、角落或壁龛里摆满了设计奇妙、艺术精巧的雕刻和图画；在周围的地面上，布满了花畦、亭榭、流泉和荫凉幽静的处所。不但富有诗意和幻想，而语言和表现上的丰富多彩也是卓越的。这不是一件小事，这股创造力能把那样壮丽的、具备着一切艺术细节的结构表现出来，这也许就是我从不敢去仿造的原因。

这时候，微哈里拉尔·查克拉瓦蒂的叫做《吉祥诗》的组诗，在《雅利安哲学》上发表了。我的嫂子大大地被这诗的柔美所感动。其中的大部分她都会背诵。她常请这位诗人到我们家里来，还亲手替他绣过一个靠垫。这就给了我一个和诗人交朋友的机会。他渐渐地很喜欢我，我开始在一天的早、午、晚任何时间随便跑到他家里去。他的心和他的体格一样地宽大，一个幻想的圆光，像一个诗的星群，总在围绕着他，这仿佛是他的更真实的造像。他永远充满着真诚的艺术的喜悦，无论什么时候我去看他，我都在这气氛中呼吸到我的一份。我常碰见他坐在三层楼上的小屋里，在正午炎热之中，趴在荫凉的洋灰地上写诗。我不过是一个孩子，而他对我的欢迎永远是那样真诚而热烈，使我在接近他的时候，永不感到尴尬。那时候，包围在他的灵感之中，忘却了周围的一切，他就会对我朗诵他所写的诗或是唱出所作的歌曲。并不是他的声音里有歌唱的天才，但也不是完全无腔无调，人们会得到他写诗的用意。当他闭上眼睛，放出他的洪亮深沉的声音的时候，声音的表情弥补了表演的缺憾。我似乎还能听到他唱着他自制的歌曲。我有时也为他的歌词作曲，唱给他听。

他是瓦尔米基和迦梨陀娑的热诚爱慕者。我记得有一次，在他用全副声音朗诵着迦梨陀娑的描写喜马拉雅山的诗以后，他说："在这里面一连串的长A音，不是偶然的事，诗人有意地从 Devātma 到 Nagadhirāja，一直把这声音重复下去，来帮助他表达出喜马拉雅山辉煌的广阔。"

这时候我的最高志向是要做一个像微哈里先生那样的诗人。若不是由于嫂子，他的热诚的崇拜者在中间阻挠的话，我可能把自己弄到相信我的作品和他有些相像了。她总是常常提醒我说，梵文里有一句话说，没出息的抱负不凡的人，追求诗名，被人笑死！她很可能知道，如果我的虚荣心占了上风，以后就很难控制得住。因此我的诗才和唱歌的力量，都没有得到她的热烈的赞赏；倒是她从来不肯错过一个在我面前称赞别人歌唱的机会，来使我相形见绌；结果是我渐渐地认识到自己声音的缺点。对于我诗才的疑惑也打击过我；但是因为这是剩下的唯一可以活动的园地，在这里面我还有机会来维持我的自尊心，我不能允许别人的判断来剥夺我所有的希望；而且，在我心中的鼓动是那样的坚持，因此阻止我的诗的探险是绝对不可能的事情。

二〇　发　表

我的作品到那时为止都是幽闭在家庭圈子之内的。这时候新出一本叫做《知识幼芽》的月刊，为着适合这个名字，它得到了一个胚芽的诗人做了它的投稿者。它开始不加选择地发表了我的一切诗的胡说。到今天，在我心的一角有一种恐怖，就是当我的末日来到的时候，有几个热情的文学警察，会不顾侵犯私宅的宣言，要进行一番搜查，他们走到被忘却的文学的最深内院里，把这些诗带了出来，放在无情的睽睽众目之前。

我的第一篇散文也是在《知识幼芽》的书页之中诞生的。这是一篇批评的文章，而且还有一段历史。

一本名叫《布班莫希尼的天才》的诗集出版了。阿克塞先生在《萨达拉尼》上，菩地卜先生在《教育报》上都用十分热烈的文字来颂赞这位新的诗人。我的一个年纪比我大的朋友，在那时候订交的，常把他收到的署名布班莫希尼的信给我看。他是这本诗集的迷恋者之一，常常送表示敬意的书或布①到这位著名女诗人的住址去。

这些诗中有好几首在思想感情和语言文字上是那样地缺乏抑制，我连想都不愿想这是妇女写的。让我看过的这些信，更使我不能相信这位写信者是女性了。但是我的疑惑并没有减少我的朋友的忠诚，他对她的偶像一直崇拜下去。

后来我就发动对这位作者的作品的批判。我尽情而渊博地提出抒情诗和其他短诗的特征，我的大便宜是印刷品是那么毫不羞愧地、那么冷淡地不泄漏出作者的真实学识。我的朋友忽然十分激怒地跑来，恐吓我说有一位文学士已在写着一篇反驳的文章。一位文学士！我吓得说不出话来了。我感到和我小时候听到我的侄子萨提亚喊警察来了一样。我能看到争论的胜利标柱，竖立在我的微小的声名之上的，在权威式的引语的无情打击之下，倒塌在我的眼

---

① 以布衣料来当礼品，是习惯上的敬爱或者季节祝贺的表示。

前;我能再向读者露面之门,永远关上了。咳!我的批评文字,你诞生在多坏的一个时辰啊!我一天天在胆战心惊中度过。但是,像萨提亚的警察一样,这位文学士始终没有出现。

二一　巴努·辛迦

我曾说过,我是阿克塞·萨卡和萨鲁达·米特两位先生所编选出版的毗湿奴派诗集的热诚的学生。这些诗的语言大部分和梅提里文混在一起,我感到很难懂;但是就为的是这个原故,我更努力地寻求它的意义。我对这些诗的感觉是热切的好奇,就像对种子里未萌茁的胚芽,或是蒙着沙土的大地里未被发现的神秘一样。我的热情被发掘这些未知的诗的珍宝的希望所维持,在我逐步深入到这个宝库的未探查的黑暗中的时候。

在我这样做着的时候,我忽然想要把我自己的作品,包裹在这样的神秘包袱之中。我从阿克塞·乔杜李那里听到英国小诗人柴特顿的故事。关于他写的诗我一点也不知道,也许阿克塞先生也不知道。我们若是知道的话,也许这故事就没有了诱人之处。这故事的戏剧成分偶然把我的想象点着了,不是有许多人受过他成功地模仿的古文学的欺骗吗?最后这不幸的青年死在自己的手里。我把自杀的这一部分撇在一边,只束紧裤带来追赶柴特顿的功绩。

有一天中午,浓云密聚。享受着云翳的午休时间的可感的凉阴,我匐伏在内室的床上,在石板上写着仿梅提里文的诗 Gahana Kusama Kunja Majhe……我对这首诗非常得意,即刻就对我头一个碰到的人念了出来;这里没有人认得梅提里文,因此一点危险也没有,人们只能最后严肃地点着头说:“好,真是很好!”

有一天我对那位我刚提过的朋友说:“在原始梵社图书馆清理旧书的时候,发现一本破损的诗稿,从那上面我抄下了古毗湿奴派诗人名叫巴努·辛迦[1]的几首诗。”一面我就对他念了几首我所模仿的诗。他深深地激动了,狂喜地赞叹说,“这些可能连微特雅帕蒂[2]或是钱迪达斯[3]也写不出来!我真的

① 毗湿奴派古诗人,常把自己的名字放在诗的末节,以代署名。巴努和拉比(作者的名字)都是太阳的意思。

② 十四世纪印度毗湿奴派优秀诗人,代表作为《黑天颂》。

③ 十四至十五世纪印度毗湿奴派优秀诗人。

必须把这稿子拿去给阿克塞先生去发表。”

这时我把我的稿本给他看，确凿地证明这几首诗决不是微特雅帕蒂或是钱迪达斯写的，因为作者恰巧就是我自己。我的朋友嗒然地沮丧了，嗫嚅着说，“是了，是了，这些诗一点也不坏！”

当这些巴努·辛迦的诗在《婆罗蒂》登出来的时候，尼希康达·柴特吉博士正在德国。他写了一篇印度和欧洲的抒情诗的比较的论文。巴努·辛迦被尊为现代诗人所不可比拟的古诗人之一。这就是尼希康达·柴特吉博士取得博士学位的那一篇论文！

不管巴努·辛迦是什么人，如果他的作品落到现代的我的手中，我发誓我决不会受骗。语言上也许可以合格；因为古诗人所用的不是他们的本地语言，而是一种模拟的语言，在每个诗人笔下都不相同的。但是在他们的情感方面，都丝毫没有矫揉造作，任何人把巴努·辛迦的戒指拿来化验的话，就可以看出内里的金属成色。它没有我们古笛的迷人歌调，只有近代外国的手摇风琴的响声。

二二　爱国主义

从表面上看，似乎许多外国风俗已经传进我们的家庭，但是在它的心中燃烧着永不颤摇的民族自豪的火焰。我父亲在他一生的革命浮沉之中，从来没有舍弃过他对于国家的衷心敬爱；这种对国家的衷心敬爱在他的子孙中就形成强烈的爱国感情。但是爱国决不是我所写的那个时代的特征。那时候，我们的受过教育的人，在语言和思想上，和他们的本国都离得很远。但是我的哥哥们总在培养孟加拉文学。一位新的姻亲给我父亲写了一封英文信，父亲立刻就给他退回去。

“印度教协会”是一个年会，由我们家人帮助成立起来的。拿巴勾帕·密特先生被指定为经理人。这也许是把印度作为我们祖国的崇敬实现的第一个企图。我二哥写的为民众传诵的国歌《印度万岁》就是在那时候写的。唱赞美祖国的歌，朗诵爱国诗篇，展览本国的工艺，鼓励民智的才能和技巧，是这年会的特色。

在寇松爵士的德里接见典礼的日子，我写了一篇散文——在莱顿爵士①

---

① 莱顿（1831—1891），一八七六至一八八〇年的印度总督。

的时候，我写的是一首诗。那时期的英印政府怕俄国人，这是真的，但是他们不怕一个十四岁的诗人的笔锋。所以虽然在我的诗里并不缺少和我年龄相称的火热的情感，但是那些高级长官，从总司令到警察局长并没有显出惊慌。《泰晤士报》上也没有登出痛哭流涕的读者来信，预言说因着帝国的地区守护人的漠不关心，帝国就要迅速地崩溃下去。在"印度教协会"的会议上，我在树下背诵了这首诗，听众中还有诗人那宾·辛。我长大以后，他还对我提起这件事。

我的五哥乔提任德拉负责一个政治协会，老拉吉那拉因·鲍斯是这协会的主席。他们在加尔各答一条偏僻街上的一所破房子里开会。会议进行是包藏在神秘之中的。这神秘就是唯一使人敬畏之处，因为事实上，他们的议论或行为并没有使政府或人民感到可怕的地方。我们家里其他的人，都不知道我们的下午是在什么地方度过的。我们的前门是锁上的，会议室是黑暗的，口令是一句《吠陀》经文，我们谈话是低声的。光是这些就足够使我们激动，我们不需要别的。虽然我还是个孩子，我也是一个会员。我们用这种纯粹狂乱的气氛把自己包围起来，使得我们永远像驾着热情的翅膀，高举腾空。我们没有害羞、胆怯和恐惧。我们的主要目标是要在我们自己热情的热气中取暖。

勇敢也许有时有它的缺点，但是它永远坚牢地保持着人类对它的尊敬。在所有国家的文学里，我们看到一种不懈的努力使这个尊敬生气勃勃。因此不管在什么形势之下，在一个特殊的地方，特殊一派的人，他们是不能逃过这刺激的震动的不断冲击的。我们必须满足于尽可能顺应这种震动，让我们的想象奔放，聚在一起来高谈阔论，热烈地歌唱。

如果把一个人的天性中那种根深蒂固、而且被他所珍贵的才能的所有出口都闭上，所有通路都堵上的话，无疑地会造出一个有利于堕落活动的不自然的状况。在英帝国政府的广大计划中只打开通向牧师就业的一条路，这是不够的——如果不给冒险的勇敢留个出路的话，人的灵魂定会切望着解放，而要寻觅秘密的道路，这条道路是曲折的，其结果是不可思议的。我坚决相信，如果在那些日子，政府显示出从疑虑产生的威吓的话，那么这个协会的年轻会员正在表演着的喜剧，可能变成一出严酷的悲剧。这出戏，无论如何已经演过了，连威廉堡的一块砖也没有受过损害，我们现在想到这段往事，也只有微笑。

我的哥哥乔提任德拉开始忙着为全印度设计服装，把种种不同的图样提到协会里去。外褂是不切实用的，裤子又太洋派；因此他想出一个折中的方案，就是把外褂改坏了一些又没有把裤子改好：这就是说在裤子的前后，加上一条像外褂的褶子一样的装饰品。那顶可怕的头巾和太阳帽的混合物，连我们最热心的会员也没有胆子把它叫做装饰。没有一个具有普通勇气的人敢于这样做，而我的哥哥昂然不惧地在大白天穿上这全套服装，在一天的下午从家里走到门外等着的马车上去，对于亲戚、朋友、门丁和马车夫的瞪视，一概置之不理。可能有许多勇敢的印度人，随时准备着为国捐躯，但是我确信很少人肯穿上这种泛印度的服装，面对着通衢闹市，即使这样做对国家是有好处的。

每一个星期天，我哥哥都召集一个"狩猎"会。许多不请自来的参加者，我们迄认都不认得。这里面有木匠、铁匠，还有社会各阶层的人。在这"狩猎"会里只短了流血，至少我记不起有这种事件。它的其他附属物都是那样丰富那样合意，使我们感到没有伤亡是无关紧要的。在我们清早出去的时候，嫂嫂就给我们准备油炸薄饼和配菜；因为这些并不必靠我们打猎的运气，所以我们从来没有空着肚子回去。

玛尼克土拉郊区有不少别墅。最后我们总是跑到任一个别墅里去，不分贵贱地坐在池塘边浴场台阶上，大家恣情地狂啖着薄饼，所剩下的只有盛饼的碗盘。

卜拉遮先生是最热心的、不流血的猎人之一，他是市立学校的主任，曾做过我们的家庭教师。有一天他想出一个好玩的诡计，来蒙骗那座我们闯进去的别墅的园丁，他说："喂，我叔叔最近来过吗？"这园丁赶紧恭敬地行礼，一面说："没有，先生，老爷最近没有来过。""好吧，给我摘下几颗绿椰子吧。"这一天我们吃过薄饼之后，喝了很好的椰子水。

有一个地主偶尔也参加我们的集会。他有一座河边别墅。有一天我们不顾种姓的禁例在这别墅里共用野餐。下午来了一阵极大的风暴。我们站在河边通向水面的台阶上，大声唱歌来给风雨伴奏。我不能真实地断言我们能够在拉吉那拉因先生的歌声中，清楚地分辨出所有音阶中的七个音符；但是他放声高唱，就像在古梵文作品里的原文被注释淹没了一样，在拉吉那拉因先生的音乐效果之中，他的四肢和容貌的雄壮的表演，盖过了他的较差的声乐演出。他左右摇晃着脑袋来记乐拍，同时风暴就和他的飘拂的胡须捣乱。当我们坐着马车回家的时候，夜已深了，风雨乍停，星辰渐出，黑暗渐深，气氛静寂，村径荒凉,两旁树林里无数像狂欢节的火花一样的萤火虫,在无声的狂欢中歌舞着。

我们协会的目的之一,就是辅助火柴或其他相似的小工业品的制造。为了这个目标,每个会员要捐出自己进款的十分之一。火柴是必须造成的,而火柴杆却很难得到;虽然我们都晓得一捆干的椰树叶脉掌握在精干的手里,能够发挥多么火热的力量,而在它的接触之下燃烧起来的不是一根灯芯。在多次试验之后,我们造成功一满匣的火柴。这样表达出来的爱国热情,并没有构成这匣火柴的唯一价值,因为花在制造火柴上面的钱,足够全家的火炉烧一年。此外还有一个小毛病,就是这些火柴自己划不出火来,必须另外有火把它点着。但是如果它们能够继承产生它们的一点爱国之火,那么就是在今天也仍会有主顾的。

消息传来,说有一个年轻学生在试制一部机器织布机。我们立刻跑去看了。我们都没有试用这织布机的知识,但是我们信任和希望的能力决不在任何人之下。这个可怜的人在购买机器上欠了一笔债,我们替他还清了。后来有一天我们看见卜拉遮先生头上围着一条薄薄的土毛巾跑到我们家来,“我们的织布机上织出来的!”他欢呼着高举两臂跳了一个战舞。卜拉遮先生头颅的外部,那时已经成熟到灰白了。

最后有些洞晓世界的人,加入到我们的协会里来,给我们尝了知识之果,把我们小小的乐园解散了。

当我第一次认识拉吉那拉因先生的时候,我还不到能够欣赏他多方面兴趣的年龄。在他身上混合着许多对立面。他虽然须发斑白,他却和我们一样年轻,他年高德劭的外表,只像一件保持他青春永远新鲜的雪白外衣。连他渊博的学问也不能对他有所损害,因为学问容许他绝对的单纯。直到他生命的末日,他的不断奔流的热情的欢笑,从来没有被老成持重、健康不佳、家庭不幸、思想艰深或是知识庞杂所打断,而以上这些苦恼在他一生中是很多的。他是李却逊的得意门生,又是在英国文学的气氛中成长的,但是他把与旧习惯俱来的阻碍物丢在一边,热爱而专诚地献身于孟加拉文学。他虽然是个极其温和的人,在爱国主义上他却充满了炽热的火焰,似乎要把他国家的缺点和贫困烧成灰烬。对于这位因微笑而柔和、以热情来发光、永远年轻的贤人的纪念,是我们同胞值得做的事情之一。

二三 《婆罗蒂》

整个说来,我现在写着的这一时期,是我的一段入迷的兴奋时期。我度过许多不眠之夜,并没有什么特别原因,而只由于一种打破常规的欲望。我常独自在书房的暗淡灯光下读书;远远的礼拜堂的大钟,每十五分钟就敲一遍,似乎每一个过去的小时都拿来拍卖掉了;不时听见杠夫们大声吆喝着"神啊"走过吉特坡路到尼土拉火葬场去。有几个夏天的月夜,我会像不安的鬼魂似的,在屋顶花园的盆、桶的光影之间徘徊着。

谁要把这些只当作单纯的诗意,那就错了。我们的大地虽然已经相当老了,它有时也脱离严肃的稳定而使我们惊讶;在它的青春时代,还没有变得坚硬顽固以前,它是热情横溢地喷着火焰,而且多方面地恣情奔放。在一个人的青春初期,同样的事情也会发生。只要形成他生活的原质还没有最后定型,这些原质在成形的过程中一定会骚乱的。

这时候我哥哥乔提任德拉决定创办《婆罗蒂》,让我们的大哥来担任编辑。这给了我们的热情以新的食粮。我这时才十六岁,但是我也没有被摒在编辑部之外。不久以前,在我年轻的虚荣心的绝对狂妄之下,我写了一篇对于《云音夜叉被戮》的评论。就像酸涩是未熟的芒果的特点一样,不成熟的批评家的特点就是谩骂。当缺乏别的力量的时候,扎刺的力量就是最尖锐的了。我就是这样在这首不朽的叙事诗上留下爪痕来寻求不朽。这篇狂妄的批评就是我在《婆罗蒂》上的第一篇投稿。

在第一卷里我还发表了一首长诗,叫做《诗人的故事》。这是作者在世界上除了他自己的模糊夸大的形象以外,没有看到其他事物的时期的产物。因此诗里的主人翁当然是个诗人,并不是作者的真我,而是他所想象或者冀望的自己。说他希望他做到他所描写的那样,也是不对的;这更代表他认为人们对他所期望的,就是会使世人点头赞叹说:"对了,真是一个诗人,正该这样。"在这诗里有普遍的爱的绚烂的渲染,这是幼芽诗人的得意的主题,这主题讲来十分堂皇也十分容易讲。当任何真理还没有在一个人心里发光,别人说过的话是我们仅有的存货的时候,表现上的简单和抑制都是做不到的。那么,在竭力夸大那本身就是真正伟大的东西之中,就不可能避免成为一个奇怪可笑的展览。

当我汗颜地读着我少年时期的粗劣的诗文的时候，我也恐惧地想到在我晚期的作品中，也可能有同样的错误在曲解着后果之下写下，在不明显的形式下潜伏着。我的嘈杂的声音，无疑地常把我所要说的话淹没了；总有一天“时间”会把我搜索出来的。

《诗人的故事》是我第一本印出来的作品。当我和二哥到艾哈迈达巴德的时候，我的一个热心的朋友出乎意外地把它印刷出版了，还寄一本给我。我不敢说他做得对，但是那时候在我心里引起之感情，并不像是一个发怒的裁判官。他得到了刑罚了，但并不是作者给他的，而是那些抓着钱袋的群众。我听说那些销不出去的书，在很长的时间内沉重地压在书店的书架和这位倒霉印刷者的心上。

我开始替《婆罗蒂》写稿时期的作品，是不适合于出版的。再没有比过早急忙付印更能保证成人时候的忏悔了。但是它也有挽救的一面：那想看自己作品印刷出来的不可抵抗的冲动，在生命的初期就衰落下去了。读者是什么人，他们怎么说，什么错字没有更正，这些和其他相似的忧虑都像婴儿期的疾病一样，在一一经过之后，让人在以后的生命中可以在健康的心境里安闲地写自己的文学作品。

孟加拉文学还没有长成到能够发挥那能控制它的爱好者的自我抑制。在得到写作经验的同时，孟加拉文作者必须从自己心里发展出抑制的力量。这就使他不可能避免在相当长的时期内，写出许多粗劣的作品。随便地运用微小的才能来创造奇迹的奢望，在开始一定会是一个固执的观念，因此在早期的作品中常常可以看出，一步一步地超越我们的自然才能以及真和美的境界的努力。发现我们正常的自己，学习尊重我们的固有才能，是一个时间问题。

不管怎么说，我做过许多使我羞愧的年轻人的傻事，糟蹋了《婆罗蒂》的书页；但是使我羞愧的不只是文学上的缺点，还有它的残忍的狂妄、过度的放肆和傲慢的造作。同时我也可以坦白地承认那时期的作品，是弥漫着一种价值不会微小的热情。这是一段这样的时期：如果错误是自然的，那么怀着希望、信仰和快乐的年轻官能也是自然的。如果错误的燃料对于喂养热情的火焰是必要的话，那么那些该烧成灰的就成了灰，火焰在我的生命中所做的好事是没有白做的。

二四　艾哈迈达巴德

当《婆罗蒂》办到第二年的时候，我二哥请求带我到英吉利去；当我父亲答应了的时候，这个不求自得的天恩，对我是个意外的惊奇。

头一步我先陪我二哥到艾哈迈达巴德去，他是那地方的法官。我嫂嫂和孩子们那时都在英国，因此那房子简直是空的。

法官的住宅被称为国王的花园，是古代国王的故宫。在那面支撑着宽大的凉台的墙脚下，一股萨瓦玛提河的夏天很浅的河水，流过它广大沙岸的一角。我二哥到法庭上去，我就被留在高大的宫殿中，只有鸽子的鸣声，打破午昼的寂静；一种说不出的好奇心使我在这空虚的房间里徘徊。

我哥哥把书摆在一间很大的内室的壁龛里。其中有善本的丁尼孙诗集，字很大还有许多插图。这本书对于我，是和这宫殿一样静默无声。我也同样地在它的画页上徘徊。并不是因为我不能了解原文，而是它对我所说的是像发音模糊的细语而不像字句。在我哥哥的图书室里我还找到了一本哈柏林博士编的梵文诗选，是老斯拉姆普里印刷所印行的。这本诗也在我的理解之外，但那响亮的梵文字句和韵律的行进，使我总在《阿摩卢百咏》诗句中间应和着它们轻擂的鼓声走步。

宫塔的上层屋子，是我幽寂的隐士的洞穴。我的仅有的伴侣是一窝土蜂。在夜晚不可解除的黑暗中，我独自睡在那里。有时候一两只土蜂从窝里掉到我的床上，如果我恰好滚到它上面，这遭遇对土蜂是不愉快的，而对我是尖锐的不舒服。

月明之夜在这临河的宽阔凉台上来回闲步，是我的狂想之一。我在散步的时候，第一次为我的歌词作曲。其中之一是献给玫瑰女郎之歌，在我出版的作品上，它还占有一个地位。

发现了我的英文知识是那么不够，我决定借着字典的帮助，读完几本英文书。我从很小就有一种习惯，不让那追求完全了解的欲望，阻挠我阅读的进行，而十分满足于我的想象以外的零星了解所搭起的结构。就在今天我也还同时收获到这种习惯的好的和坏的效果。

二五　英吉利

这样在艾哈迈达巴德度过六个月之后，我们就到英吉利去。在不吉的时辰里我开始给我的亲戚和《婆罗蒂》写关于旅程的信。现在我没有能力把它收回了。这些信只是青年浮夸的结果。在这种年龄，青年的心不肯承认说它最大的自豪是在它的去了解，去接受，去尊重的能力上；而且谦虚是扩大它的领域的最好方法。钦慕和赞美是被看成怯弱或投降的信号，以争论来撵退、伤害或是毁坏的欲望，会放起这种知识的烟火。我的以谩骂来造成我的优势的企图，今天也许偶然使我感到好笑，如果这些企图的缺乏直率和普通礼貌不是太使人痛苦的话。

我从小就几乎和外界没有来往。让我在十七岁的年龄就跳入英吉利社会大海之中的这种情况，我能以保持漂浮着，会证明是有相当的苦恼的。但是因为我的嫂嫂和她的孩子们恰好都在布赖顿，我在她的庇护下挨过了这第一个震动。

那时候冬天正在来临，有一天我们正在炉边闲谈，孩子们跑了进来告诉我们一个兴奋的消息，外面下了雪了。我们立刻跑了出去。那夜极冷，天空里充满了灿白的月光，地上盖着白雪。这不是我所熟悉的自然的面貌，而是很异样的一件东西，像一个梦。近处的一切似乎都退得远远的，只剩下一个苦行者凝静的白色形象在俯首沉思。只在一出门之顷，这种这么美妙、这么广大的美的突然显示，我从来还没有遇到过。

在我嫂嫂的热情照顾之下，和同孩子们喧闹游戏之中，我的日子过得很快乐。我的奇怪的英语发音，使他们觉得非常逗笑，虽然其他游戏我都能全心全意地参加，而对于这个我却看不出有什么好笑。我怎能对他们解释在 warm 中的 a 音和在 worm 中的 o 音，没有一个合乎逻辑的分辨方法呢？我是倒霉的，我必须忍受嘲笑的冲击，而那实在是因为英语拼音异想天开的原故。

我渐渐地很会发明新的方法来使孩子们总有事干而且总感着兴趣。这个艺术以后对我很有帮助，而且至今也还是对我有用的。但是我自己却不再感到有同样的无限丰富的机智了。这是我得到的把心交给孩子的第一个机会，它具有像第一次发现的才能那样丰富的新颖和涌流。

但是我出来旅行并不是为把海那边的家换成这边的家。我的目的是学习法律,以后回去当一个律师。因此有一天我被送进布赖顿的公立学校。校长端详了我的脸面以后,头一句话是:“你的头多么漂亮啊!”这个小节在我的记忆中永不消失,因为她,那位在家里热心于她自告奋勇的义务、要抑制我的虚荣心的人,曾给我一个印象,说我的头颅和面貌,和许多别人比起来,一般是极其平庸的。我希望读者不要不把这个算做我的优点,因为我私下相信她的话,暗暗地悲叹造物者在造我的时候会那样吝啬。在许多别的场合上,我发现英国朋友对我的估计和她素日所说的不同,我心里认真地忧虑着这两个国家在口味标准上的分歧!

在布赖顿学校有一件事似乎是很好的:学生们对我一点都不粗暴。相反地,他们常常把橘子或是苹果塞在我的口袋里就跑开了。我只能把他们这种不平常的行为,说成因为我是外国人的原故。

我在这个学校的时间也不长——但这不是学校的错处。塔拉卡·普立特先生那时正在英吉利。他能看出这不是我学习下去的方法,他说服我哥哥,让他带我到伦敦去,把我一人放在公寓里。这所选定的公寓面对着摄政公园。那时正是严冬。门前一行树上一片叶子也没有,只站在那里以瘦棱棱的雪盖的枯枝向着天空瞪视——是一派寒透骨髓的景象。

对一个新到的异乡人来说,再没有比冬天的伦敦更冷酷的地方了。附近的人我一个也不认识,我也不认得路。那种窗前独立凝望外面的日子,又回到我的生活里。但是这一次,景物并不迷人。它的面容是颦蹙的;天空是浑浊的;灯光像死人的眼睛一样没有光彩;地平线缩做一团,因为这广大友好的世界从来没有给它一个招呼的微笑。这间屋子的家具很简单,却有一架小风琴,在白天过早地终结了的时候,我就胡乱地弹着琴。有的时候有印度人来看我;虽然我和他们交情很浅,当他们站起要走的时候,我感到有拉住他们的衣角把他们留下的倾向。

当我住在这公寓里的时候,有一个人来教我拉丁文。他的瘦削的身材和褴褛的衣服,并不比那秃光光的树更能经受冬天的抓握。我不知道他有多大年纪,但是看得出他显得比他真实年龄衰老得多。有几天在上课的时候,他忽然忘记一些字句,茫然地显出羞愧。他家的人把他当做怪人。他渐渐地有了一种理论。他相信在每个时代,在世界各处的每一个人类社会里,都有一个主要思想表现;在不同程度的文明下,它可能成为不同的形象,但在基本上是一体的,也是相同的;这种思想的接受也不是经过采用的过程,因为这个真理,即使没有沟通也仍是好的。他的最大的专注就是收集事实记录事实来证实他的理论。当他做着这些事的时候,他家中无食,身上无衣。他的女儿们对于他的理论只给以微小的尊重,也许更常埋怨他的糊涂。有几天我可以从他脸上看出他找到了一些新的证明,他的论文有了相当的进展。在这种情况下,我就提出这个题目,装作对他热情的关怀。有时候他就忧郁地沉思,仿佛他的负担已经重到不可担负的地步。我们的功课就步步停顿下来;他的眼光望向虚空,他的心思就拉不回到拉丁文第一册的书页上来。我很可怜这个身体受着饥饿、理论上又负着重担的人,虽然在拉丁文课上我不抱着受益的幻想,我也下不了把他辞退的决心。这个学习拉丁文的幌子,在我住在这公寓的时期中,一直拖了下去。在我离开公寓的前夕,和他算清薪金的时候,他可怜地说:“我没有做什么,只浪费了你的时间,我不能接受任何报酬。”我费很大的劲儿,才勉强使他接受了他的薪水。

虽然我的拉丁文先生从来不拿他理论的证明来麻烦我,但是我至今还没有不相信它。我相信人的心灵是通过深入的不断的媒介连结起来的,一部分的扰乱会通过这个媒介秘密地传到其他部分去的。

普立特先生又把我放在一个叫做巴卡尔的辅导员家里。他让学生住在家里,帮他们准备入学考试。除了他的温和瘦小的妻子之外,这个家庭没有一件东西有一点吸引人的意味。我们可以理解这种教师会怎样地去招揽学生,因为这些可怜的东西不常会有自己选择的机会。但是在这种情况下,这种人怎样娶到妻子,想起是使人苦恼的。巴卡尔太太努力从她的爱狗上得到安慰,但是当巴卡尔要惩罚他妻子的时候,他就虐待这条狗。所以她对这不幸的动物的感情,只使她的敏感更加扩大起来。

在这种环境中,我嫂嫂从德文郡的托尔奎写信叫我,我简直是欢天喜地地跑到她那儿去。我说不出我多么喜欢那里的山和海,和盖满了花朵的牧场,松林的浓荫,还有我的两个活泼爱玩的小伴。但是我有时会被疑问所痛苦,就是为什么当我的眼睛饱餐着美景,我的心灵浸透了喜悦,我的悠闲的日子,载满了纯净的快乐,渡过无边的蔚蓝太空,而这时居然会听不到诗的召唤。因此有一天我沿着巉岩的海边走去,用稿本和伞武装起来,去履行我的诗人的天职。我选择的地点是不容置疑的美丽的,因为这不依靠着我的韵律和幻想。那边有一小块平坦的悬岩,永远渴望似的伸出在水面上;在前面流动的、蔚蓝的、泡沫点点的波浪上摇晃着,晴朗的天空微笑地在这催眠中睡着了;后面,松梢的浓荫像困倦的林中仙子脱下的衣裳一样地摊开着。坐在岩石的宝座上，我写了一首诗，《沉舟》。今天我也许会相信它是一首好诗，如果那时候我为慎重起见把它沉在海里的话。但是我得不到这种安慰，因为它存在我的心里；虽然可以把它从我的作品里驱逐出去，一张传票又可能把它拘了回来。

责任的使者是不闲着的。召唤又来了，我又回到伦敦去。这一次我住在司各特博士的家里。在一个晴朗的夜晚，带着提包和行李，我侵入了他的家庭。只有白发的司各特博士和他的妻子还有大女儿在家。那两个小女儿，被一个陌生的印度人的侵袭所惊吓，已经躲到亲戚家去住了。我想只在她们听说我这人并不凶恶之后才回家来的。

在很短的时间内，我就成为他们家庭之一员。司各特太太待我像儿子一样，我从她女儿们得到的由衷的款待，是比自己的亲戚还要难得的。

住在这家里的时候我想起一件事——人性到处都是一样的。我们喜欢说，我自己也相信一个印度妻子对丈夫的热诚是很特殊的一件东西，在欧洲是找不到的。但是至少我在司各特太太和一个理想的印度妻子之间，看不出任何差别。她的全副精神都贯注在她丈夫身上。他们有限的进款使他们不能多雇佣人，司各特太太照料着她丈夫所需要的每一个细节。在他夜晚下班回来以前，她就亲手把他的扶手椅子和毛绒拖鞋放在炉火前面。她从不容许她自己有一刻忘记他所喜欢的东西，或使他高兴的行为。每天早晨她和唯一的女仆从顶楼收拾到厨房，楼梯上的铜杆或门钮以及附件都擦得锃亮。除了日常家务以外，她还有些社会义务。做完了每天的事务她就热烈地参加我们的诵读或是乐队，因为在主妇的许多责任之中，使闲暇时间能有真正的快乐的责任，也不是最轻的。

有几个夜晚我就参加女孩子们转桌子降神的游戏。我们把手指按在一张小茶几上，这茶几就在屋里乱转。后来弄到我们无论按住什么东西，它都会颤动起来。司各特太太不大喜欢这个，她有时严肃地摇着头说，这样做是不是对，她是有疑惑的。但是她勇敢地忍耐着，不愿扫我们年轻人的兴。直到有一天我们把手按在司各特先生的礼帽上让它旋转的时候，这时她受不住了，她十分生气地赶上前来，禁止我们去动它。她不能忍受魔鬼和她的丈夫头上所戴的东西有任何关系的想法，甚至于一刻也受不了。

在她的一切行为之中，对于丈夫的尊敬是最突出的。关于她的温柔克己的记忆，使我很清楚地看到，一切女性的爱的最终的圆满，是要从尊敬中找到的；如果没有外因来妨碍它真诚的发展，女性的爱自然地成长成为崇拜。在奢侈的设备很丰富的地方，浅薄无聊玷污了白日和黑夜，这种爱就退化了，妇女的天性就找不到它的圆满的快乐。

我在这里过了几个月。我哥哥回去的时候到了，父亲写信叫我和他一同回去。这个前景使我愉快。我的国家的阳光，我的国家的天空，一直在静默地召唤着我。当我告别的时候，司各特太太哭着握住我的手。她说："如果你必须这么快就走，你为什么要到我们家里来呢？"这个家庭已经不在伦敦了。这位博士的家里人有的已经到另一个世界里去了，其余的人散居在我不知道的地方。但是这个家庭永远活在我的记忆里。

在冬季的一天，我走过唐卜莱治威尔斯的一条街，看见一个人站在路旁。他的脚趾从破靴子里露了出来，他的前胸也半裸着。他没有对我说什么，也许因为求乞是不许可的，但是他抬头看了我一会儿。我给他的钱也许比他希望的多了些，在我走出几步之后，他跟上来说："先生，你错把一块金钱给我了。"说着他要把钱还给我。我本来不会特别记住这件事情，只因为同样的事又发生过一次。当我第一次到达托尔奎火车站的时候，一个搬夫把我的行李送到站外的汽车上去。我袋里找不到零钱，在汽车开走的时候，我给了他一个两个半先令的银币。过一会儿他跑来追我，喊叫司机停车。我以为他看出我是一个老憨，他要想法再敲我一点钱。车停住了，他说："先生，你一定是把这两个半先令当作一个便士给我了！"

我不能说我在伦敦从来没有受过骗，但是平心而论，却没有什么非记住不可的事。在我心中慢慢地成长的，主要的倒是，只有可信任的人才会有信任人的信念。我是一个无名的异乡人，可以大胆地逃避付款，但是从来没有一个伦敦的店主不信任我。

我在英吉利的整段寄寓时期中，我参与到一出滑稽剧里面，而我必须从头到尾把它演完。我偶然认识一个高级英印官员的寡妇。她居然给我取个小名叫"茹比"①。她有一个印度朋友用英文写了一篇哀悼的诗来纪念她的丈夫。不必去细敲这诗的优点和词句的切合。我的运气不好，偏偏碰上这位作者指出这首悼诗应当用贝哈格调来唱。因此这寡妇有一天请求我用这调子唱给她听。那时我真是一个傻孩子，勉强地顺从了。不幸的是那时候除了我之外，没

---

① "茹比"是英文"红玉"的拼音，本是女孩的名字，作者名字的爱称应该是"拉比"。

有人能听出贝哈格调和那可笑的诗句合在一起，是多么残酷的滑稽。这个寡妇在听到印度人对她丈夫的哀悼用本国的歌调唱出来的时候，她似乎深深地感动了。我认为这件事就此了结了，但是并没有了结。

在各种交际集会中我常常碰到这个寡妇，在宴会之后，我们走进客厅和女客们聚在一起的时候，她总请我唱这首贝哈格调的悼诗。每一个想听印度音乐的奇特例子的人，也就和她一起恳求。这时从她的口袋里这首印好的倒霉的乐章就掏出来了，我的耳朵就又红又叫了起来。最后以低垂的脑袋和颤抖的声音，我就必须开始——但是我极其尖锐地意识到这屋子里，再没有人比我对于这表演更为伤心的了。唱完了，在吃吃的偷笑声中，他们一齐说："多谢你！""多有意思啊！"这时虽是冬天，我却汗流被体。谁能在我生的时辰或是在他死的时辰，预言到这个高贵的英印官员之死，对于我是多大的打击啊！

此后有一段时期，我住在司各特博士家里，在直属学院听课，和这个寡妇就失掉了联系。她住在伦敦郊区一个较远的地方，虽然我常得到她的邀请信，由于我对于这首悼诗的恐怖，使我不敢接受她的邀请。最后我得到她的一封敦促的电报。收到电报的时候，我正准备到学院里去，这时我在伦敦的日子快要终结了。我认为在行前应当再见她一面，就答应了她的请求。

我没有回家，从学院一直就到车站。那天天气坏极了，冷得要命，雪雾交加。我要去的车站是这条线的终点。我心里很坦然，认为不必要去询问到达的时间。

所有的停车站台都在右边，我舒服地坐在右边的角落座位上读着一本书。那时外面已经很黑了，什么也看不见。乘客一个一个都到站下车了。我们到达了又离开了终点的前一站。以后火车又停了，但是看不到一个人，没有灯光也没有站台。一个乘客是无法推测为什么火车在不是预定的时间和地点停住的，因此我放弃了那个企图，照旧看我的书。这时火车又开始向后移动了。铁路上的反常似乎并不是什么奇事，我一面想着一面还是读我的书。但是当我们又回到前一站的时候，我再也不能置之不理了。我在车站上问："我们什么时候到某地呢？"回答是："你是刚从那地方来的。"我十分狼狈地问："那么现在我们上哪儿去呢？""到伦敦去。"这时我才明白这趟车是来回车。在我询问下一次到某地去的车的时候，他们告诉我那天晚上再没有车了。在回答我的第二个问题上面，我发现在五英里之内，也没有什么旅馆可住。

我在十点吃罢早饭后离开家，到现在还没有吃一点东西。当节制是唯一的可能的时候,苦行者的念头就来得很容易。我把厚大衣的领子扣上,坐在站台的灯光下读起书来。我带来的这本是刚刚出版的斯宾塞的《论理学的资料》。我安慰自己说,我也许永远不会再得到这样的机会,来集中全部的注意力在这个问题上面了。

过不一会,一个搬夫来告诉我说,开了一列特别快车,在半小时之内就要来到了。这消息使我兴奋快活起来,书也读不下去了。我应该在七点钟到达的地方,最后是九点钟才到达。我的女主人问我:"怎么了,茹比？你做什么来着?"我把我的奇妙的冒险故事告诉她的时候,我没法子感到骄傲。晚宴已经吃过了;但是我的不幸不是我的过失,我并没有预料到应得的处罚,而且我的执行者是个妇女。但是这个高级英印官员的寡妇,只对我说:"来吧,茹比,喝一杯茶吧。"

我从来也不爱喝茶,但是我希望它也许会稍微解除我的极度饥饿,我勉强咽下一杯浓药和一两块饼干。当我最后走进客厅的时候,我发现有一群老太太,其中有一个年轻美丽的美国人,是我主人侄子的未婚妻,她仿佛在忙着进行一般婚前应有的恋爱历程。

"让我们跳舞吧,"我的女主人说。我既没有那个心情也没有那个体力,来做这个体操。但是随和能够做出世界上最难做的事情,因此,虽然这舞会是为庆祝订婚的这一对而开的,我却必须和一些年纪相当大的老太太们跳舞,在我与饥饿之间只有茶和饼干。

而我的痛苦还没有完结。我的女主人问我:"今晚你在哪儿住呢?"这是一个我没有想到的问题。当我茫然地看着她,说不出话来的时候,她对我解释说,当地的旅馆半夜就关门了,我应该即刻就去。幸而友谊还不是完全没有的,因为我还不必独自去找旅馆,是一个仆人提着灯带着我去的。我本以为这也许会是因祸转福,我一进门就问有什么吃的没有:肉、鱼、蔬菜、热的冷的都行！他们说,我要喝的话,各种酒都有,就是没有吃的。这以后我希望在睡眠中可以忘掉一切,但是似乎在它的拥抱世界的怀里,也没有我的地方。这房间的沙石地是冰冷的,一张破床和一个破烂的脸盆架,是仅有的家具。

早上这位英印官员寡妇请我去吃早饭。我发现摊满桌上的冷餐显然是昨晚的剩余。如果昨天晚上,只要有一部分温的或是冷的拿给我吃的话,决不会对任何人有所不利,同时我的跳舞也不会太像登陆的鲤鱼那样痛苦地蠕动了。

早饭以后,我的女主人告诉我,她请我来是为让我唱那首悼诗给一位老太太听的，现在她病在床上了，因此我必须在她的寝室门外对她歌唱。她让我站在楼梯的尽头，指着一扇关着的门，说："这间就是她住的屋子。"我就面向这个神秘的陌生人，唱出这首贝哈格调的悼诗。这位病人听歌之后有什么结果，我还没有听说过。

我回到伦敦以后，只得在病榻上来赎我的荒唐的随和的罪愆。司各特博士的女儿们对我的良心央求，不要把这个作为英国人待客的范例。她们辩护说，这是受了吃印度盐的影响。

二六　洛肯·帕立特

我在直属学院听英国文学课的时候，洛肯·帕立特是我的班友。他大约比我小四岁。当我写回忆录的年龄，四年的差别是看不出的。但是在十七岁和十三岁之前的友谊的桥梁是很难飞架的。因为在岁数上分量不够，孩子总要装出长者的庄严。但是在小洛肯身上，这并没有在我心里竖起什么栅栏，因为我看不出他在哪一方面比我小。

男女学生都坐在学院的图书馆里学习。这图书馆是我们碰头的地方。如果我们安静一点的话，是没有人会抗议的，但是我这位小朋友的兴头总是那样的高，极其微小的挑逗也会引起他的大笑。在一切国家里，女孩子们在用功的时候，都很容易动火。当我忆起那无数双生气的蓝眼睛，对我们抑制不住的笑声，无效地投射着责难的时候，我感到愧悔。但是在那些日子里，对于学习时被打搅的痛苦，我一点没有同情。上天保佑，我一辈子也没有过头痛，也没有为被打搅了的校课而受过一刻的良心责备。

以我们不断的笑声作为伴奏，我们曾进行了一点文学的讨论。虽然洛肯读过的孟加拉文学没有我的多，但他的锐敏才智补上了这个缺点。我们讨论的题目之中，有孟加拉文的拼音法。

这题目是这样引起的。司各特家的一个女孩子要我教她孟加拉文。当我教她字母的时候，我表示自豪，因为孟加拉文的拼法是有知觉的，在每一步上都不喜欢触犯规则。我对她讲清楚了英文拼法的杂乱无章是多么可笑，只有在悲惨的强迫之下，我们才为着考试而去死记它。但是我的自豪栽了一个跟头。我们发现孟加拉文的拼法，对于规则也是那样地不听话，习惯使我对于它的违规视而不见。

以后我开始去找出这些管理无规则的规则。洛肯在这题目上给予的良好帮助,使我惊讶。

在洛肯进入英印政府工作之后,回到家去,那在学院图书馆的发源于潺潺笑声中的工作,以更宽阔的波澜流了下去。洛肯在文学上喧哗的欢笑就像是我文学探险的帆上的风。当我在盛年,驾着散文和诗歌的双马,纵辔狂奔的时候,洛肯的无限量的赞赏,保持我的力量不使有片刻的懈弛。有许多散文或诗歌的飞腾,都是从他乡下的小屋里启程的。有好多次我们文学和音乐的集会,在晚星照护之下聚集,又像清晨微风里的灯光一样,在晨星下消散。

在萨拉斯瓦蒂脚前的许多莲花中,那朵友谊之花一定是她所最喜爱的。在她的莲池边上,我没有沾到多少金色的花粉,但是说到美好友谊的浓郁芳香,我是没有半句怨言的。

二七　《破碎的心》

在英吉利的时候,我开始写另一首诗,在归途继续下去,到家以后才把它写完。以《破碎的心》为题发表了。那时候我觉得这首诗很好。作者这样想法并不奇怪;但是它同时也得到了当时读者的赞赏。我记得在这首诗发表以后,已故的蒂帕拉邦土王的首相专程来访,给我带来贺词说,土王很喜爱这首诗,并且对于作者将来的文学成就寄以很高的希望。

关于这一首我十八岁时候写的诗,让我把我三十岁时候写在一封信里的话,引在这里:

> 当我开始写《破碎的心》的时候,我才十八岁——既不是少年,也不是青年。这个交界的年龄,没有受到真理之光的直接照临——反射的光明这里一块那里一块地,其余的地方都是阴影。而且像黄昏的阴影一样,它的一切幻象都是拉长而模糊的,使得真实的世界变得像一个幻想的世界。奇怪的方面是不但那时我只有十八岁,我周围其他的人仿佛也都只有十八岁;我们都在同样的无基础无实质的想象世界中倏忽地来去,在那里连最强烈的欢乐与悲哀,也都像梦境中的欢乐与悲哀一样。在那里没有真实的东西来衡量,浅薄就替伟大负起责任。

我这一时期中的生活,从十五六岁到二十二三岁,是完全紊乱的。

当地球在早期的时候，水陆还没有清楚地分开，巨大而畸形的两栖动物，在从慢慢渗出的淤泥地上生长出来的、没有树身的森林中行走。不成熟的心灵的混沌时期的情感，也是这样的不平衡，不匀称，奇形怪状，在它的无路无名的荒野的无层的阴影中徘徊。它们不认识自己，也不知道自己徘徊的目的；而且正因为它们不知道，它们就永远容易模仿别的东西。所以在这个无意义的活动时期中，当我的未发达的才能，不知道也够不上它们所描写的对象，就大家拥挤着找个出路，每一种才能都想从夸大里占得上风。

当乳牙要顶出来的时候，它使得婴儿发烧。在乳牙都钻出来开始帮助消化以前，一切烦躁不安都无法消除。我们的早期情感也是这样地折磨我们的心灵，像一种婴儿的疾病，直到它们体会到了它们和外界的真实关系。

我在这时期的经验中所得到的教训，在任何一种修身课本上都可找到，但不能因此就轻视它。那把我们的食欲关在心里，阻止自由扑出的门路的方法，把我们的生活毒害了。就像那种自私，不让我们的欲望有活动的自由，阻碍它们达到它们真正的目标，这就是为什么自私总是和溃烂的不真实和放肆结伴同来。当我们的欲望在美好的工作中，找到了无限自由的时候，它们就甩掉不健康的状态而回到它们自己的本性中来——这是它们真正的目的，也是它们存在的快乐。

我所描述的我的不成熟的心境，是那个时代的榜样和教训所培养出来的，而且我不敢说，直到今天这影响是否还遗留着。回顾我所说到的那个时期，我想我们从英国文学所得到的是刺激多于营养。那时候我们的文学之神是莎士比亚、弥尔顿和拜伦；他们的作品的特质中激动我们最深的是热情的力量。在英吉利人的社会生活中，热情的发泄是被严厉地抑制住的，也许就为这个原故，它们就支配着文学，使它的特点成为发泄出恣肆的强烈的感情，到一个不可避免的爆发。至少是这种无节制的激动，我们学着把它看做是英国文学的精华。

在我们的英国文学传授者阿克塞·乔杜李关于英国诗歌的激昂雄辩中，有着狂热的陶醉。罗密欧和朱丽叶的恋爱的狂暴，李尔王的无力悲叹的愤激，奥瑟罗的烧毁一切的、火一般的嫉妒，这些都是激起我们热情欣慕的东西。我们的拘束的社会生活，我们较小的活动园地，是被单调划一的圈子圈了起来的，使得暴风雨般的感情不得其门而入；——一切都是尽可能地安宁寂静。因此我们的心很自然地渴求着英国文学中那给与活力的热烈情感。我们的感情不是文学艺术的审美的欣赏，而是止水对于狂澜的热烈欢迎，虽然它会把水底的淤泥搅到水面上来。

莎士比亚同期的文学，代表着时代的战舞，这就是文艺复兴挟带着对于人心的严酷桎梏与束缚的全部反抗的暴力来到欧洲的时代。善恶美丑的审查，不是主要目的——那时候，人似乎精疲力竭地渴望着冲破一切藩篱，进到自己身心最深的圣所里，去发现他自己强烈愿望的最终的肖像。因此我们在这种文学中会找到那么尖利，那么充溢，那么奔放的表现。

这个欧洲的酒神节的欢宴的精神，找到了门路进入我们古板的、有礼貌的交际界里，把我们唤醒，使我们活跃。我们被落在我们心上的、无束缚的生命强光所眩夺，我们的心被习惯敲碎了，它苦苦追求一个开脱自己的机会。

英国文学中还有一个这样的时代，就是波浦的普通拍子的慢调，让位给法国革命的舞曲，拜伦做了这个时代的诗人。他的情感的热烈，也引得我们蒙着面纱的新娘，从她的深幽的角落里走了出来。

同样地，追求英国文学的热情，激动了我们那个时代青年人的心，这个激情的波浪从各个方向打击在我的心上。最初的觉醒是活力的游戏的时间，而不是它的抑制的时间。

但是我们的情况和欧洲是那样的不同。在那边，对于束缚的敏感和不耐是从历史反映到文学上去的，它的表现和情感是一致的。风暴的吼声听到了，因为真有风暴在怒吼。但是从那里吹来的、吹皱了我们小小世界的微风，实际上的声音只略高于低语。因此它不能满足我们的心灵，而我们的模仿飓风吼声的企图，很容易把我们引到浮夸上去——这是至今还存在着的一种趋势，而且也许是不容易矫正的。

应当对此负责的是，英国文学中真正的艺术的谨严还没有出现的这一事实。人类情感是文学的各种成分之一，而不是它的目的——那是完全的圆满存在于单纯与限制之中的美。这是英国文学还没有完全承认的主张。

我们的心灵从少到老，仅仅受着这种英国文学的模塑，但是欧洲的其他文学，古典的和现代的，艺术形式上显示出，从自制的、有系统的培植产生的营养优良的发育，不是我们研究的题目；因此我感到，我们还没有能够达到对于文学作品真实的目标和方法的正确的理解。

阿克塞先生，这位使我们感到英国文学的活生生的情感的人，他自己就是情感生活的热诚者。在完全感情的圆满中实现真理的重要性，对于他却不像在心中感受到情感那样的鲜明。他对于宗教没有知识上的尊重,但是《黑母亲之歌》会使他眼里噙满了眼泪。他感不到寻求最终真实的号召;无论什么使他感动的东西,当然对他都是真理,甚至于很明显的粗劣的东西,他也会把它认为真理的。

无神论是那时英国散文作品中流行的主要论调——边沁、密勒、孔德都是受读者欢迎的作家。他们的文章是我们青年争辩的理由的根据。密勒的时代在英国历史上构成一个自然的时代。它代表着政体的健康的反应,这些破坏的力量暂时被带进来,让它去清除那积累的思想垃圾。在我们国家,是在文学上接受了这些思想,但从来没有真正地利用到它,我们只用它作为刺激品来鼓动我们作道德上的反抗。这样,无神论对我们只是一个完全的陶醉。

因为这些缘故,受过教育的人就大概分成两类。一类总是挟带着一种缺乏理由的论证向前冲击,要把一切对于神的信仰砍得粉碎。就像一个技痒的猎人,只要他窥伺到一只生物,在树头或是树下,就要去把它打死一样,任何时候他们听到任何一个无害的信仰,潜藏在一个幻想的安全地方,他们立刻奋激起来,冲向前去把它推翻。我们有一位教书时间很短的家庭教师,这种辩论就是他的得意的消遣。我那时还只是一个孩子,也还逃不过他的袭击。并不是因为他有什么学问,或者他的意见是什么热诚追求真理的结果,他的话都是从别人嘴里摭拾来的。虽然我用全力和他交战,因为年龄的不敌,我受了几次的惨败。有时候我感到那样的屈辱,几乎想哭。

另一类不是信徒,而是宗教的享乐主义者组成的。他们在团聚中得到舒适和安慰,把自己沉浸在愉快的景象、声音和弥漫的香气中,宗教仪式的外衣下;他们沉迷于礼拜的道具行头之中。这两类人都不疑惑或者否认他们探求的痛苦的结果。

虽然这些宗教上的越轨使我痛苦,我也不敢说我一点都没有受过它们的影响。在萌茁的青春的知识的狂妄之中,这种反抗也占有地位。我决不参加我家庭中所举行的宗教仪式,我并没有把这些接受成为我自己的。我在忙着用我情感的咆哮来吹起一阵烈火。那不过是火的崇拜,供献祭品来增加火焰——没有别的目的。而只因为我的努力并没有什么目的,所以是无限量的,常常超出指定的范围之外。

对于宗教,像对于情感一样,我感到不需要任何潜在的真理,我的激动本身就是目的。我想起那时候的一个诗人的几行诗:

我的心是我的
　我不曾卖给别人，
即使它裂成碎片，
　我的心还是我的！

从真理的观点来看，心不必那样地忧虑；因为没有什么东西强迫它把自己裂成碎片。在真理上，忧伤不是值得想望的，但是若把辛酸的部分去掉，或许显得另有一番滋味。我们的诗人常常加意地描写这个滋味，而把他们在礼拜他的仪式中沉迷的那位神，请到一边去。这种幼稚性是我们国家还没有能够去掉的。所以，就是在今天，我们还看不到宗教的真理，我们只从宗教的仪式里去寻求艺术的满足。因此，我们的爱国心的大部分，也不是对祖国的服务，而是一种奢侈品，是把我们带到一种对于国家的值得想望的心理态度。

二八　欧洲音乐

我在布赖顿的时候，曾去听过第一流女演员的歌唱，我忘了她的名字。她可能是尼尔逊夫人或是阿尔巴尼夫人。我从来没有听见过这样卓越地自由运用的声音。连我们最好的歌唱家也不能隐藏起他们用力的感觉；他们竭力地超出他们正当的表情之外，唱出高音或最低音，也不感到羞愧。在我们国内一部分知音的听众，认为凭着自己的想象，把表演保持得合乎标准，是没有害处的。为着同样的原因，他们对一个编得完美的歌曲的歌唱者，他的声音的粗糙或是姿态的粗鲁，并不在乎；相反地，他们有时似乎有一种意见，说这种较小的外部缺点，把歌曲内部衬托得更加完美——就像那位伟大的苦行者玛哈德瓦①，外表褴褛，而他的神性赤裸地照射了出来。

这种情感在欧洲似乎完全没有。在那里，外表上的装饰细节，必须完美无缺。有了最小的缺点，也会感到羞愧，不敢面对群众的注视。在我们的音乐集会里，用半个钟头来调冬不拉的弦儿，或是把大小的鼓都敲到合音，也没有人在意。在欧洲，这种工作都是在幕后预先做好的，因为来到幕前的一切，必须是毫无毛病。因此在那里，表演者声音中的弱点，也没有了任何地位。在我们

① 印度教大神湿婆。

国家里，一支歌曲的正确艺术表现，是主要的对象，一切努力都集中在这上面。在欧洲，声音是文化的对象，用它来表演不可能的事情。在我们国家里，音乐爱好者听到歌曲就满足了；在欧洲，他们必须听到那位歌唱家。

这就是我那天在布赖顿所看到的。对于我，这音乐会和马戏一样好看。但是即使我是那样喜欢那个表演，我却不能欣赏那些歌曲。当我听到那些唱终句的人模仿着鸟的清啭，我就忍不住要笑。我总觉得这是人类声音的错误应用。轮到男歌唱家的时候，我觉得稍为舒服一点。我特别喜欢那中音的声音，似乎里面有较多的人类血肉，不那么像一缕幽魂从肉体解脱出来的悲叹。

从此以后，我听了也学了更多的欧洲音乐，我开始得到它的精神；但是直到现在，我确信我们和他们的音乐，是住在完全不同的院子里，不是从同一扇门进到心里去的。

欧洲音乐仿佛同物质生活纠缠在一起，因此它曲调的歌本和生活一样，是多种多样的。如果我们企图把我们的曲调，改了它们的用途，它们就失去本来的意义，而变成滑稽可笑；因为我们的歌曲超越过日常生活的栅栏，只有这样，才能深深地把我们带入"慈悲"，高高地举上"超然"，它们的作用是显露出我们身心内神秘莫测、不能言说的最深处的图画，在那里，崇拜者发现他的茅舍已经修好，甚至于享乐主义者也找到了他的凉亭，但是那里没有给世上的忙人准备下地方。

我不能自称说我已经得到欧洲音乐灵魂的入门证。但是我所了解的外表上的那一点点，在一方面很大地吸引了我。我觉得它是那样地浪漫。很难分析我所谓之浪漫是什么意思。我要说的是丰富多彩的一方面，生命之海上的波浪的一方面，不停的起伏之中永远变幻的光影的一方面。还有一个相反的方面——纯粹的伸展的一方面，天空的凝碧的一方面，遥远的、圆圆的地平线所暗示的广大无边的一方面。无论如何，让我重复一遍，我拼着不能说得完全清楚的危险，就是当我被欧洲音乐所感动的时候，我对自己说：它是浪漫的，它把生活的幻灭转移到曲调中去了。

在我们的一些音乐形式之中，并不是完全没有同样的企图；但是它没有欧洲音乐那样显著，那样成功。我们的音乐把声音给了洒满繁星的夜晚，给了黎明的第一道红光。它们诉说着在黑云中下坠的漫天哀愁，和在森林中徘徊的春天的无言的沉醉。

二九 《瓦尔米基的天才》

我们有一本装潢精美的穆尔的《爱尔兰诗歌》;我还常听到阿克塞先生心醉神迷地高吟着爱尔兰诗歌。这些诗歌和插图合在一起替我幻出一幅古老的爱尔兰的梦的图画。我那时没有听到原来的歌调,但是我对自己唱过爱尔兰的歌曲,以图画里的竖琴来伴奏。我渴望去听到真正的歌调,去学它,而且唱给阿克塞先生听。不幸的是有些希望在今生就如愿了,而又在过程中死去。在英吉利的时候,我听过爱尔兰歌曲的演唱,也学了一些,但是却把继续学习的热情结束了。这些歌曲很单调,哀怨而温柔,但总有点和充满着我梦中的古老的爱尔兰大厦里竖琴上的无声之歌不相调和。

回家以后,我把学来的爱尔兰歌曲唱给家里人听。他们惊讶地说,"拉比的声音怎么啦?听去多可笑多奇怪啊!"他们甚至于感到我说话的口音也变了。

从这个外国与本地曲调的混合培养上,《瓦尔米基的天才》诞生了。这个乐剧里面的调子大部分是印度的,但是它们从古典的庄严中被拉出来了;那本来在空中高翔的东西,现在教给它在地上奔走。听过这出乐剧演唱的人,我相信会作见证说,让印度旋律的形式来为戏剧服务,证明是既没有贬低价值也不是无益。这个结合是《瓦尔米基的天才》的唯一特征。把旋律形式的枷锁打开,使它们在各种各样的处理上可以应用的愉快工作,使我一心一意地埋头干下去。

《瓦尔米基的天才》里面的几个歌词是配在严肃的古典调子上的,有的调子是我哥哥乔提任德拉作的;有的是以欧洲的调子改作的。印度旋律中的"提里拿"①体裁,是特别适合于戏剧的目的,常被戏剧所应用。两首英吉利的调子,用为绿林好汉们饮酒之歌,一首爱尔兰调子用为森林仙子的悲歌。

《瓦尔米基的天才》不是宜于诵读的作品。如果不听歌唱只看表演,它的意义就丧失了。它不是欧洲人所谓的歌剧,而是一出配有音乐的短剧。这就是说,它原来不是一个音乐作品。歌曲本身很少有重要或是动人的;它们只是剧中的歌词而已。

---

① 印度一种古典曲调。

在我去英吉利以前，有时候有些文人在我们家里聚会，有音乐，有朗诵，也用一些茶点。在我回来以后，又有一次这样的集会，恰巧也是最后一次。《瓦尔米基的天才》就是为这次的娱乐节目而作的。我演瓦尔米基，我的侄女普拉提巴演萨拉斯瓦蒂——一小段历史在这名字之下记录下来了。

我在赫伯尔·斯宾塞的作品中读到，说当情感开始活动的时候，语言就有音调优美的抑扬，语音和调子对于我们就像说话里的愤怒、忧伤、快乐和惊叹的表情一样地重要，这是一件事实。斯宾塞的通过这些声音的情感调节，人类找到了音乐的说法，引起了我的共鸣。我就想为什么不以这种意见为基础，用一种朗诵的方法表演戏呢？我们国家里的说唱演员多少有一点这样的企图，因为他们常常在说书之间忽然改成一种吟唱，而又在达到完全的歌调形式之前猛然停住了。像无韵诗是比有韵诗更有灵活性的，这种吟唱也是如此，虽然不是没有韵，但更能自由地适应文词的情感表现，因为它不企图去遵守那正规歌调所要求的、较为严密的关于调子和时间的规则。因为目的是表现情感，那些形式上的缺点不会使听众着急的。

被《瓦尔米基的天才》这个新路线的成功所鼓舞，我又写了一个同样的乐剧，叫做《不祥的狩猎》。布局是根据达萨拉塔王[①]误杀了一个盲隐士的独子的故事。这出戏在我们屋顶凉台上搭起的台上演出，观众似乎深为它的悲苦所感动。以后这剧中的不少部分经过小小的修改，合并在《瓦尔米基的天才》之内，[②]这个剧本没有在我的作品中单独发表。

很久以后，我写的第三本乐剧《幻戏的游戏》，是不同类型的歌剧。在这里面重要的是歌曲而不是戏剧。在头两本里，一串戏剧性的场面，是穿在一根歌曲的线上的；在这一本里是一花环的歌曲用一线的戏剧结构穿过的。它的特点是，它是情感的戏而不是动作的戏。事实上在我写这剧本的时候，是洋溢着歌曲的心情的。

我对于写《瓦尔米基的天才》和《不祥的狩猎》这两个剧本的热情，是我在写别的作品时候所从未感到的。在这两本里，那一时期的音乐创作的冲动得到了表现。

我的哥哥乔提任德拉，整天忙在他的钢琴上，任情地改作古典的曲调形

---

① 即十车王，印度史诗《罗摩衍那》的主角罗摩的父亲。

② 瓦尔米基是印度史诗《罗摩衍那》的作者，两剧都取材于《罗摩衍那》，所以能合并。

式。在他的工具每一转动之间,古老的体裁就变出了意想不到的形状,表达出情感的新的色调。那些习惯于它们原始时代的庄严的步法的曲调,当这样被迫按着比较活泼的不依习惯的拍手走队的时候,显示出一种意料不到的轻快的力量,相应地感动了我们。当这些调子从我哥哥敏捷的手指底下生长出来,阿克塞先生和我坐在两旁替这些调子作曲的时候,我们能够清楚地听出它们在对我们说话。我不自夸说我们的配词是好诗,但是它起了传达这些调子的作用。

这两个音乐剧本就是在这个革命活动的奔放的欢乐之中写出来的,因此它们快乐地应和着每一个拍子跳舞,不管这拍子在技术上是否正确,也不管这调子是本国的还是外国的。

孟加拉的读者曾多次担忧到我的意见和文学形式,但奇怪的是我以偏爱的音乐见解大肆破坏的胆力并没有激起愤怒;相反地,来听的人都愉快地回去。阿克塞先生的几首歌,和改写的微哈里·奢克拉瓦提《吉祥诗》的组诗,都在《瓦尔米基的天才》中找到了位置。

我总在这些乐剧的表演中担任主角。从我很小的时候,我就喜欢表演而且坚决地相信我有表演天赋。我认为我证明了我的信念不是没有根据的。我只在我哥哥乔提任德拉写的一个笑剧中,演过阿力克先生的角色。因此这几次是我真正第一次的表演的尝试。我那时候很年轻,没有什么可以使我的声音感到疲倦或者扰乱。

那个时期在我的家里,一道音乐的瀑布日夜地、时刻地奔流下去,它的散溅的水雾,在我们心中反映成彩虹色的全部音阶。之后,我们新生的活力以青春的新鲜,被它的纯洁的好奇心所推动,在每一个方向打出新路。我们觉得我们能够尝试和试验每一件东西,没有一件成功是不可能的。我们写作,我们歌唱,我们表演,我们在各方面把自己倾泻出去。我就是这样地跨过我的二十岁年纪。

使我们的生活这样地胜利奔腾的力量,我哥哥乔提任德拉是一个驾驭者。他是完全无畏的。有一次,在我还很小从来没有骑过马的时候,他让我骑一匹马在他的旁边飞跑,对于他的不熟练的骑伴,他一点没有担心。在我同样年纪的时候,我们同在西来达(我们地产的总部),有消息说那边发现一只老虎,他就带我出去打猎。我没有带枪——如果我有枪的话,枪对我的危险性比老虎还大。我们把鞋脱在丛林边沿,光着脚爬了进去。最后我们爬到一部分尖刺似的小枝剥光了的竹林里，在那里我总算勉强蹲伏在哥哥的后面，直到他把老虎射死；如果这只没有礼貌的畜生，敢于把防御的巨掌按到我身上的话，我连用鞋子来还击也做不到。

就是这样，我哥哥在一切危险面前给我完全的自由，内在的和外面的，任何风俗习惯都束缚不住他，因此他才能把我的畏缩懦怯解除掉。

三〇 《晚歌集》

在我把自己关在自己心里的情况下，像我上面说过的，我写了一些诗，在穆海达先生编的我的作品集中，在《心的荒野》书名之下收集在一起。其中有一首本来是在《晨歌集》中的，有几句是：

有一片广漠的荒野名字叫做“心”；
它的交错的树枝舞弄摇晃着黑暗
　像一个婴儿。
我在它的深处迷路了。

取了这诗里的意思，我给这一组诗取了这个名字。

在我的生活和外界没有交往，在我沉迷在我自己的心的冥想之中，在我想象的种种伪装在无原因的情感、无目的的漫游中所写的许多诗，都没有收进这集里去；只有很少的几首本来发表在《晚歌集》中的，在《心的荒野》中有了地位。

我哥哥乔提任德拉和他的妻子出去作一次长途旅行，他们住的三层楼上的屋子，对着屋顶凉台的，就空了起来。我占有了这几间屋子和凉台，静静地过着日子。这样自己独对，我不知道我是怎样从我陷进的诗的沟壑中溜脱出来的。也许是因为我和我所想取悦的人们隔断了，他们对于诗的嗜好做成了我把思想放进的模型的形式，现在很自然地我从他们强加于我身上的体裁中解放了出来。

我开始用石板来写作。这也有助于我的解放。我从前在上面乱涂的那个稿本，似乎要求有一种相当高度的诗思，我必须以和别人比较的方法来激起这种诗思。但是这石板很明显地适合于我这时期的心情。它似乎说：“别怕，随意写吧，一抹就都擦掉了！”

我在这样无拘无束地写了一两首之后，我感到有极大的快乐从我心上涌起。我的心说："我写出的诗，最后总算是我自己的了！"大家千万不要把这个说成我的自豪。我倒是曾为我从前所写过的作品感到骄傲，因为我必须给它们以一切赞赏。但是我不肯把它们叫做自我实现和自我满足。父母在头生孩子身上感到喜悦，并不是因他的容貌而自豪，而是因为他是他们自己的孩子。如果他竟然是一个非凡的孩子，他们也许感到光荣——但这是不同的。

在这种喜悦的第一阵浪潮中，我不顾韵律形式的束缚，就像泉水不是直流下去，而是随意地弯弯曲曲地流的，我的诗也是这样。以前就会觉得这是一种罪过，但是现在我却感到很坦然，自由先把法则破坏了，而又做出法则，把自由放在真正的自制之下。

我的这些不规律的诗的唯一听众是阿克塞先生，当他第一次听到我对他读这些诗的时候，他是又惊讶又高兴，在他的赞赏下，我的自由的路子又加宽了。

微哈里·奢克拉瓦提的诗，用的是三个节拍的韵律。这个三节拍的时间产生一种圆转的效果，不像两节拍那样平板。它自在地流转下去，它像应和脚镯的丁当舞蹈着掠过。有一个时期我非常喜欢这种韵律。它不像步行而像骑着自行车。我已经习惯于这种走法。在《晚歌集》里，在无意之中，我居然甩掉了这个习惯。我也没有受其他任何一种束缚。我感到完全地自由无忌。我不想倒也不怕受什么申斥。

我在从传统束缚下解放出来的写作中得到的力量，使我发现我以前总在不可能的地方去搜寻我自己已有的东西。缺乏自信阻碍了我的自我回归。我感到我像从桎梏的梦中醒来，发现我是没有带着枷锁的。我特意格外地跳跃嬉戏，只要证明我的确是能够自由活动的。

对于我，这是我写诗生涯中最可纪念的一个时期。作为诗歌，我的《晚歌集》也许没有什么价值，事实上，就是这样，它们是够粗糙的。这些诗在韵律上、语言上、思想上都没有固定的形式。它们唯一的好处就是我第一次随心所欲地写出我真想说的东西。即使这些作品没有什么价值，而这愉快却是有价值的。

三一　一篇论音乐的文章

在我准备学法律的时候，父亲把我从英吉利叫回来了。有些朋友关心我事业的中辍，催促他再把我送出去。这就使我开始了再度赴英的旅程，这一次是一位亲戚陪伴着我。但是我的命运坚决反抗学法律的号召，因此这一次我连英吉利都没有走到，为着某种原因，我们只得在马德拉斯上岸折回到加尔各答来了。这原因决不像结果那样重要，因为这笑话不是对我的，在这里我就不提了。我进到拉克什米①龛前的两次努力，都这样地被拦回来了。但我希望法律之神至少会用赞同的眼光来看我，因为我没有在律师图书馆的证件堆中增加什么负担。

父亲那时正在穆索里山上，我诚惶诚恐地跑到他那里去。但是他一点没有生气的样子，反而显得很高兴。他一定在我的归来上面，看到了上天的祝福。

在我这次出行的头一天晚上，应了白求恩社的邀请，在医学院礼堂读了一篇论文。这是我第一次公开诵读。克·姆·班拿吉牧师做了主席。题目是音乐。把器乐放在一边，我企图阐明声乐。主要的终极目的，是把字句所要表现的更好地发挥出来。我的论文是很短的。我从头到尾一面唱歌一面表演来说明我的主题。我认为闭会之前主席对我的赞美，一定是我年轻的声音的动人效果，以及这努力的诚恳和多种多样。但是今天我必须坦白地说，我那天晚上用那样的热诚所发表的意见，是不对的。

声乐艺术有它自己特殊的作用和特色。当这艺术偶然被安放在字句上的时候，作为曲调的媒介物的字句，一定不要过于利用这个机会去代替调子。曲调本身的财富是巨大的，它何必要侍候字句呢？倒是在纯粹字句失败了之后，歌曲才开始的。它的力量是寄托在不可言的领域之内，它对我们说出字句所说不出的东西。

所以歌曲上的字句负担越轻越好。在印度斯坦的古典体裁里，字句是毫不重要的。让曲调随心所欲地去感动人。当由调形式得到自由发展的时候，声乐就达到圆满的地步，把我们的意识提高到它自己的奇妙水平。但是在孟

① 财富之神。

加拉，字句总是那样地自己坚持突出，我们本地的歌曲没有能够发展它的完满音乐的能力，只满足于作它的姐姐，诗的艺术的使女。从旧的毗湿奴派诗人到尼都先生的诗，都是从背景上来发挥它的魅力。但是像我们国内，妻子以表示依赖来统治丈夫，我们的音乐也是这样，虽然只履行仆人的职务，最后却管辖了歌曲。

当我写歌的时候，常有这种感觉。我对自己哼着写出以下的句子：

不要严守你的秘密吧，我的情人，
请低声细语对我说，只对我说。

我发现字句本身没有法子进到那调子能把它带进的地方去。曲调把我所再三烦恳着想要知道的秘密告诉了我，这秘密是和林中沼地的碧绿的神秘混合在一起的，是在月夜的寂静的灿白中沉思的，是从地平线外无限蔚蓝的面纱后面外窥的——是一个大地、天空和水的亲切的秘密。

在我很小的时候，我听到一支曲的一段：

我的情人，是谁把你打扮成
　　一个异乡人？

这一行诗在我心里画下了许多美妙的图画，使它现在仍缠绕在我的心间。有一天我坐下给我自制的曲调作词，我心里充满了这一段曲子，哼着我的调子我写下了歌词：

我认得你，从外地来的女人，
你的家乡是在海的那一边。

如果不先有那调子的话，我不知道以下的诗会写成什么样子；但是那调子的魅力，对我显示了那异乡人的仪态万方。我的灵魂说，就是她来了又走了，一个从神秘的海的彼岸到此世界来的使者。我们在露湿的秋晨，在春天芬芳的夜晚，在我们心的最深处，时时瞥见了她——有时我们引领向天，听她唱歌。像我说过的，歌调使我漂流到这个魅惑世界的异乡人的门前去，因此以下的字句就是献给她的。

很久以后在博尔普尔的一条街上，一个行乞的歌手一面走一面唱：

这只陌生的鸟，是怎样地飞进
　　笼子，又飞了出去！

啊，只要我能捉住它，我就要用
　　爱把它的脚儿锁起！

我发现这个歌手所说的是同样的东西。这只陌生的鸟，在笼栅之内，有时向往着无束缚的、不可知的、外界的、微语的消息。心也想把它自己永远紧紧地抱住，但是做不到。除了曲调之外，谁还能告诉我们这只陌生的鸟的来来去去呢？

这就是为什么我总不愿意发表我的歌词的原因，因为在那里面一定是没有灵魂的。

三二　河　畔

当我从再度赴英的开始又折回家里的时候，我哥哥乔提任德拉和我嫂嫂正住在昌德纳戈尔的河畔别墅里。我就到那边去和他们住在一起。

又是恒河！又是那些说不出的日日夜夜会快乐得发昏，渴望得生愁，和那沿着丛林两岸的浓荫而幽咽的河水，合着节拍。这个充满阳光的孟加拉天空，这个南风，这个流动的河水，这个正当而庄严的慵懒，这个从天边到天边、从绿野到碧空伸展着的广大的悠闲，这些对我都像是食粮对于饥渴一样。在这里感到真正像个家，在这些东西上我体会到母亲的爱抚。

这不是很久以前的事情，而时间带来了许多变换。我们河边的小巢，躺在围抱的绿荫之下的，现在已被许多工厂所替代，毒蛇似的到处昂起嘘嘘的头，喷吐着黑烟。在近代生活的中午炎热之中，连我们精神上午睡的时间，都缩短到最低限度，多头的烦躁侵犯着生活的每一部门，这也许使生活更好，而我呢，是不把它认为是好的人中之一。

我在河边的这些美好日子，就像是圣泉上许多供献的莲花，一朵一朵流了下去。有几个雨天的下午，我在真正的狂乱中度过。我用自制的曲调唱着古毗湿奴派的诗，用风琴来自己伴奏。有的下午我们就划着小船。我唱着歌，乔提任德拉哥哥用提琴伴奏。从“普拉维”①起，我们和西下的夕阳一起，更换着我们的乐章，我们看到，当我们唱到“贝哈加”②的时候，西方的天空，把黄金玩

①② 印度古典乐章往往随着季节或一天中的不同时间而变换，“普拉维”是薄暮的乐章，“贝哈加”是迟暮的乐章。

具工厂的大门关上，月亮从东方的林梢升起了。

然后我们划回到别墅的河畔石阶边，坐在临河凉台的铺起的褥子上。这时候一片银色的宁静笼盖在水天之上，河上几乎没有一只船，河岸的树梢变成一层深影，月光在溶溶的河流上闪烁。

我们住的别墅叫做“莫兰花园”，一磴石阶从水边引上长长宽宽的凉台，成为这房子的一部分。这房子的结构并不整齐，也不在一个平面上。有的屋子要通过几层楼梯才走得上去。那间俯临着河边石磴的客厅，镶有彩色图画的玻璃窗。

有一幅图画是一架秋千，从半隐在密叶里的枝头垂将下来，在凉亭的方格的光与影之间，有两个人在打秋千；有一道宽阔的台阶，引到一个城堡式的宫殿里，穿着节日盛装的男男女女在这台阶上面上来下去。当阳光射在窗上的时候，这几幅图画就光彩夺目，似乎以休暇的音乐来充满河畔的气氛。一种古远的、久被忘却的欢宴，似乎在光明的无言的字句中自己表现了出来，这一对玩秋千的人的恋爱中的喜悦，使得河岸的林野和他们永存的故事一同活了起来。

这房子最高的屋子，是一个四面开窗的圆亭。我就用它作为写诗的屋子。从这里只能看到周围的树梢和辽阔的天空。我那时正忙着写《晚歌集》，关于这间屋子，我写过：

在这里，把云彩放在无限的天空怀里睡去，
诗啊，我替你盖了我的房子！

三三　再谈《晚歌集》

这时，文学评论家们给我的批语，是一个韵律破碎说话口吃的诗人。我的作品的一切都被认为是模糊隐晦的。虽然那时候我对这些话不大理会，但是这批评不是完全没有根据的。我的诗的确缺少字眼的真实的脊骨。在我早期的幽闭之中，我从哪里去取得必要的材料呢？

但是有一件事我拒绝承认。在责备我模糊的后面，有一种暗含的针刺，说这些诗为着效果的缘故而装腔作势。有好眼光的幸运者很容易嘲笑戴眼镜的青年，仿佛他戴眼镜是为装饰。对这可怜的东西的毛病，有点反映是许可的，如果攻击这青年说他假装看不见，那就太不好了。

光雾不在宇宙之外——它在创世上只代表一个阶段；把所有不够明确的诗都舍弃在外，不会把我们带到文学的真实上去。如果人性的任何方面得到了真实的表现，它就是值得保留的——只在它是不真实地表现的时候，才可以把它丢在一边。在人的生命中有一个时期，他的情感里有着表达不出的痛苦和模糊的想望。努力表现这种情感的诗，不能算是没有根据的——说到最坏的地步，它可能是没有价值的；但也不一定就是如此。罪恶不在表现出来的东西上，而在表现不出的失败上。

人是有二重性的。在思想、感情、事件的流水后面的内在的人，我们知道认识得很少；即或是这样，作为生命历程中的一个事实，这个内在的人也不能被丢弃掉。当外界生活不能和内里的互相调和的时候，里面的居住者就要受到伤害，他的痛苦是用一种难以命名、无法描写的形式，显现在外面意识上，这痛苦的呼声是更像无声的哭泣，而不像那些有准确意义的字句。

在《晚歌集》中寻求表现的忧愁与痛苦，在我存在的深处生根。就像一个人的昏睡中的意识，和梦魇搏斗想要挣扎醒来一样，那个沉陷的内在的我也是这样地挣扎着，要从它的错综复杂中解脱到空旷处来。这些歌就是那斗争的历史。诗和一切创造品一样，有个力量的对立。如果分歧太大了，或是统一太密了，我觉得就没有诗了。当不调和的痛苦，努力求得调和而表达着它的决心的时候，诗就像吹过笛子一样，奔放而成为音乐。

当《晚歌集》诞生的时候，并没有受到鼓乐的祝贺，但它们也不缺少爱慕者。我在别的文章上提到过这个故事，就是在拉米施·昌德拉·杜特先生长女的婚礼会上，班吉姆先生站在门边，主人照例地以花环来欢迎她。当我走上去的时候，班吉姆先生热情地把花环套在我的颈上，说："这个花环送给他吧，拉米施；你没读过他的《晚歌集》吗？"当杜特先生说他还没看过的时候，班吉姆先生所表现的关于其中几首的意见的神气，充分地奖励了我。

《晚歌集》替我求得一位朋友，他的赞赏像太阳的光辉刺激并引导了我的初茁的努力的新芽。这位朋友是普莱雅那德·辛先生。在这以前，《破碎的心》使他对我完全失望。我用《晚歌集》把他夺了回来。认识他的人都知道他是文学七海[①]中熟练的舵手。几乎在一切语言上，印度的或是外国的文学的大小路线，他都是常常走过的。同他谈话就会得到思想世界中最偏僻处的景

① 印度童话和民间故事都说，世上有七个海和十三条江。

物的一瞥。这对于我是有最大的价值的。

他能以最充足的信心来说出他的文学观点,因为他不依靠他的无助的嗜好来影响他的好恶。他的这种权威性的批评对我的帮助是说不尽的。我对他念出我所写的一切的诗,若没有他的识别欣赏的及时甘雨,那么我很难说我的早期耕耘能否得到那样的收获。

三四 《晨歌集》

我在河畔的时候也写了一些散文,没有什么固定的题目和计划,只是在一种童子扑蝶的心情下写的。当心里的春天来了,五色的倏忽的幻想产生了,在心里乱飞,这在平常是不注意的。在我悠闲的那些日子,也许是一时高兴,要把来到我心里的幻想收聚起来。或是它是解放的我的另一方面,就是挺起胸来决定要怎么写就怎么写;写什么并不是我的目的,只要写的人是我,这件事本身就使我满足了。以后我在《杂题》的书名下把这些散文发表了,但是它们和初版一同夭折,在再版中没有得到新的生命。

在这时候,我记得我也开始了我的第一本小说,叫做《少夫人市场》。

我们在河畔住了些日子以后,我哥哥乔提任德拉,住进加尔各答的苏达街靠近博物馆的一所房子里。我还是和他住在一起。当我在这房子里把小说和《晚歌集》写下去的时候,一个重大的革命在我心里发生。

一天,在很晚的下午,我在我们的乔拉桑科房子的屋顶凉台上散步。晚霞的余光和苍白的黄昏合在一起,那景色仿佛使来临的夜晚,对我有一种特殊的奇妙的魅力。连毗邻的墙壁都美丽得放光。在这个日常世界中揭开了平凡的盖子,我想,是不是暮色中有什么魔术使它这样呢? 决不是的!

我立刻能够看出这是夜晚的效果照到我的心上,它的光影把"我"湮没了。当"我"在白日的强光中奔腾的时候,我所知所觉都和它混在一起,被它藏过了。现在这个"我"被放在背景里去,我就能看到世界的真实的一方面。这一方面是不平凡的,它充满着美和欢乐。

从这次经验以后,我屡次试验故意地压抑我的"我",仅以参观者的身份去观看世界的效果,我的努力总会得到一种特别愉快的报酬。我记得我也试着向一位亲戚解释怎样去看世界的真面目,以及在这幻象之后的,我们自己的感觉上的负担怎样地随之减轻;但是,我相信我的解释没有成功。

以后我又得到一次彻悟,这彻悟在我的一生中持续着。

从我们苏达街的房子里,能看到这一条街的尽头和对面自由学校校园里的树。有一天早晨我偶然站在凉台上往那边看。太阳正从这些树上的密叶上升起。在我不停的凝望中,忽然间似乎有一层帘子从我眼上落下去了,我发现这个世界浴在奇妙的光辉中,美和欢乐的浪潮,在四围涌溢着。这光辉立刻穿透积压在我心上的重重叠叠的愁闷和萧索,以宇宙的光明注满了我的心。

我在这一天写的那首《瀑布的觉醒》,汹涌奔流像一股真正的瀑布。这首诗写完了,但是帘幕并没有在宇宙的快乐方落了下云,而且此后世界上没有一个人或者一件事物对我是平凡无味的。第二天或是第三天,有一件事情发生得大为使人惊奇。

有一个怪人时常跑到我这里来,他有问种种愚蠢问题的习惯。有一天他问我说:“先生,你亲眼看见过神吗?”在我承认说我没有看过的时候,他却断然地说他看见过。我问他:“你看见什么了?”他回答说:“他在我眼前翻滚颤动着。”

很容易想象到我们平日是不高兴同这样的人拉在一起作玄妙的讨论。而且我那时正在专心致志地写作。但是因为他是没有心眼的人,我不愿伤他的敏感的心,因此我就尽量容忍他。

这一次,当他在一个下午来看我的时候,我由衷地高兴见到他,热诚地欢迎他。他的怪癖和笨傻的外衣似乎脱落下来了。我这样欢喜招呼的人是那个真正的人。我觉得他并不比我低下,而且我们是紧密地连在一起的。当我看到他的时候,我心中一点没有厌烦,也不感到浪费我的光阴,我心中充满了高兴,感到揭掉一层不真实的薄纸,这层薄纸曾经使我受着不必须和无来由的不快与痛苦。

当我站在凉台上的时候,每一个走过的行人,不管是谁,他的步法、身材和容貌对于我都显得格外的奇妙——他们是宇宙海上的波浪,从我面前流过。从孩提时期起我只用眼睛观看,现在我开始用我所有的意识来观看。我不能把两个微笑的青年,一个手臂搂住另一个的肩膀,从从容容地走了下去的景象,当作一件无关紧要的事;因为通过这个我能够看到快乐的永远的青春的最深处,从那里,无数欢笑的水花跳溅到全世界上去。

我以前从来没有注意到四肢和容貌总是伴随着人的最小的行动而活动;现在在四周随时可以看到的这活动的多种多样,简直使我入迷。但是我不把它们分开来看,而是把它们看作是人类世界上,在每人的家里,在他们五花八门的想望和活动之中,同时在进行着的、可惊的美丽的更伟大的舞蹈的一部分。

朋友们一起欢笑,母亲爱抚她的婴儿,一头牛挨到另一头牛的身边,舐着它的身子,这些情景后面的无边广大,以一种几乎带有痛苦味道的感激,来到我的心里。

在这时期我写过:

> 我不知道我的心怎样地忽然打开大门,
> 让世上的群众奔涌进来,彼此问好——

这不是诗的夸张手法。其实我还没有力量表达出我所感到的一切。

我在这种忘我的幸福时期度过了些日子,以后我哥哥想到大吉岭去。我想,这更好了。在广阔的喜马拉雅山巅,我可以把在苏达街所见到的东西看得更深入;无论如何我要看喜马拉雅山怎样地向我的新的幻视才能作出自我的表现。

但是苏达街的小房胜利了。上山以后我四围环顾,立刻感到我已经丧失了我的新的幻象。我的罪恶一定是我想象我可以从外面得到更多的真理。无论这座山中之王是怎样地耸入天空,在它的礼物中没有可以赠予我的东西;同时那位赠予者,能够在最狭窄的小巷里,一瞬之间,赐予了一个永在的宇宙的幻象。

就在枞树林中漫步,我坐在瀑布旁边,在泉水中洗澡,我通过无云的天空凝望金钦俊加峰①的壮丽,但是我本想在这里可能看到的东西,我竟没有看到。我逐渐地认识了它,但是再也看不到它了。我正在欣赏珍宝的时候,盖子忽然关上了,使我只能瞪视着这个关着的匣子。但是,为着这手艺的精工,我不会把它当作一个空匣。

我的《晨歌集》写到终结,它的最后的回声和我在大吉岭写的《回声》一同消逝。这显然是一件费解的事情,因此有两个朋友下了赌注来揣测其中的真意。我唯一的安慰是,当他们来求我解答的时候,我也一样地不能解释那个谜,他们任何一方都没有输钱。可惜呵!我写像《莲花》和《湖》那种极其朴素明白的诗的日子,已经一去不复返了。

---

① 喜马拉雅山的高峰之一。

但我们写诗是为了解释任何事物吗？在心里感到了一点东西，就想在外面找到一种诗的形式。因此在听完一首诗以后，任何人说他没有听懂，我就感到很狼狈。如果有人嗅了一朵花说他不懂，给他的回答是：这里面没有可懂的东西，它只是一种香气。如果他坚持说：这个我知道，但是这有什么意义呢？那时候我们只能换一个题目，或者说得更玄妙一些，说香气就是宇宙的欢乐在花里显现的形状。

最为难的是字眼都有意义。因此诗人必须把字眼在韵律和诗句中弯来扭去，使得意义可以稍为控制得住，而且容许情感有机会来表达自己。

情感的发声不是一个基本真理的声明，也不是一件科学的事实，也不是一段有用的道德的教训。像一滴眼泪或是一个微笑，一首诗只是内在物件的一幅照片。如果科学和哲学可以从诗里得到什么，它们就请随便去得，但诗并不为此而存在。如果在搭船过渡的时候你捉到一条鱼，你是很幸运的，但是这并不能使渡船变成渔舟。你也不能责怪艄公，如果他不以捕鱼为业。

《回声》是很久以前写的，因此逃过了人们的注意，现在也没有人来叫我算它的意义的细账。但是，不管它的别的优点或缺点是什么，我能对读者断言说我并没有想提出一个谜，或者狡狯地传达一个任何渊博的教训。事实是，一种愿望在我心中产生了，找不出任何别的名字，我就把我所想望的东西叫做“回声”。

当在宇宙诗歌深处的泉水向外涌流的时候，它们的回声就从我们的爱者的脸上，和我们四周其他美丽的事物上反映到我们的心里。我认为它一定是我们所爱的回声，而不是它偶然反映的东西；因为今天我们不屑一看的，明天却成了要求我们全部的热爱的东西。

我只从外界的幻象来看世界，看得这么久了，因此我不能看到喜悦的普遍的方面。当忽然间从我存在的深处，一道光明找到了出路，放射了出来，它替我把整个宇宙照亮了。那时候宇宙再也不像一堆事物，而变成一个整体呈现在我的眼前。这经验仿佛告诉我说，从宇宙心中涌出的歌调的流动，铺展在时间与空间之上，像喜悦的波涛一样回响到泉源上去。

艺术家从充溢的心中送出歌声去，这真是一种快乐。当这歌声又飘送回来使他成为一个听者的时候，这快乐又增加了一倍。如果，当大诗人的作品也这样地像喜悦的潮水一样回到他那里，我们让它流过我们的意识，我们立刻不可言说地领会到这潮水流向的终点。在我们感知的时候，我们的爱就往前流；

而我们的“我”也从他们的停泊处所移动了，欣然地流下快乐之泉到它的无限的目标上去。这就是在我们看到“美”的时候，我们心中所激起的渴望的意义。

从无限流向有限的泉水——就是“真”，就是“善”；它是有法则的，有固定的形式的。它的回到无限的回声是“美”与“喜悦”，是难以捕捉的，因此会使我们心醉神迷。这就是我用一个比喻或一首诗在《回声》中的尝试，结果说不清楚是不足为怪的，因为那时的企图本身就不清楚。

让我在这里抄下我在稍大一点的时候，所写的关于《晨歌集》的信中的一段。

> “‘世界’上空无一物，一切都在我的心里”——是一种属于特殊时期的心理状态。当心灵开始觉醒，它伸开双臂想抱着整个世界，像一个长牙的婴儿认为世界上一切东西，都是为着他的嘴而存在的。渐渐地他了解什么东西是他真正想望的，什么东西是他所不想望的。那时候，他的光雾般的发射物就收缩了起来，得到了热力，也发出热力。
>
> 从想要全世界开始，就是一无所得。当欲望集中起来，以一个人的所有能力专注在任何一件事物上，那时才看得见无限之门。《晨歌集》是我心中的“我”第一次发射出来，它们当然缺乏这种集中的任何表征。

但是这个第一次涌流的弥漫一切的喜悦，有引领我们去认识这“特殊”的效果。湖水在满溢的时候就寻求一条江河作为出口。在这一点上，那个永久的后来的爱，是比第一个爱要狭窄一些。在它活动的方向上是更明确一些，想从它的各部分来实现全面，这样推动着走向无限。它最终达到的再也不是从前的、心灵的自己内里快乐的不断扩大，而是在它本身之外的、无限的真实中的融化，因此得到了它本身渴望的全部真理。

在穆海达先生的版本里，《晨歌集》是放在《出现》的题目下的组诗里发表的。因为在那里面可以找出我从《心的荒野》走到空旷的世界的第一个消息。从那时起这颗朝拜的心，一点一点地，一部分一部分地，在种种心情和状态之下，和世界相识。最后在掠过所有无数永远变幻的无常的渡口台阶，它将要达到无限——不是不确定的可能的含糊，而是真理的圆满的完成。

在我很小的时候，我就享受到和“自然”独对的亲密的神交。园里的每一棵枣柳树，从我看来都有其独特的性格。到现在我还清楚地记得，当我从师范学校回家的时候，我看见我们屋顶凉台的天边，蓝灰色的载满雨点的浓云堆积起来，最深的喜悦立刻就充满了我的心。每天早晨一睁开眼，欢乐的新醒的世界，总像是我的游伴似的来找我和它一同出去；极其热诚的中午的天空，在漫长寂静的午憩时间的看守下，常常怂恿我从工作中逃开，跑到它的仙窟的幽静中去；夜的黑暗常把通向它的幻影道路之门打开，把我带过七海十三江，经过一切可能和不可能的经历，一直进到它的奇境里去。

然后有一天，我的饥渴的心灵，在青春的黎明中开始叫着要求食粮的时候，一道栅栏在这出戏的内面和外面竖立起了。我的整个人在我痛苦的心的周围，不住地旋绕着，在自己里面造成一个漩涡，它的意识禁闭在这漩涡里。

内界和外界的失调，起源于心灵在饥饿之下的过度的要求，和把我固有的神交的权利禁制了的结果，我在《晚歌集》中哀叹出来了。在《晨歌集》中，我庆祝了栅栏上的一扇门的忽然开启，我不知道是受了什么震动，通过这扇门我又见到了那个久违的人，这人本是旧识，只因被生生地拆开，现在我对他的认识显得更深刻更圆满了。

这样，我生命中的第一本书，就以合了又分，分了再合的几章为终结。或者说，到了终结这句话是不真实的，同样的题目还要在更坏的麻烦的更精细的解决中继续下去，而得到更大的结论。每个人来到这里都不过是写完生命的一本书，这本书在它不同阶段的历程中，在不断加长的辐射线上变成螺旋形的。所以，猛一看每一个断片似乎都不相同，其实它们是又转回到同一的起头的中心里去。

在《晚歌集》时期写的散文，在提过的《杂题》书名之下发表了。和《晨歌集》同时写的散文，是在《讨论》的书名下发表的。这两本散文特点的区别，可以为我那时心中变换的性质作一个很好的索引。

三五　拉真德拉尔·密特拉

就在这时候，我哥哥乔提任德拉想把一切有名的文人拉在一起，成立一个文学院，来编纂孟加拉语言的有权威性的技术名词，促进语言的生长也是它的目的——这样，和近代的文学院所做的工作就只有很少的差别了。

拉真德拉尔·密特拉博士热诚地接受了关于这个学院的意见，他还做了这个历史短暂的学院的院长。当我去请微德雅萨迦先生来参加的时候，他听我解释了这学院的目的，和准备邀请的名单以后，说："我对你的劝告是，不要把我们放进去——你们和这些大头在一起什么事也做不成；他们永远不会彼此同意的。"他就以这理由来拒绝加入。班吉姆先生做了会员，但是我不能说他对这工作有多大的兴趣。

简单地说，这学院存在期间，拉真德拉尔·密特拉独力担当了一切。他从地理名词开始，稿单是拉真德拉尔博士自己编出来的，又印出在会员中传阅征求意见。我们也想把每一个外国国名，按照它的发音，把它翻成孟加拉文。

微德雅萨迦先生的预言应验了。叫大头们去办事是做不到的。这学院在萌芽以后不久就枯萎了。但是拉真德拉尔·密特拉是一个全面的专家，他本人就是一个学院。因为有了亲炙他的权利，我在这件事上的劳动得到了过分的报酬。我会见过许多当代的孟加拉文人，但是没有人留下过像他这样光辉的印象。

我常到他的玛尼克塔拉街监狱法庭的办公室去看他。我总是早晨去，看见他正忙着研究，因为青年人没有顾虑，我总是毫不犹疑地去打搅他。但是我从来没有看到他为此而稍微生气。他一看见我就立刻把工作放在一边，开始和我谈话。大家都知道他有点重听，因此他很少有让我发问的机会。他总提出一些广泛的题目滔滔不绝地谈着，就是这种谈话的魅力把我引到他那里去。跟任何人谈话也得不到这样丰富的、在许多不同的题目上可供参考的意见。我总是入迷地听着。

我记得他是教科书委员会的委员，每一本送来审查的书他都读过，用铅笔作了注解。有的时候他就挑出一本书来，作为特别的讨论孟加拉语言结构，或是普通讨论语言的文件，这对我有最大的好处。很少的题目是他所没有研究过的，他所研究过的题目，他都能清楚地说明。

如果我们没有依靠那些我们想找的其他的学院会员，而把一切工作都交给拉真德拉尔博士的话，现在的文学院一定会发现，它现在所忙着的一切工作，还不如他一个人所做的那么多。

拉真德拉尔·密特拉博士不但是一位渊博的学者，他还有一个鲜明的性格，从他焕发的容光里透露了出来。在公共生活上他是充满了火力，他也能和蔼地和缓下来对我这么一个年轻人谈着最艰深的题目，而没有一点傲慢的口气。我甚至于充分利用他的谦逊，从他那里为《婆罗蒂》拿到一篇稿子《阎王的狗》。对于别位和他同时的大人物，我就不敢冒昧去祈求，就是我去了，我也得不到和他一样的反应。

但是当他在出征的路上，他的市政公会或是大学评议会上的敌人，是怕他怕得要命的。在那些日子，克利斯图·达斯·帕尔是圆滑的政治家，而拉真德拉尔·密特拉是勇敢的战士。

为亚洲学会的书刊和研究的目的，他必须雇用一些梵文先生来替他做一些机械的工作。我记得这件事给那些妒忌他的人和小心眼的诽谤者一个机会，说这些工作都是梵文先生做的，而拉真德拉尔欺诈地窃取了一切荣誉。甚至在今天，我们还常发现这些工具将成就的一大部分攫为己有，而把使用工具的人，看做一个只当装饰品的傀儡。如果一管可怜的笔是有心的话，它一定会悲叹不平，因为它弄得一身墨污，而作者得到了一切光荣！

奇怪的是，这位杰出的人物，竟然直到死后也没有得到他的国人的赏识。理由之一，也许是因为全国都在追悼死在他后面不久的微德雅萨迦，没有心思再去注意其他逝者。还有一个理由是，他的主要贡献是在孟加拉文学的范围之外，他没能进入人民的心中。

三六　卡尔瓦尔

我们的苏达街的集会，以后就自动地迁到西海岸的卡尔瓦尔去。卡尔瓦尔是卡纳拉区的首府，在孟买省的南部。它是梵文文学里的马来亚山的地域，产小豆蔻蔓和檀香树。我的二哥那时候在那里做法官。

这个群山环绕的小海港，偏僻到没有一点海口的意味。它的新月形的海岸对无边的大海伸开双臂，像一个渴望者的形象，竭力想把无限拥抱起来。这片广大的沙岸，边上镶着一线木麻黄树林的花边，沙岸的一端被卡拉纳迪河所冲断，这条河经过两旁排列的重山的峡谷，从这里流入大海。

我记得，在一个月夜，我们在一只小船内溯河而上。我们在希瓦吉①的一处古山堡下停住，上了岸，走进一个农家的打扫得极其清洁的院子里。月光闪烁在外面的围墙顶上，我们坐在那里把带来的东西吃光了。回来的时候，我们让小舟顺流而下。夜色笼罩着凝立的群山和树林，在这条小卡拉纳迪河静静的流水上，洒满了月光的魅力。我们花了很长的时间才到达河口，因此，我们

① 希瓦吉(1630—1680)，马拉塔联邦的盟主，曾统治印度西海岸全部马拉塔地带。

不从海上回去,下得船来从沙岸上步行回家。这时夜已深了,海不扬波,连那木麻黄树的永远哀愁的微语也静下去了。树影不动地挂在广漠的沙岸边上,地平线上一圈灰蓝的山在天空下恬静地睡着。

穿过这无边灿白的深沉的寂静,我们几个人一语不发地和自己的影子一同走着。我们到家的时候,我的睡眠消失在更深的境界之中。我在这夜写的那首诗,就是和那遥远的海岸的夜晚纠结在一起的。若是把和它缠绕在[①]一起的记忆分开,我不知道它将如何感染读者。这一疑问使我没有将它收在莫希塔先生出版的我的诗集里。我相信,它在我的回忆录里出现,不会被认为是不妥的。

让我下沉下沉,把自己消失在午夜的深处。
让大地放开我,让它从它的尘土的障碍中将我释放。
哦星星,请你们远远地看着我,虽然你们陶醉在月光
　中,
让地平线在我四围张着翅膀,静静的。
不要有歌声、语声、音响、触摸;不要睡眠,也不要苏醒,
　只有月光,出神似的,照着天空,照着我。
世界,我觉得,像一只载着无数香客的船,消失在遥远
　的蓝天里,
它的水手的歌声在空中越来越弱,
这时,我自己逐渐缩小,小到一个圆点,沉到无尽的夜
　的怀里。

有必要在这儿说明,仅仅因为在感情满溢时写了点什么,它不一定非好不可。毋宁说,那时吐露的是充沛的感情。作家完全摆脱自己所表达的感情是不可能的,同样,诗人与自己表达的感情过分密切,也不可能产生最真实的诗。回忆是能最好的涂抹出真实的诗歌色彩的画笔。亲近对感情有过分强迫的味道,而想象除非能摆脱它的影响,不可能有充分的自由。不仅诗是这样,一切艺术无不如此,艺术家的心灵必须有某种程度的超脱,我们必须容许人的内心的"创造者"能完全自我控制。如果题材压倒了创造,结果无非是事件的复制,不是艺术家的心灵对它的反映。

---

① 以下由冯金辛补译。

三七 《自然的报复》

我在卡尔瓦尔写了《自然的报复》,这是一出歌剧。主角是一个修道士,他力争以割断一切欲与爱的桎梏而战胜“本性”,从而达到真正的深彻的自知。但一个小姑娘把他同无限的交往中召回尘世,让他落入人类爱的枷锁。修道士回来后认识到伟大存在于渺小之中,无限在有形的界限内,而灵魂的永久自由则寓于爱之中。只是在爱之光中,一切有限才溶入无限。

卡尔瓦尔的海滩无疑是能使我们了解自然美并非幻想的海市蜃楼而是反映无限之欢乐的合适场所,因而能引我们入迷。在宇宙于它的定律的魅力中表示自己的地方,我们若对它的无限有所忽略,那是并不奇怪的;但人的心在最不足道的事物的美中同广大无垠直接接触的处所,难道还有争论的余地?

本性通过心之路把修道士引到在有限上加冕的无限面前。在《自然的报复》中,一边是满足于自制的平庸事物此外一无所知的游子和村民,另一边是忙于丢弃一切和自己到他在想象中虚构的无限里去的修道士。当爱在这两者中间架起一座飞桥时,隐士与家长相遇,有限的表面上的平庸与无限的看似空虚同时消失了。

除了形式稍稍不同外,这是我自身经历的故事,也是迷人的光的故事,这光射进我遁世隐退的深穴,使我更圆满地重与本性一体。《自然的报复》可以看作我以后的全部文学作品的序曲;或者更确切地说,这是我所有作品都详述的一个主题——在有限之内获得无限的喜悦。

从卡尔瓦尔回来时,我在船上为《自然的报复》写了几首歌。我坐在船面上唱着写着第一首歌时,心里充满了极大的喜悦:

> 大妈,把你的宝宝①交给我们吧,
> 我们要带他到牧场上去。

太阳升起了,花蕾开放了,牧童们前往牧场;他们不会有阳光、鲜花,他们在牧场上的游戏也将索然无味。在这一切之中,他们要他们的克里希纳和他们在一起。他们要看见大神细心打扮的可爱的形象;他们这样一早出来,就是为了要在森林、田野、山峦、溪谷中,和他一起快乐地游戏,而不是远远地景仰

---

① 指印度教大神毗湿奴化身的克里希纳。

他，也不是要看他庄严的法相。他们的装备非常非常少。一件朴素的黄衫，一个野花扎成的花环，就是他们所要的全部装饰。因为欢乐全部统治的地方，拼命地，或在铺张的仪式下寻求它，都意味着失去它。

我从卡尔瓦尔回来不久，就结婚了。那时我二十二岁。

三八 《画与歌》

《画与歌》是一本诗集的名字，其中大部分的诗都是这段时期写的。

那时我们住在下环路一栋有花园的房子里。南连一个大布斯蒂①。我常坐在窗子附近观望这个人口稠密的居留地。我喜欢看他们如何工作、游戏、休息以及他们种种尴尬的情况。对我来说，这一切就像一篇生动的故事。

那时我具有一种丰富的视觉想象力。我把一幅幅单独的画面用我想象的光辉和心灵的欢乐团团围起来；而且，每一幅画也被它本身的哀婉动人涂上各种色彩。像这样单独地区分开每幅画，其乐趣同把它画出来一样，两者都是渴望的产物，渴望用心灵视双目之所见，用眼睛看心灵之所想。

如果我是个用画笔的画家，无疑我会努力把我的心灵十分活跃的那个时期的幻象和创造永远记录下来。但画笔不是我能使唤的工具。我有的只是字句和韵律，而且我也没有学会用它们写出力作，颜料常越出界限。可是，就像第一次用画箱的年轻人那样，我整天用我新生青春的色彩缤纷的幻想来涂抹。如果现在用我二十二岁时的眼光来看这些画，即使画面粗糙，色调模糊，仍能看出它们的一些特色。

我说过，开始我文学生涯的第一本书在我写完《晨歌》时结束。同样的主题这时用不同的表现形式继续着。我深信，这本书开始的许多页是没有价值的。在安排新的开端的进程中，像多余的序言似的，许多东西得好好考虑。如果它们是树叶的话，它们就会及时地飘落。不幸的是，书页不再需要的时候，却仍然牢牢地粘在一起。这些诗的特征是，即使对细小的事物也密切注意。《画与歌》抓住一切机会表现它们的重要性，用来自内心的感情描绘它们。

或者，更确切地说，还不是这样。当心弦与天地万物协调的时候，宇宙的歌声时时刻刻都能唤起它的共振。正因为这乐声发自内心，因此，在作家眼

---

① 仆人、工匠等的居住区。区内简陋的小屋鳞次栉比，有小径通马路。

里，没有什么东西是细小不足道的了。我眼睛所看到的任何东西都能在我的心里找到响应。正如孩子一样，他们能够玩沙子，玩石头，玩贝壳，或玩他们能到手的任何东西（因为他们心里有游戏的精神），当我们心里充满青春的歌声的时候，我们也能知道宇宙这架竖琴把它各种音调的琴弦伸向四面八方。近在咫尺的事物能像别的东西那样为我们伴奏，没有必要往远处去寻觅。

三九　一段中间时期

在《画与歌》和《升号与降号》之间，突然有一种叫《少年儿童》的儿童杂志出版，它的活动时期不长，像一年生植物。我二嫂觉得孩子们需要一本有插图的杂志。她的意思是，家里的年轻人要替它写稿，但她觉得这还不够，就亲自当它的编辑，请我帮忙，多多写稿。

《少年儿童》出版一两期后，我去德奥古尔拜望拉杰纳伦先生。回来时火车很挤，我只能找到一张上面的灯没有罩子的卧铺，因此我不能入眠。我想我正好乘机为《少年儿童》想一个故事。不管我怎么努力想抓住它，它还是躲开我，倒是睡眠前来救了我。我在梦里看见一座庙宇的石头台阶上沾满了牺牲的鲜血——一个小女孩和她的父亲站在那里，女孩用怜悯的声音问父亲："爸爸，这是什么，为什么到处是血？"心里已经感动的父亲，故意装出粗暴的样子使她不再询问。我醒来时觉得我已得到我的故事。我有许多这样得自梦境的故事和作品。我把这段梦的插曲放进蒂佩拉国王戈宾达·马尼克耶的编年史中，用它写成一篇短篇小说《贤哲王》，在《少年儿童》上连载。

那些日子过得自由自在，无忧无虑。尤其是没有什么事急于通过我的生活或作品表达。在人生的道路上我还没有加入旅行者的一伙，仅是从我的路边窗子里观望的一个看客。我看见很多人为自己的事务匆匆奔走。春季、秋季、雨季不时地自动进来同我相处一阵。

但我并不仅仅同季节打交道。有各种各样稀奇古怪的人，他们，像船儿似的漂离停泊的地方，有时就漂到了我的小屋子里来。其中有些人想利用我的缺乏经验想出种种特别的方法以达到自己的目的。其实他们为了使我上当是无须这样煞费苦心的。那时我涉世未深，自己的需要又很少，而且我还没有这点聪明能辨别信仰的好坏。我常想，我把学费资助了这样一些大学生，他们的学费像他们没有读过的书那样多。

有一次，一个长头发的青年送来一封他虚构的姐姐给我的信，信里她请我保护她这个受继母虐待的兄弟，继母像她本人一样也是虚构的。这个兄弟实有其人，显然这就够了。但对我来说，那位姐姐的信就像找一个神枪手去打一只不会飞的鸟那样没有必要。

另一个年轻人来对我说，他一直为能成为文学士而读书，但他现在脑子有病，不能去参加考试了。我为他忧虑，但我对医学或任何科学都一无所知，我不知怎么替他出主意。但他接着说，他在梦里看见我的妻子在前世是他的母亲，若是他能喝点我妻子的脚碰过的水，他就能痊愈。“也许你不信这类事吧，”他最后笑笑说。我说，我信不信没有关系，只要他认为他能痊愈就可以随意喝。说完我给他一小瓶说是由我的妻子的脚碰过的水。他说他觉得好多了。由于进化的自然规律，他从水发展到了固体食物。后来他在我屋子的一隅住下，开始和他的友人举行烟会，最后我不得不从烟雾弥漫的空气中逃走。他无疑逐渐证明，他的脑子可能有病，却肯定并不衰弱。

在我仍在相信前生的孩子时，这次事件之后还经历了很多考验。我的名声一定已传扬开去，因为我以后收到一封“女儿”的来信，可是这一次我客气地但却坚定地煞车了。

整个这段时期，我和斯里什·昌德拉·马祖姆达先生的友谊迅速成熟。每夜他和普里亚先生总到我的小屋子里来，我们讨论文学和音乐直到深夜。有时一整天就这样度过。事实是，我自己还没有塑造、培养成坚定明确的个性，因此我的生命像一片秋天的云彩那样轻舒地飘逝。

四〇　班吉姆·钱德拉

这时我开始认识班吉姆先生。我第一次看见他已是很久以前的事。那时加尔各答大学的老同学举行年会，昌德拉纳特先生是年会的主要人物。也许他抱着一种希望：在未来的某个时候，我能有资格成为其中的一员；不管怎样，他要我在年会上朗读一首诗。昌德拉纳特先生当时还很年轻。我记得他把一首尚武的德语诗译成英语准备在那天亲自朗诵给我们听。战士诗人对他亲密的佩剑的歌颂有时可能是他心爱的一首诗，这能使读者相信，甚至连昌德拉纳特先生也有过年轻的时候；而且，那些时候的确是不寻常的。

我在大学生年会拥挤的人群中徘徊的时候，忽然看见一位在任何人群中都会被人注意的与众不同的人物，立刻感到惊讶。他魁伟白皙的容貌发出一种很惊人的光辉，我不禁急于想知道他——他是那天唯一的一个我想知道姓名的人。当我知道他就是班吉姆先生时，我更惊讶了。我觉得他的外貌和他的作品一样地卓越不凡，真是非常奇怪的巧合。他的尖尖的鹰钩鼻，他的紧闭的嘴唇，他的锐利的目光，都表示他有无限的力量。他高出于拥挤的人群，两手交叉在胸前，旁若无人地走动的样子——更使我对他感到惊异。他不仅像一个智力的巨人，他的额上还有真正王子的印记。

这次会上出现的一件小事一直深印在我的心里。一位潘笛特在一间屋子里朗诵他自己用梵文写的诗，并用孟加拉文向听众解释。有一个典故不十分粗鲁，却有点庸俗。当这位潘笛特对它进行解释的时候，班吉姆先生双手捂着脸，匆匆离开屋子。我正站在门边，至今我仍能看见他蜷缩着身子退走的样子。

这次会议后我常想见到他，但总没有机会。终于有一天，他那时在豪拉当代理法官，我斗胆去拜望他。我们会面了，我尽力谈话得体。但我回到家里的时候不知为何总觉得很羞愧，仿佛我这种未被邀请不经介绍贸然前去看他，像个不懂礼貌的唐突的年轻人。

后来我大了几岁的时候，获得了当代最年轻的作家的身份；但根据我的成就我将处在什么地位，当时尚并未确定。我所得到的声望是掺杂许多问题的，甚至有不少姑息宽容的成分。孟加拉当时时兴给每个文人一个与西方某作家相类似的地位。于是，这个是孟加拉的拜伦，那个是爱默生等等。有人称我为孟加拉的雪莱。这是对雪莱的侮辱，反而很可能使我成为笑柄。

我的公认的绰号是大舌头诗人。我的成就很小，生活知识贫乏，在我的诗歌和散文中，感情超过了内容。因此诗文中没有什么可使人们大胆颂扬的东西。我的服装和举止都同样反常。我蓄着长发，可能一味追求像个标准的诗人。总之，我行动古怪，不能像普通人似的适应日常生活。

这时阿克谢·萨卡先生已开始出版《新生》月刊，我有时向它投稿。班吉姆先生刚停办他编辑的《孟加拉大观》，正忙于宗教性的讨论，为此他开始出版《传道士》月刊。我也给它写过一两首歌曲和一篇热情称道毗湿奴派抒情诗的论文。

我现在开始经常见到班吉姆先生了。他那时住在巴巴尼·杜德住的那条街上。不错，我常去看他，但我们谈话不多。那时我还是倾听而不是说话的年龄。我热烈希望我们能进行一次讨论，但我缺乏自信的感觉压倒了我想谈话的动力。有几次桑吉布①先生在那里，他斜倚在靠枕上。见到他使我高兴，因为他是个和蔼的人。他喜欢说话，听他说话也使人高兴。读过他的散文的人一定会注意到，他的散文像流水一样欢乐轻快，就像他的十分活泼的谈话。具有这种谈话才能的人很少，而具有把它写成文字这种艺术的人就更少了。

这时正是潘笛特萨沙达尔出名的时候。我是从班吉姆先生那里第一次听到他的。如果我没有记错，他也是班吉姆先生负责介绍给大家的。正统印度教徒想借西方科学的力量以恢复印度教威信的古怪企图不久遍及全国。通神学前些时候已为这一运动打下了基础。班吉姆先生从未完全参与这一教派。在《传道士》上发表的他的解释印度教教义的文章里，也看不出有萨沙达尔的影子——这是不可能的。

这时我从我蛰居的一隅走到外面，这可以从我为这场争论写的稿子里看出来。其中有些是讽刺诗，有些是滑稽剧，还有一些给报纸的信。我就这样从感情的领域下到斗技场上，开始直接地认真地战斗起来。

在战斗最激烈的时候，我不巧和班吉姆先生起了冲突。这场冲突的经过记载在当时的《传道士》和《婆罗蒂》上，没有必要在这儿重复。结束这场不和时，班吉姆先生给我写了一封信，不幸我把信丢了。要是这信能在这里展示，读者就可以看到，班吉姆先生是如何无比大度地拔掉这段不幸插曲的刺。

四一　废　船

受了一张报纸广告的引诱，我哥哥乔提任德拉一天下午到拍卖行去，回来时告诉我们，他花七千卢比买了一艘废船；现在只要装配一台发动机和几间舱房，它就是一艘完美无缺的轮船了。

哥哥一定以为，我们的同胞只会使用舌头和笔，却连一家轮船公司都没有，真是莫大的耻辱。我前面说过，他曾经企图为国家制造火柴，但没有能使火柴划着的摩擦材料。他也想使动力织机运转，但在他的种种艰苦努力之后，织机只生产了一小块土里土气的毛巾就停止转动。现在他想看到印度的轮船在水里行驶，就买下一条空旧的废船，这条船在一定时间内装配完备，不仅添

① 班吉姆先生的弟弟。

置了发动机和舱房，还要加上他的损失和破产。

但我们应该记住，由于他的努力而招致的一切损失和苦难，落在他一人身上，而获得的经验却留给全国。正是这些不会计算、不善经营的人物才使国家的商业园地充满他们的活动。

虽然潮水的落和它的涨一样快，它却留下肥沃淤泥使土地增多了养分。当收获季节到来的时候，没有人再想到这些拓荒者。但这些在活着时心甘情愿地以他们的一切作为赌注而损失的人，不会在死后去关注这种被忘却的又一损失。

一边是欧洲轮船公司，一边是哥哥乔提任德拉一个人；这场商业船队的战争如何可怕地扩大，库尔纳和巴里萨尔两地居民至今记忆犹新。在竞争的压力下，轮船一艘艘增加，亏损越来越大，而收入却逐渐减少，终于到了连印船票都不合算了。库尔纳和巴里萨尔间的轮船交通的黄金时代出现了。乘客不仅坐船不用花钱，还免费享受格拉蒂①，成立了一队志愿军，他们举着旗，唱着爱国歌曲，使乘客列队走向印度轮船公司。因此，尽管乘客并不缺乏，其他各种缺乏却迅速增加。

爱国的热情是永远不能影响数学的；当狂热的火焰随着爱国歌曲的调子越燃越高的时候，在资产负债表上的亏损栏里，三乘三永远还是九。

不会经营的人常常被一种不幸纠缠着，也就是说，他们自己像一本打开的书那样容易让人看得清楚，但却从不学习去懂得别人的品质。而要明白自己的这个弱点，就要花费他们一生的时间和所有的财力。因此，经验决不会使他们有得益的机会。当乘客有免费的茶点，工作人员也没有挨饿的迹象时，哥哥的最大收获仍然是破产，但他却十分勇敢地从容对付。

每天来自战场的胜败战报使我们处于极为兴奋的状态。终于有一天传来消息，“斯瓦德什”号轮船撞在豪拉桥上沉没了。这一最后损失完全超出哥哥的财产所能承受的限度，没有别的办法，只好停止经营。

四二　亲人死亡

这时死神出现在我们的家里。以前我还从未与死神迎面相遇过。我母亲

① 一种甜点心。

死的时候，我还很小。她病了很久，我们甚至不知道她是什么时候转为不治之症的。她一直同我们住在一间屋子里，她单独睡一张床。后来在她生病期间，要她坐船在河上旅行了一次，回来时，为她在内院三楼准备了一间屋子。

她死去的那个晚上，我们在楼下自己的屋子里睡得很熟。我说不出是什么时候，我们的老保姆哭着跑来叫着说："啊唷，我的小家伙啊，你们一切都完了！"我的嫂嫂呵责她，把她带走，不让我们在深夜突然受惊。她的话使我从熟睡中醒来，我觉得我的心发沉，但不明白发生了什么事。早晨我们被告知她死了时，我还不明白她的死对我意味着什么。

我们走出屋子到走廊上时，看见母亲被放在庭院里一张床上。从她的脸上看不出一点死亡的可怖。死神在那天晨光中给人的印象，犹如安谧平静的睡眠一样可爱。生与死的悬殊我们还没有清楚地理解。

直到她的尸体被抬出大门，我们随着行列前往火葬场，想到母亲再也不会从这道门回来，重新像往常那样处理家务的时候，我心里才掠过一阵悲痛。白天消逝，我们从火葬场回来，走进我们那条胡同，这时我抬头看看我们家三楼上父亲住的那间屋子。他仍然在前面走廊上静坐祈祷。

家里最小的嫂嫂照管我们这些失去母亲的小家伙。她亲自照料我们的饮食衣着以及其他一切需要，常常接近我们，好让我们不太强烈地感到损失。生活的特性之一是有力量医治不可挽救的损失，忘却无法补偿的东西。而在生命的早期，这力量最强烈，因此，任何打击不会伤人太深，任何创伤也不会永远留在心里。因而死神落在我们头上的第一个阴影并没有留下黑暗；它只是像影子一样，悄悄地来，又悄悄地离去。

在我生命稍后的时期，春天刚来的时候，我把一把半开的茉莉花扎在头巾的一角，像野猫一样到处漫游，这时候，当我的面额触摩那柔软的圆圆的顶端渐渐尖细的花蕾时，我回忆起母亲手指的触摩，于是我清楚地意识到，逗留在那些可爱的指尖上的温柔，恰如这每天开放的纯洁的茉莉花蕾一样。不管我们知不知道这一点，这种温柔在大地上是无限量的。

在二十四岁那年，我和死神的相识历久难忘①。它的打击随着每一次丧事而不断加重。泪链也不断地延长，童年生活的轻快能从最大的不幸中溜走，

---

① 指作者五嫂伽登帕莉·代维的死。作者对她十分敬爱，因为作者母亲死后就是由她照料他的一切。

但成年人想逃避不幸却不那么容易，我的心只有完全承受那一天的打击。

我还没有想过，在生活的悲欢的完整行列中会出现裂隙。因此我看不见未来的东西，我所接受的目前的生活就是我的一切的一切。当死神突然走来，一瞬间在它似乎绝佳的构造中露出一个豁口时，我完全不知所措了。周围的一切：树木、流水、日月星辰，依然像先前那样真实；但那个确确实实存在的人，那个在各方面都同我的生活与身心有联系，对我来说更为真实的人，转眼之间却像一个梦一样消逝了。当我环顾四周的时候，我觉得这一切是多么难以理解、自相矛盾啊！我到底怎么才能使这种存在与消失相协调呢？

虽然时间不停地过去，这个豁口对我显露的可怖黑暗却继续日夜吸引着我。我不时回来站在那里向它凝视，想知道在那离去的地方还留下了什么。我们不能使自己相信空虚；不存在的东西是不真实的；而虚假的东西是不存在的。因此我们想在看不见什么东西的地方去寻找什么的努力是不会停止的。

像一株被黑暗包围的幼小植物踮着脚摸索着伸向光明一样，当死神突然之间把否定的黑暗投在我心灵的周围时，我也尽力要伸向肯定的光明。在黑暗阻止我们寻找道路走出黑暗时，有哪种悲痛能与之相比呢？

但是在这不堪忍受的悲伤之中，欢乐的火花似乎不时地在我心里闪烁，在某种程度上，这使我很惊奇。生命并非坚固永久的东西，它本身就是一个悲讯，这使我沉重的心情有所减轻。我们不是永远囚在生活的牢固石墙里的犯人，这想法总是不知不觉地在快乐的急流中最先出现。我不得不放弃我所拥有的东西——这是使我苦恼的损失感，但当我同时用获得的解放的观点来看，我心里就觉得很宁静了。

到处弥漫的人世间生存的压力以生死的均衡使自己保持平稳，因此才没有把我们压垮。不可反抗的生命力的可怕重量不是我们必须忍受的——这一真理那天像奇妙的上天的启示那样突然在我心里出现。

由于对人世生活的吸引力的淡漠，自然美对我有了更深的意义。死神给了我正确观察事物相互关系的能力，使我得以理解世界在它的极美中的情况，因此当我看见以死神为背景的宇宙之画时，我感到了它的魅力。

这时，我思想上行动上的古怪疾病又发作了。要我服从当时的风气，仿佛它们是严肃纯真的重要东西，不禁使我好笑。我不能认真接受。停下来考虑一下别人会怎么看我，我心里完全没有这种负担。我常上身披一条粗布床单，脚上穿一双拖鞋，去上流社会人物常去的书店。不论天气冷热或是否下雨，我总是睡在三楼的凉台上。在那里,星星和我可以彼此凝视,也不会失去欢迎曙光的时间。

这种情况和任何苦行的想法无关。它更像是一种假日的狂欢,因为我发现拿着笞杖的教师生活并不是真实的,因而就从不足道的校规中解放出来了。如果我们在一天晴朗的早晨醒来,觉察地心吸力减少到了一点儿,难道我们还会拘谨地在公路上行走?我们不会变更一下,从多层的高楼上跳跃而过?或在遇到纪念物的时候,不必麻烦地绕行,就从它上面飞过去吗?这就是一旦世俗生活的重担不再妨碍我两腿的时候,我再也不能固守习俗的通常程序了。

在夜的黑暗中,我独自一人在凉台上摸索着,像一个瞎子似的想在死神的黑色石门上找到一个图案或记号。当曙光落在我那张挂帐子的床上使我醒来睁开眼睛时,我觉得四周的云雾散开了;雾霭消失,山河林木的景色历历在目,于是露水湿润的人世生活的图画在我面前展开,仿佛变成新的,十分美丽。

四三　雨季和秋季

根据印度历书,每一年都由某个星宿统治。因此我发现,在生命的每个阶段,某一段时间具有特别的重要性。当我回顾我童年生活的时候,我最能回忆起下雨的日子。被狂风驱赶的大雨淹没了凉台的地面。通向屋子的一排房门都关上了。佩里,那个帮厨的老女仆,正从菜场回来,她的菜篮里装满了蔬菜,蹚着泥浆吃力地一步步走着,浑身都被雨淋透了。我会无缘无故欣喜若狂地冲到凉台上来回奔跑。

有件事也回到我的心里:在学校里,我们班在一间用席子当外面隔板的柱廊里上课;浓云从下午就不停地密集,这时已堆积起来布满了天空。当我们抬头观看时,如注的雨点密密麻麻地直浇下来;不时传来轰隆隆轰隆隆的雷声;仿佛有一个疯婆子在用她闪电的指甲把天空撕开;席墙在阵阵狂风的劲吹下哆嗦着,像要被风刮倒似的,因为晦暗,我们简直不能看书了。先生让我们合上书本。我们于是不停地摆动我们耷拉着的腿,任凭暴风雨为我们欢闹吼叫;我的心立刻越过遥远的漫无边际的荒野,就是童话里的王子走过的那片荒野。

我还记得斯拉万月①深夜。淅沥的雨声,摸索着钻进我睡眠的间隙,在里

① 印度历五月,相当于七八月之间,是雨季的顶点。

面制造一种比最深的酣睡更深的欢乐的宁静。而在不时醒来的时候，我祈祷：到早晨还能看见雨继续下着，我们的胡同被水淹了，水浸到洗澡水塘的最后一级台阶。

但在我刚告诉过你们的那个年龄，登上宝座的无疑是秋季。能看到它的生活在阿斯温月①清澈明朗的悠闲中展开。从外面带露的鲜绿中柔和地反射出来的溶金般的秋阳下，我在凉台上来回踱着，用乔吉亚调写了一首歌：

在这曙光下，我不知道我的心希望什么。

秋天的白昼渐渐过去，家里的钟敲了十二下，中午，调式变了，我心里仍充满了音乐，没有空闲想到工作或责任；我于是唱道：

我的心啊，在慵倦的时间里，你和自己玩了什么悠闲的游戏？

下午，我躺在铺在我小屋子里地上的白漆布上，拿着一本画册想画画——决不是努力寻求画的灵感，只是想画点什么消遣而已。最重要的部分都留在我的心里了，没有一笔画在纸上。这时，晴朗的秋日下午透过加尔各答这间小屋的四壁，仿佛它是一只酒杯，在里面斟满金色的醇酒。

不知什么原因，我在那段时间所有的日子里所看到的，仿佛都是透过这秋天的苍穹，这秋天的阳光——为农民催熟庄稼那样催熟我的诗歌的秋天；以灿烂的光辉装满我悠闲的谷仓的秋天；以莫名其妙的欢乐写成诗歌或故事，使我的无忧无虑的心得以溢满的秋天。

在童年时期的雨季和青年时期的秋季这二者之间，我看到的巨大区别在于，前者是把我密密地包围起来的外界的自然，以它的众多的剧团，以它的五光十色的扮相，以它的混合曲不断地给我欢乐；而在秋天明朗的阳光下发生的欢乐，是在人的本身。乌云和日光的嬉戏被放到幕后，苦乐的低语却占有了心田。是我们的凝视将沉思的色彩给予秋空的蔚蓝，是人类的思慕将伤心给予微风的气息。

我的诗歌这时到达人类的居处。在这里不拘礼节的来往是不被允许的。门后有门，室内有室。有多少次我们只是看一眼窗内的灯光就回来了，只有宫内的管乐声在我的耳中萦绕！心必须以心相待，愿望只能和愿望达成协议，要

---

① 印度历六月，相当于九十月之间，这时孟加拉开始放长假。

经过许多曲折的障碍,合作才能实现。生活的喷泉冲进这些障碍时,在笑与泪中溅得泡沫四溢,欢舞旋转着流过我们不知其流向的一个个漩涡。

四四 《升号与降号》

《升号与降号》是人类在居处前街上唱的一首小夜曲,是请求入场的恳求,是那座神秘房子里的一块地方。

> 这个世界是甜柔的——我不想死。
> 我希望居住在永生的人类生活中。

这是个人对宇宙生活的祈祷。

我第二次动身去英国的时候,在船上认识了阿苏托什·乔德胡里。他刚获得加尔各答大学文学硕士学位,目前是去英国加入律师界。我们只是从加尔各答到马德拉斯的几天内一起在船上,但十分清楚,友谊的深厚并不是赖于相识的久长。在这短短的几天里,他心地的纯朴吸引了我,使以前我们从未相识的空隙似乎被我们的友谊永远填补起来了。

阿苏托什从英国回来时,成了我们中间的一个①。他直到那时还没有时间或机会突破他的职业用以包围他的一切障碍。所以他还没有完全陷在里面。他的当事人的钱包尚未充分松开捆着他们金币的绳子。阿苏托什还是一个从各种文学园地里热心采集蜂蜜的人。那时渗透他的身心的文学风气一点没有图书馆里的摩洛哥山羊皮的霉味,而是有一种来自海外的不知名的异国植物的芬芳。在他的邀请下,我于春季在那些遥远的森林里度过许多欢乐的时光。

他特别喜爱法国文学的风味。我那时已在写后来出版时名为《升号与降号》的诗,阿苏托什能够辨认我的许多诗歌和他知道的法国古诗的相似之处。他认为,所有这些诗歌中的共同要素是人世生活的欢乐对诗人的吸引,而这一点在它们的每一首诗歌中都有不同的表现。进入这一更广大的人生未能实现的愿望是它们的全部基调。

阿苏托什说,“我一定要替你安排这些诗的出版事宜,”因此这任务就委托给了他。他认为以“这个世界是甜柔的”开头的那首诗是全组的主音,所以

---

① 指他娶了作者的侄女普拉蒂巴。

把它放在这本书的最前面。

阿苏托什可能是很对的。在我的童年，我被限制在家庭里，我只能用我的心从内院屋顶凉台围墙的孔隙里贪婪地凝视外面丰富多彩的自然景色。在我的青年时期，人类世界同样对我产生强烈的吸引力。我那时也是它的一个旁观者，只是从路边向它看望。我的心好似站在河边，热烈地挥舞着手，向那朝着对岸破浪前进的船夫呼喊，因为生命渴望走上生活的旅程。

有人说，我的特别孤立的社会环境是阻止我进入人世生活中心的栅栏，这是不正确的。我看不出我同胞中那些毕生处于社会活动激流里的人，能比我有更多的生活亲切感。我国的生活有它的高堤，有它的阶梯，在它的黑水中有古树的浓荫，而在它高高的树枝中，杜鹃唱着令人陶醉的古老的歌。然而它仍是一片死水。哪里是它的激流？哪里是它的波涛？什么时候大海的高潮才汹涌地冲来？

那时我是否曾从我们胡同对面的邻居那里听到凯歌的回声呢，就是那河水随之涨落，一浪又一浪地穿过石墙朝着大海流去的凯歌的回声？没有！我的孤独生活之所以令人苦闷，就是因为没有人请我到庆祝人生节日的地方去。

倘若人在与世隔绝的情况下浑浑噩噩地过着逸乐懒散的日子，他会感到无比沮丧，因为这样他就会完全丧失社交生活。我痛苦地竭力想摆脱的就是这种沮丧。我的心拒绝响应那些日子的政治运动的廉价兴奋剂，它们仿佛缺少民族意识的一切力量，由于它们对国家的完全无知，对祖国的真诚服务极端漠视。我为自己的无比急躁、为对自己及自己周围一切无法忍受的不满感到苦恼。我对自己说，我倒很希望成为一个阿拉伯的贝督因人！

在世界的其他地方对狂欢的自由生活的运转和喧闹从未停止的时候，我们却像求乞的少女站在外面眼巴巴地看着。我们什么时候才有所需的金钱把自己打扮一番前去参加呢？在一个分裂的精神处于绝对优势、无数的小圈子把人们分开的国家里，这种对更为广阔的人世生活的渴望必然无法得到满足。

我在青年时期对人世也怀着这样一种思慕，正像我在童年时站在仆人用粉笔画的圆圈里向往外面的自然界一样。它显得多么珍贵，多么遥远，多么难以到达啊！但如果我们不能跟它接触，如果没有风能从它那里吹来，没有水能从它那里流来，如果那里没有路可以让旅人自由来往，那么在我们四周堆积起来的死亡的东西绝对无法清除，反而会愈堆愈高，直到把一切生命都闷死。

在雨季，只有乌云和大雨。在秋季，天空中却有光和影的游戏，但这并不能完全吸引人,因为田地里还有五谷丰收的希望。我的诗歌生涯也是如此,当雨季占优势的时候,我只有像狂风暴雨般袭来的毫无实际内容的幻想:我的语调是模糊的,我的诗句是狂热的。但在我的秋季的《升号与降号》里,不但空中有云的影响的游戏,也能看到五谷破土生长。于是,在与现实世界的交往中,言语和韵律都企图达到明确和形式的变化多端。

就这样我的另一本书结束了。内外亲疏结合在一起的日子日益接近我的生活。我生命的旅程现在得通过人类的居处完成。因此,我在旅途中遇到的善恶悲欢,不能像绘画似的可以任人轻快地欣赏,什么样的成败得失、不和与一致正在那里发生啊!

我无力展示和表现那最好的艺术,我生活的"向导"就是愉快地用它领着我跨越生活的一切障碍、敌视和曲折,向着实现它的最深的意义前进的。如果我不能说清这一企图的所有神秘性,那不论我想表示什么,无非是每一步都误入歧途。分析肖像只能得到它的尘土,不能得到艺术家的欢乐。

就这样,我把我的读者陪到内殿的门前,请允许我在此向他们告别。

短篇小说

泰戈尔　著

（1892—1895）

流失的金钱

1

在他父亲死后，贝德亚那德就靠着遗留给他的政府公债，安居了下来。他从来没有想到要找工作做。他的消磨时间的方法就是把树枝砍下来，十分耐心和精巧地把它磨成手杖。街坊的孩子们和青年人都是准备得到这些手杖的人，他的手杖从来没有供过于求的时候。

受到了丰收之神的祝福，贝德亚那德有两个男孩和一个到了结婚的年龄便结了婚的女孩。

但是他的妻子散达利对于自己的命运却是不满，因为她丈夫的财源不像他们对街的堂兄弟们那么兴旺。她觉得老天在分配上真是不必要地存在着缺陷，比方说她不能在房里摆出同样的金光辉煌的器皿，也不能像她街坊那样，目中无人地歪着鼻子。

自己家的情况给她无穷的烦恼，那些东西不但不合式而且十分丢人。她的床架，她准知道，连拿去抬个死尸也不够体面。那七代无亲的小蝙蝠也不愿接受邀请住到这所破烂的房子里来；谈到家具，咳，连最冷漠的苦行者看到了也会落下眼泪。懦弱的男性是没有办法来反驳这些形容过甚的言词的，所以贝德亚那德只好退到他的走廊上去，加倍用力地去磨他的手杖。

但是沉默的壁垒不是最有效的自卫工具。有的时候他正在工作，他妻子突然进来了，眼睛望着别处，说："请你告诉送牛奶的把牛奶停了吧。"

贝德亚那德在吓得不敢说话之后，也许勉强嗫嚅出："牛奶么？停了供给，你们怎么过呢？孩子们喝什么呢？"

他的妻子就会回答说："米汤。"

有的时候她会用相反的进攻方法，忽然跑进屋来，宣告说："我干不下去啦，你管你自己的家吧。”

贝德亚那德就毫无办法地咕哝说：“你要我做什么？”

他的妻子就会回答：“这一个月由你出去买东西。”然后就开出一张足够一群贪吃爱喝的人大摆筵席的单子来。

如果贝德亚那德敢于鼓起勇气来问：“怎么会需要那么多呢？”他就会得到这样的回答：“你要是让孩子们都饿死当然就便宜得多了，还有我，也是饿死了好。”

2

有一天早饭以后，贝德亚那德独自坐着，准备着风筝上用的绳子，他看见一个会点铁成金的托钵僧。他心头立刻想到这是一个发财的最省力最可靠的机会。他把这个托钵僧领进家里。当这位客人同意把点金术传给他的时候，他对自己的聪明感到十分得意。

在吞下多得惊人的饭食和贝德亚那德父亲的不少遗产之后，这位苦行者终于让贝德亚那德和他的妻子有了明天就会实现他们梦想的希望。

这一夜大家都没有睡觉。丈夫和妻子，万分豪奢地开始建造起空中的黄金楼阁，还仔细讨论着建筑的式样。那天晚上他们夫妇之间异常和美，虽然有些意见分歧，但他们彼此也情愿在计划上作些让步。

第二天这位魔术家神秘地不见了。他们生活气氛中的金雾也跟着消逝了。阳光也显得暗淡了。房子和家具对于主妇说来，比从前更加上四倍地丢人。

从那时起，即或贝德亚那德硬着头皮在极其细小的家务事上说出自己的意见，他妻子就用使他生畏的讽刺话来教训他，叫他提防着不要把浪费得所剩无几的一点心力消耗光了。

同时，每逢有看手相的人走过，散达利就请他们替她看手相和算命。他们告诉她在子嗣上她是有福的，她会儿女满堂。但是家里人口增加的展望，并没有使她心里高兴。

最后，有一天，一个星相家来说，如果在一年以内她的丈夫得不到一笔宝藏的话，他就丢下算命的行业去讨饭了。他说得那么斩钉截铁，散达利对于他的预言没有丝毫疑惑。

世上有些公认的生财之道，比如务农、做官、经商以及那些合法和不合法的职业。但是这些都不能指出宝藏的方向。因此他的妻子越催逼他，他就越窘困得不能决定应该去挖掘哪一个小丘，或是雇一个潜水的人去打捞河床里的哪一个地点。

这时杜尔伽大祭节快到了。一个星期以前，许多船只满载着带着货物回家的客人们，停在村庄的渡头上：箩筐里盛满了蔬菜，铅铁箱里装满了新鞋、雨伞和送给小孩子的衣服、香和肥皂、新出的故事书和送给妻子的香膏。

秋天的阳光以节日的狂欢普照着无云的天空，丰熟的稻田在阳光下闪亮，雨水洗过的柳叶在清凉的微风中摇摆。

孩子们很早就起来了，到邻家院子里去看塑造神像。到了吃饭的时候，女佣人就来把他们拖走。这时贝德亚那德正在那儿感伤，在四邻欢腾之中，他自己的生涯却是这样地潦倒。他从佣人手里把孩子拉到身边，问大孩子："好吧，欧布，告诉我这次过节你要什么礼物？"

欧布毫不迟疑地回答："给我一只小船吧，父亲！"

小的孩子，不肯落到哥哥的后面，也说："呀，父亲，也给我一只小船吧！"

3

这时候，散达利的叔叔从贝拿勒斯到她家里来了，他在贝拿勒斯当律师，散达利常费很多时间跑去看他。

最后，有一天，她对丈夫说："喂，你一定要到贝拿勒斯去。"

贝德亚那德立刻想到这一定是他的妻子听了算命的预言说他死期已近，希望他死在圣地，好得到一个比较幸运的来生。

后来他才听到她说在贝拿勒斯有一所房子，据说里面藏着财宝。不用说，他是命中注定要去买那房子，取得财宝的。

贝德亚那德突然不顾一切地拼命要独立自主，他说："老天爷，我不能到贝拿勒斯去。"

两天过去了，这两天里，贝德亚那德忙着做那两只小船。他插上桅杆，拴上船帆，挂上一面小红旗，再安上舵和桨，齐全到连船夫和乘客也没有忘掉。就是在这个摩登时代，也很难找到一个会高傲到看不起这么一件礼物的孩子。当节日的前夜贝德亚那德把这两只小船给了两个孩子的时候，他们简直高兴得发疯。

听到孩子们笑嚷的声音，散达利跑进来了，一看到这些礼物，她就心头火起，一把抢过这玩意儿来丢到窗外去。

小的孩子开始失望地哭叫，他母亲打了他响响的一个耳光，说：“不要傻叫。”

大的孩子看到父亲难过的面容，忘记了自己的失望，装出快活的样子说：“不要紧的，父亲，明天我一起床就出去捡去。”

第二天贝德亚那德同意到贝拿勒斯去。他把孩子们抱在怀里，同他们亲吻道别，离家去了。

4

在贝拿勒斯的这所房子是属于他妻子的叔叔的一个诉讼委托人的，也许就为这缘故，房价很贵。贝德亚那德买了下来，自己住进去。这房子就在河边上，河水冲击着墙脚。

在夜里，贝德亚那德开始有一种胆怯的感觉，拉起被单蒙着头也睡不着。夜深人静之际，他忽然惊恐地听到哪里有叮叮当当的声音。声音很小，却很清晰——仿佛是财神的司库在黄泉之下数着金币似的。

贝德亚那德恐惧起来了，恐惧里却掺和着好奇心和成功的希望。他用颤抖的手端起灯来从这屋走到那屋，整夜侦察这声音的来源，直到早晨到来，这声音才混杂在市嚣之中，听不见了。

第二天的半夜又听到这声音了，贝德亚那德就像一个沙漠中的旅客，只听见水响却不知响声从哪个方向来，他犹豫地不敢乱走一步，唯恐走错了路离泉水更远了。

许多天都在烦虑的状态中度过，直到他素日宁静自得的脸，起了憔悴的皱纹。他双目深陷，带着贪婪的神气，发着像中午烈日下沙漠地上灼热的沙子发出来的闪光。

最后，他在一个夜里想出了一条高见，他把所有的房门都上了锁，用铁橇敲击每间屋子的地板。有一间小屋的地板下，发出了空洞的声音。他开始挖掘。当他挖好的时候天都快亮了。

从挖开的口子里望进去，贝德亚那德看到下面是一间小屋子，但里面是漆黑黑的，他不敢跳到这不可知的地方去。他把床铺放在洞口上，躺了下去。早晨来了。这一天，在白天也能听到这声音了。他念诵着杜尔伽的神号，把床从洞口拖开，流溅的水声和金属的叮当声变得更清晰了。他恐怖地从洞孔中望到黑暗里去，看到这屋里充满了流动的水，他用棍子探测了一下，发现它只有一两尺深。他拿着一盒火柴和一盏灯，不费劲地跳进这矮浅的屋里去。但是由于怕自己的希望会在一瞬间成为泡影，他的手颤抖起来，几乎点不上灯了。差不多把整盒火柴都划尽了他才把灯点上。

灯光下他看见一只大铜罐拴在一条大铁链上。河水涌进的时候，这铁链不住地碰在墙上发出他所听到的金属的响声。

贝德亚那德急急地蹚着水，向着铜罐走去，但只发觉里面是空的。

他不能相信自己的眼睛，双手把铜罐举起狂暴地摇着。他又把它倒过来，但也没有结果。他看到罐口破了，似乎从前是封住的，有人把它敲开了。

贝德亚那德开始在水里摸索。有件东西碰着他的手，拿起看时，却是一具头骨。他把它举到耳边，使劲地摇着，但这也是空的。他把它扔下了。

他看见这屋子靠水的那边墙壁破裂了，河水从缺口里进来，他准知道这一定是那位运气比他好的先来者把它打开的。

最后，失掉了一切的希望，他吁出一声长叹，这一声叹息似乎夹杂着无数从永远失败的地狱里发出的绝望的叹息。

他浑身涂满了污泥，爬到屋子里边去。这个充满着扰攘的人类的世界，对于他来说，像是一只破罐，拴在无意义的命运链子上。

再去收拾东西，买车票，上火车，回到家里，去跟他妻子拌嘴，去忍受那受气的日子，这一切对于他都仿佛是极端的不合理。他恨不得滚下水去，像倒塌的河岸滚到河流里一样。

但是他还是收拾了东西，买了车票，上了火车，在一个冬天的夜晚，回家了。

进门以后，他像一个昏迷的人似的呆坐在院子里，不敢走进屋里去。那个老女仆头一个看到了他，在她的惊叫之下，孩子们欢呼着跑来看他，然后他的妻就叫他。

贝德亚那德像从睡梦中惊起，他又回到原先的生活中来了。带着愁容和苦笑，他拉着一个孩子、抱着一个孩子进到屋里。灯刚刚点上，虽然天还没有黑，却是一个寒冷的夜晚，一切都安静得好像黑夜已经来到了。

贝德亚那德静默了一会儿,才用轻柔的声音问他的妻子:“你好么?”

他的妻子并不答理,只问他:“怎么样了?”

贝德亚那德没有说话,只拍着自己前额。这时候散达利的脸变得冷酷了。孩子们看到了不幸的阴影,悄悄地溜出去,跑到女仆那里求她给讲故事。

夜来到了,但是丈夫和妻子谁也没有说一句话。家里的整个气氛似乎和静默一同悸动着。散达利的嘴唇紧闭着,像守财奴的钱袋一样。她站了起来,撇下她的丈夫,慢慢地走进她的屋里,把门锁上了。贝德亚那德静默地站在门外。外面传来路过的更夫的呼声。疲倦的人世沉没在昏昏的睡梦之中了。

夜深的时候,大的孩子从梦中醒来,爬下床来走到廊上低声地叫:“父亲。”

但是他父亲不在那里。他又到他父母的紧闭的卧室门外,稍微提高一点声音叫“父亲”,但也没有回答。在恐怖中他又回到床上去。

第二天清早,那个女仆照例准备好主人的烟叶,但到处去找他,都找不见他了。

1892 年

弃 绝

1

这是帕尔贡[1]季初的一个月圆之夜，早春到处吹送着满含芒果花香的微风。一只杜鹃藏在水塔边一棵老荔枝树的密叶中，它不倦的柔婉的鸣声，传进了慕克吉家一间无眠的卧室里。在这里，赫门达不停地把他妻子的一绺头发在他手指上绕着，一会儿又摆弄她手腕上的一串金钏，使它发出叮当的响声，一会儿又拉下她头上花串里的花朵，让它垂复在她的脸上。他的心情就像一阵晚风，在心爱的花丛中嬉戏，轻轻地把她摇到这边，又摇到那边，想使她活泼起来。

但是库松坐着不动，从开着的窗户望出去，眼神沉没到月光笼罩的无边的太空里。她对于丈夫的爱抚，仿佛毫无感觉。

最后，赫门达握住他妻子的双手，轻轻地摇着，说："库松，你在哪儿呢？从一个大望远镜里耐心地寻找，也才看得见你是一个小黑点——你仿佛离我那么远。呵，靠近我一点，亲爱的，你看夜晚是多么美呵。"

库松的眼睛从无边的太空转向她的丈夫，慢慢地说："我会念咒，在一瞬间把这春夜和明月打碎。"

"你要是真会念咒，"赫门达笑着说，"请不要念吧。要是你会念什么咒，能在一个星期内变出三四个星期六，还能把夜晚延长到第二天早晨五点钟，那你就念吧。"

一边说着，他想把他的妻子拉得更靠近一些。库松却从他的怀抱中挣脱开来，说："你知道吗？今天晚上我很想把我决定在临死时才说出来的一件事

---

① 印度一年分为六季，就是夏、雨、秋、冬前、冬和春。帕尔贡就是春季。

告诉你。今天晚上，我觉得不管你给我什么责罚，我都能忍受。”

赫门达正在想开一个玩笑，罚她背诵一段阇耶提婆①的诗，忽然听到一阵急促的拖鞋声很快地走近了，这是他父亲哈利赫·慕克吉的熟悉的脚步声。赫门达不知道发生了什么事，感到心慌意乱起来。

哈利赫站在门外，吼叫道：“赫门达，马上把你的妻子赶出去。”

赫门达看着他的妻子，看不出她脸上有惊讶的痕迹。她只是用一双手掌捂着脸，用她整个灵魂祈求让她立刻化为乌有。杜鹃的鸣声仍旧随着南风飘了进来，但是没有人听到。大地的美是无穷无尽的——但是，唉，一切事物的样子多么容易改变呵。

2

赫门达从外面回来，问他的妻子：“这是真的么？”

“是真的，”库松回答说。

“你为什么不早告诉我呢？”

“好几次我想告诉你，可是总说不出口。我是一个不幸的女人呵。”

“那么现在你把一切都告诉我吧。”

库松用坚定平稳的声音，把她的事情严肃地说出来。她仿佛是赤着脚，迈着无畏的脚步，一步步地慢慢从火焰里走过去，却没有人知道她被灼伤得多么厉害。赫门达听她说完了，就站起来，走了出去。

库松料想她丈夫走了，再也不会回来了，她并不感到惊奇。她和对待日常生活中任何其他事变一样地泰然处之——在过去的几分钟里，她的心情已经变得那么枯燥、那么淡漠。世界和爱情，自始至终似乎对她都是空洞虚幻的。连她丈夫从前对她谈情说爱的回忆，也像一把刺透了她的心的残忍的尖刀一般，只给她嘴唇上带来了枯燥、冷酷、忧郁的微笑。她想，也许是那仿佛填满人生的爱，它带来了多少爱慕和深情，它使得小别那么剧烈地痛苦，短晤那么深切地甜蜜，它似乎是无边无际的，永恒的，生生世世永远不会停息的——爱原来就是这样！它的支柱多么脆弱！一经祭司触摩，你的“永恒”的爱就化为一撮尘土了！赫门达刚才还对她低语说：“夜是多么美呵！”这一夜还没有消逝，

① 阇耶提婆（Jayadeva）是印度中世纪一位毗湿奴派的诗人。

那只杜鹃还在歌唱，南风还在吹拂着房间里的帷帐，月光还躺在打开的窗子旁边的床上，像快乐得疲倦了的美丽女神一样。这一切都是不真实的！爱情比她自己还要虚幻呵！

3

赫门达整夜失眠，疲乏得像个狂人一样，第二天早上，他到波阿利·山克尔·扣萨尔家去。波阿利·山克尔和他招呼："有什么事吗，我的孩子？"

赫门达烈火一般暴跳起来，用颤抖的声音说："你亵渎了我们的种姓。你给我们带来了毁灭。你一定会受到惩罚的。"他不能再说下去了；他觉得哽住了。

"你却保全了我的种姓，使我没有从社区里被驱逐出去，还亲昵地拍拍我的脊背！"波阿利·山克尔带着讽刺的微笑说。

赫门达恨不得用他的婆罗门的怒火，立刻把波阿利·山克尔烧成灰烬，但是他的愤怒只灼焦了自己。波阿利·山克尔安然无恙地坐在他面前，而且非常健康。

"我伤害过你么？"赫门达结结巴巴地质问道。

"我且问你一个问题，"波阿利·山克尔说，"我的女儿——我唯一的孩子——她伤害过你父亲么？那时你还很小，也许从来没有听到过这件事。那么你听着吧。你不要太激动了。我要说的事情还很有趣呢。

"当你很小的时候，我的女婿那布格达偷了我女儿的珠宝，逃到英国去了。你也许还会记得，五年以后，他以律师的身份回来的时候，在村子里引起的骚动。也许你没有注意到那回事，当时你正在加尔各答上学。你的父亲自命为社区的领袖，他说如果我把女儿送回她丈夫家里去，我就得永远丢弃她，永远不许她再跨进我家的门槛。我跪在你父亲的脚前，哀求他说：'大哥，饶了我这一次吧。我一定让这小子吃牛屎，举行一次赎罪的仪式。请你让他恢复他的种姓吧。'但是你父亲始终坚持着。在我这一方面，我不能丢弃我唯一的女儿，我便辞别了我的村庄和族人，迁到加尔各答去。在那里，我的麻烦仍旧跟随着我。我给我的侄子作好结婚的一切准备的时候，你的父亲又挑拨女方的家人，他们就毁了这个婚约。那时我就狠狠地起了一个誓，只要我的血管里还有一滴婆罗门的血，我一定要报仇。现在你对于这件事该多少了解一点儿了吧？但是再等一等。当我把全部事实告诉你的时候，你会爱听的；这件事很有意思。

“当你在大学里念书的时候，有一位比波拉达斯·查特吉住在你的隔壁。这个可怜的人现在已经去世了。他家里住着一个小寡妇，名叫库松，她是一个迦尔斯帖家的穷苦的孤儿。这女孩子长得很美，这位老婆罗门想把她藏匿起来，免得大学生们老是盯着她瞧。但是一个少女要蒙蔽一个老监护人却是一点也不困难的。她常跑到屋顶上去晒衣服，我相信，你发现了你的屋顶是最宜于学习的地方。你们俩是否在屋顶上谈过话，我可说不上来，但是这女孩子的行动引起了老头子心上的疑虑。她常常做错了家务，而且像婆婆帝一样，在热恋中渐渐地不吃饭也不睡觉了。有几个晚上，她在老头子面前无缘无故地流下泪来。

“他终于发现了你们俩常在屋顶上会面，你甚至不去上课，在中午也拿着一本书坐在屋顶上，而且你忽然喜欢独自一个人念书了。比波拉达斯跑来向我请教，把一切都告诉了我。‘大叔，’我对他说，‘你早就想到贝拿勒斯去进香。你还不如现在就去，把这女孩子交给我照管。我会照应她的。’

“这样他就走了，我把这女孩子安置在司帕提·查特吉的家里，让他冒充她的父亲。后来的事情你都知道。今天我把这件事从头到尾告诉了你，真觉得如释重负。这件事听起来不是很像一篇小说么？我想写成一本书，把它印出来，但是我自己不是一个作家。人家说我的侄儿在这方面有些才能——我要叫他给我写出来。但最好是你跟他合作来写，因为故事的结局我还知道得不很清楚。”

赫门达不理会波阿利·山克尔最后的几句话，他问：“库松没有反对过这件婚事么？”

“嗯，”波阿利·山克尔说，“这就很难猜测了。你知道，我的孩子，女人的头脑是怎样构成的。她们嘴上说‘不’的时候，心里是说‘同意’。当她搬到新家的头几天，因为看不到你，几乎发了狂。你好像找到了她的新地址，在到学校去的时候，总像迷了路似的，在司帕提的门前徘徊。你的眼睛好像并没有真正在寻找省立学院，而是直瞪瞪望着一所私人住宅的关上的窗子，那是只有飞虫和害相思病的年轻人的心才进得去的。我很替你们难过。我看得出你的学习受着很大的阻碍，那女孩子的处境也很可怜。

“有一天，我把库松叫到我面前来，说：‘听我说，我的女儿。我是一个老头子，你在我面前不必害羞。我知道你心里想念着谁。那个年轻人的情况也很糟。我希望能给你们成全好事。’这时库松忽然哭着跑开了。此后好几个晚上，我常到司帕提家去，把库松找来，和她谈与你有关的事情，这样我渐渐克服了她的羞怯。最后，我说我想成全这件婚事的时候，她问我：‘那怎么行呢？’‘没关系，’我说，‘我让你冒充一个婆罗门的姑娘。’经过很久的辩论，她恳求我来探听你是否赞成这件事。‘胡闹！’我回答说；‘那孩子好像快要发疯了——把这一切复杂情形告诉他又有什么好处呢？先顺利地举行过婚礼，然后——只要结局好就万事大吉了。尤其是，这件事永远也不会有泄漏的危险，何必节外生枝地让一个人终身苦恼呢？’

“我不知道这计划是否已得到库松的同意。她有时哭泣，有时沉默。如果我说，‘那我们就不再提了吧’，她就显得很不安。事情既然到了这个地步，我就叫司帕提去向你提亲；你毫不迟疑地同意了。一切就这样决定了。

“婚期定了以后不久，库松变得那么执拗，我好不容易才把她说服过来。‘算了吧，叔叔，’她常常这样对我说。‘这是什么意思，你这傻孩子，’我责备她说，‘一切都安排好了，现在我们怎么能不干了呢？’

“‘放出谣言说我死了吧，’她哀求道，‘把我送到别的地方去。’

“‘那么，那个年轻人会遭遇到什么呢？’我说，‘他现在欢喜得上了七重天，盼望他日夜梦想着的事儿明天就可以实现；可是今天你却要我告诉他说你死了？结果是明天我就势必要把他死了的消息带给你，同一天晚上，又会有人把你的死讯报告给我。孩子，你以为我这一大把年纪能做一个少女和一个婆罗门的谋杀者吗？’

“快乐的婚礼终于在一个吉日良辰举行了，我觉得我已经卸下了自己的沉重的负担。以后的事情，你比我知道得更清楚。”

“你给我们造成不可弥补的损失，你还不肯罢手吗？”赫门达静默了一会儿以后吼叫道，“现在你为什么要把这个秘密说出来呢？”

波阿利·山克尔极镇静地回答说：“当我看到你妹妹的婚礼一切都安排好了的时候，我心里想：‘好啦，我已经把一个婆罗门的种姓污损了，但那不过是责任感的问题。现在，另一个婆罗门的种姓又有被污损的危险，这一次我有责任来防止它。’于是我给他们写信，说我可以证明你娶了一个首陀罗的女儿。”

赫门达竭力控制住自己，说：“现在我打算休弃的这个女孩子，将来会怎么样呢？你可以供给她食住么?”

“我已经尽了我的本分,”波阿利·山克尔从容地回答说。“照管别人休弃的妻子可不是我的责任了。外面有人么？给赫门达先生端一杯加冰的椰子汁来,还拿点槟榔。”

赫门达站起来,没有接受这丰富的款待,就告辞了。

4

在月圆之后的第五夜——那一夜是黑暗的。没有鸟叫。水塔旁边的荔枝树,看去像颜色不那么深的背景上的一道墨痕。南风像一个梦游者似的在黑暗中盲目地飘荡。天上的星星,想用不眨眼的警醒的眼光,穿透黑暗,来窥测深奥的秘密。

卧室里没有灯光。靠近打开的窗户有一张床,赫门达坐在床边,凝望着面前的黑暗。库松躺在地上,双臂抱着她丈夫的脚,把脸偎靠在上面。时间像宁静的海洋一般停住不动。在这永恒的夜的背景里,“命运”似乎画出了这唯一的一张永远有价值的画:周围是死气沉沉的,裁判者坐在中间,罪人伏在他的脚边。

拖鞋声又响了。哈利赫·慕克吉走近门边,说:“时间已经够长了,——我不能再等了。把这女孩子赶出去吧。”

库松听到这些话的时候,她用毕生的热情,抱住她丈夫的脚,不住地吻着,又恭敬地用她的前额触了一下他的脚,然后走出去了。

赫门达站起来,走到门边,说:“父亲,我不愿意休弃我的妻子。”

“什么?”哈利赫吼叫着,“你愿意放弃你的种姓么,先生?”

“我不在乎种姓,”这是赫门达的沉着的回答。

“那么我连你也赶出去。”

1892 年

素　芭

当这个女孩子起名叫素芭细妮[①]的时候，谁会想到她竟是一个哑巴呢？她的两个姐姐名叫素可细妮[②]和素哈细妮[③]，为了使名字相似，她的父亲把最小的女儿起名叫素芭细妮。大家贪图方便，都叫她素芭。

她的两个姐姐都照例赔了钱好不容易嫁了出去，现在这最小的女儿就像一个沉默的负担似的，压在她父母的心上。大家似乎都认为她既不会说话，当然也不会有感觉；他们就随便地当着她的面谈论她的前途和他们自己的苦闷。她从小就知道神把她像灾祸一样，送到她父亲的家里，所以她总是远远地躲开人群，想法子呆在一边。只要他们都能把她忘掉，她觉得她就能忍受一切。但是谁能忘掉痛苦呢？她父母的心日夜地为她伤痛。特别是她的母亲，简直把她当作自己身体上的残疾。对一个母亲来说，女儿比儿子更是她自身最亲密的一部分；女儿的毛病，是她自己羞耻的根源。素芭的父亲巴尼康达爱她胜过爱其他的女儿；她母亲却讨厌她，就像讨厌自己身上的污点一样。

素芭虽然缺少说话的能力，却不缺少一双垂着长睫毛的大黑眼睛；她心里有什么想头，她的嘴唇就像一片树叶一样地颤动着反映出来。

当我们用言语表达思想的时候，言词并不容易找到，必须经过一个翻译过程，这往往是不准确的，于是我们就会发生错误。但是这一双黑眼睛却不需要翻译；思想本身就反映在这眼睛里。在眼睛里，思想敞开或是关闭，发出光芒或是没入黑暗，静悬着如同落月，或者像急闪的电光照亮了广阔的天空。那些自有生以来除了嘴唇的颤动之外没有语言的人，学会了眼睛的语言，这在表情上是无穷无尽的，像海一般的深沉，天空一般的清澈，黎明和黄昏，光明与阴影，都在这里自由嬉戏。哑巴具有“大自然”的那种孤独的庄严。因此别的孩

---

① 意为“妙语”。
② 意为“美鬓”。
③ 意为“巧笑”。

子们几乎害怕素芭，从来不和她一起玩。她像午夜一般地沉默、孤寂。

她住的村庄叫做昌地浦。这村的河流，在孟加拉算是小的，它只在窄小的地区里流着，像一个中产阶级的女儿。这一条忙碌的水从不泛滥，只安分守己地流着，仿佛是它沿岸的村子里每一户人家的一个成员。河的两边都是人家和树木成荫的河岸。这位河的女神从宝座上走下来，成了每家花园的花神；她用敏捷、愉快的脚步，忘我地做她无穷无尽的祝福工作。

巴尼康达的房子临近河边。过往的船夫都能看到这地方的茅舍和草堆。我不知道在这些代表人世间财富的东西中间，是否有人注意到这个小姑娘，当她工作完毕之后，偷偷地溜到水边，坐在那里。在这里，“大自然”满足了她想说话的愿望，并且替她说话。小溪的微语、村人的声音、船夫的歌唱、鸟鸣、叶响，都和她的心跳糅合在一起。它们变成了声音的巨浪，在她不宁静的心灵上拍打着。“大自然”的低语和动作就是这哑女的语言；那长睫毛遮盖下的黑眼睛的话语，也就是她周围世界的语言。从那蝉鸣的树上，直到静寂的星辰，只有手势、姿态、流泪和叹息。在炎热的正午，船夫和渔夫都去用饭，村人在午睡，鸟儿静悄无声，渡船闲着，辽阔的忙碌的世界从劳作中停息了下来，忽然变成一个孤寂、严肃的巨人，这时候在引人入胜的广阔天空之下，只有那无言的“大自然”和一个无言的女孩子，极其沉静地坐着——一个在光芒四射的阳光之下，一个在小树的树荫中。

但是素芭也不是一个朋友都没有。在牛棚里有两头母牛，沙巴西和邦古利。它们从来没有听到她叫过它们的名字，但是它们听得出她的脚步声。她虽然说不出话来，却爱怜地嘟哝着，它们了解她这轻柔的嘟哝比一切话语都深切得多。当她爱抚它们，斥责它们，或哄劝它们的时候，它们对她的了解比人们对她的了解还深。素芭常来到牛棚里，抱住沙巴西的脖子；她常用脸颊偎擦着她的朋友，邦古利就转过它慈祥的大眼睛望着她，舐她的脸。这女孩子每天照例来看它们三次，此外还有不定时的访问。什么时候她听到使她难过的话，她就随时来看她的哑巴朋友。它们仿佛能从她的沉郁的目光中体会到她精神上的痛苦。它们就走近前来，用角轻轻地抚摩她的手臂，试图用无言的无可奈何的方法来安慰她。除了这两头牛以外，还有几只山羊和一只小猫；虽然它们也表示出同样的依恋，但是素芭对它们的友情是不同的。不论是白天黑夜，只要一有机会，那只小猫就跳到她的怀里，安稳地打瞌睡，在素芭用她柔软的手指，抚摩它的颈和背的时候，它对她的催眠非常欣赏。

在高级动物里，素芭也有一个伴侣，可是很难描述这女孩子和他的关系，因为他会说话，而他说话的才能并不能使他们有共同的语言。他是贡赛的最小的儿子，名叫普拉达，是一个懒汉。他的父母在费尽心思以后，认为他永远没有独立生活的希望了。但是浪子也有占便宜的地方：虽然他们家里人厌弃他们，但他们在别人面前总是受欢迎的。因为不受工作的牵制，他们变成了公共财产。就像每个市镇里都需要一块空旷的场地，让大家可以自由呼吸，一个村落也需要两三个有闲人士，能够陪人消磨时间，因此，如果我们懒得工作，又想要一个伴儿，这样的人是可以找得到的。

普拉达最喜爱钓鱼。他消磨了许多时间在这上面，几乎每天下午都看见他在钓鱼。因此他常遇见素芭。不管他干什么，他都喜欢有个伴儿；而在钓鱼的时候，一个沉默的储侣是最好不过的了。普拉达为了素芭的沉默而尊敬她，因为大家都叫她素芭，他就叫她素，以表示他对她的好感。素芭总是坐在一棵合欢树下，普拉达坐得略远一些，抛下他的钓丝。普拉达带来了一点蒟酱，素芭就替他调弄。我想，她一直坐在那里看着，热切地希望能给普拉达帮个很大的忙，真正对他有些用处，用一切方法来证明她在世界上不是一个毫无用处的负担。但是在这里实在无事可做。她就转而祈求“造物者”给她一种非凡的权力，用一个惊人的奇迹使得普拉达惊叫起来：“哎哟！我真没梦想到，我们的素会有这么大的本领！”

想想看！如果素芭是一个水神，她也许会从河里慢慢地漂浮出来，把蛇王头顶上的宝石送到渡头上。那时候，普拉达也许会放弃这没出息的钓鱼生活，跳到水晶宫里去，看见在那银宫的金床上的不是别人，正是小哑巴素芭，巴尼康达的孩子！是的，我们的素，这个珠光闪闪的宝城的国王的独生女。但也许不是，这是不可能的。并不是任何事情都真正是不可能的，只是素芭并没有诞生在帕他普①的宫廷中，而是生在巴尼康达的家里，她没有什么方法可以使贡赛家的孩子大吃一惊。

她渐渐地长大了。渐渐地开始认识她自己。一种新的无法形容的意识，像海心的潮水一样，当月圆的时候，从她心中卷过。她看见了自己，询问着自己，但是得到的答案没有一个是她所能了解的。

有一次，在一个月圆的深夜，她慢慢地打开了门，羞怯地向外窥看。月圆

① 意为“幽冥界”。

时节的“大自然”，像寂寞的素芭一样，正在俯视着酣睡的大地。她的强壮的、青春的生命在她身上跳动；欢乐和悲哀充溢她的全身；她达到了她自己的无穷寂寞的边缘，甚至越过了这个边缘。她的心情沉重，而她说不出来！在这个沉默、忧伤的“母亲”的身边，站着一个沉默、忧伤的女儿。

她的婚姻问题使她的父母十分担心和着急。人们责怪他们，甚至谈到要把他们撵走。巴尼康达是富裕的；他们一天吃两顿加哩鱼；因此他的仇人也不少。后来妇女们也来干涉了，巴尼康达出去了几天。不久他回来了，他说：“我们一定要到加尔各答去。”

他们准备到那生疏的地方去。素芭的心情像浓雾笼罩着的清晨一般沉重，她哭起来了。这些日子里累积起来的无名的恐怖，使她像一头沉默的畜生似的紧跟在她父母的身后。她的眼睛张得大大的，在他们的脸上搜索着，仿佛想探察出一点事情。但是他们没有说出一句话。有一个下午，普拉达正在钓鱼的时候，他笑起来：“素，他们到底给你找到新郎了，你就要出嫁了！你可别把我忘得干干净净呀！”接着他又专心钓鱼去了。就像一只受伤的母鹿眼睁睁地望着猎人一样，素芭在无言的痛苦中望着普拉达，好像说：“我得罪你了吗？”那一天她不再在她的树下坐着了。巴尼康达睡过了午觉，正在他卧房里抽烟，素芭在他脚边坐下来，凝视着他，突然放声大哭。巴尼康达想尽办法安慰她，他的脸上也沾满了泪痕。

他们决定明天到加尔各答去。素芭到牛棚里去和她童年的同伴道别。她用手掬食来喂它们；她拥抱它们的脖颈；她望着它们的脸，滚落下来的眼泪替她说了话。这一夜是十日的晚上。素芭走出她的屋子，扑倒在她亲爱的河边的草地上，她仿佛要伸臂抱住大地——她的强壮、沉默的母亲，她想说：“别让我离开你，母亲。抱住我吧，就像我拥抱你一样，把我紧紧地抱住。”

有一天，在加尔各答她的家里，素芭的母亲给她加意地打扮了一番。她把她的头发扎上，用纱带结了起来，给她戴上首饰，想尽办法来破坏她天然的美。素芭的眼里充满了眼泪。她的母亲怕她把眼睛哭肿了，就狠狠地骂她，但是她的眼泪还是不断地流下来。新郎带着一位朋友来相亲。看到神人降临，来挑选献祭的牺牲的时候，她的父母忧惧得要发晕了。她母亲在把她送给相亲的人看以前，在房间里大声地教训她，使得她加倍地哭泣。那位大人对她细看了好一会之后，评定说：“还不错。”

他特别注意到她的眼泪，认为她一定有一颗温柔的心。他把这算做她的长处，就是说，这颗心现在为了离开父母而难过，以后一定也是一件有用的东西。像蚌珠一样，这孩子的眼泪只是增加了她的价值，他没有别的意见。

他们查过历书，在一个吉日举行了婚礼。把他们的哑女交给别人以后，素芭的父母就回家去了。感谢上天！他们今生的种姓和来世的安全都有了保障！新郎在西方工作，婚后不久，他就把他的妻子带走了。

不到十天，人人都知道新娘是个哑巴！至少，如果有人不知道，那也不是她的过错，因为她没有欺骗任何人。她的眼睛把一切都告诉人家了，虽然没有人了解她。她望着每一个人的手，说不出话来；她怀念着那些从小熟识的面孔，那些能够了解一个哑女的语言的人的面孔。在她沉默的心中，不断地发出无声的哭泣，只有“心灵的探索者”才听得见。

她的主人耳目并用，又做了一次仔细的考察，这一次他不只用眼睛，而且用耳朵来仔细地考察，他又娶了一个会说话的妻子。

1892 年

喀布尔人

我的五岁的女儿敏妮，没有一天不咭咭呱呱地说个不停。我真相信她这一生没有一分钟是在沉默中度过的。她母亲时常为此生气，总是拦住她的话头，可是我就不这样做。看到敏妮沉默是很不自然的，她倘若半天不说话，我就不能忍受。因此我和她的谈话一直是很热闹的。

比方说，一天上午，我正在写我的新小说第十七章的时候，我的小敏妮溜进房间里来，把小手放在我的手心里，说："爸爸！看门的拉蒙达雅，管乌鸦叫'五鸦'。他什么都不懂，对不对？"

我还没有来得及向她解释世界上的语言是不同的，她已经转到另一个话题的高潮。"您猜怎么着，爸爸？普拉说云里有一只象，从鼻子里喷出水来，天就下雨了！"

当我静坐在那儿思索着怎样来回答她最后的问题的时候，她忽然又提出了一个新问题："爸爸！妈妈跟您是什么关系呢？"

我不知不觉地低声自语着："她在法律上是我的亲爱的妹妹！"但是我绷起脸来敷衍她道："去跟普拉玩去吧，敏妮！我正忙着呢！"

我屋子的窗户是临街的。这孩子就在我书桌旁，靠近我脚边坐下来，用手轻轻地敲着自己的膝盖玩。我正在专心地写我小说的第十七章。小说中的主人公普拉达·辛格，刚刚把女主人公康昌拉达抱住，正要带着她从城堡的三层楼窗子里逃出去，忽然间敏妮不玩了，跑到窗前，喊道："一个喀布尔人！一个喀布尔人！"下面街上果然有一个喀布尔人，正在慢慢地走过。他穿着宽大的污秽的喀布尔族服装，裹着高高的头巾；背着一个口袋，手里拿着几盒葡萄干。

我不知道我女儿看到这个人有什么感想，但是她开始大声地叫他。"哎！"我想，"他要进来了，我这第十七章永远写不完了！"就在这时候，那个喀布尔人回过身来，抬头看这孩子。她看到这光景，却吓住了，赶紧跑到妈妈那里去躲起来了。她糊里糊涂地认为这大个子背着的口袋里也许有两三个和她一样的孩子。这时那小贩已经走进门里，微笑着和我招呼。

我书里的男女主人公的情况是那样地紧急，当时我想既然已经把他叫进来了，我就停下来买一点儿东西。我买了点儿东西，开始和他谈到阿卜都·拉曼[①]、俄国人、英国人和边疆政策。

他要走的时候，问道："先生，那个小姑娘在哪儿呢？"

我想到敏妮不应当有这种无谓的恐惧，就叫人把她带出来。

她站在我的椅子旁边，望着这个喀布尔人和他的口袋。他递给她一些干果和葡萄干，但是她没有动心，只是更紧紧地靠近我，她的疑惧反而增加了。

这是他们第一次会面。

可是，没过几天，有一个早晨，我正要出门，出乎意外地发现敏妮坐在门口长凳上，和那个坐在她脚边的大个儿喀布尔人，又说又笑。我这小女儿，一生中除了她父亲以外，似乎从来没遇见过这么一个耐心地听她说话的人。她的小纱丽的角上已经塞满了杏仁和葡萄干——她的客人送给她的礼物。"你为什么给她这些东西呢？"我说，一面拿出一个八安那的银角子来，递给了他。这人不在意地接了过去，丢进他的口袋里。

糟糕得很，一个钟头以后我回来时，发现那个不祥的银角子引起了比它的价值多一倍的麻烦！因为这喀布尔人把银角子给了敏妮，她母亲看到这亮晶晶的小圆东西，就不住地追问："这个八安那的小角子，你从哪里弄来的？"

"喀布尔人给我的，"敏妮高兴地说。

"喀布尔人给你的！"她母亲吓得叫起来。"呵，敏妮！你怎么能拿他的钱呢？"

我正在这时候走进了门，把她从危急的灾难中救了出来，我自己就对她进行盘问。

我发现这两个人会面不止一两次了。喀布尔人用干果和葡萄干这种有力的贿赂，把这孩子当初的恐怖克服了，现在这两人已成了很好的朋友。

他们常说些好玩的笑话，给他们增加许多乐趣。敏妮满脸含笑地坐在喀布尔人的面前，小大人似地低头看着这大高个儿："呵，喀布尔人！喀布尔人！你口袋里装的是什么？"

他就用山民的鼻音回答说："一只象！"也许这并不可笑；但是这两个人多

---

① 十九世纪末叶阿富汗的国王。

么欣赏这句俏皮话！依我看来，这种小孩和大人的对话里面，带有一些非常引人入胜的东西。

这喀布尔人也不放过开玩笑的机会，便反问道："那么，小人儿，你什么时候到你公公家去呢？"

孟加拉的小姑娘，多半早就听说过公公家这一回事了；但是我们有点儿新派作风，没有让孩子知道这些事情，敏妮对于这个问题一定有点儿莫名其妙，但是她不肯显露出来，却机灵地回答道："你到那里去么？"

可是在喀布尔人这一阶层中间，谁都知道，"公公家"这几个字有一个双关的意思。那就是"监狱"的雅称，一个不用自己花钱而照应得很周到的地方。这粗鲁的小贩以为我女儿是指这个说的。"呵，"他就向幻想中的警察挥舞着拳头说："我要揍我的公公！"听到他这样说，想象到那个狼狈不堪的"公公"，敏妮就哈哈大笑起来，她那了不起的大个子朋友也跟她一起笑着。

那些日子是秋天的早晨，正是古代的帝王出去东征西讨的季节；我却在加尔各答我的小角落里，从来也不走动，却让我的心灵在世界上漫游。一听到别的国家的名字，我的心就飞往那边去，在街上一看到一个外国人，我的脑子里就要织起梦想的网，——他那遥远的家乡的山岭啦、溪谷啦、森林啦，布景里还有他的茅舍和那些远方山野的人们自由独立的生活。也许因为我过的是植物一般固定的生活，叫我去旅行，就等于当头一个霹雳，所以在我眼前幻现的漫游景象，加倍生动地在我的想象中重复地掠过。看到这个喀布尔人，我立刻神游于光秃秃的山峰之下，在高耸的山岭间，有许多窄小的山径蜿蜒出入。我似乎看见那连绵不断的、驮着货物的骆驼，一队队裹着头巾的商人，有的带着古怪的武器，有的带着长矛，从山上向着平原走来。我似乎看见——但是正在这时，敏妮的母亲就要来打扰，她央求我"留心那个人"。

敏妮的母亲偏偏是个极胆小的女人。只要她一听见街上有什么声音，或是看见有人向我们的房子走来，她就立刻断定他们不外乎是盗贼、醉汉、毒蛇、老虎、疟疾菌、蟑螂、毛虫，或是英国的水手。甚至有了多年的经验，她还不能消除她的恐怖。因此她对于这个喀布尔人充满了疑虑，常常叫我注意他的行动。

我总是笑一笑，想把她的恐惧慢慢地去掉，但是她就会很严肃地向我提一些严重的问题。

小孩从来没有被拐走过么？

那么，在喀布尔不是真的有奴隶制度么？

那么，说这个大汉把一个小娃娃抱走，会是荒唐无稽的事情么？

我辩解说，这虽然不是不可能，但多半是不会发生的。可是这解释还不够，她的恐怖始终存在着。因为这样的事没有根据，那么不让这个人到我们家里来似乎是不对的，所以他们的亲密友谊就不受约束地继续着。

每年一月中旬，拉曼，这个喀布尔人，总要回国去一趟，快动身的时候，他总是忙着挨家挨户去收欠款。今年，他却匀出工夫来看敏妮。旁人也许以为他们两人有什么密约，因为他若是早晨不能来，晚上总要来一趟。

有时在黑暗的屋角，忽然发现这个高大的、穿着宽大的衣服背着大口袋的人，连我也不免吓一跳，但是当敏妮笑着跑进来，叫着“呵，喀布尔人！喀布尔人！”的时候，年纪相差得这么远的这两个朋友，就沉没在他们的往日的笑声和玩笑里，我也就觉得放心了。

在他决定动身的前几天，有一天早晨，我正在书房里看校样。天气很凉。阳光从窗外射到我的脚上，微微的温暖使人非常舒服。差不多八点钟了，早出的小贩都蒙着头回家了。忽然我听见街上有吵嚷的声音，往外一看，我看见拉曼被两个警察架住带走了，后面跟着一群看热闹的孩子。喀布尔人的衣服上有些血迹，一个警察手里拿着一把刀。我赶紧跑出去，拦住他们，问这是怎么回事。众口纷纭之中，我打听到有一个街坊欠了这小贩一条软浦[①]围巾的钱，但是他不承认他买过这件东西，在争吵之中，拉曼把他刺伤了。这时在盛怒之下，这犯人正在乱骂他的仇人，忽然间，在我房子的凉台上，我的小敏妮出现了，照样地喊着：“呵，喀布尔人！喀布尔人！”拉曼回头看她的时候，脸上露出了笑容。今天他胳臂底下没有夹着口袋，所以她不能和他谈到关于那只象的问题。她立刻就问到第二个问题：“你到公公家里去么？”拉曼笑了说：“我正是要到那儿去，小人儿！”看到他的回答没有使孩子发笑，他举起被铐住了的一双手。“呵，”他说，“要不然我就揍那个老公公了，可惜我的手被铐住了！”

因为蓄意谋杀，拉曼被判了几年的徒刑。

时间一天一天地过去，他被人忘却了。我们仍在原来的地方做原来的事情，我们很少或是从来没有想到那个曾经是自由的山民正在监狱里消磨时光。说起来真不好意思，连我的快活的敏妮，也把她的老朋友忘了。她的生活里又

---

① 离德里不远的一个印度城市。

有了新的伴侣。她长大了,她和女孩子们在一起的时间更多了。她总是和她们在一起,甚至不像往常那样到她爸爸的房间里来了。我几乎很少和她攀谈。

一年一年过去。又是一个秋天,我们把敏妮的婚礼筹备好了。婚礼定在杜尔伽大祭节举行。在杜尔伽回到凯拉斯去的时候,我们家里的光明也要到她丈夫家里去,把她父亲的家丢到阴影里。

早晨是晴朗的。雨后的空气给人一种清新的感觉,阳光就像纯金一般灿烂,连加尔各答小巷里肮脏的砖墙,都被照映得发出美丽的光辉。打一清早,喜事的喇叭就吹奏起来,每一个节拍都使我心跳。拍拉卑[1]的悲调仿佛在加深着我别离在即的痛苦。我的敏妮今晚就要出嫁了。

从清早起,房子里就充满了嘈杂和忙乱。院子里,要用竹竿把布篷撑起来;每一间屋子和走廊里要挂上叮叮当当的吊灯。真是没完没了的忙乱和热闹。我正坐在书房里查看账目,有一个人进来了,恭敬地行过礼,站在我面前。原来是拉曼,那个喀布尔人。起先我不认识他。他没有带着口袋,没有了长头发,也失去了他从前的那种生气。但是他微笑着,我又认出他来。

"你什么时候来的,拉曼?"我问他。

"昨天晚上,"他说,"我从监狱里放出来了。"

这些话听起来很刺耳。我从来没有跟伤害过自己的同伴的人说过话,我一想到这里,我的心瑟缩不安了,我觉得碰巧他今天来,这不是个好的预兆。

"这儿正在办喜事,"我说,"我正忙着。你能不能过几天再来呢?"

他立刻转身往外走,但是走到门口,他迟疑了一会说:"我可不可以看看那小人儿呢,先生,只一会儿工夫?"他相信敏妮还是像从前那个样子。他以为她会像往常那样向他跑来,叫着:"呵,喀布尔人!喀布尔人!"他又想象他们会和往日一样地在一起说笑。事实上,为着纪念过去的日子,他带来了一点杏仁、葡萄干和葡萄,好好地用纸包着,这些东西是他从一个老乡那里弄来的,因为他自己的一点点本钱已经用光了。

我又说:"家里正在办喜事,今天你什么人也见不到。"

这个人的脸上露出失望的神色。他不满意地看了我一会,说声"再见",就走出去了。

我觉得有点抱歉,正想叫住他,发现他已自动转身回来了。他走近我跟

---

① 一种印度音乐曲调名。

前，递过他的礼物，说：“先生，我带了这点东西来，送给那小人儿。您可以替我交给她吗？”

我把它接过来，正要给他钱，但是他抓住我的手说：“您是很仁慈的，先生！永远记着我。但不要给我钱！——您有一个小姑娘；在我家里我也有一个像她那么大的小姑娘。我想到她，就带点果子给您的孩子——不是想赚钱的。”

说到这里，他伸手到他宽大的长袍里，掏出一张又小又脏的纸来。他很小心地打开这张纸，在我桌上用双手把它抹平了。上面有一个小小的手印。不是一张相片。也不是一幅画像。这个墨迹模糊的手印平平地捺在纸上。当他每年到加尔各答街上卖货的时候，他自己的小女儿的这个印迹总在他的心上。

眼泪涌到我的眼眶里。我忘了他是一个穷苦的喀布尔小贩，而我是——，但是，不对，我又哪儿比他强呢？他也是一个父亲呵。

在那遥远的山舍里的他的小帕拔蒂的手印，使我想起了我自己的小敏妮。

我立刻把敏妮从内室里叫出来。别人多方阻挠，我都不肯听。敏妮出来了，她穿着结婚的红绸衣服，额上点着檀香膏，打扮成一个小新娘的样子，含羞地站在我面前。

看着这景象，喀布尔人显出有点惊讶的样子。他不能重温他们过去的友谊了。最后他微笑着说：“小人儿，你要到你公公家里去么？”

但是敏妮现在懂得“公公”这个词的意思了，她不能像从前那样地回答他。听到他这样一问，她脸红了，站在他面前，把她新娘般的脸低了下去。

我想起这喀布尔人和我的敏妮第一次会面的那一天，我感到难过。她走了以后，拉曼长长地吁了一口气，就在地上坐下来。他突然想到在这悠长的岁月里他的女儿一定也长大了，他必须重新和她做朋友。他再看见她的时候，她一定也和从前不一样了。而且，在这八年之中，她怎么可能不发生什么变故呢？

婚礼的喇叭吹起来了，温煦的秋天的阳光倾泻在我们周围。拉曼坐在这加尔各答的小巷里，却冥想着阿富汗的光秃秃的群山。

我拿出一张钞票来，给了他，说：“回到你的家乡，你自己的女儿那里去吧，拉曼，愿你们重逢的快乐给我的孩子带来幸运！”

因为送了这份礼，在婚礼的排场上我必须节省一些。我不能用我原来想用的电灯，也不能请军乐队，家里的女眷们感到很失望。但是我觉得这婚筵格外有光彩,因为我想到,在那遥远的地方,有一个久出不归的父亲和他的独生女儿重逢了。

1892 年

深　夜

“大夫，大夫！”

我在深夜中被惊醒了。睁开眼睛，看见是我们的房东杜金先生。我连忙起来拉出一张破椅子让他坐下，焦急地望着他的脸。我看钟这时已经过了夜里两点半了。

杜金先生脸色惨白，说话的时候眼睛睁得大大的：“今天夜里那些病像又回来了——你的药对我一点也没有用处。”我带点畏怯地说：“我怕你是又喝了酒吧。”杜金先生生了气了，说：“这个你可大错而特错了。这不关喝酒的事。你必须听完这段事情才能知道那真正的原因。”

壁龛里点着一盏很暗的小铁煤油灯，我把它捻上一点，灯光是亮一些了，同时却冒起烟来。我拉过一件衣服披在肩上，又摊开一张报纸把药箱盖上，坐了下来。杜金先生开始讲他的故事：

“差不多四年以前，我得了一次很重的病；病到垂危又好转过来，一个月以后，我完全恢复了。

“在我生病的时候，我的妻子日夜都没有休息。这个羸弱的女人在这几个月之中用尽她的一切力量把死亡的使者从门口赶走。她废寝忘食，世界上其他一切都不在她的心里。

“死亡，像一只老虎，被它的俘获物骗过了，它把我从嘴上甩下走开，却在退走的时候，把我的妻子狠狠地打了一爪。

“不久我的妻子生下了一个死婴。于是轮到我来护理她了。她却总觉得不安，她总说：‘老天爷，别老是这样婆婆妈妈地在我屋里出来进去的。’

“如果我在她发烧的夜里到她屋里去，假装自己搧扇子来给她打扇，她就会十分激动。如果，因为服侍她，我的吃饭的时间比平常晚了十分钟，这也会引起种种的哀求和责备。如果我替她做了一件极小的事情，不但对她没有帮助，而且得到相反的效果。她会说：‘一个男人这样婆婆妈妈是没有好处的。’

“我想你看见过我的别墅。前面是花园，恒河就从下面流过。在南头，我们的卧室底下，我的妻子按照她自己的想象造了一个花圃，围上凤仙花的篱笆。这是花园里最简单朴素的一角。花盆里，在十分素净的花木旁边，并没有插上挂着写有冗长拉丁花名的耀眼飘带的木棍。茉莉、月下香、柠檬花，还有许许多多各种各样的玫瑰花。在一棵大醉花树下摆着一块大理石板，我的妻子身体好的时候，每天总把它擦洗两次。在夏天夜里，她工作完毕的时候总在这里闲坐。从这里她能看着河面，但是过往轮船上的客人却看不见她。

“四月的一个月夜，在她缠绵床褥的许多天之后，她表示要走出那间郁闷的屋子，到她的花圃里去坐坐。

“我极其小心地抱起她，把她放在醉花树下的石板上。一两朵醉花飘坠了下来，横斜的月影，穿过头上的树枝落在她憔悴的脸上。周围一切都是静悄悄的。当我低头看着她的脸，在充满浓香的阴影里坐在她身边时，我的眼睛润湿了。

“我慢慢地挨近她，把她一只瘦弱的手握在我的双手里。她并没有拦阻我。在我这样沉默地坐了许久之后，我的心泉开始涌溢了，我说：‘我将永远不会忘记你的爱情。’

“我的妻子笑了一笑，这里面掺和着一些快乐，一丝的不相信和尖刻的讽刺。她并没有回答一个字，但是在她的笑声里使我懂得她感到我未必永远记得她，而且她也不愿意我这样做。

“我总鼓不起勇气向我的妻子表示爱情就是怕她这种温柔而尖刻的笑。我在她背后编好的话，一到她面前就变得非常庸俗。

“受人反驳的时候你还能说话，但是你不能用争辩来对付笑声；因此我只好沉默了。月光更亮了，一只杜鹃不住地在呼唤，直到它似乎发了狂。当我默坐的时候，我想在这样的一个夜晚，这只杜鹃的新娘怎么能够这样地冷淡。

“经过了多方的治疗，我的妻子的病并没有好转的征象。医生提议去换一换空气，我就带她到阿拉哈巴德去。”

说到这里杜金先生忽然停住了，默默地坐着。他脸上带着疑问的神气对着我看，然后用双手托着头开始凝想。我也沉默着。煤油灯光在壁龛里摇晃，在夜的寂静里，清楚地听到蚊子的哼鸣。杜金先生忽然又打破寂静，继续讲他的故事：

“哈兰大夫给我的妻子看病，过了些日子他告诉我这是不治之症，我的妻子从此将永远在痛苦中度日。

“有一天我的妻子对我说：‘既然我的病不会脱体，我又似乎没有早死的希望，你为什么要跟一个活死人在一起过呢？不要管我，回到你其他的事情上去吧。’

“现在轮到我发笑了。但是我没有她那种发笑的气力。因此，用一种爱情小说里主人公应有的一切的严肃，我断然地说：‘只要在我的躯壳里还有生命——’

“她拦住我，说：‘又来了，又来了，你用不着再说什么了。咳，听你这样说真使我想死。’

“我不晓得当时我心里承认了没有，但是现在我准知道我承认了，就是在那时候，从我的心底，我对这个无望的病人的护理，感到厌烦了。

“很明显地，虽然我殷勤地服侍她，她也能够探测到我精神深处的倦乏。我那时不了解，但是现在我心中毫无疑问地知道她能看透我的心思就如同能看懂没有复合语的小学读本第一册那样地容易。

“哈兰大夫是和我同一个种姓的。他邀请我不论何时都可以到他家里去。在我去过几次以后他就把我介绍给他的女儿。她已过了十五岁却还没有结婚。她父亲说他还没有把她嫁出是因为在同一个种姓里没有找到一位合适的新郎，但是也有传言说是因为她生辰不吉祥的缘故。

“但是她没有其他的缺点，她是又聪明又美丽。因此我有时同她讨论种种的问题，常常夜里回去得很迟，把我给我妻子吃药的时间拖延到很晚。她深晓得我是在哈兰大夫的家里，但是她从来不问我为什么这么晚才回来。

“这间病房对于我似乎加倍地呆不住而没有意趣了。现在我开始忽略了我的病人，往往忘记按时地给她吃药。

“大夫曾对我说过：‘对于那些得了不治之症的病人，死亡是一个快乐的解脱。他们苟延残喘，自己得不到快乐，还连累别人受苦。’

“在讨论普通事情的时候，说到这些也许还是可恕的，但是，有我的妻子这样一个例子摆在面前，这一类的题目是不应当提到的。但是我想医生们对于人类生死问题是已经无动于衷了。

“有一天，我正在病房隔壁的屋子里坐着，忽然听见我的妻子对大夫说：‘大夫，为什么你还要继续给我这许多无用的药品呢？当我的病一辈子都好不了的时候，你不觉得把我弄死就是把我治好么？’

“大夫说：‘你不应当说这种话。’

“大夫一走，我就走进我的妻子的屋子，坐在她的床边轻轻地拍着她的前额。她说：‘这屋里热得很，你还是照常出去散步吧。你若是晚间不活动活动，吃饭会没有胃口的。’

“我的夜晚的散步实在就是到哈兰大夫的家里去。我自己曾经解释过有一点运动对一个人的健康和胃口是必需的。现在我准知道每天她都看透了我的借口。我是个傻子，我真以为她对于这种瞒骗毫未觉察。”

说到这里杜金先生停住了，把头埋在双手里，沉默了一会。最后他说：“给我一杯水吧，”喝过了水，他又说下去：

“有一天，大夫的女儿茂诺瑞玛表示她想去看望我的妻子。我不了解为什么，这个请求并没有使我高兴。但是我没有理由拒绝她。因此有一天晚上她到我们家里来了。

“这一天我的妻子的痛苦比往常又厉害了一些。在她痛苦加剧的时候，她总是安静沉默地躺着，有时捏紧拳头。只有从这个现象上才能领会到她是在忍受着多大的苦痛。屋里没有一点声息，我沉默地坐在床边。她没有要求我照例出去散步，也许是她没有力气说话，也许是在这样痛苦的时候有我坐在旁边对她是个慰藉。为了怕灯光刺射她的眼睛，我把煤油灯放在门边。屋里又暗又静。只在我的妻子的痛苦稍微减轻一些的时候，听到她一两声轻松的叹息。

“就在这时候茂诺瑞玛来了，站在门口。迎面的灯光正照射在她的脸上。

“我的妻子惊起了，抓住我的手问：‘这是谁？’在她虚弱的情况下，发现一个生人站在门口使她十分惊惶，她用沙哑的声音再三地问：‘这是谁？这是谁？这是谁？’

“我先是勉强地回答：‘我不认得，’但是我立刻觉得似乎有人在鞭笞着我，我连忙改口说：‘呵，这是我们大夫的女儿。’

“我的妻子回过头来看看我。我不敢直视她的脸。她就转向那个新来的人，用微弱的声音说：‘请进来吧，’又对我加上一句：‘把灯端过来。’

“茂诺瑞玛走进屋里，开始和我的妻子谈了几句话。在她说话的时候，大夫也来看望他的病人。

“他从药房里带来了两瓶药。他拿出药来一面告诉我的妻子：‘你看，这只蓝瓶子里的是外用的药，另外一瓶是内服的，千万不要弄错了，因为这是很

厉害的毒药。'

"他也警告了我,就把这两个瓶子放在床边桌上。大夫要走的时候就招呼他的女儿一同走。

"她对他说:'父亲,我为什么不可以待下来呢?这里没有一个女人看护她。'

"我的妻子非常激动地坐起来说:'不,不,不要麻烦了。我有一个老女佣人,她会像我母亲一样地照顾我。'

"大夫正要把他女儿带走的时候,我的妻子对他说:'大夫,他坐在这闭闷的屋子里太久了,你好不好带他出去吸点新鲜空气呢?'

"大夫转向着我,说:'一块儿来吧,我带你到河边去走走。'

"在稍稍表示不愿意之后我就同意了。大夫在走以前又警告我的妻子关于那两瓶药的事。

"那晚上我在大夫家里用了晚饭,很晚才回家。到家我发现我的妻子正在极端痛苦之中。我感到深深的懊悔,我问她:'你的疼痛又厉害些了么?'

"她疼得说不出话来,只抬头看着我的脸。我看出她在十分困难地喘息着。

"我立刻去请大夫。

"起先他找不出是什么原因。最后他问:'疼痛厉害些了么?敷了药了么?"

"说着他拿起桌上的蓝瓶子来。瓶子空了!

"他惶急地问我的妻子:'你没有吃错了药吧,有没有?'她沉默地点点头,表示她是吃错了药了。

"大夫跑回家去取抽胃筒,我像昏迷的人似的倒到床上去。

"这时,就像一个母亲勉强抚慰一个病孩子似的,我的妻子把我的头拉到她的胸前,企图从她的抚摩里把她的心思告诉我;只通过这温柔的抚摩,她再三地告诉我:'不要伤心吧,一切都为着最大的好处。你会快乐的,你知道我是快乐地死去的。'

"大夫回来的时候,我的妻子的痛苦和她的生命已经一同结束了。"

杜金先生又喝下一口水,说:"嗬,热得要命,"说着就走到廊上去,急急地来回走了两趟。回来他坐下又开始讲说。我看得很清楚,他并不想告诉我;但似乎通过一种魔术,我能从他心里拉出那段故事来。他接着说:

“在我和茂诺瑞玛结婚以后，每逢我想热情地和她谈话，她总显得抑郁。仿佛她心里有一种我所不能了解的猜疑似的。

“就在这时候我开始耽酒。

“一个初秋的夜晚，我和茂诺瑞玛在河边的花园里散步。黑暗使人有一种幻境的感觉，这里面连小鸟偶尔在梦中扑翼的声音也听不到。只有我们走过的小径两旁的木麻黄树梢在微风中叹息。

“茂诺瑞玛感到疲倦了，就去躺在那块大理石板上，把双手放在脑后，我坐在她的旁边。

“在这里，黑暗似乎更浓密了，能看到的一片天空挤满了星辰。树下蟋蟀的鸣声似乎是静夜的裙摆上的一道淡淡的声音的滚边。

“那天晚上我喝了一点酒，心情易感。当我的眼睛习惯于黑暗的时候，衣巾松弛、形态娇慵的茂诺瑞玛，躺在树荫里，在我心中唤起了不可言说的想望。我似乎感到她只是一个幻想的永远不能让我抱在怀里的影子。

“忽然间木麻黄树梢就像着了火一样。我看见古老的缺月，带着麦子的金光，慢慢地从树梢升起。月光落在那个躺在白石上穿着白衣的人的脸上。我不能再克制自己了。挨近她牵住她的手，我说：‘茂诺瑞玛，你也许不相信我，但是我永远不会忘记你的爱情。’

“这些话刚说出口我就吓得跳了起来，我记得好久以前我曾对另一个人说过同样的话。这时从木麻黄树梢，从古老的新月的金光下，渡过恒河滚滚的广阔的水面，直到它最远的河岸——哈哈——哈哈——哈哈——从头上急速地飞过一片笑声。我说不出那是刺心的笑声，还是震天的哭声。可是听到了这声音我就昏倒在地上了。

“当我恢复知觉的时候，我看到我是躺在自己屋里的床上。我的妻子问我：‘你怎么了？’我恐怖得发抖，回答说：‘你没听到整个天空都响着——哈哈——哈哈——哈哈的笑声么？’我的妻子笑着回答：‘什么笑声？我听到的是一群鸟从头上飞过的声音。你真是太容易受惊了！’

“第二天我深晓得那是一群雁子搬家：像每年这时候一样，到南方去。但一到黑夜来临我又开始疑惑了，在我的想象中整个天空响着毫不含糊的刺穿黑暗的笑声。最后弄到天黑以后我就不敢对茂诺瑞玛说一句话。

“以后我决意离开我的别墅，带茂诺瑞玛到河上去旅行。在凛冽的十一月的空气里我的一切恐惧都消失了，有些日子我觉得很快乐。

“离开恒河，渡过扣里河，我们最后到达帕德玛河。这条可怕的河像一条冬眠的大蛇那样卧着。河的北边是荒寂的沙岸，在太阳下闪光；南边的高岸上，村庄里的芒果树林倚立在这条魔河的巨嘴旁边。这河不时在睡眠中转侧，岸边崩裂的沙土就砰地一声掉在水里。

“找到一个合适的地方，我就在岸边泊了船。

“有一天我们出去散步，走着走着，直到我们离船很远。落日的金光渐渐地暗淡了，天空中满溢着明月的银辉。当月光照在无际的白沙上，又以清辉泛滥着广大天空的时候，我仿佛觉得只有我们两个在无人无边的梦境里无目的地漫游。茂诺瑞玛披着红色的披肩，她把红纱丽拉过肩头，只露出一个脸。当静默加深的时候，只有灿白的寂寞的广大无边的空间包围着我们，这时茂诺瑞玛慢慢地伸出手来握住我的手。她仿佛靠我那么近，使我觉得她将她的身体和心灵、生命和青春都交献在我的手里。在我热望和快乐的心中，我对自己说：‘除了在这广阔的天空之下，哪里还有地方容得下这两颗在恋爱中的心呢？’这时我觉得我们似乎是无家可归，我们可以这样无止境地漫游下去，手拉着手，无牵无挂，走在无尽头的路上，穿过月光普照的无限的空间。

“我们一直走下去，最后走到一个地方，我看见一泓清水被小沙丘围绕着。

“从这一汪止水的中心，一道长长的月光明剑般地刺射过来。走到池旁，我们沉默地站在那里，茂诺瑞玛仰视着我的脸。她的披肩从头上滑了下去，我低下头去吻了她。

“这时不知道从这寂静的沙漠的哪一方，有一个声音，用严肃的声调说了三遍：‘这是谁？这是谁？这是谁？’

“我吓得退缩了，我的妻子也震颤起来。但是我们立刻就晓得这声音不是人也不是神鬼，乃是一种水鸟的鸣唤，听到在深夜里有生人走近它的窝巢，它从睡眠中惊醒了。

“惊魂才定，我们连忙回到船上去。时间已晚，我们就马上上床，茂诺瑞玛很快就睡着了。

“这时在黑暗里似乎有人站在床边，向着熟睡的茂诺瑞玛，伸出瘦长的手指，用沙哑的低声一再地问我：‘这是谁？这是谁？这是谁？’

“我连忙起来，抓起一盒火柴，把灯点起。我点灯的时候，蚊帐在风中飘拂，船也开始动摇。当我听到那回响的‘哈哈，哈哈，哈哈’的笑声穿过黑夜，我胆战心惊，汗珠大粒地往下滴。这声音渡过河水，越过对面的沙岸，然后经过一切睡乡、村庄和市镇，似乎要永远地穿过今生和来世的一切地方。这声音渐渐轻悄，进入了无际的空间，渐渐变成像针尖一样的尖细。我从来没有听到过这样尖锐的微小的声音，也从来没有想到世上会有这种声音。仿佛在我的头颅里，有着无限的空间，无论这声音走得多远也走不出我的头脑以外。

"最后，到了万难忍受的时候，我想，若不把灯吹灭，我一定不能入睡的。我刚吹灭了灯，在蚊帐旁边，我又听见那个沙哑的声音在黑暗中问：'这是谁？这是谁？这是谁？'我的心开始应和着这几个字一同跳动，慢慢地也开始重复这句问话：'这是谁？这是谁？这是谁？'在夜的寂静里，船当中那座圆钟开始滔滔不绝地说话，还用短针指着茂诺瑞玛嘀嗒出那句问话：'这是谁？这是谁？这是谁？'"

在说话的时候，杜金先生变得幽灵一样地苍白，他的声音似乎在扼塞着他。我抚着他的肩头，说："喝点水吧。"这时那盏煤油灯摇曳着熄灭了，我看见外面亮了。公鸡叫了，金翼啄木鸟鸣了。我们房前的路上听到了牛车叽嘎的声音。

杜金先生脸上的表情完全改变了。再也看不到一丝恐惧的痕迹。在假想的恐怖的麻醉下，在黑夜的魔术的哄弄下，告诉了我那么多事情，似乎使他十分羞愧，甚至于生了我的气。他没有告别就跳了起来飞奔出去。

第二天夜里，时间很晚了，我又从睡梦中被一个呼唤"大夫，大夫"的声音惊醒了。

1894 年

吉莉芭拉

1

吉莉芭拉——在她衣裳的折痕里，在她颈项的转侧，双手的移动里，在她忽疾忽徐的步履韵律里，在她叮当的脚镯和清朗的欢笑里，在她的声音和瞥视里，仿佛都涌流着漫溢在她周围的旺盛的青春。人们常看见她，披着蓝色的丝绸纱丽，在凉台上，在一种无意义的不安定的冲动之下行走着。她的四肢似乎热望着要应和那不停的听不见的内在音乐来舞蹈。仅仅转动她的身体使她青春的躯体的泉流里冒起浪花，这也会使她高兴。她会忽然间从花盆里摘下一片花叶，抛向空中，她的腕钏发出一阵响声，她手的随意挥动的柔姿像一只从笼里放出的鸟，飞到空中不见了。她用轻巧的手指掸拂着清洁无尘的衣裳；她踮起脚尖无缘无故地从凉台的墙上往外窥看，又急急回身转到另一方向。她衣角上系着的一串钥匙飞甩着。不在梳妆的时间，她忽然对镜松开发髻又梳理了起来，一阵倦慵之中忽然抛卧到床上去，像一线月光从叶隙中穿过来，在阴影中休憩。

她嫁到一个富家，没有孩子，她又无事可做。这样她自身就像一只有进无出，直到满溢的水瓶。她有丈夫，但是她管不住他。她从少女长成一个妇人，但是因为和她太熟识了，她的丈夫没有注意到她的成长。

在她初嫁的时候，她的丈夫哥比那德正在上大学，他常玩逃学的把戏，趁着他家大人午睡的机会，偷偷地来向吉莉芭拉求爱。虽然他们住在一所房子里，他会找到机会用玫瑰香水熏过的彩色信笺给她写信，甚至故意地夸大他想象中的单相思的烦恼。

这时候他的父亲死了，他成为唯一的承继人。像一根不成熟的木材，哥比那德的不成熟的青春，诱来许多寄生虫，它们开始钻进他的身体里。从这时起，他就和他的妻子背道而驰。

作领袖是一种危险的魅惑，这种魅惑曾经害死过许多坚强的人。一个没有头脑和德性的人，在他自己客厅里被一小圈子阿谀的人捧作领袖，对他也有同样可怕的诱惑力。哥比那德在他的朋友和相识中间，以英雄自居，每天千方百计地想出新奇的挥霍方法。他在他那一圈人当中赢得穷奢极欲的声名，这怂恿他不但要保持这个声誉，还要不断地超过它。

同时，吉莉芭拉在她幽寂的青春里，像一位只有宝座没有臣民的女王。她知道她有一种力量能够使全世界的男人都作她的俘虏，但是她没有这种机会。

吉莉芭拉有个女仆名叫苏达。她能歌善舞，还能随口编诗，她公然表示遗憾，说像她主妇这样的一个美人，竟会配给一个占有了她而又忘记欣赏她的傻子。吉莉芭拉对苏达关于她的魔力和美丽的描述与称道，从不感到厌倦，同时却又反驳她，骂她是撒谎和阿谀的人，使苏达激动得对一切神明发誓，说她的爱慕是真诚的，——这些话，就是不附带着重誓，也不难使吉莉芭拉相信的。

苏达常常对她唱一首诗歌，头一句是：让我在你的脚底写上为奴的名字，吉莉芭拉在她的幻想里，能够感觉到她的美丽的双足，是真配写上那些被征服的心的永矢为奴的字样，只要这双脚在征服的事业上，能够得到自由。

但是她丈夫哥比那德甘于对她献身为奴的那个女人却是拉梵迦。那个女优，善于表演一个少女为着无望的爱情哀愁憔悴，善于以绝妙的自然逼真的姿态在台上昏倒。在她的丈夫还受到她的影响的时候，吉莉芭拉常听他说起这女人超绝的演技，在她妒忌的好奇心里，她极想去看看拉梵迦的表演，但是她得不到她丈夫的允许，因为他坚决地认为剧场不是良家妇女所应当去的。

最后她买了一张戏票，让苏达去看这个名优表演的一出拿手好戏，苏达回来给她的报告，不论是对于拉梵迦的扮相或是演技，都说不上称赞。由于明显的理由，她对于苏达的欣赏力有着很大的信心，她毫不犹豫地相信了苏达的连学带嘲的描述。

当她丈夫为着迷恋这个女人而把她抛弃了的时候，她开始感到困惑。但是苏达再三地用更大的激情重述她的意见，把拉梵迦比做一段穿着女装的枯焦的木头。吉莉芭拉决定自己偷偷地到剧场去，把这问题彻底解决。

有一天晚上，带着冒犯禁令的兴奋心情，她居然进到剧场里去了，她的心的颤抖使她在那里所看到的一切特别显得迷人。她注视着被不自然的灯光映射着的观众的脸;由于音乐的魔力和描彩的布景,剧场对于她仿佛是这样的一个世界,在那里,社会忽然从它的万有引力定律中挣脱开了。

从四面是短墙的凉台和寂寞寡欢的家里出来,她进到了一个梦想和真实举着艺术的酒杯握起友谊之手的地方。

铃声响了,乐队停止了演奏,观众静静地坐在位子上,台上灯光更亮了,帘幕升上去了。从看不见的世界的神秘里,忽然出现到亮光之下,瓦林达森林中的女牧童们,在合唱的歌声中,开始舞蹈,观众爆发的掌声应和着舞蹈的节奏。吉莉芭拉的全身血液开始涌流,这时她忘记了她的生活还是限定在她的环境之中,她还没有逃脱到一个一切规律都融化在音乐里的世界中去。

苏达不时地用焦急的耳语打扰她,为着怕人看见,劝她快点回家。但是她不听这劝告,因为她的恐惧的感觉已经消失了。

戏接着往下演。克里希纳得罪了他的情人拉达,她在自尊心受到伤害之下,不肯再理睬他了,他恳求她,匍伏在她的脚下,都没有用处。吉莉芭拉的心仿佛涨裂了。她幻想她就是生气的拉达;觉得在她里面也有这一种女人的魔力来维护她的骄傲。她曾听说过女人的美在世界上是怎样的一种力量,而今夜,这力量对她来说是捉摸得到的。

最后帘幕落下了,灯光昏暗了,观众准备离开剧场了,吉莉芭拉却像做梦似的呆坐着。她必须回家的思想从她心中消失了。她要等待这帘幕重新升起,克里希纳在拉达脚下受辱的这段不朽的情节继续表演下去,但是苏达来提醒她说戏已经演完了,灯也快要熄灭了。

吉莉芭拉到家已经很晚了。在她冷静幽郁的屋子里点着一盏昏暗的煤油灯,她窗边空床上的蚊帐,在微风中轻轻摇动。她的世界对于她仿佛是那么平庸可厌,像被丢到土箱里的烂果子似的。

从这时起她每星期六都到剧场去,她对剧场的着迷比初见时已经褪失了许多光彩。女演员们化妆的庸俗和情感的虚伪,渐渐地更加明显,但是这习惯已在她身上长成了。每次帘幕升起,她生命的监狱的窗户似乎在她眼前敞开了,那用镶金的框子和景致的摆设,灯光的配置,甚至浅薄的老套来和真实的世界隔断的舞台,对于她似乎都是仙境,在那里她要想高踞仙国女王的宝座也不是不可能的。

当她第一次在观众中间看到她的丈夫对某一个女优着迷地叫好的时候，她感到强烈的厌恶，在心里，她祈求能把他鄙夷地一脚踢开的日子可以到来。但是这日子似乎每天更显得遥远了，因为现在在家里轻易见不到哥比那德了，在放荡的旋风中心，他不知道被卷到哪里去了。

在三月的一个夜晚，满月的光辉中，吉莉芭拉穿着淡黄色的袍子在凉台上坐着。她每天的习惯是过节般地严妆盛饰，因为这些贵重的珠宝对于她就像醇酒一样，它们使她觉得她的肢体更加美丽；她感到像春天的树木，为所有的枝头花朵的喜悦而颤抖。她臂上戴着一副钻石的钏镯，颈上挂着一串红玉和珍珠的项链，左手的小指上戴着一只大蓝宝石的戒指。苏达坐在她的脚边，爱慕地用手抚摩着她光裸的双脚，表示她恨不得变作一个男人可以献上他的生命来对这样的一双脚儿，荣幸地致敬。

苏达低低地对她哼一支情歌，暮色渐渐地暗了下去。家里的人都用过晚饭睡觉了。哥比那德忽然酒气熏天地出现了，苏达连忙用纱丽盖上脸，从凉台上跑开了。

吉莉芭拉一时以为她的日子终于来到了，她背过脸去，沉默地坐着。

但是她的舞台的帘幕没有升起，从她的英雄的嘴里没有唱出这样的哀求的歌曲：

听听月光的请求吧，我爱，不要把脸遮起。

哥比那德用他干哑的难听的声音说："把你的钥匙给我。"

一阵南风，像诗境里玷污了的浪漫故事的叹息，把夜开的茉莉花香布满了凉台，吹松了吉莉芭拉颊上的一绺头发。她把骄傲丢开，站了起来说："你若是听听我所要说的话，你就能拿到钥匙。"

哥比那德说："我不能耽搁，把钥匙给我。"

吉莉芭拉说："我会把钥匙和保险箱里的一切都给你，但是你千万不要离开我。"

哥比那德说："这办不到，我还有要紧的事情。"

"那你就拿不到钥匙。"吉莉芭拉说。

哥比那德开始到处翻寻。他打开梳妆台的抽屉，敲断吉莉芭拉化妆品的箱锁，砸破她衣柜的镜门，摸索着枕下和床褥，他却找不到钥匙。吉莉芭拉在门边僵立无声，像一尊石像凝视着虚空。哥比那德向她走来，气得发抖，用怒吼的声音说:“你若是不给我钥匙,你会后悔的。”

吉莉芭拉没有回答,哥比那德把她按在墙上,抢走了她的臂钏,项链和戒指,临去还踢了她一脚。

家里没有一个人惊觉,邻舍也没有人晓得这件暴行,月光仍旧是温和的,夜的宁静也没有被打破,而在这庄严的沉默之中,人心会被撕裂而不再复原了。

第二天早晨,吉莉芭拉说要去看望她的父亲,就离开了家。因为没有人知道哥比那德在哪里,她不对家里的任何人负责,她不在也没有人注意到。

2

哥比那德常去的那个剧场正在排演《茂诺瑞玛》这出新戏。拉梵迦扮演女英雄茂诺瑞玛,哥比那德和他的党徒坐在台前座上,大声狂叫地替他赏识的女优捧场。这样大大地扰乱了这场排演,但是剧场的老板们不敢得罪这位顾客,怕他报复。有一天他竟跑到后台去调戏一个女优,于是在警察的协助之下,他被撵了出来。

哥比那德决定要报仇,当《茂诺瑞玛》这出新戏作了许多准备,登了不少耸人听闻的广告,正要演出的时候,哥比那德把主角拉梵迦无影无踪地带走了。剧场的经理一惊不小,他推迟了开幕的日期,找到一个新的演员,教会她台词和动作,带着相当忧虑的心情,在观众面前演出了。

但是这出戏的成功,竟然是意外而且空前的,这消息传到哥比那德那里,他再也克制不了自己的好奇心跑来看戏。

这出戏开始的时候,茂诺瑞玛是在她丈夫的家里,受到轻视和忽略。这戏快结束的时候,她丈夫遗弃了她,隐瞒下他头一次的婚事,设法去同一个富翁的女儿结婚。婚礼行过,盖纱从新娘脸上揭开,她原来就是茂诺瑞玛,只是不再是从前那个女奴,而是在容貌和服饰上,都和女王一样地美丽。原来在她小的时候,曾从有钱的父亲家里被人抢走,在穷苦人家养大。她父亲追踪到她夫家,把她带了回去,又在恰合身分的礼节下给她重新举行了一次婚礼。

在最后一幕里,正当丈夫经受了他的一段悔恨和耻辱,——一出有教训的戏是本当这样的,——观众中间忽然起了一阵骚动。当茂诺瑞玛在她做女奴的地位上不受人注意地出现的时候,哥比那德没有一点惊诧的表现;但当婚礼行过,她穿着大红的新娘的衣服,揭开面纱,以她绝美的庄严的骄傲姿态,她回过脸来向着观众,微低颈项,对哥比那德射出火焰般的狂喜的一瞥,掌声波涛似的不断地起伏,观众的热情无限地高涨着。

忽然间,哥比那德用重浊的声音叫,“吉莉芭拉”,他像疯子似的挤上舞台去。观众大声喊:“撵他出去!”警察把他拉走,他挣扎着叫喊,“我要杀死她!”这时帘幕落下来了。

1895 年

齐　德　拉

泰戈尔　著

1892

这个抒情诗剧是根据《摩诃婆罗多》书中一段故事写的。

阿顺那在还苦行誓愿的路上，来到了马尼浦。他看见了马尼浦国王齐德拉瓦哈那的美丽的女儿齐德拉安格达。阿顺那惊慕她的风姿，请求国王将女儿许嫁给他。齐德拉瓦哈那询问他是谁，听说他是般度族的阿顺那，就告诉他说，马尼浦王系中他的一位祖先普拉班遮那，多年没有儿女，为了求得一个继承人，他艰苦修行。湿婆神欢喜他的苦行，就给他福祉，使他和他的后裔，代代都有一个孩子。这神赐的孩子每代都是男孩。他，齐德拉瓦哈那，却是头一个人只有齐德拉安格达一个女儿来传宗接代。因此他总把她当作儿子，并已把她立为储君。国王接着说："她所生的儿子必须做我氏族的承继人，我在这婚姻上所要求的就是这个儿子。你若同意这个条件，就可以娶她。"

阿顺那答应了，他娶齐德拉为妻，在她父亲的国都里住了三年。当他们有了一个儿子的时候，他热情地拥抱了她，并向她和她的父亲告别，重新登上他的旅途。

人　物

神：

玛达那——爱神。

伐森塔——春神。

人：

齐德拉——马尼浦王的女儿。

阿顺那——俱卢王室的王子。属于“武士”种姓，这时以隐士身分隐居在森林里。

马尼浦近邻的村民们。

第　一　场

齐德拉　你是那位带着五把箭的神，爱情的主宰么？

玛达那　我就是从创造者心中生出的第一个孩子。我把男人和女人的生命都捆锁在痛苦和快乐的镣铐里！

齐德拉　我晓得，我晓得那痛苦和镣铐是什么样的东西。——你是谁呢，我主？

伐森塔　我是他的朋友——伐森塔——季节的王。死亡和衰老把世界拖得形销骨立，但是我跟在他们后面，不断地攻击他们。我是永在的青春。

齐德拉　我向你鞠躬，伐森塔神。

玛达那　美丽的陌生人，你发下了什么重誓？你为什么用忏悔和修行来凋萎你的青春？以这种的牺牲来礼拜爱神是不合宜的。你是什么人，你祈求什么？

齐德拉　我是齐德拉，马尼浦王室的女儿。湿婆天神垂降神恩，应许我的王祖以世代绵延的男储。但是，神旨却没有力量改变我母亲腹中生命的火花——我的天性是这样地坚强，虽然我是一个女子。

玛达那　我知道，因此你父亲把你当作儿子带大了。他教给你拉弓射箭和一切为王的职责。

齐德拉　是的，因此我穿上男装走出深闺。我不懂得女人赢得人心的诡计。我的双手可以拉开强弓，但是我从来没有学过爱神的以目送情的箭法。

玛达那　这是不用学的，美人。眼睛不用教练也会工作，它会知道它做得多好，击中了什么人的心。

齐德拉　有一天，我独自在浦尔那河岸森林里游猎。我把马系在树上，走进深林里去追一只鹿。我发现一条狭窄弯曲的小路，在深密的树影中穿过，林中树叶和蟋蟀一起颤鸣，我忽然碰到一个人，横躺在路上的一堆枯叶上。我傲慢地叫他挪开，但是他不理睬。我鄙夷地用弓柄戳他。他那挺直高大的肢体忽然跳起,像一堆灰烬中突然跳起的火舌。一种觉得好玩的微笑,在他的嘴角闪烁,也许是在哂笑我的顽童的外表。这时候,是我有生以来第一次感到我是个女人,并且晓得有一个男子在我的面前。

玛达那　在吉利的时辰里,我给男人和女人上这最高的认识自己的一课。以后怎样呢?

齐德拉　我恐怖而诧异地问他,“你是什么人?”“我是伟大的俱卢族的阿顺那,”他说。我吓得雕像般地呆立着,也忘了向他敬礼。这个人真是阿顺那,我梦想中伟大的偶像么?是的,我早就听说他立誓要过十二年的独居生活。好几次我的年轻人的野心怂恿我和他比矛,化了装去对他挑战,对他证明我的武艺精通。呵,愚笨的心,你的自高自大飞到哪里去了?如果我能以我的青春和一切抱负来换取做他脚下的一堆尘土,我就会感到那是最珍贵的恩赐。当我看见他忽然消失在树林里面的时候,我不知道我是迷失在什么样的思想漩涡里。呵,傻女人,你也没有问候他,也没有说出一句话,也没有求他原谅,当他高傲地走开的时候,只像一个粗野的乡下人一样站在那里!……第二天早晨,我脱下了男子的服装。我戴上手钏、脚镯和腰链,穿上紫红丝绸的长衣。穿不惯的衣服令我十分羞怯;但是我急忙动身前去寻找,在林中湿婆天神庙里把阿顺那找到了。

玛达那　把这事情讲到底吧。我是心生下来的神,我了解这些冲动的神秘。

齐德拉　我只仿佛记得我说了什么话,以及我得到了什么样的回答。不要叫我什么都说吧。羞愧像雷霆似的打击在我身上,但不能把我劈成碎片,我就是这样地极端刚强,和男人一样。在我回家的路上,他最后的一句话,像烧红的针扎进我的耳里。“我曾立誓要过独居的生活。我不能做你的丈夫!”呵,一个男人的信誓!你一定懂得,爱神,无数的圣贤在女人脚下背弃过他们终身的誓愿。我把弓折成两段,把箭矢丢在火里。我痛恨自己的被弓弦压出伤痕的矫健的手臂。呵,爱神,爱神,你把我的男子气的虚荣低低地放在地上,我的一切男子的训练都在你脚下踩碎了。现在请把你的本领传授给我吧;把柔弱的力量和徒手的武器给我吧。

玛达那　我要做你的朋友。我要把征服世界的阿顺那,作为一个俘虏带到你面前,在你手里接受他的背叛的处罚。

齐德拉　只要我有时间,我可以慢慢地赢得他的心,无须请求神人的帮助。我将作为一个伙伴站在他身边,赶他战车的烈马,在追击的欢乐中伺候他,在他营帐门口守夜，在他的一切伟大的武士职责上辅助他，援助弱者，主持正义。最后必有一天他会望着我猜想，“这孩子是什么人？是我前生的一个奴仆，和我的丰功伟绩一样，跟我到今生来的么？”我不是那样的女人：在孤寂中培育失望，用每夜的眼泪去哺养它，用每天的忍耐的微笑去遮盖它，那是一个天生的寡妇。我的愿望之花在没有糖果以前，永不会凋落。但必须用终生的努力，才能使一个人的真我，被了解，被尊崇。因此我来到你们的门前，你这征服世界的爱神，还有你，伐森塔，季节的年轻的神，从我年轻的躯体上把天赋的不公和没有吸引力的平凡拿去吧。只要有一天的时间使我绝顶美丽，就像我心中忽然开放的爱一样地美丽。只给我短短一天的完全的美丽，我将用以后的日子来还报你。

玛达那　我答应了你的请求。

伐森塔　不只是短短的一天，而是整整的一年，春花般的魅力将寄托在你的肢体上。

第　二　场

阿顺那　是我在做梦呢，还是我在湖边看见的那个人，真的在那边呢？我正坐在茸茸的草地上，在黄昏的斜影中凝想着过去，从树叶的浓阴中缓缓地走出一个美的幻影，一个女人的完美的形象，在水边白石上站立。大地的心也似乎在她雪白的赤足下欢喜地喘息。我觉得她身上雾般的轻纱将会心醉神迷地在太空中消失，正像东山雪峰上金色的朝雾消失了一样。她俯下身去，在明镜般的湖水里看见自己的面影，起先，她吓了一跳，呆呆地站着，接着便嫣然而笑，她漫不经心地挥着左臂，松开她的头发，让它垂曳在她脚边的地上。她敞开胸怀，又注视着她那完美无瑕地塑成的手臂，充满了说不出的怜爱。她低下头去看见了她的香甜开放的青春，和她的鲜艳红润的皮肤。她惊喜地微笑着。正好像白荷花在清晨睁开眼睛，垂下头去，看见水中自己的影子，她也会长久地顾影自怜的。但是一刹那后，微笑从她脸上闪过。忧伤的阴影溜上她的眼睛。她挽上发髻，拉过轻纱盖上手臂，轻轻地叹息，像美丽的黄昏没入黑夜般地走了。对于我，愿望的最高的满足，仿佛在一闪间显现了又消失了……但是，这推门的是谁呢？（齐德拉女装上）呵，是她。安静吧，我的心呵！

不要怕我，小姐，我是一个武士。

齐德拉　尊敬的先生，你是我的客人。我住在这庙里。我不知道怎样来尽我的地主之谊。

阿顺那　美丽的小姐，能看到你就是最隆重的款待了。如果你不见怪，我要问你一个问题。

齐德拉　我答应不怪你。

阿顺那　什么重誓，使你禁闭在这孤寂的庙宇里，使一切凡人都看不见这样一个绝美的幻象呢？

齐德拉　我心里藏着一个密愿，为了要使它实现，我每天向湿婆神祈求。

阿顺那　天哪，你还想望什么，你自己不就是天下人的想望么？从朝阳第一个留下火热足印的极东山巅，直到日落之地的尽头，我都走遍了。我曾看见过地上最珍贵、最美丽和最伟大的事物。我的知识都贡献给你，只要你说出你是在寻求什么东西或是什么人。

齐德拉　我寻求的那个人谁都认得。

阿顺那　是么！这个神的宠儿是谁呢，谁的名声俘获了你的心呢？

齐德拉　他出身于最高的王室，他是英雄里面最伟大的英雄。

阿顺那　小姐，不要把像你这样的完满的美貌，献在虚名的祭坛上。虚名在人们舌尖上传布就像日出以前的黎明的云雾一样。告诉我谁是最高的王裔中的绝顶英雄呢？

齐德拉　隐士，你在妒忌着别人的声名，你难道不晓得俱卢王室在全世界是最有名的么？

阿顺那　俱卢王室么！

齐德拉　你从来没有听见过那天下闻名的王室里最伟大的名字么？

阿顺那　让我从你的唇上听到这个名字。

齐德拉　阿顺那，世界的征服者。我从无数人的口里拣出这不朽的名字，珍重地隐藏在我少女的心中。隐士，你为什么神色昏乱呢？是因为这名字只有虚假的光辉么？要是，就实说吧，我将毫不迟疑地打碎我的心匣，把这假宝丢在土里。

阿顺那　那不管他的名字和声誉、他的勇敢和威力是真是假，看在慈悲的分上不要把他从你心上赶出吧——因为他现在就跪在你的脚边。

齐德拉　你，是阿顺那！

阿顺那　是的，我就是他，你门前的渴求爱情的客人。

齐德拉　阿顺那不是曾起过誓要独居长长的十二年么？

阿顺那　但是你消除了我的誓言，如同月亮消除了夜的朦胧一样。

齐德拉　呵，你多没羞，你在我身上看到了什么，使你对自己不忠了呢？你在这深黑的眼睛、乳白的双臂上看到了什么人，你要为她付出你的忠诚的代价呢？你看到的不是我的真我，我知道。这决不会是爱，这不是一个男子对女人的最高的敬意。哎，这脆弱的伪装，这个躯壳，竟会使人对不死的精神的光辉盲目起来！是的，现在我真知道，阿顺那，你的英名是假的。

阿顺那　呵，声名，那勇武的自豪是多么虚空呀！一切对我都似梦幻。只有你是完美的，你是世界的财宝，一切贫穷的终结，一切努力的目标，唯一的女人！别人的好处只能慢慢地被发觉，而只要看你一眼，就永远地看到了圆满的完美。

齐德拉　可惜得很，它不是我，不是我，阿顺那！它是神人的骗局。走吧，走吧，我的英雄，走吧！不要向虚妄求爱，不要向幻象献上你的伟大的心。走吧！

第　三　场

齐德拉　不，做不到！看着这几乎能把你抓住的热狂的凝视，这眼光里就像有饿鬼的一双紧紧抓住了你的手，觉着他的心在挣扎，想挣断枷锁，让它的热情的呼唤通过全身——我怎能把他像乞丐一般地撵走——不，做不到！（玛达那和伐森塔上）呵，爱神，你用来包围我的是什么样的可怕的火焰？我烧着了，我所接触到的东西都烧着了。

玛达那　我愿意知道昨天夜里发生了什么事情。

齐德拉　黄昏的时候，我躺在一张草榻上，上面撒着春花的花瓣，回忆着阿顺那对我的美妙的颂扬——一滴一滴地吮饮着我在长长的一天中储蓄起来的蜜汁。我过去的生活就像我过去的生存一样，统统都忘掉了。我像一朵花，只有一段短促的时光去听那林间一切嗡嗡的赞美和低低的微语，然后必须把仰望的眼光从天空低下，垂下头去，在一息之间一声不响地把自己交给尘埃，这样地结束了这一段没有过去也没有将来的美满而短促的故事。

伐森塔　光荣的无限的生命,可以在一个早晨之内开放而又凋落。

玛达那　像一阕短歌,意味无穷。

齐德拉　南风把我拍抚睡了。从我头上的盛开的茉莉花亭里,无声的亲吻飘落在我身上。在我的发上、胸上、脚上,每一朵花都选定了一个长眠的床位。我睡着了。在熟睡中,忽然间我感到仿佛有热望的眼光,像火焰的尖指,摩触着我的慵困的身躯。我惊起看见那隐士站在面前。这时月已西斜,她正从叶间偷窥天工在脆弱的人身上所行的奇迹。空气里充满了芬芳;夜的沉静在和蟋蟀的鸣声合唱;树影宁静地挂在湖上,他拄杖站立,又高又直,一动也不动,像森林中的一棵树。我感到似乎在我睁开眼睛的一刻,我已经从生命的一切现实中死去,又在梦中转生于一片阴影的国土。羞怯像松散的衣裳一般滑落到我的脚下。我听见他叫——"我爱,我最爱的人!"我所有的被忘却的生命都聚在一起,来回答他的呼唤。我说,"把我拿去吧,把我的一切都拿去吧!"我向他伸出双臂。月亮落到树后,一幅黑暗的帘幕遮住了一切。天地、苦乐、生死、时间和空间都融成一片难以承受的狂欢……在初闪的晨光、初鸣的鸟声中,我起来倚着左臂坐着。他还没有醒,唇上带着隐约的清晨新月般的微笑。黎明玫瑰红的光辉,落在他高贵的额上。我叹了口气站了起来,拉过藤萝的密叶,来遮住他脸上的流水般的阳光。我四周审视,景色依然如故,我想起我原是什么人,于是像一只害怕自己影子的鹿,穿过撒满木槿花的林径,不停地奔跑。我找到一个背静的地方,坐了下来双手掩面,我想哭泣,但是我眼里流不出泪来。

玛达那　哎,你这凡人的女儿!我从天库里偷来芳醇的仙酒,把人间的一夜斟到满盈,放在你手里请你饮用——可是我仍然听到这声渴望的呼唤!

齐德拉　(辛酸地)谁饮到这酒了?生命的愿望中最罕有的完满,爱的第一度合一已经赠送了给我,却又从我的紧握中攫走了!这个借来的美丽,这包裹着我的虚伪,将从我身上溜走,也带走了那甜蜜的合一的唯一纪念物,就像花瓣从残花上凋落一般;而那个因极端贫困而羞愧的女人,将日夜地坐着哭泣。爱神呵,这副可诅咒的外表伴随着我,就像一个恶魔把我一切爱的赏赐——一切我内心所渴望的接吻——都抢走了。

玛达那　哎,你那一夜多么空虚!快乐的小船已经在望,但是波浪不让它挨近岸边。

齐德拉　天国已经如此临近，我一时忘却了它还没有到达。但是当我今晨从梦中醒来，我发觉我的躯壳已变成我自己的情敌。我每天装扮她，把她送到我爱人那里，看她受他爱抚，这变成我的可恨的职务。呵，神人，把你的恩赐收回吧！

玛达那　但是我若把它收回，你怎能站在你爱人的面前呢？当他还没有饮尽第一口快乐的酒，就从他唇边把酒杯抢走，这不是残忍么？他要怎样生你的气呢！

齐德拉　那也比这样强多了。我要把真我向他显露，那是比伪装更高尚的东西。若是他拒绝它，若是他不理我，伤我的心，我也会沉默地忍受的。

伐森塔　听我的劝告吧。秋天到来，花时过去，接着，胜利的果实便将来临。这一段时间自会来到，那时躯壳的花朵凋落了，阿顺那将高兴地接受你内心的果实的真理。呵，孩子，回到你热狂的欢宴上去吧。

第　四　场

齐德拉　你为什么这样地望着我呢，我的武士？

阿顺那　我看着你怎样地编这个花环。巧妙和优雅，这一对孪生的兄妹，在你的指尖上翩翩起舞。我在看着也在想着。

齐德拉　你想些什么呢，先生？

阿顺那　我想你在用同样的轻柔的抚触和甜蜜，把我流浪的日子编成不朽的花环，在我回家的时候，给我加冕。

齐德拉　家么！这种爱不是为一个家的！

阿顺那　不是为一个家的么？

齐德拉　不是的，永远不要谈到这个，把持久的和坚强的带回你的家去。把这小野花留在它生长的地方；让它美丽地在黄昏时分和一切残花败叶一同死去。不要把花儿带到你的宫殿里，丢在石板地上，它对于萎谢和被遗忘了的东西是毫不怜惜的。

阿顺那　我们的爱是这样的么？

齐德拉　是的，就是这样的！为什么要后悔呢？为消遣而生存的东西，决不会活得比闲暇的日子更长。当它该走的时候，门却关上了，欢乐就变成痛苦。拿走它，并且将它保留到不能再保留的时候。你的夜晚的要求，不要超过你早晨的愿望所能赚到的……这一天过去了。戴上这花环吧。我疲倦了。把我抱在臂里吧,我爱。让一切无益的不满的吵嘴在我们嘴唇的甜蜜接触上死去吧。

阿顺那　别作声!听,我的爱人,远村神庙里的祈祷钟声,借着晚风偷偷地从静默的树林中穿过来了!

第　五　场

伐森塔　我追不上你,我的朋友!我困乏了。把你点上的火保持不灭是件很难的工作。睡眠战胜了我,扇子从我手里落下,冷灰把火光盖上了。我又从昏困中惊醒,用我的全力来救活那残焰。但是这工作再也不能这样地做下去了。

玛达那　我知道,你和孩子一样地无恒。你总是在天地间不停地游戏。你多日细致地建造起来的东西,你会在一刹那间毫不顾惜地把它拆毁。但是我们这件工作就快完结了。长着快乐翅膀的日子飞得真快,这一年,已经快走到尽头,在狂喜的满足中昏倒了。

第　六　场

阿顺那　我早晨醒来发现我在梦中得到的是一颗宝石。我没有匣子来盛它,没有王冠来嵌上它,没有链子来挂上它,但又不忍把它丢掉。我的武士的右臂,懒懒地抓住这颗宝石而忘掉了它的本分。

齐德拉上。

齐德拉　请告诉我你在想什么!

阿顺那　我心里正忙着想今天的狩猎。你看,大雨这样地倾盆下注,狂暴地打击着山坡。云霾的暗影沉重地挂在林梢,涌溢的溪水像鲁莽的青年,带着嘲弄的嬉笑越过一切堤防。在这样的雨天,我们五个弟兄总要到齐德拉卡树林里去追击野兽。那真是快乐的日子。我们的心应着雷云的鼓点而跳舞。树林回应着孔雀的鸣声。怯弱的鹿因雨声和泉响,听不见我们迫近的足音;豹子在湿地上留下踪迹,泄漏了它们的窟穴所在。我们打过猎,在回家的路上,彼此竞赛着横泗过急流。我充满了好动的念头。我想出去打猎。

齐德拉　你先把正在追赶的猎物追上吧。你有把握一定能捉住你追踪的那只送人的鹿么？不，还没有，当这野物几乎被你捉到的时候，它又像幻梦似的躲开了你。你看，风是怎样被发出万箭的暴雨追赶着。但是它却自由自在地走掉，没有被征服。我们的游戏就像这样，我爱！你追赶着那快腿的美的精灵，把你手里的每一根短矛都瞄准了她。但是那只魔鹿却总是跑掉而不会被你触到。

阿顺那　我爱，你难道没有一个家，那里没有仁慈的心等着你回去么？你没有一个因你温柔的服务而变成很甜蜜的家，当你离开它到野外来，那边的灯火便熄灭了么？

齐德拉　为什么要问这些问题呢？难道那无思无虑的欢娱时光已经过去了么？难道你不晓得我不过是你所看见的我么？对我来说，除此以外什么也没有了。那挂在锦绒花瓣尖上的露珠，没有名字也没有性格。它对任何问题都不作答。你所爱的她就像这完美的露珠。

阿顺那　她和人世没有联系么？她会像是天堂的一个碎片，由于一个神人的失慎而掉到地上来的么？

齐德拉　是的。

阿顺那　因此我总感到快要失掉你。我的心得不到满足，我的思想得不到安宁。靠我近一些吧，把握不住的人！把你自己放在姓名、家庭和父母的约束之下。让我的心能在各方面感触到你，在爱的宁静安全里和你一同生活。

齐德拉　为什么要枉费无用的努力去捕捉云霞的彩色、波浪的舞蹈和花朵的芬芳呢？

阿顺那　我的女王，不要希望用空虚来抚慰爱情。给我些捉摸得到的东西，那些比娱乐更能持久的东西，甚至能经受痛苦的东西。

齐德拉　我的英雄，一年未满，而你已经厌倦了！现在我懂得因为天心仁慈才使花朵短命。如果我的躯体能和去年的春花一同凋谢，那真算是死得光荣。但是，它的日子是有数的，我爱。不要顾惜它，要把它的蜜汁榨干，否则恐怕你那乞求者的心又会像一只干渴的蜜蜂那样，当夏天的花残落在地上的时候，带着不满足的愿望，屡次地回来。

第七场

玛达那　今夜是你最后的一夜了。

伐森塔　你的躯壳的美,明天将回到春天的无尽藏的仓库里。你唇上的鲜红从阿顺那接吻的记忆中消失以后,将像两片鲜嫩的无忧树叶重新萌芽,你皮肤的柔软洁白的光辉,将在百朵芬芳的茉莉花里重现。

齐德拉　呵,天神,答应我的这个请求吧!今夜,在最后的时间,让我的美发出最明艳的光辉,像熄灭的火焰最后的一闪。

玛达那　你的愿望定会达到的。

第八场

村民们　现在谁来保护我们呢?

阿顺那　什么,什么危险在威胁着你们呢?

村民们　一股强盗从东北涌来,像山洪一样要洗荡我们的村庄。

阿顺那　你们国里没有元首么?

村民们　齐德拉公主是一切坏人都畏惧的人。当她在这个快乐的国土上的时候,我们除了善终以外,不怕别的东西。现在她出去进香去了,没有人知道到哪里去找她。

阿顺那　这国家的元首是一个女人么?

村民们　是的,她是我们的母亲又是我们的父亲。(下。)

齐德拉上。

齐德拉　你为什么一个人坐在这里呢?

阿顺那　我在这里猜想齐德拉公主是什么样的一个女人。我从各种各样的人那里听到关于她的许多事迹。

齐德拉　呵,但是她不美丽。她没有像我这样的黑得像死亡的、可爱的眼睛。她能射穿任何目标,只要她愿意,但她不能刺穿我们的英雄的心。

阿顺那　他们说她有一个男子的勇敢,有一个女人的温柔。

齐德拉　这个,真是她的最大的不幸,当一个女人仅仅是一个女人的时候,当她用微笑和呜咽、服侍和爱抚,把她自己缠绕在男子的心上,她就快乐了。

学问和伟大的成就对她有什么用处呢？如果你昨天在林径边湿婆庙院里看到她，你会一直走过而不屑于看她一眼的。但你是已经对女人的美如此地厌倦，使你想在她的身上找出男子的力量么？

我已经用了涌泉润湿过的绿叶，在像夜一般幽暗的深洞里，替我们铺好了午睡的床。在那边，那黝黑淋湿的石头上软厚的青苔的凉意，将把你的眼睛吻入睡乡。让我带你到那边去吧。

阿顺那　今天不去了，爱人。

齐德拉　为什么今天不去了呢？

阿顺那　我听说有一股强盗已经逼近这处平原。我必须去准备武器，来保护那些恐慌的村民。

齐德拉　你不必为他们担忧。齐德拉公主在出去进香以前，已经在所有的边境路上布置下坚强的守卫了。

阿顺那　但是请允许我暂时做一下武士的工作。我要以新的光荣使我闲散的手臂高贵起来，使它更配作你的枕头。

齐德拉　假如我不让你去，假如我把你紧抱在臂里，那又怎么办呢？你会粗暴地挣脱而离开我么？那么就去吧！但是你必须知道藤萝一朝折断，就永不能再接在一起。去吧，如果你的干渴已经消解了。但是，如果还没有，那就记住娱乐的女神是无恒的，她不等待着任何人。坐一会儿吧，我主！告诉我什么不安的心事在作弄你。今天谁占据了你的心？是齐德拉么？

阿顺那　是的，是齐德拉。我不知道她为了还什么愿而去进香。她还会需要什么呢？

齐德拉　需要什么？这不幸的东西，她有过什么？她的性格就像牢狱的墙壁，把她的女人的心关闭在空洞的密室里。她是晦暗的，她是不满足的。她的女人的爱即使身被败絮，也只好感到满足。美拒绝了她。她像一个郁郁寡欢的早晨的精灵，坐在山顶上，她一切的光辉都让黑云遮住了。不要问我关于她的生平吧。她的生平在男子们耳中是永远不会甜蜜的。

阿顺那　我渴望知道关于她的一切。我好像一个旅客半夜到达一个陌生的城市。殿顶塔尖和花园树木看去都是模糊阴暗，而海的沉郁的呻吟还不时地从睡眠的静默中传来。他渴望早晨快来，好向他揭露这一切奇妙。呵，把她的故事告诉我吧。

齐德拉　还有什么可以告诉你的呢？

阿顺那　我仿佛在我心的眼睛里看到她，骑在一匹白马上，自豪地左手挽缰，右手执弓，像一位胜利的女神，把快乐的希望散布在她的周围。她像一只警惕的母狮，以强烈的爱来保护她乳旁的小狮子。女人的双臂，即使没有别的装饰，只有力气，也会是美丽的！美丽的人，我的心一刻也得不到安宁，像一条巨龙从它漫长的冬眠中苏醒。来吧，让我们跨上快马并肩竞驰，像一对孪生的星球掠过太空。从这个暗绿的令人萎靡不振的牢狱中，从这个芬芳的沉醉、闷塞的气息的潮湿浓郁的罩子下，走出去吧。

齐德拉　阿顺那，告诉我实话，如果我现在忽然用一种魔术，从这妖娆的柔弱中挣脱出来，这羞怯鲜艳的美，在人世的强壮健康的接触下收缩了，像借来的衣服般地从我身上甩掉了，你受得了么？如果我挺直坚强地站起，用一颗勇敢的心的力量，把诡计和纠缠柔弱的艺术一脚踢开，如果我像一棵年轻高大的山枞一样高抬着头，不再像藤萝似的拖曳在尘土里，我还能引起男人的注意么？不能，不能的，你忍受不了的。我不如仍在我周围散置着短暂的青春的精致的玩具，在忍耐中等待着你。当你愿意回来的时候，我将微笑地在这美丽躯壳的酒杯中，替你斟上娱乐的酒。当你厌倦了，喝够了这酒的时候，你可以出去工作或是游戏；当我老了的时候，无论你在哪里给我留下一个角落，我都将谦卑而感激地接受。若是夜间的游侣愿作白天的良助，假如左臂学习着要分担起骄傲的右臂的任务，这会使你英勇的心灵高兴么？

阿顺那　我似乎永远不能正确地了解你。你对于我就像是一位隐藏在金像里的女神。我摸不到你，我不能以报酬来还答你无价的礼物。这样，我的爱是不完满的。有的时候在你的忧愁眼光的谜一般的深处，在你嘲笑着本身的含意的游戏言词里，我得到一瞥的感受：就是你努力要冲破你那疲倦优美的躯体，穿过微笑的空幻的面纱，在痛苦的火的洗礼中呈现。幻象是真理的最初的面貌。她在伪装下走向她的情人。但是时候到了，她就丢开装饰和轻纱，穿着朴素的庄严的衣服站了起来。我探索那个最终的“你”，那个赤裸的单纯的真理。

为什么流泪呢，我爱？为什么用手捂上脸呢？我使你痛苦了么，我的宝贝？把我说的话忘掉了吧。我将满足于现在。让每一段美丽的时间都像一只神秘的鸟，从它黑暗里的看不见的窝巢中，带着音乐的消息向我飞来。让我永远带着希望坐在它的现实的边缘上，这样终结我的一生吧。

第九场

齐德拉　（披着斗篷）我主，这杯酒已经饮到最后的一滴了么？这真是终局了么？不是的，当一切都过去以后，有些东西还要存留下来，这便是我在你脚前的最后的献礼。

我从天国的花园里带了无比鲜艳的花朵来礼拜你，我心上的神人。如果祭礼已终，花朵已谢，让我把它们扔到庙外去。（露出原来的男装）现在，请用仁慈的眼光看看你的崇拜者吧。

我不像我拿来祭献的花朵那样地完美。我有许许多多的瑕疵。我是这条广大世路上的一个旅客，我的衣服垢污，我的双脚被荆棘刺伤流血。我到哪里去得到花朵般的美丽，一瞬间生命的无瑕的美妙呢？我骄傲地给你带来的献礼，是一颗女人的心。在这里面一切苦乐都聚在一起——一个尘世的女儿的希望、恐惧与羞惭，在这里面，爱情挣扎着奔向不朽的生命。这颗心虽然不完美，但却高洁庄严，如果花的祭献已经完毕，我的主人，接受她作你将来的奴婢吧！

我是齐德拉，国王的女儿。也许你会记得那一天在湿婆庙里，有一个女人到你跟前来，她身上戴满了金饰。这个没羞的女人来向你求爱，仿佛她是一个男人。你拒绝了她，你做得对。我主，我就是那个女人。我装扮成那个模样。后来幸蒙神恩，我得到了一年的人间最光艳的身形，欺骗的内疚伤痛了我的英勇的心。我决不是那个女人。

我是齐德拉。不是受人礼拜的女神，也不是一个平凡的怜悯的对象。像一只飞蛾可以让人随便地拂在一边。如果你允许我在危险和勇敢的道路上常常在你身边，如果你允许我分担你生命中巨大的责任，那时你将认识我的“真我”。如果在我腹中孕育着的你的孩子，是一个男孩，我将亲自把他教育成为第二个阿顺那，时候到了我就把他送到你那里去，那时你将终于真正地认识我。今天我只把齐德拉献给你，一个国王的女儿。

阿顺那　爱人，我的生命圆满了！

先　　知

纪伯伦　著

（1923）

《先知》序

纪伯伦一八八三年生于黎巴嫩山。十二岁时到过美国,两年后又回到东方,进了贝鲁特的阿希马大学。

一九〇三年,他又到美国,住了五年,在波士顿的时候居多。此后他便到巴黎学绘画,同时漫游了欧洲,一九一二年回到纽约,在那里久住。

这时他用阿拉伯文写了许多的书,有些已译成欧洲各国的文字。以后又用英文写了几本,如《疯人》(The Madman,1918)、《先驱者》(The Forerunner,1920)、《先知》(The Prophet,1923)、《人子的耶稣》(Jesus the Son of Man,1928)等,都在纽约克那夫书店出版。《先知》是他的最受欢迎的作品。

关于作者的生平,我所知道的,只是这些了。我又知道法国的雕刻名家罗丹称他为二十世纪的布莱克;又知道他的作品曾译成十八种文字,到处受到热烈的欢迎。

这本书,《先知》,是我在一九二七年冬月在美国朋友处读到的,那满含着东方气息的超妙的哲理和流丽的文词,予我以极深的印象!一九二八年春天,我曾请我的"习作"班同学,分段逐译。以后不知怎样,那译稿竟不曾收集起来。一九三〇年三月,病榻无聊,又把它重看了一遍,觉得这本书实在有翻译的价值,于是我逐段翻译了。从那年四月十八日起,逐日在天津《益世报》文学副刊发表。不幸那副刊不久就停止了,我的译述也没有继续下去。

今年夏日才一鼓作气地把它译完。我感到许多困难,哲理的散文本来难译,哲理的散文诗就更难译了。我自信我还尽力,不过书中还有许多词句,译定之后,我仍有无限的犹疑。

这是我初次翻译的工作,我愿得到读者的纠正和指导。

一九三一年八月二十三日

冰　心

我为什么翻译《先知》和《吉檀迦利》

我只懂一门外文——英文，还不精通。因此轻易不敢做翻译工作，尤其译诗。我虽然也译过一两本国王和总统的诗，那都是“上头”给我的任务，我只好努力而为。至于我自喜爱，而又极愿和读者共同享受，而翻译出来的书，只有两本，那就是《先知》和《吉檀迦利》！

一九三〇年母亲逝世之后，我病了一场，病榻无聊，把从前爱读的、黎巴嫩诗人纪伯伦写的散文诗《先知》重读一遍。纪伯伦从小饱经忧患，到处漂流，最后在美国定居。他用阿拉伯文写了许多作品，都已被译成十八种各国文字。以后他又用英文写了许多作品，而这本《先知》是被世界的读者们称之为他的代表作的。

我那时觉得有喷溢的欲望，愿意让不会读原文的读者，也能享受我读这本书时的欣悦、景仰和伤感。

《先知》的好处，是作者以纯洁美丽的诗的语言，说出了境界高超、眼光远大的、既深奥又平凡的处世为人的道理。译来觉得又容易又顺利，又往往会不由自主地落下了眼泪。

一九五五年，我又译了印度诗人泰戈尔的“献诗”——《吉檀迦利》。大异于纪伯伦的身世，泰戈尔是诞生于“歌鸟之巢”的“王子”，从他欢乐的心境中，他热爱了周围的一切。他用使人目眩心摇的绚烂美丽的诗的语言，来歌唱他所热爱的大自然和人类。为了要尽情传达出作者这“歌鸟”般的飞跃鸣啭的心情，使译者在中国的诗歌词汇的丛林中，奔走了好长的道路！

我从来不敢重译，但是这两位诗人的这两本书，都是诗人自己用英文写的。我知道我的译文，只能汲取了大海中的一滴，但只此一滴，我也愿贡献给不会读原文的读者们，来分享我译诗时的“辛苦”和享受。

一九八五年三月二十日

冰　心

船的到来

当代的曙光，被选而被爱戴的亚墨斯达法，在阿法利斯城中等候了十二年，等他的船到来，好载他归回他生长的岛上去。

在第十二年绮露收获之月的第七天，他出城登上山顶，向海凝望；他看见了他的船在烟雾中驶来。

他的心门砉然地开了，他的喜乐在海面飞翔。他合上眼，在灵魂的严静中祷告。

但当他下山的时候，忽然一阵悲哀袭来。他心里想：我怎能这般宁静地走去而没有些悲哀？不，我要带着精神上的创伤离此城郭。

在这城围里，我度过了悠久的痛苦的日月和孤寂的深夜；谁能撇下这痛苦与孤寂没有一些悼惜？

在这街市上我曾撒下过多的零碎的精神，在这山中也有过多的赤裸着行走的我所爱怜的孩子，离开他们，我不能不觉得负担与痛心。

这不是今日我脱弃了一件衣裳，乃是我用自己的手撕下了自己的一块皮肤。

也不是我遗弃了一种思想，乃是遗弃了一个用饥和渴做成的甜蜜的心。

然而我不能再迟留了。

那召唤万物来归的大海，也在召唤我，我必须登舟了。

因为，若是停留下来，我的归思，在夜间虽仍灼热奋发，渐渐地却要冰冷变石了。

我若能把这里的一切都带了去，何等的快乐呵，但是我又怎能呢？

声音不能把付给他翅翼的舌头和嘴唇带走。他自己必须寻求以太。

鹰鸟也必须撇下窝巢，独自地飞过太阳。

现在他走到山脚，又转面向海，他看见他的船徐徐地驶入湾口，那些在船头的舟子，正是他的故乡人。

于是他的精魂向着他们呼唤，说：

弄潮者，我的老母的孩儿，有多少次你们在我的梦中浮泛。现在你们在我的更深的梦中，也就是我苏醒的时候驶来了。

我已准备好要去了，我的热望和帆篷一同扯满，等着风来。

我只要在这静止的空气中再呼吸一口气，我只要再向后抛掷热爱的一瞥。

那时我要站在你们中间，一个航海者群中的航海者。

还有你，这无边的大海，无眠的慈母，

只有你是江河和溪水的宁静与自由。

这溪流还有一次转折，一次林中的潺湲，

然后我要到你这里来，无量的涓滴归向这无量的海洋。

当他行走的时候，他看见从远处有许多男女离开田园，急速地赶到城边来。

他听见他们叫着他的名字，在阡陌中彼此呼唤，报告他的船来临。

他对自己说：

别离的日子能成为聚会的日子么？

我的薄暮实在可算是我的黎明么？

那些放下了耕田的犁耙、停止了榨酒的轮子的人们，我将给他们什么呢？

我的心能成为一棵累累结实的树，可以采撷了分给他们么？

我的愿望能奔流如泉水，可以倾满他们的杯么？

我是一个全能者的手可能弹奏的琴，或是一管全能者可以吹弄的笛么？

我是一个寂静的寻求者。在寂静中，我发现了什么宝藏，可以放心地布施呢？

倘若这是我收获的日子，那么，在何时何地我曾撒下了种子呢？

倘若这确是我举起明灯的时候，那么，灯内的火焰，不是我点上的。

我将空虚黑暗地举起我的灯，

守夜的人将要添上油,也点上火。

这些是他口中说出的,还有许多没有说出的存在心头。因为他说不出自己心中更深的秘密。

他进城的时候,众人都来迎接,齐声地向他呼唤。

城中的长老走上前来说:

你不要离开我们。

在我们的朦胧里,你是正午的潮者,你青春的气度,给我们以梦想。

你在我们中间不是一个异乡人,也不是一个客人,乃是我们的儿子和亲挚的爱者。

不要使我们的眼睛因渴望你的脸面而酸痛。

一班道人和女冠对他说:

不要让海波在这时把我们分开,使你在我们中间度过的岁月仅仅成为一种回忆。

你曾是一个在我们中间行走的神灵,你的影儿曾明光似地照亮我们的脸。

我们深深地爱了你。不过我们的爱没有声响,而又被轻纱蒙着。

但现在他要对你呼唤,要在你面前揭露。

除非临到了别离的时候,爱永远不会知道自己的深浅。

别的人也来向他恳求。

他没有答话。他只低着头;靠近他的人看见他的泪落在胸前。

他和众人慢慢地向殿前的广场走去。

有一个名叫爱尔美差的女子从圣殿里出来,她是一个预言者。

他以无限的温蔼注视着她,因为她是在他第一天进这城里的时候,最初寻找相信他的人中之一。

她庆贺他,说:

上帝的先知,至高的探求者,你曾常向远处寻望你的航帆。

现在你的船儿来了,你必须归去。

你对于那回忆的故乡和你更大愿望的居所的渴念,是这样地深;我们的爱,不能把你系住;我们的需求,也不能把你羁留。

但在你别离以前，我们要请你对我们讲说真理。

我们要把这真理传给我们的孩子，他们也传给他们的孩子，如此绵绵不绝。

在你的孤独里，你曾警守我们的白日；在你的清醒里，你曾倾听我们睡梦中的哭泣与欢笑。

现在请把我们的“真我”披露给我们，告诉我们你所知道的关于生和死中间的一切。

他回答说：

阿法利斯的民众呵，除了那现时在你们灵魂里鼓荡的之外，我还能说什么呢？

爱

于是爱尔美差说:请给我们谈爱。

他举头望着民众,他们一时静默了。他用洪亮的声音说:

当爱向你们召唤的时候,跟随着他,

虽然他的路程艰险而陡峻。

当他的翅翼围卷你们的时候,屈服于他,

虽然那藏在羽翮中间的剑刃许会伤毁你们。

当他对你们说话的时候,信从他,

虽然他的声音也许会把你们的梦魂击碎,如同北风吹荒了林园。

爱虽给你加冠,他也要将你钉在十字架上。他虽栽培你,他也刈剪你。

他虽升到你的最高处,抚惜你在日中颤动的枝叶,

他也要降到你的根下,摇动你紧握住泥土的根柢。

如同一捆稻粟,他把你束聚起来。

他舂打你使你赤裸。

他筛分你使你脱壳。

他磨碾你直至洁白。

他揉搓你直至柔韧。

然后他送你到他的圣火上去,使你成为上帝圣筵上的圣饼。

这些都是爱要给你们做的事情,使你知道自己心中的秘密,在这知识中你便成了"生命"心中的一屑。

假如你在你的疑惧中,只寻求爱的和平与逸乐,

那不如掩盖你的裸露,而躲过爱的筛打,

而走入那没有季候的世界，在那里你将欢笑，却不是尽量的笑悦；你将哭泣，却没有流干了眼泪。

爱除自身外无施与，除自身外无接受。

爱不占有，也不被占有。

因为爱在爱中满足了。

当你爱的时候，你不要说“上帝在我的心中”，却要说“我在上帝的心里”。

不要想你能导引爱的路程，因为若是他觉得你配，他就导引你。

爱没有别的愿望，只要成全自己。

但若是你爱，而且需求愿望，就让以下的做你的愿望罢：

溶化了你自己，像溪流般对清夜吟唱着歌曲。

要知道过度温存的痛苦。

让你对爱的了解毁伤了你自己。

而且甘愿地喜乐地流血。

清晨醒起，以喜蜕的心来致谢这爱的又一日；

日中静息，默念爱的浓欢；

晚潮退时，感谢地回家；

然后在睡时祈祷，因为有被爱者在你的心中，有赞美之歌在你的唇上。

婚　姻

爱尔美差又说：夫子，婚姻怎样讲呢？

他回答说：

你们一块儿出世，也要永远合一。

在死的白翼隔绝你们的岁月的时候，你们也要合一。

噫，连在静默地忆想上帝之时，你们也要合一。

不过在你们合一之中，要有间隙。

让天风在你们中间舞荡。

彼此相爱，但不要做成爱的系链：

只让他在你们灵魂的沙岸中间，做一个流动的海。

彼此斟满了杯，却不要在同一杯中啜饮。

彼此递赠着面包，却不要在同一块上取食。

快乐地在一处舞唱，却仍让彼此静独，

连琴上的那些弦子也是单独的，虽然他们在同一的音调中颤动。

彼此赠献你们的心，却不要互相保留。

因为只有“生命”的手，才能把持你们的心。

要站在一处，却不要太密迩：

因为殿里的柱子，也是分立在两旁，

橡树和松柏，也不在彼此的荫中生长。

孩　子

于是一个怀中抱着孩子的妇人说:请给我们谈孩子。

他说:

你们的孩子,都不是你们的孩子。

乃是"生命"为自己所渴望的儿女。

他们是凭借你们而来,却不是从你们而来,

他们虽和你们同在,却不属于你们。

你们可以给他们以爱,却不可给他们以思想。

因为他们有自己的思想。

你们可以荫庇他们的身体,却不能荫庇他们的灵魂。

因为他们的灵魂,是住在"明日"的宅中,那是你们在梦中也不能想见的。

你们可以努力去模仿他们,却不能使他们来像你们。

因为生命是不倒行的,也不与"昨日"一同停留。

你们是弓,你们的孩子是从弦上发出的生命的箭矢。

那射者在无穷之中看定了目标,也用神力将你们引满,使他的箭矢迅速而遥远地射了出去。

让你们在射者手中的"弯曲"成为喜乐吧;

因为他爱那飞出的箭,也爱了那静止的弓。

饮　食

一个开饭店的老人说:请给我们谈饮食。

他说:

我恨不得你们能依靠大地的香气而生存,如同那空气植物受着阳光的供养。

既然你们必须杀生为食,而且从新生的动物口中夺他的母乳来止渴,那就让它成为一个敬神的礼节吧。

让你的肴馔摆在祭坛上,那是丛林中和原野上的纯洁清白的物品,为更纯洁清白的人们而牺牲的。

当你杀生的时候,心里对他说:

"在宰杀你的权力之下,我同样地也被宰杀,我也要同样地被吞食。那把你送到我手里的法律,也要把我送到那更伟大者的手里。

"你和我的血都不过是浇灌天树的一种液汁。"

当你咬嚼着苹果的时候,心里对它说:

"你的子核要在我身中生长,

你来世的嫩芽要在我心中萌茁,

你的芬香要成为我的气息,

我们要终年地喜乐。"

在秋天,你在果园里摘葡萄榨酒的时候,心里说:

"我也是一座葡萄园,我的果实也要摘下榨酒,

"和新酒一般,我也要被收存在永生的杯里。"

在冬日,当你斟酒的时候,你的心要对每一杯酒歌唱;

让那歌曲成为一首纪念秋天和葡萄园以及榨酒之歌。

工　作

于是一个农夫说:请给我们谈工作。

他回答说:

你工作为的是要与大地和大地的精神一同前进。

因为惰逸使你成为一个时代的生客,一个生命大队中的落伍者,这大队是庄严的,高傲而服从的,向着无穷前进。

在你工作的时候,你是一管笛,从你心中吹出时光的微语,变成音乐。

你们谁肯做一根芦管,在万物合唱的时候,你独痴呆无声呢?

你们常听人说,工作是祸殃,劳动是不幸。

我却对你们说,你们工作的时候,你们完成了大地深远的梦之一部,他指示你那梦是从何时开头的。

而在你劳动不息的时候,你确实爱了生命。

在工作里爱了生命,就是通彻了生命最深的秘密。

倘然在你的辛苦里,将有身之苦恼和养身之诅咒,写上你的眉间,则我将回答你,只有你眉间的汗,能洗去这些字句。

你们也听见人说,生命是黑暗的。在你疲劳之中,你附和了那疲劳的人所说的话。

我说生命的确是黑暗的,除非是有了激励;

一切的激励都是盲目的,除非是有了知识;

一切的知识都是徒然的,除非是有了工作;

一切的工作都是空虚的,除非是有了爱。

当你仁爱地工作的时候，你便与自己、与人类、与上帝联系为一。

怎样才是仁爱地工作呢？

从你的心中抽丝织成布帛，仿佛你的爱者要来穿此衣裳。

热情地盖造房屋，仿佛你的爱者要住在其中。

温存地播种，欢乐地收刈，仿佛你的爱者要来吃这产物。

这就是用你自己灵魂的气息，来充满你所制造的一切。

要知道一切受福的古人，都在你上头看视着。

我常听见你们仿佛在梦中说："那在蜡石上表现出他自己灵魂的形象的人，是比耕地的人高贵多了。

"那捉住虹霓，传神地画在布帛上的人，是比织履的人强多了。"

我却要说，不在梦中，而在正午清醒的时候，风对大橡树说话的声音，并不比对纤小的草叶所说的更甜柔；

只有那用他的爱心，把风声变成甜柔的歌曲的人，是伟大的。

工作是眼能看见的爱。

倘若你不是欢乐地却厌恶地工作，那还不如撇下工作，坐在大殿的门边，去乞求那些欢乐地工作的人的周济。

倘若你无精打采地烤着面包，你烤成的面包是苦的，只能救半个人的饥饿。

你若是怨重地压榨着葡萄酒，你的怨望，在酒里滴下了毒液。

倘若你能像天使一般地唱，却不爱唱，那你就把人们能听到白天和黑夜的声音的耳朵都塞住了。

哀　乐

于是一个妇人说:请给我们讲欢乐与悲哀。

他回答说:

你的欢乐,就是你的去了面具的悲哀。

连你那涌溢欢乐的井泉,也常是充满了你的眼泪。

不然又怎样呢?

悲哀的创痕在你身上刻得越深,你越能容受更多的欢乐。

你的盛酒的杯,不就是那曾在陶工的窑中燃烧的坯子么?

那感悦你的心神的笛子,不就是曾受尖刀挖刻的木管么?

当你欢乐的时候,深深地内顾你的心中,你就知道只不过是曾使你悲哀的,又在使你欢乐。

当你悲哀的时候,再内顾你的心中,你就看出实在是那曾使你喜悦的,又在使你哭泣。

你们有些人说:“欢乐大于悲哀。”也有人说:“不,悲哀是更大的。”

我却要对你们说,它们是不能分开的。

它们一同来到,当这一个和你同席的时候,要记住那一个正在你床上酣眠。

真的,你是天平般悬在悲哀与欢乐之间。

只有在盘空的时候,你才能静止,持平。

当守库者把你提起来称他的金银的时候,你的哀乐就必须升降了。

居　室

于是一个泥水匠走上前来说:请给我们谈居室。

他回答说:

当你在城里盖一所房子之前,先在野外用你的想象盖一座凉亭。

因为你黄昏时有家可归,而你那更迷茫、更孤寂的漂泊的精魂,也有个归宿。

你的房屋是你的较大的躯壳。

他在阳光中发育,在夜的寂静中睡眠;而且不能无梦。

你的房屋不做梦么?不梦见离开城市,登山入林么?

我愿能把你们的房子聚握在手里,撒种似地把他们洒落在丛林中与绿野上。

愿山谷成为你们的街市,绿径成为你们的里巷,使你们在葡萄园中相寻相访的时候,衣袂上带着大地的芬芳。

但这个还一时做不到。

在你们祖宗的忧惧里,他们把你们聚集得太近了。这忧惧还要稍微延长。你们的城墙,也仍要把你们的家庭和你们的田地分开的。

告诉我罢,阿法利斯的民众呵,你们的房子里有什么?你们锁门是为守护什么呢?

你们有“和平”,不就是那呈露你魄力的宁静和鼓励么?

你们有“回忆”,不就是那连跨你心峰的灿烂的弓桥么?

你们有“美”,不就是那把你的心从木石建筑上引到圣山的么?

告诉我,你们的房屋里有这些东西么?

或者你只有“舒适”和“舒适的欲念”,那诡秘的东西,以客人的身份混了进来渐作家人,终作主翁的么?

嘻,他变成一个驯兽的人,用钩镰和鞭笞,使你较伟大的愿望变成傀儡。

他的手虽柔软如丝,他的心却是铁打的。

他催眠你,只须站在你的床侧,讥笑你肉体的尊严。

他戏弄你健全的感官,把它们塞放在蓟绒里,如同脆薄的杯盘。

真的,舒适之欲,杀害了你灵性的热情,又哂笑地在你的殡仪队中徐步。

但是你们这些"太空"的儿女,你们在静中不息,你们不应当被网罗,被驯养。

你们的房子不应当做个锚,却应当做个桅。

它不应当做一片遮掩伤痕的闪亮的薄皮,却应当做那保护眼睛的睫毛。

你不应当为穿门走户而敛翅,也不应当为恐触到屋顶而低头,也不应当为怕墙壁崩裂而停止呼吸。

你不应当住在那死人替活人筑造的坟墓里。

无论你的房屋是如何地壮丽与辉煌,也不应当使他隐住你的秘密,遮住你的愿望。

因为你里面的"无穷性",是住在天宫里,那天宫是以晓烟为门户,以夜的静寂与歌曲为窗牖的。

衣　服

于是一个织工说:请给我们谈衣服。

他回答说:

你们的衣服掩盖了许多的美,却遮不住丑恶。

你们虽可在衣服里找到隐秘的自由,却也找到了橛饰与羁勒了。

我恨不得你们多用皮肤而少用衣服去迎接太阳和风。

因为生命的气息是在阳光中,生命的把握是在风里。

你们中有人说:"那纺织衣服给我们穿的是北风。"

我也说:对的,是北风,但他的机杼是可羞的,那使筋肌软弱的是他的线缕。

当他的工作完毕时,他在林中喧笑。

不要忘却,"羞怯"只是遮挡"不洁"的眼目的盾牌。

在"不洁"完全没有了的时候,"羞怯"不是仅仅是心上的桎梏与束缚么?

也别忘了大地是欢喜和你的赤脚接触,风是希望和你的头发相戏的。

买 卖

于是一个商人说:请给我们谈买卖。

他回答说:

大地贡献果实给你们,如果你们只晓得怎样独取,你们就不应当领受了。

在交易着大地的礼物时,你们将感到丰裕而满足。

然而若不是用爱和公平来交易,则必有人流为饕餮,有人流为饿殍。

当在市场上,你们这些海上、田中和葡萄园里的工人,遇见了织工、陶工和采集香料的——

就当祈求大地的主神,临到你们中间,来圣化天平,以及那较量价值的核算。

不要容许游手好闲的人来参加你们的买卖,他们会以言语来换取你们的劳力。

你们要对这种人说:

“同我们到田间,或者跟我们的兄弟到海上去撒网;

“因为海与陆地,对你们也和对我们一样地恩惠。”

倘若那吹箫的和歌舞的人来了,你们也应当买他们的礼物。

因为他们也是果实和乳香的采集者,他们带来的物事,虽系梦幻,却是你们灵魂上的衣食。

在你们离开市场以前,要看着没有人空手回去。

因为大地的主神,不到你们每人的需要全都满足了以后,他不能在风中宁静地睡眠。

罪与罚

于是本城的法官中，有一个走上前来说：请给我们谈罪与罚。

他回答说：

当你的灵性随风飘荡的时候，

你孤零而失慎地对别人也就是对自己犯了过错。

为着所犯的过错，你必须去叩那受福者之门，并被怠慢地等待片刻。

你们的"神性"像海洋；

他永远纯洁不染，

又像以太，他只帮助有翼者上升。

他们的"神性"也像太阳；

他不知道田鼠的径路，也不寻找蛇虺的洞穴。

但是你们的"神性"，不是独居在你们里面。

在你们里面，有些仍是"人性"，有些还不成"人性"，

只是一个未成形的侏儒，睡梦中在烟雾里蹒跚，自求觉醒。

我现在所要说的，就是你们的"人性"。

因为那知道罪与罪的刑罚的，是他，而不是你的"神性"，也不是烟雾中的侏儒。

我常听见你们议论到一个犯了过失的人，仿佛他不是你们的同人，只像是个外人，是个你们的世界中的闯入者。

我却要说，连那圣洁和正直的，也不能高于你们每人心中的至善，

所以那奸邪的和懦弱的，也不能低于你们心中的极恶。

如同一片树叶，除非得到全树的默许，不能独自变黄，

所以那作恶者，若没有你们大家无形中的怂恿，也不会作恶。

如同一个队伍，你们一同向着你们的“神性”前进。

你们是道，也是行道的人。

当你们中间有人跌倒的时候，他是为了他后面的人而跌倒，是一块绊脚石的警告。

是的，他也为他前面的人而跌倒，因为他们的步履虽然又快又稳，却没有把那绊脚石挪开。

还有这个，虽然这些话会重压你的心：

被杀者对于自己的被杀不能不负咎，

被劫者对于自己的被劫不能不受责。

正直的人，对于恶人的行为，也不能算无辜。

清白的人，对于罪人的过犯，也不能算不染。

是的，罪犯往往是被害者的牺牲品，

刑徒更往往为那些无罪无过的人担负罪责。

你们不能把至公与不公，至善与不善分开；

因为他们一齐站在太阳面前，如同织在一起的黑线和白线，

黑线断了的时候，织工就要视察整块的布，也要察看那机杼。

你们中如有人要审判一个不忠诚的妻子，

让他也拿天平来称一称她丈夫的心，拿尺来量一量他的灵魂。

让鞭挞“扰人者”的人，先察一察那“被扰者”的灵性。

你们如有人要以正义之名，砍伐一棵恶树，让他先察看树根；

他一定能看出那好的与坏的，能结实与不能结实的树根，都在大地的沉默的心中，纠结在一处。

你们这些愿持公正的法官，

你们将怎样裁判那忠诚其外而盗窃其中的人？

你们又将怎样刑罚一个受戮肉体，而在他自己是心灵遭灭的人？

你们又将怎样控告那行为上刁猾、暴戾，

而事实上也是被威逼、被虐待的人呢？

你们又将怎样责罚那悔心已经大于过失的人？

忏悔不就是你们所喜欢奉行的法定的公道么？

然而你们却不能将忏悔放在无辜者的身上，也不能将它从罪人心中取出。

不期然地它要在夜中呼唤，使人们醒起，反躬自省。

你们这些愿意了解公道的人，若不在大光明中视察一切的行为，你们怎能了解呢？

只在那时，你们才知道那直立与跌倒的，只是一个站在侏儒性的黑夜与神性的白日的黄昏中的人，

也要知道那大殿的角石，也不高于那最低的基石。

法律

于是一个律师说：但是，我们的法律怎么样呢，夫子？

他回答说：

你们喜欢立法，

却也更喜欢犯法。

如同那在海滨游戏的孩子，勤恳地建造了沙塔，然后又嘻笑地将它毁坏。

但是当你们建造沙塔的时候，海洋又送许多的沙土上来，

到你们毁坏那沙塔的时候，海洋又与你们一同哄笑。

真的，海洋常和天真的人一同哄笑。

可是对于那班不以生命为海洋，不以人造的法律为沙塔的人，又当如何？

对于那以生命为岩石，以法律为可以随意刻雕的凿子的人，又当如何？

对于那憎恶跳舞者的跛人，又当如何？

对于那喜爱羁轭，却以小牛和林中的麋鹿为流离颠沛的人，又当如何？

对于自己不能蜕脱，却把一切蛇豸称为赤裸无耻的老蛇的人，又当如何？

对于那早赴婚筵，饱倦归来，却说"一切筵席都是违法，那些设筵的人都是犯法者"的人，又当如何？

对于这些人，除了说他们是站在日中以背向阳之外，我能说什么呢？

他们只看见自己的影子，他们的影子，就是他们的法律。

太阳对于他们，不只是一个射影者么？

承认法律，不就是佝偻着在地上寻迹阴影么？

你们只向着阳光行走的人，哪种地上的映影，能捉住你们呢？

你们这乘风遨游的人，哪种的风信旗能指示你们的路程呢？

如果你们不在任何人的囚室门前，敲碎你们的镣铐，哪种人造的法律能束

缚你们呢？

如果你们跳舞，却不撞击任何人的铁链，你们还怕什么法律呢？

如果你们撕脱你们的衣裳，却不丢弃在任何人的道上，有谁能把你们带去受审呢？

阿法利斯的民众呵，你们纵能闷住鼓音，松了琴弦，但有谁能禁止云雀不高唱？

自　由

于是一个辩士说：请给我们谈自由。

他回答说：

在城门边，在炉火光前，我曾看见你们俯伏敬拜自己的“自由”，

就像那些囚奴，在诛戮他们的暴君之前卑屈，颂赞。

噫，在庙宇的林中，在城堡的影里，我曾看见你们中之最自由者，把自由像枷锷似地戴上。

我心里忧伤；因为只有那求自由的愿望也成了羁饰，你们再不以自由为标杆、为成就的时候，你们才是自由了。

当你们的白日不是没有牵挂，你们的黑夜也不是没有愿望与忧愁的时候，你们才是自由的。

不如说是当那些事物包围住你的生命，而你却能赤裸地无牵挂地超腾的时候，你们才是自由了。

但若不是在你们了解的晓光中，折断了捆绑你们朝气的锁链，你们怎能超脱你们的白日和黑夜呢？

实话说，你们所谓的自由，就是最坚牢的锁链，虽然那链环闪烁在日光中，炫耀了你们的眼目。

“自由”岂不是你们自身的碎片，你们愿意将它抛弃换得自由么？

假如那是你们所要废除的一条不公平的法律，那法律却是你们用自己的手写在自己的额上的。

你们虽烧毁你们的律书，倾全海的水来冲洗你们法官的额，也不能把它抹掉。

假如那是个你们所要废黜的暴君,先看他的建立在你心中的宝座是否毁坏。

因为一个暴君怎能辖制自由和自尊的人呢?除非他们自己的自由是专制的,他们的自尊是可羞的。

假如那是一种你们所要抛掷的牵挂,那牵挂是你自取的,不是别人勉强给你的。

假如那是一种你们所要消灭的恐怖,那恐怖的座位是在你的心中,而不在你所恐怖的人的手里。

真的,一切在你里面运行的事物,愿望与恐怖,憎恶与爱怜,追求与退避,都是永恒地互抱着。

这些事物在你里面运行,如同光明与黑影成对地胶粘着。

当黑影消灭的时候,遗留的光明又变成另一种光明的黑影。

这样,当你们的自由脱去它的镣铐的时候,它本身又变成更大的自由的镣铐了。

理性与热情

于是那女冠又说:请给我们讲理性与热情。

他回答说:

你们的心灵常常是战场,在战场上,你们的"理性与判断"和你们的"热情与嗜欲"开战。

我恨不能在你们的心灵中做一个调停者,使我可以让你们心中的分子从竞争与衅隙变成合一与和鸣。

但除了你们自己也做个调停者,做个你们心中的各分子的爱者之外,我又能做什么呢?

你们的理性与热情,是你们航行的灵魂的舵和帆。

假如你们的帆或舵破坏了,你们只能泛荡、漂流,或在海中停住。

因为理性独自治理,是一个禁锢的权力,热情不小心的时候是一个自焚的火焰。

因此,让你们的心灵把理性升到热情的最高点,让它歌唱;

也让心灵用理性来引导你们的热情,让它在每日复活中生存,如同大鸾在它自己的灰烬上高翔。

我愿你们把判断和嗜欲,当作你们家中的两位佳客。

你们自然不能敬礼一客过于另一客;因为过分关心于任一客,必要失去两客的友爱与忠诚。

在万山中,当你坐在白杨的凉荫下,享受那远田与原野的宁静与和平——你应当让你的心在沉静中说:"上帝安息在理性中。"

当飓暴卷来的时候,狂风震撼林木,雷电宣告穹苍的威严——你应当让你的心在敬畏中说:"上帝运行在热情里。"

只因你们是上帝大气中之一息,是上帝丛林中之一叶,你们也要同他一起安息在理性中,运行在热情里。

苦　痛

于是一个妇人说:请给我们谈苦痛。

他说:

你的苦痛是你那包裹知识的皮壳的破碎。

连果核也必须破碎,使果仁可以暴露在阳光中,所以你们也必须知道苦痛。

倘若你能使你的心时常赞叹日常生活的神妙,你的苦痛的神妙必不减于你的欢乐;

你要承受你心天的季候,如同你常常承受从田野上度过的四时。

你要静守,度过你心里凄凉的冬日。

许多的苦痛是你自择的。

那是你身中的医士,医治你病躯的苦药。

所以你要信托这医生,静默安宁地吃他的药:

因为他的手腕虽重而辣,却是有冥冥的温柔之手指导着,

他带来的药杯,虽会焚灼你的嘴唇,那陶土却是陶工用他自己神圣的眼泪来润湿调抟而成的。

自　知

于是一个男人说:请给我们讲自知。

他回答说:

在宁静中,你的心知道了白日和黑夜的奥秘。

但你的耳朵渴求听到你心的知识的声音。

你愿在意念中所了解的,能从语言中知道。

你愿能用手指去抚触你的赤裸的梦魂。

你要这样做是好的。

你的心灵隐秘的涌泉,必须升溢,吟唱着奔向大海;

你的无穷深处的宝藏,必须在你目前呈现。

但不要用秤来衡量你的未知的珍宝,

也不要用杖竿和响带去探测你的知识的浅深。

因为自我乃是一片无边无际的海。

不要说"我找到了真理",只要说"我找到了一条真理"。

不要说"我找到了灵魂的道路",只要说"我遇见了灵魂在我的道路上行走"。

因为灵魂在一切的道路上行走。

灵魂不只在一条道路上行走,也不是芦草似地生长。

灵魂如同一朵千瓣的莲花,自己开放着。

教　授

于是一位教师说:请给我们讲教授。

他说:

除了那已经半睡着、躺卧在你知识的晓光里的东西之外,没有人能向你启示什么。

那在殿宇的阴影里,在弟子群中散步的教师,他不是在传授他的智慧,而是在传授他的忠信与仁慈。

假如他真是大智,他就不命令你进入他的智慧之堂,却要引导你到你自己心灵的门口。

天文家能给你讲述他对于太空的了解,他却不能把他的了解给你。

音乐家能给你唱出那充满太空的韵调,他却不能给你那聆受韵调的耳朵和应和韵调的声音。

精通数学的人能说出度量衡的方位,他却不能引导你到那方位上去。

因为一个人不能把他理想的翅翼借给别人。

正如上帝对于你们每个人的了解都是不相同的,所以你们对于上帝和大地的见解也应当是不相同的。

友　谊

于是一个青年说:请给我们谈友谊。

他回答说:

你的朋友是你的有回答的需求。

他是你用爱播种、用感谢收获的田地。

他是你的饮食,也是你的火炉。

因为你饥渴地奔向他,你向他寻求平安。

当你的朋友向你倾吐胸臆的时候,你不要怕说出心中的“否”,也不要瞒住你心中的“可”。

当他静默的时候,你的心仍要倾听他的心;

因为在友谊里,不用言语,一切的思想,一切的愿望,一切的希冀,都在无声的欢乐中发生而共享了。

当你与朋友别离的时候,不要忧伤;

因为你感到他的最可爱之点,当他不在时愈见清晰,正如登山者从平原上望山峰,也加倍地分明。

愿除了寻求心灵的加深之外,友谊没有别的目的。

因为那只寻求着要泄露自身的神秘的爱,不算是爱,只算是一个撒下的网,只网住一些无益的东西。

让你的最美好的事物,都给你的朋友。

假如他必须知道你潮水的退落,也让他知道你潮水的高涨。

你找他只为消磨光阴的人,还能算是你的朋友么?

你要在生长的时间中去找他。

因为他的时间是满足你的需要,不是填满你的空虚。

在友谊的温柔中,要有欢笑和共同的喜悦。

因为在那微末事物的甘露中,你的心能寻到他的清晓而焕发了精神。

谈　话

于是一个学者说:请你讲讲谈话。

他回答说:

在你不安于你的思想的时候,你就说话;

在你不能再在你心的孤寂中生活的时候,你就要在你的唇上生活,而声音是一种消遣,一种娱乐。

在你许多的谈话里,思想半受残害。

思想是天空中的鸟,在语言的笼里,也许会展翅,却不会飞翔。

你们中间有许多人,因为怕静,就去找多言的人。

在独居的寂静里,会在他们眼中呈现出他们赤裸的自己,他们就想逃避。

也有些说话的人,并没有知识和考虑,却要启示一种他们自己所不明白的真理。

也有些人的心里隐存着真理,他们却不用言语来诉说。

在这些人的胸怀中,心灵居住在有韵调的寂静里。

当你在道旁或市场遇见你朋友的时候,让你的心灵,运用你的嘴唇,指引你的舌头。

让你声音里的声音,对他耳朵的耳朵说话;

因为他的灵魂要噙住你心中的真理。

如同酒光被忘却,酒杯也不存留,而酒味却永远被记念。

时　光

于是一个天文家说:夫子,时光怎样讲呢?

他回答说:

你要测量那不可量、不能量的时间。

你要按照时辰与季候来调节你的举止,引导你的精神。

你要把时光当作一条溪水,你要坐在岸旁,看它流逝。

但那在你里面无时间性的"我",却觉悟到生命的无穷。

也知道昨日只是今日的回忆,而明日只是今日的梦想。

那在你里面歌唱着、默想着的,仍住在那第一刻在太空散布群星的圈子里。

你们中间谁不感到他的爱的能力是无穷的呢?

又有谁不感到那爱虽是无穷,却是在他本身的中心绕行,不是从这爱的思念移到那爱的思念,也不是从这爱的行为移到那爱的行为呢?

而且时光岂不是也像爱,是不可分析,没有罅隙的么?

但若是在你的意想里,你定要把时光分成季候,那就让每一季候围绕住其他的季候。

也让今日用回忆拥抱着过去,用希望拥抱着将来。

善　恶

于是一位城中的长老说:请给我们谈善恶。

他回答说:

我能谈你们的善性,却不能谈你们的恶性。

因为,什么是"恶",不只是"善"被他自身的饥渴所困苦么?

的确,在"善"饥饿的时候,他肯向黑洞中觅食,渴的时候,他也肯喝死水。

当你与自己合一的时候便是"善"。

当你不与自己合一的时候,却也不是"恶"。

因为一个隔断的院宇,不是贼窝,只不过是个隔断的院宇。

一只船失了舵,许会在礁岛间无目的地飘荡而却不至于沉到海底。

当你努力要牺牲自己的时候便是"善"。

当你想法自利的时候,却也不是"恶"。

因为当你设法自利的时候,你不过是土里的树根,在大地的胸怀中啜吸。

果实自然不能对树根说:"你要像我,丰满成熟,永远贡献出你最丰满的一部分。"

因为,在果实,贡献是必需的,正如吸收是树根所必需的一样。

当你在言谈中完全清醒的时候,你是"善"的。

当你在睡梦中,舌头无意识地摆动的时候,却也不是"恶"。

连那失错的言语,有时也能激动柔弱的舌头。

当你坚勇地走向目标的时候,你是"善"的。

你颠顿而行,却也不是"恶"。

连那些跛者，也不倒行。

但你们这些勇健而迅速的人，要警醒，不要在跛者面前颠顿，自以为是仁慈。

在无数的事上，你是“善”的；在你不善的时候，你也不是“恶”。

你只是流连，荒亡。

可怜那麋鹿不能教给龟鳖快走。

在你冀求你的“大我”的时候，便隐存着你的善性：这种冀求是你们每人心中都有的。

但是对于有的人，这种冀求是奔越归海的急湍，挟带着山野的神秘与林木的讴歌。

在其他的人，是在转弯曲折中迷途的缓流的溪水，在归海的路上滞留。

但是不要让那些冀求深的人，对冀求浅的人说：“你为什么这般迟钝？”

因为那真善的人，不问赤裸的人：“你的衣服在哪里？”也不问那无家的人：“你的房子怎样了？”

祈　祷

于是一个女冠说:请给我们谈祈祷。

他回答说:

你们总在悲痛或需要的时候祈祷,我愿你们也在完满的欢乐中、在丰富的日子里祈祷。

因为祈祷不就是你们的自我在活的“以太”中的开展么?

假若向太空倾吐出你们心中的黑夜是个安慰,那么倾吐出你们心中的晓光也是个喜乐。

假若在你的灵魂命令你祈祷的时候,你只会哭泣,她也要从你的哭泣中反复地鼓励你,直到你笑悦为止。

在你祈祷的时候,你超凡高举,在空中你遇到了那些和你在同一时辰祈祷的人,除了那些祈祷时辰之外,你不会遇到他们。

那么,让你那冥冥的殿宇的朝拜,只算个欢乐和甜柔的聚会罢。

因为假如你进入殿宇,除了请求之外,没有别的目的,你将不能接受。

假如你进入殿宇,只为要卑屈自己,你也并不被提高。

甚至于你进入殿宇,只为他人求福,你也不被嘉纳。

只要你进到了那冥冥的殿宇,那就够了。

我不能教给你们怎样用言语祈祷。

除了他通过你的嘴唇所说的他自己的言语之外,上帝不会垂听你的言语。

而且我也不能传授给你那大海、丛林和群山的祈祷。

但是你们生长在群山、丛林和大海之中的人,能在你们心中默会它们的祈祷。

假如你在夜的肃默中倾听,你会听见它们在严静中说:

“我们自己的‘高我’的上帝,你的意志就是我们的意志。

“你的愿望就是我们的愿望。

“你的神力将你赐给我们的黑夜转为白日。

“我们不能向你求什么,因为在我们起念之前,你已知道了我们的需要:

“你是我们的需要。在你把自己赐予我们的时候,你把一切都赐给我们了。”

逸　乐

于是有个每年进城一次的隐士，走上前来说：给我们谈逸乐。

他回答说：

逸乐是一阕自由的歌，

却不是自由。

是你的愿望开出的花朵，

却不是结下的果实。

是从深处到高处的招呼，

却不是深，也不是高。

是关闭在笼中的翅翼，

却不是被围绕住的太空。

噫，实话说，逸乐只是一阕自由的歌。

我愿意你们全心全意地歌唱，我却不愿你们在歌唱中迷恋。

你们中间有些年轻的人，寻求逸乐，似乎这便是世上的一切。他们已被裁判、被谴责了。

我不要裁判、谴责他们，我要他们去寻求。

因为他们必会找到逸乐，但不止找到她一个人；

她有七个姊妹，最小的比逸乐还娇媚。

你们没听见过有人因为要挖掘树根却发现了宝藏么？

你们中间有些老人，想起逸乐时总带些懊悔，如同想起醉中所犯的过失。

然而，懊悔只是心灵的蒙蔽，而不是心灵的惩罚。

你们想起逸乐时应当带着感谢，如同秋收对于夏季的感谢。

但是假如懊悔能予他们以安慰，就让他们得到安慰吧。

你们中间有的不是寻求的青年人，也不是追忆的老年人；

在他们的畏惧寻求与追忆之中，他们远离一切的逸乐，他们深恐疏远了或触犯了心灵。

然而，他们的放弃就是逸乐了。

这样，他们虽用震颤的手挖掘树根，他们也找到宝藏了。

告诉我，谁能触犯心灵呢？

夜莺能触犯静默么，萤火能触犯星辰么？

你们的火焰和烟气能使风感到负载吗？

你们认为心灵是一池止水，你能用竿子去搅拨它么？

常常在你拒绝逸乐的时候，你只是把欲望收藏在你心身的隐处。

谁知道在今日似乎避免了的事情，到明日不会再浮现呢？

连你的身体都知道他的遗传和正当的需要而不肯被欺骗。

你的身体是你灵魂的琴，

无论他发出甜柔的音乐或嘈杂的声响，那都是你的。

现在你们在心中自问："我们如何辨别逸乐中的善与不善呢？"

到你的田野和花园里去，你就知道在花中采蜜是蜜蜂的娱乐；

但是，将蜜汁送给蜜蜂也是花的娱乐。

因为对于蜜蜂，花是它生命的泉源，

对于花，蜜蜂是它恋爱的使者，

对于蜂和花，两下里，娱乐的授受是一种需要与欢乐。

阿法利斯的民众呵，在娱乐中你们应当像花朵与蜜蜂。

美

于是一个诗人说:请给我们谈美。

他回答说:

你们到处追求美,除了她自己做了你的道路,引导着你之外,你如何能找着她呢?

除了她做了你的言语的编造者之外,你如何能谈论她呢?

冤抑的、受伤的人说:“美是仁爱的,和柔的,

“如同一位年轻的母亲,在她自己的光荣中半含着羞涩,在我们中间行走。”

热情的人说:“不,美是一种全能的可畏的东西,

“暴风似地,撼摇了上天下地。”

疲乏的、忧苦的人说:“美是温柔的微语,在我们心灵中说话。

“她的声音传达到我们的寂静中,如同微晕的光,在阴影的恐惧中颤动。”

烦躁的人却说:“我们听见她在万山中叫号,

“与她的呼声俱来的,有兽蹄之声,振翼之音,与狮子之吼。”

在夜里守城的人说:“美要与晓暾从东方一同升起。”

在日中的时候,工人和旅客说:“我们曾看见她凭倚在落日的窗户上俯视大地。”

在冬日,阻雪的人说:“她要和春天一同来临,跳跃于山峰之上。”

在夏日的炎热里,刈者说:“我们曾看见她和秋叶一同跳舞,我们也看见她的发中有一堆白雪。”

这些都是他们关于美的谈说。
实际上,你却不是谈她,只是谈着你那未曾满足的需要,
美不是一种需要,只是一种欢乐。
她不是干渴的口,也不是伸出的空虚的手,
却是发焰的心,陶醉的灵魂。
她不是那你能看到的形象,能听到的歌声,
却是你虽闭目时也能看见的形象,虽掩耳时也能听见的歌声。
她不是犁痕下树皮中的液汁,也不是在兽爪间垂死的禽鸟,
却是一座永远开花的花园,一群永远飞翔的天使。

阿法利斯的民众呵,在生命揭露圣洁的面容的时候的美,就是生命。
但你就是生命,你也是面纱。
美是永生揽镜自照。
但你就是永生,你也是镜子。

宗　教

于是一个老道人说:请给我们谈宗教。

他说:

这一天中我曾谈过别的么?

宗教岂不是一切的功德,一切的反省,

以及那不是功德,也不是反省,只是在凿石或织布时灵魂中永远涌溢的一种叹异、一阵惊讶么?

谁能把他的信心和行为分开,把他的信仰和事业分开呢?

谁能把时间展现在面前,说"这时间是为上帝的,那时间是为我自己的;这时间是为我灵魂的,那时间是为我肉体的"呢?

你的一切光阴都是那在太空中鼓动的翅翼,从自我飞到自我。

那穿上"道德",只如同穿上他的最美的衣服的人,还不如赤裸着,

太阳和风不会把他的皮肤裂成洞孔。

把他的举止范定在伦理之内,是把善鸣之鸟囚在笼里。

最自由的歌声,不是从竹木弦线上发出的。

那以礼拜为窗户的人,开启而又关上,他还没有探访到他心灵之宫,那里的窗户是天天开启的。

你的日常生活,就是你的殿宇,你的宗教。

何时你进去,把你的一切都带了去。

带着犁耙和铁炉、木槌和琵琶,

这些你为着需要或怡情而制造的物件。

因为在梦幻中,你不能超升到比你的成就还高,也不至于坠落到比你的失败还低。

你也要把一切的人都带着:因为在钦慕上,你不能飞跃得比他们的希望还

言　别

现在已是黄昏了。

于是那女预言者爱尔美差说：愿这一日，这地方，和你讲说的心灵都蒙福佑。

他回答说：说那话的是我么？我不也是一个听者么？

他走下殿阶，一切的人都跟着他。他上了船，站在舱面。

转面向着大众，他提高了声音说：

阿法利斯的民众呵，风命令我离开你们了。

我虽不像风那样地迅急，我也必须去了。

我们这些漂泊者，永远地寻求更寂寞的道路，我们不在安歇的时地起程，朝阳与落日也不在同一地方看见我们。

大地在睡眠中时，我们仍在行路。

我们是那坚牢植物的种子，在我们的心成熟丰满的时候，就交给大风纷纷吹散。

我在你们中间的日子是非常短促的，而我所说的话是更短了。

但等到我的声音在你们的耳中模糊，我的爱在你们的记忆中消灭的时候，我要亘来。

我要以更丰满的心，更爱灵感的嘴唇说话。

是的，我要随着潮水归来，

虽然死要遮藏我，更大的沉默要包围我，我却仍要寻求你们的了解。

而且我这寻求不是徒然的。

假如我所说的都是真理，这真理要在更清澈的声音中、更明白的言语里显示出来。

阿法利斯的民众呵，我将与风同去，却不是坠入虚空；

假如这一天不是你们的需要和我的爱的满足，那就让这个算是一个应许，直到践言的一天。

人的“需要”会变换，但他的爱是不变的，他的“爱必满足需要”的愿望，也是不变的。

所以你要知道，我将在更大的沉默中归来。

那在晓光中消散、只留下露水的田间的烟雾，要上升凝聚在云中，化雨下降。

我也不是不像这烟雾。

在夜的寂静中，我曾在你们的街市上行走，我的心魂曾进入你们的院宅。

你们的心搏曾在我的心中，你们的呼吸曾在我的脸上，我都认识你们。

是的，我知道你们的喜乐与哀痛。在你们的睡眠中，你们的梦就是我的梦。

我在你们中间常像山间的湖水。

我照见了你们的高峰与危崖，以及你们思想和愿望的徘徊的云影。

你们的孩子的欢笑，和你们的青年的想望，都溪泉似地流到我的寂静之中。

当它流入我心之深处的时候，这溪泉仍是不停地歌唱。

但还有比欢笑还甜柔，比想望还伟大的东西流到。

那是你们身中的“无穷性”；

你们在这“巨人”里面，都不过是血脉与筋腱；

在他的吟诵中，你们的歌音只不过是无声的颤动。

只因为在这巨人里，你们才伟大。

我因为关心他，才关心你们，怜爱你们。

因为若不是在这阔大的空间里，“爱”能达到多远呢？

有什么幻像、什么期望、什么臆断能够无碍地高翔呢？

在你们本性中的巨人，如同一株缘满苹花的大橡树。

他的神力把你缠系在地上，他的香气把你超升入高空，在他的永存之中，你永不死。

你们曾听说过,像一条锁链,你们是脆弱的链环中最脆弱的一环。

但这不完全是真的。你们也是坚牢的链环中最坚牢的一环。

以你最小的事功来衡量你,如同用柔弱的泡沫,来核计大海的威权。

以你的失败来论断你,就是怨责四季之常变。

是呵,你们是像大海。

那重载的船舶,停在你的岸边待潮,你们虽像大海,也不能催促你的潮水。

你们也像四季,

虽然你们在冬天的时候,拒绝了春日。

你们的春日,和你们一同静息,她在睡中微笑,并不怨嗔。

不要想我说这话是要使你们彼此说:“他夸奖得好,他只看见我们的好处。”

我不过用言语说出你们意念中所知道的事情。

言语的知识不只是无言的知识的影子么?

你们的意念和我的言语,都是从封缄的记忆里来的波浪,这记忆是保存下来的我们的昨日,

也是大地还不认识我们也不认识她自己、正在混沌中受造的太古的白日和黑夜的记录。

哲人们曾来过,将他们的智慧给你们。我来却是领取你们的智慧:

要知道我找到了比智慧更伟大的东西。

那就是你们心里愈聚愈旺的火焰似的心灵。

你却不关心它的发展,只哀悼你岁月的凋残。

那是生命在宇宙的大生命中寻求扩大,而躯壳却在恐惧坟墓。

这里没有坟墓。

这些山岭和平原只是摇篮和垫脚石。

无论何时你从祖宗坟墓上走过,你若留意,你就会看见你们自己和子女们在那里携手跳舞。

真的，你们常在不知晓中作乐。

别人曾来到这里，为了他们在你们信仰上的黄金般的应许，你们所付与的只是财富、权力与光荣。

我所给予的还不及应许，而你们待我却更慷慨。

你们将生命的更深的渴求给予了我。

真的，对一个人来说，比起那把一切目的变作枯唇、把一切生命变作泉水的，没有更大的礼物了。

这便是我的荣誉和报酬——

当我到泉边饮水的时候，我觉得那流水也在渴着；

我饮水的时候，水也饮我。

你们中有人责备我对于领受礼物上太狷傲、太羞怯了。

在领受劳金上我是太骄傲了，在领受礼物上却不如此。

虽然在你们请我赴席的时候，我却在山中采食浆果。

在你们款留我的时候，我却在庙宇的廊下睡眠。

但岂不是你们对我的日夜的关怀，使我的饮食有味，使我的魂梦甜适么？

为此我正要祝福你们：

你们给予了许多，却不知道你们已经给与。

真的，“慈悲”自己看镜的时候，变成石像。

“善行”自赐嘉名的时候，变成了咒诅的根源。

你们中有人说我高蹈，与我自己的“孤独”对饮。

你们也说过：“他和山林谈论却不和人说话。

“他独自坐在山巅，俯视我们的城市。”

我确会攀登高山，孤行远地。

但除了在更高更远之处，我怎能看见你们呢？

除了相远之外，人们怎能相近呢？

还有人在无言中对我呼唤，他们说：

异乡人，异乡人，“至高”的爱慕者，为什么你住在那鹰鸟作巢的山峰上呢？

为什么你要追求那不能达到的事物呢？

在你的窝巢中，你要网罗甚样的风雨，

要捕取天空中哪一种虚幻的飞鸟呢？

加入我们吧。

你下来用我们的面包充饥，用我们的醇酒解渴罢。

在他们灵魂的静默中，他们说了这些话；

但是他们若再静默些，他们就知道我所要网罗的，只是你们的欢乐和哀痛的奥秘。

我所要捕取的，只是你们在天空中飞行的“大我”。

但是猎者也曾是猎品；

因为从我弓上射出的箭儿，有许多只是瞄向我自己的心的。

并且那飞翔者也曾是爬行者；

因为我的翅翼在日下展开的时候，在地上的影儿是一个龟鳖。

我是信仰者也曾是怀疑者；

因为我常常用手指抚触自己的伤痕，使我对你们有更大的信仰和认识。

凭着这信仰和认识，我说：

你们不是幽闭在躯壳之内，也不是禁锢在房舍与田野之中。

你们的“真我”是住在云间，与风同游。

你们不是在日中匍匐取暖，在黑暗里钻穴求安的一只动物，

却是一件自由的物事，一个包涵大地在以太中运行的魂灵。

如果这是模棱的言语，就不必寻求把这些话弄明白。

模糊和混沌是万物的起始，却不是终结。

我愿意你们把我当作个起始。

生命，和一切有生，都隐藏在烟雾里，不在水晶中。

谁知道水晶就是凝固的云雾呢？

在忆念我的时候，我愿你们记着这个：

你们心中最软弱、最迷乱的，就是那最坚强、最刚决的。

不是你的呼吸使你的骨骼竖立坚强么？

不是一个你觉得从未做过的梦，建造了你的城市，形成了城中的一切么？

你如只能看见你呼吸的潮汐，你就看不见别的一切；

你如能听见那梦想的微语，你就听不见别的声音。

你看不见，也听不见，这却是好的。

那蒙在你眼上的轻纱，也要被包扎这纱的手揭去；

那塞在你耳中的泥土，也要被那填塞这泥土的手指戳穿。

你将要看见。

你将要听见。

你也不为曾经聋聩而悲悔。

因为在那时候，你要知道万物的潜隐的目的，

你要祝福黑暗，如同祝福光明一样。

他说完这些话，望着四周，他看见他船上的舵工凭舵而立，凝视着那胀满的风帆，又望着无际的天末。

他说：

耐心的，我的船主是太耐心的了。

大风吹着，帆篷也烦躁了；

连船舵也急要起程；

我的船主却静候着我说完话。

我的水手们，听见了那更大的海的啸歌，他们也耐心地听着我。

现在他们不能再等待了。

我预备好了。

山泉已流入大海，那伟大的母亲又把他的儿子抱在胸前。

别了，阿法利斯的民众呵。

这一天完结了。

他在我们心上闭合，如同一朵莲花在她自己的“明日”上合闭。

在这里所付与我们的，我们要保藏起来，

如果这还不够，我们还必须重聚，齐向那给予者伸手。

不要忘了我还要回到你们这里来。

一会儿的工夫，我的“愿望”又要聚些泥土，形成另一个躯壳。

一会儿的工夫，在风中休息片刻，另一个妇人又要孕怀着我。

我向你们，和我曾在你们中度过的青春告别了。

不过是昨天，我们曾在梦中相见。

在我的孤寂中，你们曾对我歌唱。为了你们的渴慕，我曾在空中建立了一座高塔。

但现在我们的睡眠已经飞走，我们的梦想已经过去，也不是破晓的时候了。

中天的日影正照着我们，我们的半醒已变成了完满的白日，我们必须分手了。

如果在记忆的朦胧中，我们再要会见，我们再在一起谈论，你们也要对我唱更深沉的歌曲。

如果在另一个梦中，我们要再握手，我们要在空中再建一座高塔。

说着话，他向水手们挥手作势，他们立刻拔起锚儿，放开船儿，向东驶行。

从人民口里发出的同心的悲号，在尘沙中飞扬，在海面上奔越，如同号角的声响。

只有爱尔美差静默着，凝望着，直至那船渐渐消失在烟雾之中。

大众都星散了，她仍独自站在海岸上，在她的心中忆念着他所说的：

“一会儿的工夫，在风中休息片刻，另一个妇人又要孕怀着我。”

我永远在沙岸上行走，
在沙土和泡沫的中间。
高潮会抹去我的脚印，
风也会把泡沫吹走。
但是海洋和沙岸
却将永远存在。

我曾抓起一把烟雾。
然后我伸掌一看，哎哟，烟雾变成一个虫子。
我把手握起再伸开一看，手里却是一只鸟。
我再把手握起又伸开，在掌心里站着一个容颜忧郁、向天仰首的人。
我又把手握起，当我伸掌的时候，除了烟雾以外，一无所有。
但是我听到了一支绝顶甜柔的歌曲。

仅仅在昨天，我认为我自己只是一个碎片，无韵律地在生命的穹苍中颤抖。

现在我晓得，我就是那穹苍，一切生命都是在我里面有韵律地转动的碎片。

他们在觉醒的时候对我说："你和你所居住的世界，只不过是无边海洋的无边沙岸上的一粒沙子。"

在梦里我对他们说："我就是那无边的海洋，大千世界只不过是我的沙岸上的沙粒。"

只有一次把我窘得哑口无言，就是当一个人问我“你是谁？”的时候。

想到神的第一个念头是一个天使。

说到神的第一个字眼是一个人。

我们是有海洋以前千万年地扑腾着、飘游着、追求着的生物，森林里的风把语言给予了我们。

那么我们怎能以昨天的声音来表现我们心中的远古年代呢？

斯芬克斯只说过一次话。斯芬克斯说：“一粒沙子就是一片沙漠，一片沙漠就是一粒沙子；现在再让我们沉默下去吧。”

我听到了斯芬克斯的话，但是我不懂得。

我看到过一个女人的脸，我就看到了她所有的还未生出的儿女。

一个女人看了我的脸，她就认得了在她生前已经死去的我的历代祖宗。

我想使自己完满起来。但是除非我能变成一个上面住着理智的生物的星球，此外还有什么可能呢？

这不是每一个人的目标吗？

一粒珍珠是痛苦围绕着一粒沙子所建造起来的庙宇。

是什么愿望围绕着什么样的沙粒，建造起我们的躯体呢？

当神把我这块石子丢在奇妙的湖里的时候，我以无数的圈纹扰乱了它的表面。

但是当我落到深处的时候，我就变得十分安静了。

给我静默，我将向黑夜挑战。

当我的灵魂和肉体由相爱而结婚的时候，我就得到了重生。

从前我认识一个听觉极其锐敏的人，但是他不能说话。在一个战役中他你瞎了眼睛,我是又聋又哑,因此让我们握起手来互相了解吧。

一个人的意义不在于他的成就,而在于他所企求成就的东西。

我们中间,有些人像墨水,有些人像纸张。

若不是因为有些人是黑的话,有些人就成了哑巴。

若不是因为有些人是白的话,有些人就成了瞎子。

给我一只耳朵,我将给你以声音。

我们的心才是一块海绵;我们的心怀是一道河水。

然而我们大多宁愿吸收而不肯奔流,这不是很奇怪吗?

当你想望着无名的恩赐,怀抱着无端的烦恼的时候,你就真和一切生物一同长大,升向你的大我。

当一个人沉醉在一个幻象之中,他就会把这幻象的模糊的情味当作真实的酒。

你喝酒为的是求醉;我喝酒为的是要从别种的醉酒中清醒过来。

当我的酒杯空了的时候,我就让它空着;但当它半满的时候,我却恨它半满。

一个人的实质,不在于他向你显露的那一面,而在于他所不能向你显露的那一面。

因此,如果你想了解他,不要去听他说出的话,而要去听他的没有说出的话。

我说的话有一半是没有意义的;我把它说出来,为的是也许会让你听到其他的一半。

幽默感就是分寸感。

当人们夸奖我多言的过失，责备我沉默的美德的时候，我的寂寞就产生了。

当生命找不到一个歌唱家来唱出她的心情的时候，她就产生一个哲学家来说出她的心思。

真理是常久被人知道的，有时是被人说出的。

我们的真实的我是沉默的；后天的我是多嘴的。

我的生命内的声音达不到你的生命内的耳朵；但是为了避免寂寞，就让我们交谈吧。

当两个女人交谈的时候，她们什么话也没有说；当一个女人自语的时候，她揭露了生命的一切。

青蛙也许会叫得比牛更响，但是它们不能在田里拉犁，也不会在酒坊里牵磨，它们的皮也做不出鞋来。

只有哑巴才妒忌多嘴的人。

如果冬天说，“春天在我的心里”，谁会相信冬天呢？

每一粒种子都是一个愿望。

如果你真的睁起眼睛来看，你会从每一个形象中看到你自己的形象。

如果你张开耳朵来听，你会在一切声音里听到你自己的声音。

真理是需要我们两个人来发现的:一个人来讲说它,一个人来了解它。

虽然言语的波浪永远在我们上面喧哗,而我们的深处却永远是沉默的。

许多理论都像一扇窗户,我们通过它看到真理,但是它也把我们同真理隔开。

让我们玩捉迷藏吧。你如果藏在我的心里,就不难把你找到。但是如果你藏到你的壳里去,那么任何人也找你不到的。

一个女人可以用微笑把她的脸蒙了起来。

那颗能够和欢乐的心一同唱出欢歌的忧愁的心,是多么高贵呵。

想了解女人,或分析天才,或想解答沉默的神秘的人,就是那个想从一个美梦中挣扎醒来坐到早餐桌上的人。

我愿意同走路的人一同行走。我不愿站住看着队伍走过。

对于服侍你的人,你欠他的还不只是金子。把你的心交给他或是服侍他吧。

没有,我们没有白活。他们不是把我们的骨头堆成堡垒了吗?

我们不要挑剔计较吧。诗人的心思和蝎子的尾巴,都是从同一块土地上光荣地升起的。

每一条毒龙都产生出一个屠龙的圣乔治来。

树木是大地写上天空中的诗。我们把它们砍下造纸,让我们可以把我们的空洞记录下来。

如果你要写作(只有圣人才晓得你为什么要写作),你必须有知识、艺术和魔术——字句的音乐的知识,不矫揉造作的艺术,和热爱你读者的魔术。

他们把笔蘸在我们的心怀里,就认为他们已经得了灵感了。

如果一棵树也写自传的话,它不会不像一个民族的历史。

如果我在"写诗的能力"和"未写成诗的欢乐"之间选择的话,我就要选那欢乐。因为欢乐是更好的诗。

但是你和我所有的邻居,都一致地说我总是不会选择。

诗不是一种表白出来的意见。它是从一个伤口或是一个笑口涌出的一首歌曲。

言语是没有时间性的。在你说它或是写它的时候应该懂得它的特点。

诗人是一个退位的君王,坐在他的宫殿的灰烬里,想用残灰捏出一个形象。

诗是欢乐、痛苦和惊奇穿插着词汇的一场交道。

一个诗人要想寻找他心里诗歌的母亲的话,是徒劳无功的。

我曾对一个诗人说:"不到你死后我们不会知道你的价值。"

他回答说:"是的,死亡永远是个揭露者。如果你真想知道我的价值,那就是我心里的比舌上的多,我所愿望的比手里现有的多。"

如果你歌颂美,即使你是在沙漠的中心,你也会有听众。

诗是迷醉心怀的智慧。

智慧是心思里歌唱的诗。

如果我们能够迷醉人的心怀，同时也在他的心思中歌唱，

那么他就真个地在神的影中生活了。

灵感总是歌唱；灵感从不解释。

我们常为使自己入睡而对我们的孩子唱催眠的歌曲。

我们的一切字句，都是从心思的筵席上散落下来的残屑。

思想对于诗往往是一块绊脚石。

能唱出我们的沉默的，是一个伟大的歌唱家。

如果你嘴里含满了食物，你怎能歌唱呢？

如果你手里握满金钱，你怎能举起祝福之手呢？

他们说夜莺唱着恋歌的时候，把刺扎进自己的心膛。

我们也都是这样的。不这样我们还能歌唱吗？

天才只不过是晚春开始时节知更鸟所唱的一首歌。

连那最高超的心灵，也逃不出物质的需要。

疯人作为一个音乐家并不比你我逊色，不过他所弹奏的乐器有点失调而已。

在母亲心里沉默着的歌，在她孩子的唇上唱了出来。

没有不能圆满的愿望。

我和另外一个我，从来没有完全一致过。事物的实质似乎横梗在我们

中间。

你的另外一个你总是为你难过。但是你的另外一个你就在难过中成长；那么就一切都好了。

除了在那些灵魂熟睡、躯壳失调的人的心里之外，灵魂和躯壳之间是没有斗争的。

当你达到生命的中心的时候，你将在万物中甚至于在看不见美的人的眼睛里，也会找到美。

我们活着只为的是去发现美。其他一切都是等待的种种形式。

撒下一粒种子，大地会给你一朵花。向天祝愿一个梦想，天空会给你一个情人。

你生下来的那一天，魔鬼就死去了。
你不必经过地狱去会见天使。

许多女子借到了男子的心；很少女子能占有它。

如果你想占有，你千万不可要求。

当一个男子的手接触到一个女子的手，他俩都接触到了永在的心。

爱情是情人之间的面幕。

每一个男子都爱着两个女人：一个是他想象的作品，另外一个还没有生下来。

不肯原谅女人的细微过失的男子，永远不会欣赏她们伟大的德性。

不日日自新的爱情，变成一种习惯，而终于变成奴役。

情人只拥抱了他们之间的一种东西，而没有互相拥抱。

恋爱和疑忌是永不交谈的。

爱情是一个光明的字，被一只光明的手写在一张光明的册页上。

友谊永远是一个甜柔的责任，从来不是一种机会。

如果你不在所有的情况下了解你的朋友，你就永远不会了解他。

你的最华丽的衣袍是别人织造的；
你的最可口的一餐是在别人的桌上吃的；
你的最舒适的床铺是在别人的房子里的。
那么请告诉我，你怎能把自己同别人分开呢？

你的心思和我的心怀将永远不会一致，除非你的心思不再居留于数字中，而我的心怀不再居留在云雾里。

除非我们把语言减少到七个字，我们将永不会互相了解。

我的心，除了把它敲碎以外，怎能把它打开呢？

只有深哀和极乐才能显露你的真实。
如果你愿意被显露出来，你必须在阳光中裸舞，或是背起你的十字架。

如果自然听到了我们所说的知足的话语，江河就不去寻求大海，冬天就不会变成春天。如果她听到我们所说的一切吝啬的话语，我们有多少人可以呼吸到空气呢？

当你背向太阳的时候，你只看到自己的影子。

你在白天的太阳前面是自由的，在黑夜的星辰前面也是自由的；
在没有太阳，没有月亮，没有星辰的时候，你也是自由的。
就是在你对世上一切闭起眼睛的时候，你也是自由的。
但是你是你所爱的人的奴隶，因为你爱了他。
你也是爱你的人的奴隶，因为他爱了你。

我们都是庙门前的乞丐，当国王进出庙门的时候，我们每人都分受到恩赏。

但是我们都互相妒忌，这是轻视国王的另一种方式。

你不能吃得多过你的食欲。那一半食粮是属于别人的，而且也还要为不速之客留下一点面包。

如果不为待客的话，所有的房屋都成了坟墓。

和善的狼对天真的羊说："你不光临寒舍吗？"
羊回答说："我们将以造府为荣，如果贵府不是在你肚子里的话。"

我把客人拦在门口说："不必了，在出门的时候再擦脚吧，进门的时候是不必擦的。"

慷慨不是你把我比你更需要的东西给我，而是你把你比我更需要的东西也给了我。

当你施与的时候你当然是慈善的，在授与的时候要把脸转过一边，这样就可以不看那受者的羞赧。

最富与最穷的人的差别，只在于一整天的饥饿和一个钟头的干渴。

我们常常从我们的明天预支了来偿付我们昨天的债负。

我也曾受过天使和魔鬼的造访,但是我都把他们支走了。

当天使来的时候,我念一段旧的祷文,他就厌烦了;

当魔鬼来的时候,我犯一次旧的罪过,他就从我面前走过了。

总的说来,这不是一所坏监狱;我只不喜欢在我的囚房和隔壁囚房之间的这堵墙;

但是我对你保证,我决不愿责备狱吏和建造这监狱的人。

你向他们求鱼而却给你毒蛇的那些人,也许他们只有毒蛇可给。那么在他们一方面就算是慷慨的了。

欺骗有时成功,但它往往自杀。

当你饶恕那些从不流血的凶手,从不窃盗的小偷,不打诳语的说谎者的时候,你就真是一个宽大的人。

谁能把手指放在善恶分野的地方,谁就是能够摸到上帝圣袍的边缘的人。

如果你的心是一座火山的话,你怎能指望会从你的手里开出花朵来呢?

多么奇怪的一个自欺的方式!有时我宁愿受到损害和欺骗,好让我嘲笑那些以为我不知道我是被损害、欺骗了的人。

对于一个扮作被追求者的角色的追求者,我该怎么说他呢?

让那个把脏手在你衣服上擦的人,把你的衣服拿走吧。他也许还需要那件衣服,你却一定不会再要了。

兑换商不能做一个好园丁,真是可惜。

请你不要以后天的德行来粉饰你的先天的缺陷。我宁愿有缺陷;这些缺陷和我自己的一样。

有多少次我把没有犯过的罪都拉到自己身上,为的让人家在我面前感到舒服。

就是生命的面具,也都是更深的奥秘的面具。

你可能只根据对自己的了解去判断别人。

现在告诉我,我们里头谁是有罪的,谁是无辜的。

真正公平的人就是对你的罪过感到应该分担的人。

只有白痴和天才,才会去破坏人造的法律,他们离上帝的心最近。

只在你被追逐的时候,你才快跑。

我没有仇人,上帝呵！如果我会有仇人的话,

就让他和我势均力敌,

只让真理做一个战胜者。

当你和敌人都死了的时候,你就会和他十分友好了。

一个人在自卫的时候可能自杀。

很久以前一个"人",因为过于爱别人,也因太可爱了,而被钉在十字架上。

说来奇怪,昨天我碰到他三次。

第一次是他恳求一个警察不要把一个妓女关到监牢里去;第二次是他和一个无赖一块喝酒;第三次是他在教堂里和一个法官拳斗。

如果他们所谈的善恶都是正确的话,那么我的一生只是一个长时间的犯罪。

怜悯只是半个公平。

过去唯一对我不公平的人,就是那个我曾对他的兄弟不公平的人。

当你看见一个人被带进监狱的时候,在你心中默默地说:“也许他是从更狭小的监狱里逃出来的。”

当你看见一个人喝醉了的时候,在你心中默默地说:“也许他想躲避某些更不美好的事物。”

在自卫中我常常憎恨;但是如果我是一个比较坚强的人,我就不必使用这样的武器。

把唇上的微笑来遮掩眼里的憎恨的人,是多么愚蠢呵!

只有在我以下的人,能忌妒我或憎恨我。

我从来没有被忌妒或被憎恨过;我不在任何人之上。

只有在我以上的人,能称赞我或轻蔑我。

我从来没有被称赞或被轻蔑过;我不在任何人之下。

你对我说“我不了解你”,这就是过分地赞扬了我,无故地侮辱了你。

当生命给我金子而我给你银子的时候,我还自以为慷慨,这是多么卑鄙呵!

当你达到生命心中的时候,你会发现你不高过罪人,也不低于先知。

奇怪的是,你竟可怜那脚下慢的人,而不可怜那心里慢的人。

可怜那盲于目的人,而不可怜那盲于心的人。

瘸子不在他敌人的头上敲断他的拐杖，是更聪明些的。

那个认为从他的口袋里给你，可以从你心里取回的人，是多么糊涂呵！

生命是一支队伍。迟慢的人发现队伍走得太快了，他就走出队伍；
快步的人又发现队伍走得太慢了，他也走出队伍。

如果世上真有罪孽这件东西的话，我们中间有的人是跟着我们祖先的脚踪，倒退着造孽。
有的人是管制着我们的儿女，赶前地造孽。

真正的好人，是那个和所有大家认为坏的人在一起的人。

我们都是囚犯，不过有的是关在有窗的牢房里，有的就关在无窗的牢房里。

奇怪的是，当我们为错误辩护的时候，我们用的气力比我们捍卫正确时还大。

如果我们互相供认彼此的罪过的话，我们就会为大家并无新创而互相嘲笑。
如果我们都公开了我们的美德的话，我们也将为大家并无新创而大笑。

一个人是在人造的法律之上，直到他犯了抵触人造的惯例的罪；
在此以后，他就不在任何人之上，也不在任何人之下。

政府是你和我之间的协定。你和我常常是错误的。

罪恶是需要的别名，或是疾病的一种。

还有比意识到别人的过失还大的过失吗？

如果别人嘲笑你，你可以怜悯他；但是如果你嘲笑他，你决不可自恕。

如果别人伤害你，你可以忘掉它；但是如果你伤害了他，你须永远记住。

实际上别人就是最敏感的你，附托在另一个躯壳上。

你要人们用你的翅翼飞翔而却连一根羽毛也拿不出的时候，你是多么轻率呵。

从前有人坐在我的桌上，吃我的饭，喝我的酒，走时还嘲笑我。

以后他再来要吃要喝，我不理他；

天使就嘲笑我。

憎恨是一件死东西，你们有谁愿意做一座坟墓？

被杀者的光荣就是他不是凶手。

人道的保护者是在它沉默的心怀中，从不在它多言的心思里。

他们认为我疯了，因为我不肯拿我的光阴去换金钱；

我认为他们是疯了，因为他们以为我的光阴是可以估价的。

他们把最昂贵的金子、银子、象牙和黑檀排列在我们的面前，我们把心胸和气魄排列在他们面前；

而他们却自称为主人，把我们当作客人。

我宁可做人类中有梦想和有完成梦想的愿望的、最渺小的人，而不愿做一个最伟大的、无梦想、无愿望的人。

最可怜的人是把他的梦想变成金银的人。

我们都在攀登自己心愿的高峰。如果另一个登山者偷了你的粮袋和钱包,而把粮袋装满了,钱包也加重了,你应当可怜他;

这攀登将为他的肉体增加困难,这负担将加长他的路程。

如果在你消瘦的情况下,看到他的肉体膨胀着往上爬,帮他一步;这样做会增加你的速度。

你不能超过你的了解去判断一个人,而你的了解是多么浅薄呵。

我决不去听一个征服者对被征服的人的说教。

真正自由的人是忍耐地背起奴隶的负担的人。

千年以前,我的邻人对我说:“我恨生命,因为它只是一件痛苦的东西。”

昨天我走过一座坟园,我看见生命在他的坟上跳舞。

自然界的竞争不过是混乱渴望着秩序。

静独是吹落我们枯枝的一阵无声的风暴;

但是它把我们活生生的根芽,更深地送进活生生的大地的活生生的心里。

我曾对一条小溪谈到大海,小溪认为我只是一个幻想的夸张者;

我也曾对大海谈到小溪,大海认为我只是一个低估的诽谤者。

把蚂蚁的忙碌捧得高于蚱蜢的歌唱的眼光,是多么狭仄呵!

这个世界里的最高德行,在另一个世界也许是最低的。

深和高在直线上走到深度和高度;只有广阔能在圆周里运行。

如果不是因为我们有了重量和长度的观念,我们站在萤火光前也会同在太阳面前一样地敬畏。

一个没有想象力的科学家，好像一个拿着钝刀和旧秤的屠夫。
但既然我们不全是素食者，那么你该怎么办呢？

当你歌唱的时候，饥饿的人就用他的肚子来听。

死亡和老人的距离并不比和婴儿的距离更近；生命也是如此。

假如你必须直率地说的话，就直率得漂亮一些；要不就沉默下来，因为我们邻近有一个人快死了。

人间的葬礼也可能是天上的婚筵。

一个被忘却的真实可能死去，而在它的遗嘱里留下七千条的实情实事，作为料理丧事和建造坟墓之用。

实际上我们只对自己说话，不过有时我们说得大声一点，使得别人也能听见。

显而易见的东西是：在被人简单地表现出来之前，从不被人看到的。

假如银河不在我的意识里，我怎能看到它或了解它呢？

除非我是医生群中的一个医生，他们不会相信我是一个天文学家的。

也许大海给贝壳下的定义是珍珠。
也许时间给煤炭下的定义是钻石。

荣名是热情站在阳光中的影子。

花根是鄙弃荣名的花朵。

在美之外没有宗教，也没有科学。

我所认得的大人物的性格中都有些渺小的东西；就是这些渺小的东西，阻止了懒惰、疯狂或者自杀。

真正伟大的人是不压制人也不受人压制的人。

我决不因为那个人杀了罪人和先知，就相信他是中庸的。

容忍是和高傲狂害着相思的一种病症。

虫子是会弯曲的；但是连大象也会屈服，不是很奇怪吗？

一场争论可能是两个心思之间的捷径。

我是烈火，我也是枯枝，一部分的我消耗了另一部分的我。

我们都在寻找圣山的顶峰；假如我们把过去当作一张图表而不作为一个向导的话，我们的路程不是可以缩短吗？

当智慧骄傲到不肯哭泣，庄严到不肯欢笑，自满到不肯看人的时候，就不成为智慧了。

如果我把你所知道的一切，把自己填满的话，我还能有余地来容纳你所不知道的一切吗？

我从多话的人学到了静默，从褊狭的人学到了宽容，从残忍的人学到了仁爱，但奇怪的是我对于这些老师并不感激。

执拗的人是一个极聋的演说家。

妒忌的沉默是太吵闹了。

当你达到你应该了解的终点的时候,你就处在你应该感觉的起点。

夸张是发了脾气的真理。

假如你只能看到光所显示的,只能听到声所宣告的,
那么实际上你没有看,也没有听。

一件事实是一条没有性别的真理。

你不能同时又笑又冷酷。

离我心最近的是一个没有国土的国王和一个不会求乞的穷人。

一个羞赧的失败比一个骄傲的成功还要高贵。

在任何一块土地上挖掘你都会找到珍宝,不过你应该以农民的信心去挖掘。

一个被二十个骑士和二十条猎狗追逐着的狐狸说:"他们当然会打死我。但他们准是很可怜很笨拙的。假如二十只狐狸骑着二十头驴子带着二十只狼去追打一个人的话,那真是不值得的。"

是我们的心思屈服于我们自制的法律之下,我们的精神是从不屈服的。

我是一个旅行者,也是一个航海者,我每天在我的灵魂中发现一个新的王国。

一个女人抗议说:"当然那是一场正义的战争。我的儿子在这场战争中牺牲了。"

我对生命说："我要听死亡说话。"

生命把她的声音提高一点说："现在你听到他说话了。"

当你解答了生命的一切奥秘，你就渴望死亡，因为它不过是生命的另一个奥秘。

生与死是勇敢的两种最高贵的表现。

我的朋友，你和我对于生命将永远是个陌生者，
我们彼此也是陌生者，对自己也是陌生者，
直到你要说、我要听的那一天，
把你的声音作为我的声音；
当我站在你的面前，
觉得我是站在镜前的时候。

他们对我说："你能自知你就能了解所有的人。"

我说："只有我寻求所有的人我才能自知。"

一个人有两个我，一个在黑暗里醒着，一个在光明中睡着。

隐士是遗弃了支离破碎的世界，使他可以无惊无扰地享受着整个世界。

在学者和诗人之间伸展着一片绿野；如果学者穿走过去，他就成个圣贤者；如果诗人穿走过来，他就成个先知。

昨晚我看见哲学家们把他们的头颅装在篮子里，在市场上高声叫卖："智慧，卖智慧咯！"

可怜的哲学家！他们必须出卖他们的头来喂养他们的心。

一个哲学家对一个清道夫说："我可怜你，你的工作又苦又脏。"

清道夫说："谢谢你，先生。请告诉我，你做什么工作？"

哲学家回答说："我研究人的心思、行为和愿望。"

清道夫一面扫街一面微笑说:“我也可怜你。”

听真理的人并不弱于讲真理的人。

没有人能在需要与奢侈之间画一条界线。只有天使能这样做,天使是明智而热切的。

也许天使就是我们在太空中的更高尚的思想。

在托钵僧的心中找到自己的宝座的是真正的王子。

慷慨是超过自己能力的施与,自尊是少于自己需要的接受。

实际上你不欠任何人的债。你欠所有的人一切的债。

从前生活过的人现在都和我们一起活着。我们中间当然没有人愿意做一个慢客的主人。

想望得最多的人活得最长。

他们对我说:“十鸟在树不如一鸟在手。”

我却说:“一鸟一羽在树胜过十鸟在手。”

你对那根羽毛的追求,就是脚下生翼的生命;不,它就是生命的本身。

世界上只有两个原素,美和真;美在情人的心中,真在耕者的臂里。

伟大的美俘虏了我,但是一个更伟大的美居然把我从掌握中释放了。

美在想望它的人的心里比在看到它的人的眼里,放出更明亮的光彩。

我爱慕那对我倾诉心怀的人,我尊重那对我披露梦想的人。但是为什么在服侍我的人面前,我却腼腆,甚至于带些羞愧呢?

天才曾以能侍奉王子为荣。
现在他们以侍奉贫民为荣。

天使们晓得,有过多的讲实际的人,就着梦想者眉间的汗,吃他们的面包。

风趣往往是一副面具。你如能把它扯了下来,你将发现一个被激恼了的才智,或是在变着戏法的聪明。

聪明把聪明归功于我,愚钝把愚钝归罪于我。我想他俩都是对的。

只有自己心里有秘密的人才能参透我们心里的秘密。

只能和你同乐不能和你共苦的人,丢掉了天堂七个门中的一把钥匙。

是的,世界上是有涅槃;它是在把羊群带到碧绿的牧场的时候,在哄着你孩子睡觉的时候,在写着你的最后一行诗句的时候。

远在体验到它们以前,我们就已经选择了我们的欢乐和悲哀了。
忧愁是两座花园之间的一堵墙壁。

当你的欢乐和悲哀变大的时候,世界就变小了。
愿望是半个生命,淡漠是半个死亡。

我们今天的悲哀里最苦的东西,是我们昨天的欢乐的回忆。

他们对我说:"你必须在今生的欢娱和来世的平安之中作个选择。"
我对他们说:"我已选择了今生的愉快和来世的安宁。因为我心里知道那最大的诗人只写过一首诗,而这首诗是完全合乎音节韵律的。"

信仰是心中的绿洲,思想的骆驼队是永远走不到的。

当你求达你的高度的时候，你将想望，但要只为想望而想望；你应为饥饿而热望；你应为更大的干渴而渴望。

假如你对风泄露了你的秘密，你就不应当去责备风对树林泄露了秘密。

春天的花朵是天使们在早餐桌上所谈论的冬天的梦想。

鼬鼠对月下香说："看我跑得多快，你却不能走，也不会爬。"
月下香对鼬鼠说："嗐，最高贵的快腿，请你快快跑开吧！"

乌龟比兔子更能多讲些道路的情况。

奇怪的是没有脊骨的生物都有最坚硬的壳。

话最多的人是最不聪明的人，在一个演说家和一个拍卖人之间，几乎没有分别。

你应该感谢，因为你不必靠着父亲的名望或伯叔的财产来生活。
但是最应感谢的是，没有人必须靠着你的名誉或财产来生活。

只在一个变戏法的人接不到球的时候，他才能吸引我。

忌妒我的人在不知不觉之中颂扬了我。

在很久的时间，你是你母亲睡眠里的一个梦，以后她醒起把你生了下来。

人类的胚芽是在你母亲的愿望里。

我的父母愿意有个孩子，他们就生下我。
我要母亲和父亲，我就生下了黑夜和海洋。
有的儿女使我们感到此生不虚，有的儿女为我们留下终身之憾。

当黑夜来了而你也阴郁的时候，就坚决地阴郁着躺了下去。

当早晨来了而你还感着阴郁的时候，就站起来坚决地对白天说："我还是阴郁的。"

对黑夜和白天扮演角色是愚蠢的。

他俩都会嘲笑你。

雾里的山岳不是丘陵；雨中的橡树也不是垂柳。

看哪，这一个似非而是的论断：深和高是比"折中"和"两可"更为相近。

当我一面明镜似地站在你面前的时候，你注视着我看到了自己的形象。

然后你说："我爱你。"

但是实际上你爱的是我里面的你。

当你以爱邻为乐的时候，它就不是美德了。

不时常涌溢的爱就往往死掉。

你不能同时又有青春又有关于青春的知识。

因为青春忙于生活，而顾不得去了解；而知识忙于自我寻求，而顾不得去生活。

你有时坐在窗边看望过往行人。望着望着地，你也许看见一个尼姑向你右手边走来，一个妓女向你左手边走来。

你也许在无意中说出"这一个是多么高洁而那一个又是多么卑贱"。

假如你闭起眼睛静听一会，你会听到太空中有个声音低语说："这一个在祈祷中寻求我，那一个在痛苦中寻求我。在各人的心灵里，都有一座供奉我的心灵的庵堂。"

每隔一百年，拿撒勒的耶稣就和基督徒的耶稣在黎巴嫩山中的花园里相会。他们作了长谈；每次当拿撒勒的耶稣向基督徒的耶稣道别的时候，他都说："我的朋友，我恐怕我们两人永远、永远也不会一致。"

求上帝喂养那些穷奢极欲的人吧！

一个伟大的人有两颗心：一颗心流血，另一颗心宽容。

如果一个人说了并不伤害你或任何人的谎话，为什么不在你心里说，他堆放事实的房子是太小了，搁不下他的胡想，他必须把胡想留待更大的地场。

在每扇关起的门后，都有一个用七道封皮封起的秘密。

等待是时间的蹄子。

假如困难是你东墙上的一扇新开的窗户，那你怎么办呢？

和你一同笑过的人，你可能把他忘掉；但是和你一同哭过的人，你却永远不忘。

在盐里面一定有些出奇地神圣的东西。它也在我们的眼泪里和大海里。

我们的上帝在他慈悲的干渴里，会把我们——露珠和眼泪——都喝下去。

你不过是你的大我的一个碎片，一张寻求面包的嘴，一只盲目的、为一张干渴的嘴举着水杯的手。

只要你从种族、国家和自身之上，升起一腕尺，你就真成了神一样的人。

假如我是你，我决不在低潮的时候去抱怨大海。

船是一只好船，我们的船主是精干的；只不过是你的肚子不合适就是了。

我们想望而得不到的东西，比我们已经得到的东西总要宝贵些。

假如你能坐在云头上，你就看不见两国之间的界线，也看不见庄园之间的界石。

可惜的是你不能坐在云头上。

七百年以前有七只白鸽，从幽谷里飞上高山的雪峰。七个看到鸽子飞翔的人中，有一个说："我看出第七只鸽子的翅膀上，有一个黑点。"

今天这山谷里的人们，就说飞上雪山顶峰的是七只黑鸽。

在秋天，我收集起我的一切烦恼，把它们埋在我的花园里。

四月又到，春天来同大地结婚，在我的花园里开出与众花不同的美丽的花。

我的邻人们都来赏花，他们对我说："当秋天再来，该下种子的时候，你好不好把这些花种分给我们，让我们的花园里也有这些花呢？"

假如我向人伸出空手而得不到东西，那当然是苦恼；但是假如我伸出一只满握的手，而发现没有人来接受，那才是绝望呢。

我渴望着来生，因为在那里我将会看到我的未写出的诗和未画出的画。

艺术是从自然走向无穷的一步。

艺术作品是一堆云雾雕塑成的一个形象。

连那把荆棘编成王冠的双手，也比闲着的双手强。

我们最神圣的眼泪，永不寻求我们的眼睛。

每一个人都是已往的每一个君王和每一个奴隶的后裔。

如果耶稣的曾祖知道在他里面隐藏着的东西的话，他不会对自己肃然起敬吗？

犹大的母亲对于儿子的爱,会比马利亚对耶稣的爱少些吗?

我们的弟兄耶稣还有三桩奇迹没有在经书上记载过:第一件是他是和你我一样的人;第二件是他有幽默感;第三件是他知道他虽然被征服,而却是一个征服者。

钉在十字架上的人,你是钉在我的心上;穿透你双手的钉子,穿透了我的心壁。

明天,当一个远方人从各各他走过的时候,他不会知道这里有两个人流过血。

他还以为那是一个人的血。

你也许听说过那座福山。

它是我们世上最高的山。

一旦你登上顶峰,你就只有一个愿望,那就是往下走入最深的峪谷里,和那里的人民一同生活。

这就是这座山叫做福山的原因。

我的每一个禁闭在表情里的念头,我必须用行为去释放它。

“中国翻译家译丛”书目

（以作者出生年先后排序）

第一辑

书名	作者
罗念生译《古希腊戏剧》	［古希腊］埃斯库罗斯 等
朱光潜译《柏拉图文艺对话集》《歌德谈话录》	［古希腊］柏拉图　［德国］爱克曼
纳训译《一千零一夜》	
丰子恺译《源氏物语》	［日本］紫式部
田德望译《神曲》	［意大利］但丁
杨绛译《堂吉诃德》	［西班牙］塞万提斯
朱生豪译《莎士比亚戏剧》	［英国］莎士比亚
罗大冈译《波斯人信札》	［法国］孟德斯鸠
查良铮译《唐璜》	［英国］拜伦
冯至译《德国，一个冬天的童话》	［德国］海涅 等
傅雷译《幻灭》	［法国］巴尔扎克
叶君健译《安徒生童话》	［丹麦］安徒生
杨必译《名利场》	［英国］萨克雷
耿济之译《卡拉马佐夫兄弟》	［俄国］陀思妥耶夫斯基
潘家洵译《易卜生戏剧》	［挪威］易卜生
张友松译《汤姆·索亚历险记》《哈克贝利·费恩历险记》	［美国］马克·吐温
汝龙译《契诃夫短篇小说》	［俄国］契诃夫
冰心译《吉檀迦利》《先知》	［印度］泰戈尔　［黎巴嫩］纪伯伦
王永年译《欧·亨利短篇小说》	［美国］欧·亨利
梅益译《钢铁是怎样炼成的》	［苏联］尼·奥斯特洛夫斯基

第 二 辑

书 名	作 者
钱春绮译《尼贝龙根之歌》	
方重译《坎特伯雷故事》	[英国]乔叟
鲍文蔚译《巨人传》	[法国]拉伯雷
绿原译《浮士德》	[德国]歌德
郑永慧译《九三年》	[法国]雨果
满涛译《狄康卡近乡夜话》	[俄国]果戈理
巴金译《父与子》《处女地》	[俄国]屠格涅夫
李健吾译《包法利夫人》	[法国]福楼拜
张谷若译《德伯家的苔丝》	[英国]哈代
金人译《静静的顿河》	[苏联]肖洛霍夫

第 三 辑

书 名	作 者
季羡林译《五卷书》	
金克木译天竺诗文	[印度]迦梨陀娑 等
魏荒弩译《伊戈尔远征记》《涅克拉索夫诗选》	[俄国]佚名　涅克拉索夫
孙用译《卡勒瓦拉》	
朱维之译《失乐园》	[英国] 约翰·弥尔顿
赵少侯译《莫里哀戏剧》《莫泊桑短篇小说》	[法国]莫里哀　莫泊桑
钱稻孙译《曾根崎鸳鸯殉情》《日本致富宝鉴》	[日本]近松门左卫门　井原西鹤
王佐良译《爱情与自由》	[英国]彭斯 等
盛澄华译《一生》《伪币制造者》	[法国]莫泊桑　纪德
曹靖华译《城与年》	[苏联]费定